KB143630

환재집

이 책은 2013~2014년도 정부(교육부)의 재원으로 한국고전번역원의 지원을 받아
수행된 '권역별거점연구소협동번역사업'의 결과물임.
This work was supported by Institute for the Translation of Korean Classics - Grant funded by
the Korean Government.

한국고전번역원 한국문집번역총서/성균관대학교 대동문화연구원

환재집 4

瓛齋集

박규수 지음 이성민 옮김

朴珪壽

일러두기

1. 이 책의 번역 대본은 한국고전번역원에서 간행한 한국문집총간 312집 소재 《환재집(瓛齋集)》으로 하였다. 번역 대본의 원문 텍스트와 원문 이미지는 한국고전종합DB(http://db.itkc.or.kr)에서 확인할 수 있다.
2. 내용이 간단한 역주는 간주(間註)로, 긴 역주는 각주(脚註)로 처리하였다.
3. 한자는 필요한 경우 이해를 돕기 위하여 넣었으며, 운문(韻文)은 원문을 병기하였다.
4. 맞춤법과 띄어쓰기는 한글 맞춤법과 표준어 규정을 따랐다.
5. 이 책에서 사용한 부호는 다음과 같다.
   ( ) : 번역문과 음이 같은 한자를 묶는다.
   〔 〕: 번역문과 뜻은 같으나 음이 다른 한자를 묶는다.
   " " : 대화 등의 인용문을 묶는다.
   ' ' : " " 안의 재인용 또는 강조 문구를 묶는다.
   「 」: ' ' 안의 재인용을 묶는다.
   《 》: 책명 및 각주의 전거(典據)를 묶는다.
   〈 〉: 책의 편명 및 운문·산문의 제목을 묶는다.

차례

환재집 제11권

서독 書牘

잡문雜文

환재집

제10권

서독 書牘

반남(潘南) 박규수(朴珪壽) 환경(瓛卿) 저(著)
제(弟) 선수(瑄壽) 온경(溫卿) 교정(校正)
문인(門人) 청풍(淸風) 김윤식(金允植) 편집(編輯)

서독書牘

노천 풍지기에게 보내는 편지[1]

與馮魯川志沂

노천(魯川) 존형(尊兄) 지기(知己) 각하(閣下)께.

제가 도성(都城 북경(北京))을 떠나올 때 형께서 천진(天津)으로 가는

1 노천(魯川)……편지 : 1861년(철종12) 10월 21일에 쓴 편지이다. 환재는 이해 3월 열하 문안사(熱河問安使)로 북경에 도착한 뒤 6월 귀국하였으므로, 귀국한 지 얼마 되지 않은 시점에 보낸 것이다.

《환재집》 권10 서독(書牘)에는 대부분 중국에서 교유한 인물들에게 보낸 편지가 수록되어 있는데, 그들과 편지를 주고받은 방법은 동지사(冬至使)가 왕래하는 편을 통해서 이루어졌다. 이 편지도 1861년 동지사 편에 보낸 것이다.

풍지기(馮志沂, 1814～1867)의 자는 노천(魯川)·술중(述仲)이고, 호는 미상재(微尙齋)·적적재(適適齋)이다. 도광(道光) 때 진사 급제 후, 형부 주사(刑部主事)·병부 낭중(兵部郎中)을 거쳐, 여주 지부(廬州知府)·휘녕지태광도(徽寧池太廣道) 등 지방관을 지냈다. 저서로 《미상재시문집》《적적재문집》 등이 있다.

환재는 1861년 연행 당시 심병성(沈秉成, 1823～1895)의 서재인 팔영루(八咏樓)에서 풍지기와 만나 교분을 맺었다. 이 편지는 풍지기에게 직접 보내지 못하고 북경에 있는 심병성에게 보내 전달해 주도록 부탁한 것인데, 여주(廬州)가 태평천국군(太平天國軍)으로부터 수복되었는지를 묻고, 어떠한 상황에서도 의연히 대처해 나가기를 바란다는 뜻을 전하였다.

수레에 오르셨기에[2] 결국 손을 잡고 작별 인사를 나누지 못했습니다. 이를 생각하면 섭섭하고 허전한데, 무엇으로 마음을 달래시는지요. 아니면 혹시 머뭇거리며 미련 갖지 않았던 것을 오히려 기분 좋게 생각하시는지요.

생각건대 형의 행차가 초가을에 이미 길을 떠나 남으로 내려가셨으니 그 고달픔과 어려움이 우리들에 비해 특히 심했을 것입니다. 지금은 어느 곳에 머물고 계신지, 부임하신 지방은 다행히 이미 수복(收復)되어 정돈될 희망이 있는지 모르겠습니다.[3] 만약 그렇지 않다면 응당 분주하게 생활하며 막부(幕府)의 빈객이 되었을 뿐일 것이니, 그 고달픔은 더욱 상상조차 하기 어려울 것입니다. 그렇지만 형께서는 평생 독서하시며 충신(忠信)을 지키셨고 그것을 발휘할 때는 바로 오늘이니, 어찌 저의 권면이 필요하겠습니까.

'한가한 틈 날 때마다 말에 올라 아득히 텅 빈 비탈에 이르렀네.〔乘閑輒騎馬 茫茫詣空陂〕'라고 읊은 창려자(昌黎子)의 시[4]를 읽을 때마다 그 정황이 어떠했는지를 생각할 만합니다. 예로부터 독서한 선비들이 이러한 경우를 가장 많이 당하였으니, 아마도 하늘이 이렇게 하지 않으면 그 뛰어난 절개를 드러낼 수 없다고 여겨서가 아니겠습니까. 부디 형께

2 제가……오르셨기에 : 환재가 북경을 떠나기 전에 풍지기가 임지로 떠났다는 말이다. 풍지기는 환재와 교분을 맺을 당시 여주 지부로의 부임을 앞두고 있었다. 여주는 현재의 안휘성(安徽省)의 성도(省都)인 합비(合肥) 일대이다.

3 부임하신……모르겠습니다 : 여주 지역이 태평천국군으로부터 수복되었는지를 묻는 말이다. 당시는 태평천국운동으로 중국 전역이 혼란한 상황이었다.

4 한가한……시 : 당나라 한유(韓愈)의 〈팽성으로 돌아가다〔歸彭城〕〉에 나오는 구절이다. 창려자는 한유의 호이다. 《韓昌黎集 卷2》

서는 힘쓰십시오.

연공사(年貢使)[5] 편에 이렇게 대략 써서 중복(仲復)[6] 형에게 보내니, 언제쯤 풍편(風便)[7]을 구해 형에게 전달될지 모르겠습니다만 아마 해를 넘겨야 될 듯합니다. 천행(天幸)으로 믿을 만한 인편을 얻어 저 또한 형의 덕음(德音)을 받을 수 있게 된다면 생각지도 못할 기연(奇緣)이겠지만, 어찌 감히 바라겠습니까.

저는 조선으로 돌아온 이후 다행히 아무런 병이 없습니다. 오직 '군자는 가는 곳마다 자득(自得)하지 않음이 없다'[8]는 것과 같기를 바라니, 모두 살피시기 바랍니다.

함풍(咸豐) 신유년(1861, 철종12) 10월 21일, 우제(愚弟) 박규수가 올립니다.

5 연공사(年貢使) : 정례적으로 보내던 정조사(正朝使)·성절사(聖節使)·동지사(冬至使)의 세 사행을 합해서 부르는 명칭인데, 원래는 삼절겸연공사(三節兼年貢使)라고 하였다. 여기서는 동지사의 의미로 쓰였다.

6 중복(仲復) : 심병성(沈秉成, 1823~1895)의 자로, 호는 우원(耦園)이다. 한림 편수(翰林編修)·시강(侍講)·시독(侍讀)을 거쳐 광서 순무(廣西巡撫)·안휘 순무(安徽巡撫)·양강 총독(兩江總督) 등을 역임하였다. 환재는 1861년(철종12) 연행 때 심병성과 교분을 맺었다.

7 풍편(風便) : 불확실한 인편을 일컫는 말로, 직접 사람을 상대방에게 보내는 것이 아니라 상대방 지역으로 가는 사람이 있으면 부탁해서 간접적으로 보내는 것을 말한다.

8 군자는……없다 : 어떠한 경우가 닥치더라도 의연히 대처해 나가는 것을 말한다. 《중용장구(中庸章句)》 14장에 "군자는 현재의 위치에 따라 행하고, 그 밖의 것을 원하지 않는다.……군자는 어디를 가든지 자득하지 않음이 없다.〔君子素其位而行, 不願乎其外……君子無入而不自得焉.〕"라고 하였다.

중복 심병성에게 보내는 편지 1[9] 신유년(1861, 철종12)

與沈仲復秉成 辛酉

중복(仲復) 존형 지기 각하께.

초겨울이라 날씨가 고르지 못한데, 도체(道體)가 편안하시며 공무(公務)로 인해 마음이 괴롭지는 않으신지요? 8월 그믐에 헌서관(憲書官)[10] 편에 한 통의 편지를 부쳤는데 이미 받아보셨는지요?

저는 예전처럼 정신이 어지럽지만, 다행히 질병은 없습니다. 지난번 연경(燕京)에 있을 때 여러 군자들과 교유할 수 있었고 그 시간이 많지 않았던 것도 아니지만, 한 번 도성(都城) 문을 나와 고개 돌려 회상해

9 중복……편지 1 : 1861년(철종12) 10월 21일에 쓴 편지이다. 앞의 풍지기에게 보낸 편지와 함께 보낸 것으로, 두 편의 별지(別紙)도 붙어 있다.

환재는 편지의 서두에서 인사말을 전한 뒤 우정론(友情論)을 펼친다. 명예나 이해관계 및 권세의 추구를 초월한 우정이야말로 진정한 우정이며, 국경을 초월해서도 충분히 이루어질 수 있다고 하였다. 또 조선의 인사들이 《예기(禮記)》〈교특생(郊特牲)〉에 나오는 '인신무외교(人臣無外交)'라는 구절을 들먹이며 중국 인사들과 서신 왕래를 꺼리는 풍조를 비판하면서, 천하가 일가(一家)이고 사해(四海)가 회동(會同)하는 시대에 어찌 이런 논의를 내세울 수 있겠느냐고 주장하였다. 한편, 북경에 머무를 때 여러 사람들과 고염무(顧炎武)의 학술에 대해 나눈 이야기를 언급하며 고염무의 〈여우인논학서(與友人論學書)〉를 인용한 뒤, 훌륭한 학문뿐만 아니라 이를 실천으로 옮긴 투철한 선비정신을 칭찬하며 고염무를 '인사(人師)'로 추켜세웠다. 두 편의 별지에서는 심병성의 선조에 대해 알고 싶다고 하면서 족보를 보내 주기를 요청하고 자신의 족보를 먼저 보낸다고 하였다. 또 7대조 박미(朴瀰, 1592~1645)의 시 한 편을 보내며, 큰 글씨로 써서 보내 줄 것을 부탁하기도 하였다.

10 헌서관(憲書官) : 새해의 역서(曆書)를 받으러 간 사신을 말한다.

보니 못 다한 말이 어쩌면 그렇게도 많은지요. 온갖 생각이 서로 얽혀 오래도록 마음을 안정시키기 어려웠습니다. 비유하자면 꿈속에서 기서(奇書)를 읽고 잠에서 깬 뒤 잊히지 않아 언제 다시 이러한 인연을 이어갈지 모르는 것과 같았습니다.

우리나라 선비들은 태어나서 늙고 병들어 죽을 때까지 국경을 벗어나지 못한 채 편협하게 한 선생의 말씀만 지킵니다. 그렇지만 한 고을의 훌륭한 선비가 없지 않아 함께 모여[11] 강습하니, 진실로 학문으로 벗을 모으고 그 벗으로써 자신의 인(仁)을 보완하는[12] 자들도 있습니다. 그러나 말세가 된 이후로는 이러한 도(道) 역시 드물어져서, 마침내 명성과 명예를 위해 서로 칭찬해주고 권세와 이익을 위해 서로 흠모하는 데 불과하게 되었습니다. 아마 중국의 사대부들도 이런 폐단이 없지 않을 것입니다. 명성과 이익으로 사귐을 논하는 것은 군자가 부끄러워하는 것이니, 명성과 명예, 권세와 이익이라는 이 몇 가지를 버려야만 우도(友道)가 비로소 드러납니다. 이것이 제가 평생 개탄하면서 홀로 선 채 무리와 어울리지 않는 이유입니다.

그런데 지금 마침내 존형(尊兄)과 꿈에서도 이르지 못한 곳에서 만났다가 산과 바다로 가로막힌 곳에 떨어져 있는데도, 서로에게 속마음을 털어놓으며 간절히 그리워하고 있습니다. 이렇게 하는 이유는 서로 추구하는 것이 성기(聲氣)의 동일함이고[13] 기대하고 바라는 것이 언행

11 함께 모여 : 원문은 '盍簪'인데, 벗이 모여드는 것을 말한다. 《주역(周易)》 〈예괘(豫卦) 구사(九四)〉에 "의심하지 않으면 벗이 모여들 것이다.〔勿疑, 朋盍簪.〕"라고 한 데서 나왔다.

12 학문으로……보완하는 : 증자(曾子)가 "군자는 학문으로써 벗을 모으고 벗으로써 인을 보완한다.〔君子以文會友, 以友輔仁.〕"라고 하였다. 《論語 顔淵》

의 일치라서, 저 몇 가지와는 털끝만큼도 상관없기 때문이라고 생각합니다. 그렇다면 저의 진정한 벗은 중국에 있고 존형의 진정한 벗은 조선에 있는 셈인데, 존형께서는 어떻게 생각하시는지 모르겠습니다.

지난번에 담론하는 자리에서 하거(霞擧)[14] 형이 묻기를,

"그대가 고사(顧師)[15]를 존모하는 이유가 한학(漢學)과 송학(宋學)[16]을 하나로 통합했기 때문입니까?"

라고 했는데, 그때는 술자리라 경황이 없어 생각을 정리하지 못한 채 "그렇습니다."라고 대답했습니다.

13 서로……동일함이고 : 지취(志趣)와 애호(愛好)가 같은 사람을 벗으로 삼으려 한다는 말이다. 《주역(周易)》〈건괘(乾卦) 문언전(文言傳)〉에, "같은 소리끼리 서로 호응하고, 같은 기운끼리 서로 찾는다.〔同聲相應, 同氣相求.〕"라고 한 구절을 원용한 표현이다.

14 하거(霞擧) : 왕헌(王軒, 1823~1887)의 자로, 호는 고재(顧齋)이다. 병부 주사(兵部主事)를 역임했고, 굉운서원(宏雲書院)·진양서원(晉陽書院) 등의 주강(主講)을 지냈다. 시문에 뛰어났고 문자학(文字學)과 수학(數學)에 밝았다. 저서로 《고재시록(顧齋詩錄)》 등이 있다. 환재는 1861년(철종12) 연행에서 왕헌과 교분을 맺었다.

15 고사(顧師) : 고염무(顧炎武, 1613~1682)를 일컫는다. 고염무의 자는 영인(寧人), 호는 정림(亭林)이다. 명말의 대학자로, 당시의 양명학(陽明學)이 공리공론을 일삼는 것을 비판하며 경세치용(經世致用)의 학문에 뜻을 두었다. 명나라가 망한 후 만주족의 침략에 저항하는 의용군에 참가했으나 패한 뒤로, 죽을 때까지 청나라를 섬기지 않았다. 경학(經學)·사학(史學)·문학 등 다양한 분야에 걸쳐 뛰어난 업적을 이루어 내었으며, 저술로 《일지록(日知錄)》《천하군국이병서(天下郡國利病書)》《음학오서(音學五書)》 등이 있다.

16 한학(漢學)과 송학(宋學) : 한나라 때와 송나라 때의 경학(經學)에 대한 해석방식의 차이를 지칭하는 학술용어이다. 한학은 경전 원문에 나타나는 명물(名物)과 고증(考證) 등 훈고(訓詁)에 치중하는 경전해석 방식이고, 송학은 경전이 내포하고 있는 의리(義理), 즉 도의적 해석에 치중하는 경전해석 방식이다.

하지만 제가 높은 산처럼 그분을 우러르는 것은 단지 이 때문만은 아닙니다. 《음학오서(音學五書)》[17]와 《금석문자기(金石文字記)》[18] 등을 읽고는 '선생이 한유(漢儒)를 따랐다.'라고 생각하고, 《하학지남(下學指南)》[19]을 읽고는 '선생이 송현(宋賢)을 존중했다.'고 생각한다면, 이것은 바로 왕불암(王不庵)이 "후세의 젊은이들은 박학다문(博學多聞)으로써 선생을 추숭할 것이다."라고 말했던 그대로입니다.[20]

선생이 백세(百世)의 스승이 되는 까닭은 오히려 여기에 있지 않습니다. 저처럼 보잘것없는 후학이 밤낮으로 정성을 다해 가장 따르고

17 음학오서(音學五書) : 고염무의 저술로, 한자 음운(音韻)의 변천을 밝힌 책이다. 〈음론(音論)〉〈시본음(詩本音)〉〈역음(易音)〉〈당운정(唐韻正)〉〈고음표(古音表)〉 등으로 구성되어 있으며, 고대 음운에 대한 청대 최초의 연구이다.

18 금석문자기(金石文字記) : 고염무의 저술로, 한나라 때 이후의 금석문을 모은 책이다. 고염무가 직접 중국 각지를 돌아다니며 금석문을 수집하고 손으로 베껴 편찬하였는데, 구양수(歐陽脩, 1007~1072)의 《집고록(集古錄)》이나 조명성(趙明誠, 1081~1129)의 《금석록(金石錄)》에 수록되지 않은 것들이 많이 채록되었다고 한다. 각 시대를 기준으로 삼아 편차를 나누고 각 시대 작품 아래에 자신의 발문을 붙였으며, 발문이 없는 경우에는 비석을 세운 시기와 비석을 내용을 지은 사람의 성명을 기록해 두었다. 총 6권으로 이루어져 있다.

19 하학지남(下學指南) : 고염무의 저술로, 현존하지 않는다. 고염무의 문집인 《정림문집(亭林文集)》 권6에 실린 〈하학지남서(下學指南序)〉에 의하면, 당시 학자들이 선학(禪學)에 물들어 어록(語錄)의 저술에 힘쓰던 풍조를 비판하고, '하학(下學)'을 중시한 주희(朱熹)의 학문관을 되살리기 위해 편찬한 책이라고 하였다.

20 왕불암(王不庵)이……그대로입니다 : 왕불암은 왕간(王艮, 1626~1701)으로, 불암은 그의 호이고, 자는 무민(無悶)・웅우(雄右)이며, 다른 호는 광승초(廣乘樵)・녹전(鹿田)이다. 고염무와 교유한 사실이 있으며, 다른 행적은 자세하지 않다. 저서로 《역췌(易贅)》《홍일당고(鴻逸堂稿)》가 있다. 왕간이 한 말은 《홍일당고》 권4 〈고영인의 창평산수기 뒤에 쓰다〔書顧寧人昌平山水記後〕〉에 보이는데, 표현은 조금 다르다.

지켜야 할 것은 오직 〈논학서(論學書)〉[21]에서 "선비로서 부끄러움을 먼저 말하지 않는다면 근본 없는 인간이 된다."라고 하신 한 마디 말일 뿐입니다. 그 글에서 "자식과 신하와 아우와 벗으로서의 몸가짐에서부터 출입·왕래·사수(辭受)·취여(取與)하는 사이의 몸가짐에 이르기까지 모두 부끄러움을 지녀야 할 일이다."라고 하였고, 돌아가실 때까지 이 말을 충실히 실천하여 끝내 어긋남이 없었던 이는 오직 선생뿐입니다. 이것이 이른바 '경사(經師)는 얻기 쉬워도 인사(人師)는 만나기 어렵다.'[22]라는 것입니다.

지금 저와 존형들은 비록 다른 나라에 살고 있지만, 즐기고 좋아하는 것이 같고 살고 있는 시대도 다르지 않으니, 기쁨과 고통과 근심과 즐거움도 결국 대체로 같습니다. 이 때문에 간절히 아끼고 좋아하며, 스스로 마음속에서 애타게 그리워하지 않을 수 없습니다.

조선의 사대부들은 대대로 도성에 살면서 타향에서 벼슬하는 괴로움을 모릅니다. 존형들의 경우는 고향을 떠나 수 천리를 다니며 수십 년 동안 관직에 매여 있으니, 이런저런 괴로운 사정은 아마 말로 다하기 어려울 것입니다. 이러한 상황에 있을 때는 확고하게 뜻을 지키며

21 논학서(論學書) : 원제는 〈여우인논학서(與友人論學書)〉로 《정림문집(亭林文集)》 권3에 수록되어 있다. 이 글에서 고염무는 《논어(論語)》 〈옹야(雍也)〉와 〈자로(子路)〉에 나오는 "문에 대해 널리 배운다.〔博學於文.〕"와 "몸가짐에 부끄러움이 있어야 한다.〔行己有恥.〕"라는 말을 모든 학문의 근본으로 제시하고, 이를 적극적으로 실천하는 것이 진정한 학문임을 강조하였다.

22 경사(經師)는……어렵다 : 경사(經師)는 한(漢)나라 때 경전을 강의하던 학관(學官)을 말하며, 인사(人師)는 학문뿐만 아니라 덕행에서 다른 사람의 모범이 되는 사람을 말한다. 《후한기(後漢紀)》 권23 〈효령황제기 상(孝靈皇帝紀上)〉에 "경사는 만나기 쉽지만 인사는 만나기 어렵다.〔經師易遇, 人師難遭.〕"라는 말이 보인다.

흔들리지 않는 것이 가장 어려운 일입니다.

공우(貢禹)의 걸해소(乞骸疏)를 읽을 때마다 거마(車馬)와 의식(衣食)의 출처를 하나하나 진술한 대목[23]은 너무 자질구레한 듯하였습니다. 하지만 한(漢)나라 때의 순수하고 질박함을 따라가기 어려운 것은 참으로 이러한 데 있으니, 곧 제갈공명(諸葛孔明)이 스스로 "팔백 그루의 뽕나무가 있습니다."라고 말한 것[24]도 모두 이런 뜻입니다.

제가 감히 존형께서 세세한 몸가짐을 혹시라도 소홀히 하실까 염려되어 함부로 지나치게 염려하는 것은 아닙니다. 하지만 예로부터 훌륭한 신하와 위대한 재상들의 허다한 사업은 모두 세미한 것으로부터 차츰차츰 쌓여 이룬 것이기 때문에 감히 이런 뜻으로 권면하는 것이니, 마음을 비우고 웃으며 받아들이실 것으로 생각합니다.

저는 평소 독서할 때 망념(妄念)을 떨쳐내는 것이 가장 어려웠으며, 역사와 전기(傳記)를 읽을 때는 경전을 읽을 때보다 더욱 어려웠습니니

23 공우(貢禹)의……대목 : 공우는 한(漢)나라 원제(元帝) 때 간의대부(諫議大夫)를 지낸 인물이며, 걸해소는 사직상소(辭職上疏)를 말한다. 공우는 81세 때 원제에게 올린 사직상소에서, 처음 벼슬에 임명되었을 때 조정으로 오기 위해 100묘의 밭을 팔아 거마(車馬)를 마련한 일과 원제로부터 의복과 주육(酒肉)을 하사받은 일 등을 자세하게 진술하였다. 《漢書 卷72 貢禹傳》

24 제갈공명(諸葛孔明)이……것 : 제갈량(諸葛亮)이 촉한(蜀漢)의 후주(後主) 유선(劉禪)에게 올린 표(表)에서, "신은 성도에 뽕나무 800그루가 있고 척박하나마 전토 15경이 있으니, 자손들이 입고 먹는 것은 절로 넉넉합니다.……그러니 신이 죽은 뒤에라도 곡식 창고에 남은 곡식이 있거나, 재물 창고에 남은 재물이 있어 이런 것으로 폐하를 저버리게 하지는 않을 것입니다.〔成都有桑八百株, 薄田十五頃, 子孫衣食, 自有餘饒……若死之日, 不使廩有餘粟, 庫有餘財, 以負陛下.〕"라고 한 일이 있다. 《三國志 蜀志 卷5 諸葛亮傳》

다. 무릇 치란성쇠(治亂盛衰)와 존망안위(存亡安危)의 사적에 대해, 늘 저도 모르게 제 자신을 그 처지에 놓아보았고 또 때로는 그 사적을 가져다 목전에 닥친 상황과 비교해보기도 하였습니다. 점점 가슴속이 뜨거워져 부러움과 감탄을 금할 수 없었던 적도 있었고, 근심으로 가슴이 떨려 한숨을 견디지 못할 때도 있었습니다. 모르겠습니다만, 예로부터 독서하는 이라면 누구나 이런 병폐가 있는 것인지요? 또 모르겠습니다만, 붕우들도 저와 마찬가지로 이런 고통을 겪는지요? 이점을 동지 군자(同志君子)들에게 한번 물어봐야 되겠습니다. 또 무슨 방법을 찾아야 이런 잡념을 없애고 진실로 독서의 묘리를 터득할 수 있을는지요? 모르겠습니다만, 존형께서 저에게 가르쳐 주실 말씀이 있으신지요? 아마도 저에게 말해줄 만한 별다른 묘법이 없고 그저 저와 마찬가지로 고통을 겪으실 듯하니, 어쩌겠습니까.

연공사(年貢使)의 출발은 이미 정해졌으므로 도리로 보아 미리 서신을 써서 하고 싶은 말을 남김없이 하는 것이 마땅하지만, 공사(公私)간에 번잡한 일이 많아 틈을 낼 수 없었습니다. 지금 마침내 붓을 잡고 종이를 대하자니 정신이 아득하여 쓸데없이 길어지기만 하고 충실한 말이 별로 없으니, 더욱 송구합니다.

노천(魯川 풍지기(馮志沂))이 떠난 뒤에 믿을 만한 소식이 있었습니까? 동호 제형(同好諸兄)들은 모두 편안히 잘 지내시는지요? 부디 하나하나 알려주시는 것이 어떻겠습니까.

지금 여러 분에게 편지를 올리오니, 부디 일일이 전해 주어 제가 회답을 받을 수 있게 해 주십시오. 여러 분에게 올리는 편지를 모두 한 봉투에 넣어 형께 올리는 이유는, 전달하는 사이에 분실되기도 쉽거니와 하인들을 시켜놓고 제대로 전달하지 못할까 염려하는 것도 옳지 않기 때문입니다.

이어 생각건대, 조선의 선비들이 연경(燕京)에서 명사들과 교유하고 돌아와서는 서로 핑계거리를 대며 번번이 "신하는 사적으로 외교하지 않는다.〔人臣無外交〕"[25]라고 말하며 자주 서신을 왕복하지 않는 것을 의리로 생각하니, 이는 매우 가소로운 일입니다. 이른바 '외교(外交)'라는 것이 어찌 신하 간에 서로 교유하는 것을 말하는 것이겠습니까. 《예기(禮記)》 본문에는 이러한 말이 없습니다. 만약 저들의 말대로라면, 공자(孔子)는 마땅히 거원(蘧瑗)과 사신을 주고받지 않았을 것이며,[26] 숙향(叔向)과 자산(子産)과 안평중(晏平仲)은 마땅히 계찰(季札)과 교유하지 않았을 것입니다.[27] 어찌 이럴 리가 있겠습니까.

설령 열국(列國 제후(諸侯))의 대부(大夫)는 이렇게 해야 한다는 설이 있더라도, 어찌 천하가 일가(一家)이고 사해(四海)가 회동(會同)하는 지금 세상에 똑같이 적용할 수 있겠습니까. 부디 형께서는 혹시라도 이러한 설에 현혹되지 마시고 인편이 있을 때마다 저에게 소식을 보내주시는 것이 어떻겠습니까.

25 신하는……않는다 : 《예기(禮記)》 〈교특생(郊特牲)〉에 나오는 말로, 그 원문은 "爲人臣者無外交."이다.

26 공자(孔子)는……것이며 : 거원(蘧瑗)은 위(衛)나라 영공(靈公) 때의 대부로 자는 백옥(伯玉)이다. 《논어》 〈헌문(憲問)〉에, 거원이 공자에게 사신을 보내오자 공자가 그 사신과 마주앉아 이야기를 나누었고 사신이 나가자 훌륭한 사자라고 칭찬한 대목이 있다.

27 숙향(叔向)과……것입니다 : 숙향과 자산과 안평중과 계찰은 모두 춘추 시대 동시대 사람들로서, 각각 진(晉)나라 대부, 정(鄭)나라 대부, 제(齊)나라 대부, 오(吳)나라 공자(公子)이다. 오나라에 새로운 임금이 즉위하자 계찰이 이를 알리기 위한 사신이 되어 안평중·자산·숙향과 만난 기록이 전한다. 《春秋左氏傳 襄公29年》

인편을 앞에 두고 급히 쓰느라 하고픈 말을 다하지 못합니다. 오직 한 해가 저물어 갈 즈음 큰 복을 성대히 받으시기를 기원하며, 새봄에 사신이 돌아올 때 형의 다정한 답장을 받기를 간절히 바랍니다.

함풍(咸豐) 신유년(1861, 철종12) 10월 21일, 우제(愚弟) 박규수가 올립니다.

별지 1

여러 차례 서루(書樓)[28]에 나아갔지만 형의 자제들을 만나게 해달라고 청하지 못했고, 또 형의 아우가 먼 곳으로부터 도성에 들어왔다는 소식을 들었으나 모두 한 번도 만나보지 못했으니, 지금까지 한스러움이 그치지 않습니다. 당시에 무슨 일이 바빠서 이렇게 할 겨를이 없었는지 모르겠습니다.

게다가 형과 이처럼 지기(知己)가 되고서도 형의 선덕(先德 부친)에 대해 전혀 여쭙지 못했으니, 이것은 '그 시를 외고 그 글을 읽으면서도 그 사람을 알지 못한다.'[29]는 것과 무엇이 다르겠습니까. 이에 저의 집안 선조의 계보를 갖추어 올리니 두루 살펴보시기 바라며, 또한 존형의 가문 선조의 계보를 써서 보여주시기 바랍니다. 이것이 간절한 소망입니다. 예천(醴泉)과 영지(靈芝)가 나는 것은 반드시 그 까닭이 있는 것입니다.[30] 아울

28 서루(書樓) : 심병성의 서재인 팔영루(八咏樓)를 가리킨다.

29 그 시를……못한다 : 《맹자(孟子)》 〈만장 하(萬章下)〉에 "그 시를 외고 그 글을 읽으면서도 그 사람을 알지 못한다면 되겠는가.〔頌其詩, 讀其書, 不知其人, 可乎!〕"라는 구절이 있다.

30 예천(醴泉)과……것입니다 : 훌륭한 후손이 있는 것은 훌륭한 조상이 있기 때문이

러 저의 이 충정(衷情)을, 뜻을 함께하는 여러 군자들에게 전하여 각자 저에게 계보를 글로 적어 보여주게 해 주시기를 바랍니다. 너무 큰 소망을 억누를 길 없어 송구합니다. 규수가 다시 아룁니다.

별지 2

안색을 엄숙히 하고 조정에 서고	正色立朝
집안에는 덩그러니 네 벽만 있네	家徒四壁
임금을 올바른 도로 인도하니	引君當道
백성들이 태산처럼 우러러 보네	民仰泰山

이것은 저의 7대조 선조이신 분서공(汾西公)께서 선배 모공(某公)을 예찬하신 말씀 중에 나오는 내용입니다.[31] 제가 늘 이 말을 좋아하여 읊어마지 않으니, 형께서 손바닥 크기의 큰 글씨로 대련(對聯)을 써 주시기 바랍니다. 반드시 굳센 필획으로 써서 글씨를 보고 그 사람을 보는 듯하게 해 주신다면 매우 고맙겠습니다. 규수가 또 아룁니다.

라는 말이다. 예천과 영지는 모두 훌륭한 후손을 상징하는 말이다.

31 이것은……내용입니다 : 분서공은 박미(朴瀰, 1592~1645)로, 분서는 그의 호이고, 자는 중연(仲淵)이다. 선조(宣祖)의 다섯째 딸인 정안옹주(貞安翁主)와 혼인하여 금양위(錦陽尉)에 봉해졌다. 백사(白沙) 이항복(李恒福, 1556~1618)의 문인이다. 문집으로 《분서집》이 있다. 위 시는 《분서집》에 보이지 않아 박미가 예찬한 모공(某公)이 누구인지 알 수 없다.

중복 심병성에게 보내는 편지 2[32]
又

새봄에 도체(道體)가 편안하시고 귀서(貴署)에 만복(萬福)이 깃들기를 바랍니다. 먼 곳에서 기원하고 앙모하기를 어느 날인들 잊을 수 있겠습니까.

세밑에 헌서관(憲書官)[33]이 돌아오는 편에 중동(仲冬 음력 11월) 11일에 보내신 형의 답서를 받고서 그동안 공사(公私) 간의 여러 가지 일들을 자세히 알게 되어 궁금하고 그리워하던 마음이 매우 위로 되었습니다. 연공사(年貢使)가 머지않아 우리나라로 돌아올 것이니, 또 형의 답신과 동호(同好) 여러 분들의 소식을 받기를 바라는 마음 간절합니다.

상운(緗芸)[34] · 연추(研秋)[35] · 하거(霞擧)[36] · 소학(少鶴)[37] 등 여러

32 중복……편지 2 : 1862년(철종13) 봄에 쓴 편지인데, 내용으로 보아 환재가 진주안핵사(晉州按覈使)로 간 3월 1일 이전에 쓴 편지이다.

심병성이 산서성(山西省)의 향시관(鄕試官)으로서 많은 인재를 선발한 것을 축하하고, 조선 선비들에게 중국 과문(科文)의 전형(典型)을 알려주고 싶으므로 향시(鄕試) 수석자의 답안을 베껴 보내 줄 것을 요청하였다. 또 심병성이 편찬하고 있는 중국 동인들의 시선(詩選)이 몇 권이나 되는지 묻고 자신의 시가 뽑힌다면 영광스러울 것이라고 하였다. 아울러 환재가 연행 당시 직접 베껴서 가져갔던 것으로 보이는 박지원(朴趾源, 1737~1805)의 〈문승상사당기(文丞相祠堂記)〉가 문산사(文山祠)에 게시된 사실에 감사를 표한 뒤, 그 기문은 공평한 마음으로 지은 천하의 공론(公論)이므로 분명히 '독실한 논의'라는 칭찬을 받게 될 것이고 하였다. 마지막으로 신석우(申錫愚, 1805~1865)의 근황을 전하였다.

33 헌서관(憲書官) : 새해의 역서(曆書)를 받으러 간 사신을 말한다.

34 상운(緗芸) : 황운혹(黃雲鵠, 1818~1897)의 자로, 다른 자는 상운(翔雲) · 상인

형들은 두루 편안하신지 모르겠습니다. 설회생(薛淮生)[38]과 왕초생(汪茮生)[39] 두 형의 근황은 어떻습니까? 다른 분들에 대해서도 그리워하는 마음은 똑같지만 각각 편지를 보낼 수가 없으니, 부디 한 분 한 분에게 저의 뜻을 말씀해 주시기 바랍니다.

지난 가을에 형께서 진성(晉省)에서 시험을 주관해 인재를 선발할

(祥人)이며, 호는 양운(驤雲)이다. 북송(北宋) 황정견(黃庭堅)의 17대손이다. 1853년 진사 급제 후 형부 주사(刑部主事)·병부 낭중(兵部郎中)·마관 감독(馬館監督)을 거쳐 아주 태수(雅州太守)·사천 안찰사(四川按察使) 등을 역임하였는데, 청렴한 관직 생활로 칭찬을 받아 '황청천(黃靑天)'으로 불렸다고 한다. 저서로 《실기문재전집(實其文齋全集)》《귀전시초(歸田詩鈔)》《학역천설(學易淺說)》 등이 있다.

35 연추(研秋) : 동문환(董文煥, 1833~1877)의 호로, 자는 요장(堯章)·세장(世章)이며, 다른 호는 연초(研樵)이다. 한림검토(翰林檢討) 등을 거쳐 외직으로 감숙성(甘肅省)의 감량 병비도(甘凉兵備道) 등을 지냈다. 저서로 《연초산방시집(硯樵山房詩集)》《연초산방문존(硯樵山房文存)》 등이 있다. 대개 '동문환(董文渙)'으로 쓰는데, '문환(文煥)'은 그의 초명이다. 《환재집》에는 모두 동문환(董文煥)으로 기록되어 있으므로 이를 따라 표기하였다.

36 하거(霞擧) : 왕헌(王軒)의 자이다. 왕헌에 대해서는 18쪽 주14 참조.

37 소학(少鶴) : 왕증(王拯, 1815~1876)의 호로, 초명은 석진(錫振), 자는 정보(定甫)이고, 다른 호는 용벽산인(龍壁山人)이다. 호부 낭중(戶部郎中)·대리시 소경(大理寺少卿)·태상시 경(太常寺卿)을 지냈다. 시와 그림에 뛰어났다. 저서로 《용벽산인시문집》《귀방평점사기합필(歸方評點史記合筆)》 등이 있다.

38 설회생(薛淮生) : 설춘려(薛春黎, ?~?)로, 회생은 그의 자이고, 다른 자는 치농(稚農)이며, 호는 미경득준재(味經得雋齋)이다. 1853년 진사에 급제하였고 어사(御史)를 지냈다. 저서로 《미경득준집》이 있다.

39 왕초생(汪茮生) : 초생은 자로 보이며, 환재가 1861년(철종12) 연행 때 교분을 맺은 인물로 보인다. 《환재집》 권10의 〈회생 설춘려(薛春黎)에게 보내는 편지〉에서 "만년에 과거를 준비하는 정상(情狀)이 염려스럽습니다."라고 한 표현으로 보아, 당시까지 벼슬하지 못했던 것으로 보인다.

때[40] 공정하게 전형(銓衡)하여 뽑은 선비가 가장 많았으니, 이것이 이른바 '인재를 잘 등용함으로써 임금을 섬긴다.〔以人事君〕'[41]는 것입니다. 참으로 성대하고 성대합니다. 그 67인의 성명을 일일이 적어 보여 주시기 바랍니다. 뒷날 해외(海外)에까지 이름이 알려지는 자가 있어서 창려자(昌黎子)가 본래 육경여(陸敬輿)에게 발탁되어 육공(陸公)과 교유할 수 있었던 것처럼 된다면,[42] 또한 영광이 아니겠습니까.

조선에서 선비를 선발하는 것에도 경의(經義)와 논책(論策)[43] 등의 문자가 있습니다만, 전형(典型)으로 삼을 만한 글이 전혀 없어 거칠고 누추하여 눈을 붙일 수가 없습니다. 우리나라 선비들에게 중국의 법도에 맞는 문장을 알게 해 주고 싶으니, 형께서 선발한 해원(解元)[44]의

40 진성(晉省)에서……때 : 진성은 오늘날의 산서성(山西省)을 가리키는데, 이 지역 대부분이 춘추(春秋) 시대 진(晉)나라의 영토였으므로 이렇게 부른다. 심병성이 산서성의 향시관(鄕試官)을 지낸 것은 함풍(咸豐) 11년(1861)이다.《淸秘述聞續 卷6 鄕試考官類6》

41 인재를……섬긴다 :《서경(書經)》〈주관(周官)〉에 "천거한 자가 관직을 잘 수행하면 이는 너희가 능한 것이며, 천거한 자가 훌륭한 사람이 아니면 이는 너희가 책임을 감당하지 못하는 것이다.〔擧能其官, 惟爾之能, 稱匪其人, 惟爾不任.〕"라는 구절이 있는데, 채침(蔡沈)은 주석에서 "옛날에 대신이 인재를 선발함으로써 임금을 섬김에 그 책임이 이와 같았다.〔古者, 大臣以人事君, 其責如此.〕"라고 하였다.

42 창려자(昌黎子)가……된다면 : 육경여는 육지(陸贄, 754~805)로, 경여는 그의 자이다. 한유는 육지가 주관하는 시험에 응시하여 급제하였다.《韓昌黎集 卷17 與祠部陸員外書》이 부분의《환재집》원문은 "知昌黎子本陸敬輿所拔擢……"이라고 되어 있는데, 가장 앞의 '知'는 문맥상 '如'의 오자로 판단되어 수정하여 번역하였다.

43 경의(經義)와 논책(論策) : 모두 송나라 때 시작된 과거 시험의 문체이다. 경의는 경전 구절의 의리를 밝히는 것이며, 논책은 의론 또는 방책을 서술하는 것이다.

44 해원(解元) : 향시(鄕試)에서 장원으로 급제한 사람을 일컫는 말이다.

초장(初場)과 이장(二場)과 삼장(三場)의 급제 답안을 사람을 시켜 베끼고 아울러 그 권비(圈批)[45]와 평어(評語)까지 옮겨 적어 보내 주시기를 청합니다. 어떻게 생각하십니까? 향시(鄕試)의 시권(試券)은 아마 판각하여 책으로 만들지는 않았을 듯하지만, 혹시 그 책이 있다면 굳이 고생스럽게 베껴 쓸 필요는 없습니다.[46]

여러 동인(同人)들의 시선(詩選)[47]은 몇 권이나 되는지요? 저와 주고받은 시가 있어서 그 제목에 저의 이름이 낄 수 있다면 이 또한 매우 영광이겠습니다. 만약 그 사람이 창화(唱和)한 시를 함께 기록한다면 한 글자 낮추어 덧붙여 쓰는 것 또한 관례(慣例)이긴 합니다. 하지만 저는 본래 시에 뛰어나지 못하여 지난번 만났을 때 지은 시가 없고 다만 고염무(顧炎武) 사당에 참배한 뒤 자인사(慈仁寺)에 모여 음복하고 지은 5언시 한 수만 있을 뿐입니다.[48] 그 원본은 연추(硏秋)가 보관하고 있고 따로 한 폭을 베껴 상운(緗芸)에게 보여주었는데, 그 시 마지막 부분에 빠진 구절이 있다고 들었습니다. 혹시 이 시를 채록해 넣는다면 반드시 연추가 보관하고 있는 원본을 취해 교정하는 것이

45 권비(圈批) : 권점(圈點)과 비점(批點)의 합칭으로, 글의 훌륭한 부분에 표시하는 둥근 점을 말한다.

46 굳이……없습니다 : 베껴 쓰지 않고 책으로 보내주어도 괜찮다는 말이다.

47 동인(同人)들의 시선(詩選) : 《영루합잠집(咏樓盍簪集)》을 가리킨다. 심병성이 북경 동인(同人)들의 시를 모아 편찬하고 동문환(董文煥)에게 교감을 부탁하였다고 한다. 뒤에 나오는 〈중복 심병성에게 보내는 편지 4〉에도 그 이름이 보인다.

48 고염무(顧炎武)……뿐입니다 : 《환재집》 권3에 수록된 〈신유년 봄 28일에……함께 정림 선생의 사당을 참배하고 자인사에 모여 음복하였다……〔辛酉暮春二十有八日……同謁亭林先生祠, 會飮慈仁寺……〕〉라는 제목의 시를 말한다. 이 시는 5언 160구로 이루어진 장편 고시이다.

좋을 것입니다.

문산사(文山祠)에 저의 졸필(拙筆)이 마침내 농사(籠紗)에 싸여 걸렸다 하니,[49] 형께서 돈독하게 마음 써 주시지 않았다면 어찌 이렇게 될 수 있었겠습니까. 참으로 감격스러워 어떻게 감사드려야 할지 모르겠습니다. 선왕부(先王父 박지원(朴趾源))의 이 문장은 바로 공평한 마음으로 지은 것이니, 천하의 공론(公論)입니다. 세상의 선비들이 이 사당에 찾아와 참배한다면 마땅히 '독실한 논의〔篤論〕'라고 인정하는 자가 있을 것입니다.

노천(魯川 풍지기)의 소식은 들을 수 있는지요? 그곳은 조금씩 정돈되어 부임하여 일을 처리한다고 하는지요? 전에 제가 부친 편지는 전달되었는지요? 여러 형들에게 부친 편지는 한 번 보시고 전달해도 무방합니다.

금천(琴泉)[50]의 근황은 여전히 편안하며, 문연(文讌)[51]이 있을 때마

49 문산사(文山祠)에……하니 : 문산사는 명말 충신 문천상(文天祥, 1236~1283)을 모신 사당으로 북경에 있다. 졸필은 박지원의 〈문승상사당기(文丞相祠堂記)〉를 환재가 직접 베껴 쓴 글씨를 말하는 듯하다. 또 농사(籠紗)는 귀인(貴人)과 명사(名士)가 지어서 벽에 걸어 놓은 시문을 먼지가 묻지 않도록 푸른 깁으로 감싸서 보호하는 '벽사롱(碧紗籠)'을 말한다. 환재는 1861년(철종12) 연행 당시 북경의 문산사를 방문한 일이 있었는데 이때 박지원의 〈문승상사당기〉를 직접 써서 가지고 갔으며, 심병성의 도움을 받아 이 글을 문산사에 걸어놓게 되었던 것으로 보인다. 〈문승상사당기〉는 《열하일기(熱河日記)》〈알성퇴술(謁聖退述)〉에 수록되어 있는데, 문승상의 사당을 참배하고 지은 글로, 선비는 천도(天道)의 대행자(代行者)라는 논리에 입각하여 문천상의 순절을 극도로 찬미한 글이다. 《김명호, 환재 박규수 연구, 창비, 2008, 415~417쪽》

50 금천(琴泉) : 신석우(申錫愚, 1805~1865)의 호로, 본관은 평산(平山), 자는 성여(聖汝)·성여(聖如) 등이며, 다른 호는 해장(海藏)·이당(頤堂)·맹원(孟園)·난인(蘭人) 등이다. 환재의 평생 지기(知己)였다. 1834년(순조34)에 문과에 급제한 뒤 형조

다 연경(燕京)에서 교유했던 옛 일[52]만을 밤새도록 끝없이 이야기합니다. 저도 편안히 지내며 병이 없고 식구들도 평안합니다. 이것만 지기(知己)를 위해 말씀드릴 뿐, 그 외에는 좋은 일이 전혀 없습니다. '스스로 회포 풀려 해도 할 수가 없고, 세상 다스림 결국 어찌해야 할지 모르겠네.〔自欲放懷猶未得 不知經世竟如何〕'라는 당인(唐人)의 노래[53]는 바로 서생(書生)이 부질없이 괴로운 생각을 떨쳐버리지 못하는 말일 뿐이니, 그저 다시 한 번 웃습니다.

이번에 간 사신들은 중하(仲夏)가 되어야 조선으로 돌아올 수 있고 그 후로는 오직 연공사(年貢使) 편을 기다려야 하기에, 편지지를 펼쳐 놓자니 허전하고 울적함이 더욱 심합니다.

형의 생활이 때에 따라 신의 가호를 받으시고 여러 군자들도 두루 평안함을 누리시기를 기원합니다. 이 밖의 여러 일들은 마음속으로 헤아리시기 바라며, 하고 싶은 말을 다 하지 않습니다.

판서·예조 판서에까지 올랐고, 1860년(철종11)에 동지 정사(冬至正使)로 청나라에 다녀왔다. 문집으로 《해장집》이 있다.

51 문연(文讌) : '문연(文燕)'이라고도 하며, 시를 짓고 문장을 토론하는 연회를 말한다.

52 연경에서……일 : 신석우는 1860년(철종11) 동지 정사로 북경에 갔을 때, 유리창(琉璃廠)에서 심병성과 교분을 맺었고, 정공수(程恭壽)·공헌이(孔憲彝)·동문환·왕증·허종형(許宗衡) 등과 교분을 맺었다. 《해장집》 권9와 권14에 이들에게 보낸 편지가 실려 있다.

53 스스로……노래 : 당나라 온정균(溫庭筠)의 7언 율시 〈봄날 우연히 짓다〔春日偶作〕〉의 함련(頷聯)이다.

중복 심병성에게 보내는 편지 3[54]

又

중춘(仲春)에 연공사(年貢使)가 돌아오는 편과 진향사(進香使)와 진하사(進賀使)의 두 사신이 돌아오는 편에 모두 형의 답서를 받았습니다. 하늘 끝에 계시는 분의 소식이 이웃에 사는 사람처럼 이어지니 이 그립고 감사한 마음을 어떻게 비유할 수 있겠습니까.

여름과 가을 이후로 형의 체후가 건강하고 편안하며 성대한 복을 받으셨는지, 비궁(匪躬)[55]에 더욱 힘쓰며 임금의 큰 은혜에 보답하시는지, 여러 군자들도 두루 복을 누리시는지 모르겠습니다.

저는 늦봄에 영남을 안핵(按覈)하는 일로 다녀왔습니다.[56] 이는 진주(晉州)의 백성 가운데 폐정(弊政)을 견디지 못해 근심하고 원망하며 소요를 일으킨 자가 있었기 때문입니다. 제가 승핍(承乏)[57]하여 외람되

54 중복……편지 3 : 1862년(철종13) 윤8월 19일에 쓴 편지로, 진주 안핵사(晉州按覈使)의 임무를 마치고 막 서울로 돌아왔을 때이다.

자신이 진주 안핵사로 다녀온 사실과 함께 별다른 문제없이 임무를 잘 수행했다는 소식을 전하였고, 진주 농민항쟁의 원인이 폐정(弊政)에 있음을 전하였다. 또 심병성이 보내 준 산서성 향시 급제자 명단에서 동문환의 아우 동문찬(董文燦)의 이름을 보고, 회시(會試)의 급제 여부에 대해 물었다.

55 비궁(匪躬) : 신하가 자신의 안위는 생각하지 않고 오직 국사에만 힘을 다하는 것을 말한다. 《주역》 〈건괘(蹇卦) 육이(六二)〉에 "왕의 신하가 국가의 어려움에 충성을 다하는 것은 자신의 몸을 위해서가 아니다.〔王臣蹇蹇, 匪躬之故.〕"라고 한 데서 나왔다.

56 영남을……다녀왔습니다 : 1862년(철종13) 2월에 경상도 진주에서 농민항쟁이 발발하자, 환재는 영남 안핵사가 되어 농민항쟁을 안정시키고 돌아왔다.

이 직책을 맡았는데, 다행히 중대한 옥사(獄事)를 조사하면서 큰 잘못을 저지르지는 않았습니다. 집으로 돌아온 것이 성하(盛夏 음력 5월) 때였는데, 그제야 형이 보내신 3통의 답서를 보고 형께서 왕명을 받들고 역주(易州)로 가신 일이 있었음을 알았습니다.[58] 아마도 처한 상황이 대략 서로 비슷한 듯하니, 그 때문에 한 번 탄식했습니다.

상운(緗雲 황운혹)이 추밀원(樞密院)에 들어가 보좌하고, 하거(霞擧 왕헌)가 새로 진사(進士)에 급제한 것은 모두 우리들의 영광이니, 우러러 중국 조정에서 성대하게 인재를 얻었음을 알았습니다. 그러나 하거는 끝내 한림원(翰林院)에 들어가지 못했습니까? 이것은 안타까운 일입니다.

진성(晉省) 향시(鄕試)의 급제자 명단에 동문찬(董文燦)씨가 있던데[59] 바로 연추(研秋 동문환)의 친아우이지요. 그가 회위(會闈 회시(會

57 승핍(承乏) : 마땅한 인재가 없어 재능 없는 자신이 벼슬을 얻었다는 말로, 겸사로 쓰인다.

58 역주(易州)로……알았습니다 : 역주는 하북성(河北省) 역현(易縣)을 가리킨다. 심병성이 역주로 간 이유는 정확히 알 수 없지만, 뒤에 이어지는 말로 보아 농민의 소요를 안정시키기 위해 다녀온 듯하다. 당시는 태평천국운동이 계속되고 있던 시점이었다.

59 진성(晉省)……있던데 : 〈중복 심병성에게 보내는 편지 2〉에서 환재가 알려달라고 요청한 것에 대해 심병성이 편지로 응한 것이었다. 동문찬(董文燦, 1839~1876)은 동문환(董文煥)의 아우로, 자는 운감(芸龕)·여휘(藜輝)이고, 호는 허재(許齋)이다. 함풍(咸豐) 11년(1861)에 거인(擧人)이 되었는데, 향시에 급제했다는 것은 바로 이 일을 말한다. 이후 동문찬은 내각 중서(內閣中書)·국사관 교대(國史館校對)·평예방략관교대(平豫方略館校對)를 역임하였다. 금석(金石)과 옛 화폐의 수장을 좋아하였다. 저서로 《운감시집》《운감일기》《운향서실옥시초(芸香書室屋詩草)》《고천폐고(古泉幣考)》《화폐수장록(貨幣收藏錄)》《산서금석비목(山西金石碑目)》《종정문자(鍾鼎

試))에 급제하였는지요? 다시 그를 위해 멀리서 기원합니다.

소학(少鶴 왕증)과 회생(淮生 설춘려)의 답서를 아직 보지 못해 마음이 너무도 아쉽습니다.

어제 금천(琴泉 신석우)과 배를 타고 달을 감상하며 밤새도록 마음껏 즐겼습니다. 돌아와 헌서관(憲書官)[60]이 출발한다고 고하는 말을 들었으니, 우리들의 안부를 형에게 보내지 않을 수 없기에 이렇게 잠시 마음을 전합니다. 헌서관은 연사(年使)와 달리 떠나는 인원이 많지 않고 신속히 다녀오므로 홍교(洪喬)가 될지도 모르기에[61] 감히 자세히 쓰지 않고 그저 안부만 아룁니다. 그렇지만 또한 답신을 보내주시기를 바라니, 금옥(金玉)처럼 아름다운 문장을 아끼지 마시고 이처럼 우러러 그리워하는 마음을 위로해 주심이 어떻겠습니까.

연사가 떠날 때 다시 편지를 보낼 것이기에, 이번에는 우선 하고 싶은 말을 다하지 않습니다.

임술년(1862, 철종13) 윤(閏)8월 19일.

文字)》 등이 있다.

60 헌서관(憲書官) : 새해의 역서(曆書)를 받으러 간 사신을 말한다.

61 홍교(洪喬)가 될지도 모르기에 : 편지가 분실될 염려가 있다는 말이다. 홍교는 진(晉)나라 은선(殷羡)의 자(字)이다. 은선이 예장 태수(豫章太守)가 되어 떠날 때 전해달라고 부탁받은 편지가 무려 100여 통이나 되었는데, 도중에 석두(石頭)에 이르러 편지를 모두 물속에 던지고 말하기를, "가라앉을 놈은 가라앉고, 뜰 놈은 뜨겠지. 은홍교가 우편배달부가 될 수는 없지.〔沈者自沈, 浮者自浮. 殷洪喬不爲致書郵.〕"라고 한 고사에서 나온 말이다. 《晉書 卷77 殷浩列傳》

중복 심병성에게 보내는 편지 4[62]

又

윤추(閏秋 윤9월)에 헌서사(憲書使)[63] 편에 부쳐 올린 편지가 잘 도착하여 읽어보셨는지요? 하계(夏季 음력 6월)에 제가 영남(嶺南)에서 돌아와서야 비로소 봄과 여름에 보내주신 3통의 답신을 받아 지금까지 펼쳐 읽기를 그치지 않고 있습니다. 아울러 보내주신 형 가문의 보계(譜系)도 받았는데,[64] 연원이 깊고 멀어 쌓인 복이 끊이지 않았으니, 감탄을 금할 수 없습니다.

62 중복……편지 4 : 1862년(철종13) 겨울에 쓴 편지이다.

서두에서는 심병성이 북경에 머물러 벼슬하고 있는지 외직으로 나갔는지 물으면서, 내직에 머물러 임금을 보좌할 것을 당부하였다. 또 심병성이 《제감도설(帝鑑圖說)》을 주해(注解)한 소식을 들었다고 하면서 임금을 보좌할 좋은 서적으로 초횡(焦竑)의 《양정도해(養正圖解)》를 추천하였다. 북경 자수사(慈壽寺)에 걸린 명나라 신종(神宗)의 모후인 효정태후(孝定太后)의 화상이 낡았으므로 이를 보수하고 싶다는 뜻을 전하였다. 또 동인들의 시선(詩選)인 《영루합잠집》의 간행 여부를 묻고, '적용문자(適用文字)' 즉 경세제민에 기여할 수 있는 글들도 선발하여 간행할 것을 제안하였다. 한편 〈중봉유허비(重峯遺墟碑)〉와 〈진철선사비(眞澈禪師碑)〉의 탁본을 보내주면서 임진왜란 때 순절한 조헌(趙憲)의 행적을 높이 사고 〈진철선사비〉의 건립 연대를 고증했는데, 환재의 금석문자에 대한 관심과 애호를 확인할 수 있다. 마지막으로 조부 박지원이 열하(熱河)에서 교유한 인물들의 이름을 열거한 뒤 관련 사적을 찾아 줄 것을 부탁하였으며, 특히 혹정(鵠汀) 왕민호(王民皥)의 행적을 궁금해 하였다.

63 헌서사(憲書使) : 새해의 역서(曆書)를 받으러 간 사신을 말한다.

64 형……받았는데 : 환재의 요청에 심병성이 응한 것이다. 〈중복 심병성에게 보내는 편지 1〉의 별지 1 참조.

그때 벼슬이 오를 가망이 있었고 또 간혹 외직으로 옮겨갈 뜻도 있으셨는데, 과연 어떻게 되었는지 궁금합니다. 나라에 보답하며 정성을 다하는 것은 내직이나 외직이나 차이가 없습니다. 그러나 제가 보건대, 이러한 때에 성질(聖質 임금)을 보좌하여 인도할 사람은 진실로 반드시 형처럼 학문이 순정하고 깊은 선비라야 합니다. 그러니 마땅히 날마다 하전(廈氈)으로 달려가 곡진히 계옥(啓沃)하셔야지,[65] 어찌 외직으로 나가 주군(州郡)을 맡아 다스리는 것을 스스로 충성을 바치는 자리로 여길 필요가 있겠습니까.

《제감도설(帝鑑圖說)》[66]에 대해서는, 일찍이 속화(俗話 백화(白話))로 풀이한 것을 본 적이 있는데, 매우 간절하고 절실하였습니다. 그런데 지금 형께서 주해(注解)하셨다니 반드시 더욱 정밀할 것으로 생각합니다.

그림과 고사(故事)는 감발시키고 흥기시키는 효과가 가장 좋습니다. 예컨대 초약후(焦弱侯)의 《양정도해(養正圖解)》[67] 역시 전인(前

65 하전(廈氈)으로……계옥(啓沃)하셔야지 : 조정에 남아 간언으로 임금을 선도(善導)해야 한다는 말이다. 하전은 집과 촘촘한 털방석을 말하는데, 임금과 강학(講學)하는 경연(經筵)을 가리킨다. 계옥(啓沃)은 선도(善道)를 개진하여 임금을 인도하고 보좌한다는 뜻이다. 《서경(書經)》 〈열명(說命)〉에, 은(殷)나라 고종(高宗)이 부열(傅說)에게 말하기를, "그대의 마음을 열어 나의 마음을 적시라.〔啓乃心, 沃朕心.〕"라고 한 데서 나온 말이다.

66 제감도설(帝鑑圖說) : 명나라 장거정(張居正, 1525~1582)이 지은 것으로, 요순(堯舜)부터 송대(宋代)까지 역대 군주들의 행적과 치란(治亂)과 공과(功過) 등을 모으고 그림을 붙여 알기 쉽게 해설한 제왕학(帝王學)의 지침서이다.

67 초약후(焦弱侯)의 양정도해(養正圖解) : 초약후는 초횡(焦竑, 1540~1620)으로, 약후는 그의 자이다. 《양정도해》는 일종의 몽학(蒙學) 서적으로 초횡이 태자의 강관

人)의 고심을 보게 되는데, 강희(康熙) 연간에 중간(重刊)한 것이 가장 정밀하며, 정운붕(丁雲鵬)[68]의 그림과 오계서(吳繼序)[69]의 해설은 모두 완미할 만합니다. 혹시 이 책을 감계(鑑戒)를 올릴 책으로 생각해보신 적이 있으신지요?

'임금 한 사람이 크게 선(善)하면 만방이 바르게 된다.〔一人元良 萬邦以貞〕'[70]라는 말은 오늘날 벼슬자리에 있는 여러 군자의 책무입니다. 비록 일이 내 뜻대로 되지 않고 힘이 부족하다고 할지라도 오직 가는 곳마다 항상 이 마음을 지켜야 마땅할 것입니다. 어떻게 생각하시는지요?

전조(前朝) 명(明)나라의 장강릉(張江陵)[71]을 생각할 때마다 비난할 점이 없지 않지만, 어린 군주를 보좌하며 시대의 어려움을 구제하여 마침내 사방에 걱정이 없어지고 백성을 부유하고 편안하게 만들었으니

(講官)을 지낼 때 교재로 활용하기 위해 편찬하였다. 주나라 문왕(文王)부터 송나라 때에 이르기까지의 전설(傳說)과 전고(典故)를 채록한 뒤, 정운붕(丁雲鵬)의 그림 60폭을 붙이고 그림마다 오계서(吳繼序)의 해설을 붙였다.

68 정운붕(丁雲鵬) : 1547~?. 명나라 때의 화가로 자는 남우(南羽), 호는 성화거사(聖華居士)이다. 몰년은 미상이지만 1625년의 작품으로 알려진 〈백마어경도(白馬馭經圖)〉가 전한다. 동기창(董其昌, 1555~1636) 등과 교유하였다.

69 오계서(吳繼序) : ?~?. 명나라 때의 화가로 자는 계상(季常)이다. 관직은 중서(中書)에 이르렀으며, 산수화와 불상(佛像)의 그림에 뛰어났다고 한다.

70 임금……된다 : 《서경(書經)》 〈태갑 하(太甲下)〉에 나오는 말이다.

71 장강릉(張江陵) : 장거정으로, 강릉은 호광(湖廣)에 있는 그의 출생지이다. 자는 숙대(叔大), 호는 태악(太岳)이다. 명나라 신종(神宗)이 어린 나이로 즉위하자 신종의 생모 이태후(李太后)의 신임을 받아 10년 간 국정을 담당하면서 정치와 경제의 개혁적 조치들을 단행하여 성과를 거두었다.

그 공은 덮을 수가 없습니다. 그리고 이는 또한 효정 이태후(孝定李太后)[72]의 현명함이었습니다.

지난번에 자수사(慈壽寺)를 유람하며 〈구련보살상(九蓮菩薩像)〉을 보고서[73] 오랫동안 탄식하며 서성거렸습니다. 화상(畫像)이 오래되어 해어지고 칠이 벗겨지자 가경(嘉慶) 연간에 다시 장정(裝幀)하여 잘 보관해 두고 따로 묵탑본(墨搨本)을 걸어 받들면서, 법오문(法梧門)이 족자 옆에 그 일을 기록하였습니다.[74] 그런데 지금 묵탑본은 보이지

72 효정 이태후(孝定李太后) : 명나라 신종(神宗)의 모후이다.

73 자수사(慈壽寺)를……보고서 : 자수사는 북경에 있는 절이며, 〈구련보살상〉은 자수사 후전(後殿)에 모신 명나라 신종(神宗)의 생모 효정태후의 영정을 일컫는다. 효정태후가 독실한 불교 신자였기 때문에 궁중에서 태후의 영정을 구련보살(九蓮菩薩)로 그렸다고 한다. 환재는 1861년(철종12) 북경에 갔을 때 자수사를 방문하여 효정태후의 초상에 참배했었다. 또 이 영정을 참배한 후 성금을 기탁하여 다시 보수하게 하고 싶었으나 뜻을 이루지 못했다가, 1867년(고종4) 평안도 관찰사로 있을 때 중국의 지인들에게 백금 오십 냥을 보내 영정 보수 사업을 완수하였다. 그리고 1872년(고종9)에 청 동치제(同治帝)의 혼인을 축하하는 진하 겸 사은사(進賀兼謝恩使)의 정사로 북경에 갈 때 〈효정황태후의 화상을 다시 보수한 일에 대한 기문〔孝定皇太后畫像重繕恭記〕〉을를 지어서 가지고 갔는데, 《환재집》 권4에 수록되어 있다. 이 기문에 환재가 효정태후의 화상을 보수하기 위해 노력한 과정이 자세히 기록되어 있다. 한편, 환재가 1867년 1월 8일 동문환(董文煥)에게 보낸 편지에도 이런 내용이 보이는데, 이 편지는 《환재집》에는 수록되어 있지 않고 《한객시존(韓客詩存)》에 실려 있다. 《李豫・崔永禧 輯校, 韓客詩存, 書目文獻出版社, 1996, 296쪽》

74 법오문(法梧門)이……기록하였습니다 : 법오문은 법식선(法式善, 1752～1813)으로, 자는 개문(開文)이며, 오문의 그의 호이다. 시독(侍讀)을 지냈으며, 문집은 《존소당집(存素堂集)》이다. 효정태후의 화상을 보수하고 그 일을 기록한 기문은 〈자수사의 명나라 효정 이태후의 화상을 다시 장정한 것에 대한 기문〔重裝慈壽寺明孝定李太后像記〕〉로 《존소당집》 권4에 수록되어 있다.

않고 벽 사이에 화본(畵本)이 진열되어 있었는데, 먼지에 묻히고 그을음에 색이 바래 조만간 다 손상될 듯하였습니다. 만약 뜻있는 사람을 만나 다시 장정해 보관하기를 법오문의 기문에 나오는 말과 같이 한다면 이 또한 하나의 좋은 일일 것입니다. 우연히 만난 상황에 이런 생각이 일고 자꾸 신경이 쓰여 이렇게 말씀드립니다.

지난번 편지에서 '근심으로 가슴이 떨려 큰 탄식을 이기지 못한다.', '부러워하고 감탄한다.'는 등의 말을 한 것은,[75] 제가 이 답답한 병을 견디지 못해 그저 여쭈어 본 것이었습니다. 그런데 처방을 알려주시지도 않을 뿐더러 도리어 같은 병이 더욱 심하다고 말씀하시니, 저도 모르게 배꼽을 잡고 말았습니다.

우리는 모두 서생(書生)이라서 평소 듣고 보고 생각하고 말하는 것이 몇 권 남아있는 경전과 역사책에 불과한데도, 어리석은 마음과 망령된 생각을 늘 큰 학문과 큰 사업에 두고 하나하나 자신의 몸에서 직접 실현해 보려고 합니다. 그러다가 머리가 벗겨지고 이가 빠지며 조금 세상일을 겪고 나면 그것이 불가능하다는 것을 저절로 알아 과거의 생각이 사그라지고 꺾이게 됩니다.

다만 이상한 것은, 그 마음과 생각이 고질적인 습관으로 단단히 굳어져 거기에 빠진 채 헤어날 줄 모르고, 자신의 말과 처사가 끝내 시의(時宜)에 맞지 않더라도 스스로 슬퍼하기는커녕 그저 스스로 기뻐한다는 점입니다. 마음으로 교유하는 벗인 형에게도 저와 같은 병근(病根)이 있다고 하심을 다행으로 여겼으니, '나의 도는 외롭지 않다.〔吾道不孤〕'라고 말할 만합니다. 참으로 우습습니다.

75 지난번……것은 : 〈중복 심병성에게 보내는 편지 1〉에 그 내용이 보인다.

저는 지난 3월에 명을 받들어 영남 민란(民亂)의 옥사를 안핵하면서, 탐욕스런 관리와 장수들을 논핵(論劾)하여 막대한 장물(贓物)을 찾아내고 누적된 포흠(逋欠)을 청산하였으며, 간사하고 교활한 자를 처벌하고 곤궁한 백성들을 어루만져 안정시켰습니다. 논열(論列)한 모든 것이 시행되지 않은 것이 없었는데, 갑자기 일처리를 지체하였다는 죄목으로 대신(大臣)들이 저의 면직(免職)을 요청하기에 이르렀습니다.[76] 그러나 명주(明主)께서 저에게 다른 뜻이 없었음을 헤아려 즉시 은서(恩敍)해 주셨으니,[77] 그 영광이 더욱 절실하였습니다. 하지만 제가 도저히 시의(時宜)와 맞지 않는다는 점은 이 일에서 증명된 셈입니다. 형께서 이 말을 들으시고 어떤 말씀으로 가르쳐 주실는지요?

진사(進士) 정석취(丁石翠)는 제가 알지 못하는 사람이고 귀국 후에도 아직 만나보지 못했습니다. 아마 형께서 다른 사람에게 제가 종유하는 제군(諸君)을 들으시고서 그 종적을 알려고 하신 것으로 생각합니다. 그런데 우리나라 선비로 북경에 가는 사람이 만약 저의 동지(同志)라면 반드시 먼저 여러 형들께 소개했을 것입니다. 제가 본래 성격이 고집스럽고 꽉 막혀 함부로 사람을 추천하지 않는다는 것은 형께서도

76 갑자기……이르렀습니다 : 1862년(철종13) 5월 20일 사헌부 장령(司憲府掌令) 정직동(鄭直東)이 상소하였고, 5월 27일 부호군(副護軍) 이만운(李晩運) 등 영남 유생들이 연명으로 상소하여 환재의 처벌을 요구하였다.《承政院日記 哲宗 13年 5月 20日・5月 27日》

77 명주(明主)께서……주셨으니 : 철종은 진상 조사에 석 달이나 걸리고 죄수들에 대해 지나치게 가벼운 형벌을 청구했다는 이유로 환재에게 삭직(削職) 처분을 내렸다가, 윤8월에 우부승지(右副承旨)로 임명하였다.《承政院日記 哲宗 13年 5月 20日・5月 27日》 그러나 환재는 〈우부승지로 소명을 어긴 후에 올린 자핵소〔右副承旨違召後自劾疏〕〉를 올리고 이후 은거하였다.《瓛齋集 卷6》

아마 잘 아실 것입니다.

하거(霞擧 왕헌)가 진사에 급제하고 상운(翔雲 황운혹)이 추요(樞要)[78]에 들어갔으니 모두 매우 기쁩니다. 연추(硏秋 동문환)의 학업에 진전이 있을 것이니, 그 아름다운 모습과 풍류를 상상하게 합니다. 지금 여러 벗들에게 편지와 비석 글씨와 대련(對聯)을 보내니 부디 저를 대신해 그분들께 나누어 보내주심이 어떻겠습니까.

금천(琴泉 신석우)은 은거하려는 계획을 아직 이루지 못했지만, 침상을 마주하여[79] 형제간에 정답게 지내며 소요(逍遙)하면서 스스로 만족하고 있습니다.

노천(魯川 풍지기)의 소식은 근래 어떠한지요? 듣자하니 성(城)을 지킨 공으로 화령(花翎)의 포상을 받았다고 하는데,[80] 유생(儒生)으로서 이러한 영광을 입을 줄 어찌 평소에 생각이나 했겠습니까. 《영루합잠집(咏樓盍簪集)》[81]은 이미 완성이 되었습니까? 제가 비록 시를 읊조

78 추요(樞要) : 정부의 주요한 부서나 관직을 의미하는 말로, 여기서는 추밀원(樞密院)을 말한다. 상운 황운혹이 추밀원에 들어간 일은 〈중복 심병성에게 보내는 편지 3〉에도 보인다.

79 침상을 마주하여 : 원문에는 '對狀'으로 되어 있으나, 문맥상 '대상(對牀)'으로 보아야하므로 수정하여 번역하였다. '대상'은 '풍우대상(風雨對牀)'의 준말로, 비바람이 치는 밤에 벗이나 형제끼리 정겹게 침상을 나란히 하고 자는 것을 말한다. 당나라 백거이(白居易)의 〈빗속에 장사업을 불러 자다〔雨中招張司業宿〕〉라는 시에, "이곳에 와서 함께 묵을 수 있겠소, 빗소리 들으며 나란히 침상에 누워 잡시다.〔能來同宿否? 聽雨對牀眠.〕"라고 한 데서 나온 말이다. 《白樂天詩後集 卷9》

80 성(城)을……하는데 : 노천 풍지기가 여주 지부로 있으면서 태평천국군의 공격을 물리쳐 상을 받은 것을 말한다. 화령(花翎)은 청나라 관원의 모자 뒤에 드리운 공작 깃털로, 황제가 유공자에게 하사하는 것이다.

리는 일에 능하지는 못하지만 한 본을 얻고 싶습니다.

이어 생각건대, 시선(詩選) 이외에 다시 여러 분들의 산문(散文)을 모으고 그 중의 '적용문자(適用文字)'[82]를 뽑아 한 책으로 판각하여 호해시문전(湖海詩文傳)[83]을 잇는 일도 없어서는 안 될 듯한데, 어떻게 생각하시는지 모르겠습니다.

한 해에 한 번 보내는 편지라서 하고 싶은 말을 다 해야겠다고 다짐했는데, 인편이 앞에 있어 결국 소략함을 면치 못하고 속마음을 다 쏟아낼 수 없으니 어찌하겠습니까. 오직 도체(道體)가 만복하시고 수립한 공이 범상치 않으시다는 소식을 내년 봄 회신에 받들기를 바랍니다. 이번에는 소회를 다 말씀드리지 않습니다.

별지 1

따로 올립니다. 중봉유허비(重峯遺墟碑)[84] 1본(本).

81 영루합잠집(咏樓盍簪集) : 29쪽 주47 참조.

82 적용문자(適用文字) : 경세제민(經世濟民)에 기여하는 글을 말한다.

83 호해시문전(湖海詩文傳) : 《호해시전(湖海詩傳)》과 《호해문전(湖海文傳)》을 말하는데, 청나라의 왕창(王昶, 1725~1806)이 지은 것이다. 왕창의 자는 덕보(德甫), 호는 술암(述庵)·난천(蘭泉)이다. 관직은 형부 우시랑(刑部右侍郎)에 이르렀다. 《호해시전》은 왕창이 젊은 시절 교유한 시인들의 작품을 모아 두었다가, 이를 정리하여 엮은 것이다. 심덕잠(沈德潛)의 《청시별재집(淸詩別裁集)》에 포함된 인물의 작품을 거의 수록하지 않았으므로 그 자료적 가치가 크며, 자신과 직접 교유한 사람의 시만을 수록한 것이 특징이다. 《호해문전》은 강희(康熙) 중엽부터 건륭(乾隆) 때까지 100여 작가의 700여 편의 문장을 수록하였는데, 이 작품들 역시 자신과 교유한 사람의 작품만을 대상으로 하였다. 왕창은 《청포시전(靑浦詩傳)》《명사종(明詞綜)》 등도 편찬하였다.

84 중봉유허비(重峯遺墟碑) : 김포군 감정리(坎井里)의 조헌(趙憲, 1544~1592)의

이 비(碑)는 김포군(金浦郡)에 있습니다. 가을에 그곳을 지나가다 발견해 군민(君民)에게 부탁하여 탁본해 오게 했는데, 탁본한 장인(匠人)의 솜씨가 졸렬하여 찢어지고 어지럽습니다. 그렇지만 겨우 붙이고 합하여 읽을 수는 있으니, 그 부본(副本)을 함께 올립니다. 조공(趙公)은 우리나라의 명유(名儒)로서 끝내 절개를 지키고 돌아가신 분이니, 이러한 비석은 그 사람의 행적 때문에 중요하게 여기는 것입니다.

진철선사비(眞澈禪師碑)[85] 1본.

이 비석을 새긴 것은 후당(後唐) 청태(淸泰) 4년(937)입니다. 청태는 본래 3년에 그쳤는데[86] 이 비석에서 '4년'이라 칭한 것은, 그 당시에 고려(高麗)가 아직 석진(石晉)의 정삭(正朔)을 받지

옛 집터에 있던 〈조헌선생 유허 추모지비(趙憲先生遺墟追慕之碑)〉를 말한다. 중봉은 조헌의 호이다. 조헌은 임진왜란 당시 의병을 일으켰다가 전사하였는데, 그의 충절을 기리기 위해 인조(仁祖) 말에 김포 유생들이 집터에 서원을 창건했고, 숙종(肅宗) 즉위 초에 '우저(牛渚)'라는 사액을 받았다. 비문은 이정귀(李廷龜, 1564~1635)가 지었는데, 《월사집》 권45에 〈중봉 조공 김포고택비(重峯趙公金浦故宅碑)〉라는 제목으로 수록되어 있다. 글씨는 김현성(金玄成, 1542~1621)이 썼다.

85 진철선사비(眞澈禪師碑) : 황해도 해주(海州)의 광조사(廣照寺) 터에 있는 〈진철대사 보월승공탑비(眞澈大師寶月乘空塔碑)〉를 말한다. 진철선사는 당나라 유학을 마치고 귀국한 뒤 고려 태조의 후원으로 해주 수미산(須彌山)에 광조사를 창건했다. 환재는 찬자를 알 수 없다고 했으나, 여말선초의 문인 최언위(崔彦撝)가 지은 것으로 추정된다.

86 청태(淸泰)는……그쳤는데 : 청태는 후당(後唐) 폐제(廢帝)의 연호로, 934년~936년 11월까지 사용되었다. 또 후당이 망한 936년 11월부터 후진(後晉)이 '천복(天福)'이라는 연호를 사용했으므로, 실제로 청태라는 연호는 934년~935년의 2년 간 사용된 것이다.

못했기 때문에[87] 이전대로 '청태'라 일컬은 것입니다. 찬자(撰者)의 이름은 완전히 빠져 있는데, 널리 상고하면 알 수도 있겠지만 아직 상고하지 못했습니다.

별지 2

또 아룁니다. 저의 선왕부(先王父 박지원)께서 연경에서 교유한 조지산(曹地山)[88]·윤형산(尹亨山)[89]·초이원(初頤園)[90]과 같은 분들은 모두 세상에 명망이 드러난 분들이었습니다. 그 중에 왕거인(王擧人)인 이름은 민호(民皞) 호는 혹정(鵠汀)이란 분이 선왕부와 가장 지극한 교유를 맺었습니다.[91] 하지만 그 후 어떤 벼

87 석진(石晉)의……때문에 : 석진은 석숭(石崇)이 세운 후진(後晉)을 말하며, 정삭(正朔)은 중국에서 제왕이 새로 나라를 세우면서 세수(歲首)를 고쳐 신력(新曆)을 천하에 반포하여 실시하였던 역법(曆法)을 말한다.

88 조지산(曹地山) : 조수선(曹秀先, 1708~1784)으로, 지산은 그의 호이고, 자는 지전(芝田)·빙지(氷持)이다. 한림원 편수(翰林院編修)·국자감 좨주(國子監祭酒)·예부 상서(禮部尙書) 등을 지냈다. 저서로 《의광집(依光集)》이 있다. 《열하일기》〈경개록(傾蓋錄)〉에는 "강서 신건(新建) 사람으로 자는 지산이다. 현재 예부 상서이고, 나이는 60세 남짓 되었다."라고 기록되어 있다.

89 윤형산(尹亨山) : 윤가전(尹嘉銓, 1711~1781)으로, 형산은 그의 호이다. 하북성(河北省) 출신으로 벼슬이 대리시 경(大理寺卿)에 이르렀다. 저서와 편저가 대단히 많았으나, 1781년 문자옥(文字獄)에 의해 희생되어 저서가 모두 불살라졌다. 《열하일기》〈경개록(傾蓋錄)〉에는 " 그의 호는 형산이라 하고, 통봉대부(通奉大夫) 대리시 경(大理寺卿)으로 치사하였으니, 이때 나이는 일흔이다."라고 하였다. 박지원이 열하에 체류할 때 거의 매일 만나 대화를 나누었던 인물이다.

90 초이원(初頤園) : 초팽령(初彭齡, ?~1825)으로, 자는 소조(紹祖)이고, 이원은 그의 호이다. 1780년 진사가 되었고, 운남 순무(雲南巡撫)·형부 시랑(刑部侍郞)을 거쳐 병부 상서(兵部尙書)에 올랐다.

슬을 지냈는지 모르고 세상에 전하는 저술이 있다는 것도 듣지 못했습니다. 바라건대 수소문하여 가르쳐주실 수 있으신지요? 왕거인은 강소성(江蘇省) 사람입니다.

왕혹정(王鵠汀)의 벗인 개휴연(介休然)은 자는 태초(太初) 호는 희암(希菴)이고 촉(蜀) 땅 사람입니다. 건륭(乾隆) 경자(1780) 연간에 역주(易州)의 이가장(李家莊)에 와 살았으며, 저서로 《옹백담수(翁伯談藪)》《북리재해(北里齊諧)》《양각원(羊角源)》 등이 있는데, 그의 벗 동정(董程)과 동계(董稽)의 처소에 맡겨 놓았습니다.[92] 혹정이 "그의 책들이 반드시 후세에 전해질 것은 의심할 바 없다."고 했다는데, 이 책이 세간에 통행된 적이 있는지 모르겠습니다. 아울러 가르쳐주시기 바랍니다.

91 왕거인(王擧人)인……맺었습니다. : 왕민호(王民皥, 1727~?)는 박지원이 열하에 체류할 때 매일 만나 대화를 나누었던 사람으로, 과거를 단념한 채 열하의 태학(太學)에 기거하며 궁색하게 지냈던 불우한 인물이다. 《열하일기》의 〈혹정필담(鵠汀筆談)〉과 〈망양록(亡羊錄)〉은 왕민호와 나눈 필담을 수록한 것이다.

92 개휴연(介休然)은……놓았습니다 : 이 부분은 《열하일기》 〈혹정필담〉에 나오는 내용을 요약하여 제시한 것이다. 《열하일기》에 의하면, 개휴연은 원래 촉 땅 사람으로 역주(易州)의 이가장(李家莊)에 와서 차(茶)를 팔아 생계를 유지했다고 하였다.

중복 심병성에게 보내는 편지 5[93]
又

금년 봄 연공사(年貢使)가 돌아오는 편에 보내주신 편지를 받았습니다. 끝없이 이어지는 천 마디 말씀에서 그 정(情)이 지면(紙面)에 넘쳐나니 산과 바다 건너 떨어져 있다는 것도 모른 채 감탄하고 가슴에 새기면서 지금까지 손에서 놓지 못하고 있습니다.

그사이 임금의 은혜를 입어 시강(侍講) 등 여러 직함에 발탁되었음을 알고 기뻐서 잠을 이루지 못했습니다. 이는 다만 바야흐로 형의 앞길이 열렸기 때문만이 아니라 벗들이 줄줄이 관직에 나갔기 때문이니, 벗의 현달을 함께 기뻐함[94]이 어찌 끝이 있겠습니까.

93 중복……편지 5 : 1863년(철종14) 10월 27일에 쓴 편지이다.

1861년 연행 때 중국의 벗들과 고염무 사당에 참배하고 음복한 일을 그림으로 제작한 〈고사음복도(顧師飮福圖)〉를 보내며, 모습을 상상하여 화공(畵工)에게 일러주고 그리게 했으므로 제대로 닮게 그렸을 리가 만무하니 훌륭한 화공을 통해 다시 수정해서 보내 줄 것을 요청하였다. 〈고사음복도에 쓴 글〔題顧師飮福圖〕〉이 《환재집》 권11에 실려 있어 참고가 된다. 또 환재는 편지를 통해 학술적 토론을 펼쳐보는 것이 어떻겠느냐고 제안한 뒤, 자신이 먼저 담초(談草)를 보낸다고 하였다. 뒤에 붙은 몇 건의 별지는 환재가 말한 담초인 것으로 짐작된다. 고염무의 《하학지남(下學指南)》, 황여성(黃汝成)의 《일지록집석(日知錄集釋)》, 왕무횡(王懋竑)의 《백전잡저(白田雜著)》, 《전경당총서(傳經堂叢書)》에 실린 능명개(凌鳴喈)의 《논어해의(論語解義)》 등에 대해 질문하였다. 특히 《논어해의》에서 능명개가 고염무와 모기령(毛奇齡)을 동시에 칭찬하고 있음을 비판하면서, 주자(朱子)의 설을 철저히 비판한 모기령은 고염무와 함께 거론될 수 있는 인물이 아님을 강조하였다.

94 벗의……기뻐함 : 원문은 '栢悅'인데, '잣나무의 기쁨'이란 말로 가까운 친구의 좋은

또 편지의 내용을 살펴보건대 '관견(管見)[95]을 감히 바치지 않을 수 없었다.'라는 말씀이 있었으니, 이것은 반드시 시무(時務)를 논하고 그 계책을 올린 글이 있어서일 것입니다. 그렇다면 그것은 한 편의 훌륭한 문장일 것인데, 제가 한 번 읽어보지 못하니 이 마음이 어찌 답답하지 않을 수 있겠습니까.

존부대인(尊府大人)[96]께서 기주(岐州)에 부임하신 지가 지금 7, 8년이나 되어 문안 올리지 못한 지가 오래되었을 것이니, 형의 마음이 절박할 것으로 생각합니다. 하지만 효도하는 마음을 미루어 넓혀 충성할 때[97]가 바로 오늘이니, 이 말로 스스로 권면하신다면 또한 망운(望雲)의 정[98]을 조금이나마 위로할 수 있을 것입니다.

그곳은 풍학(風鶴)에 자주 놀랄 것인데,[99] 근래에는 편안해졌는지

일에 대해 함께 기뻐한다는 의미이다. 진(晉)나라 육기(陸機)의 〈탄서부(嘆逝賦)〉에, "진실로 소나무가 무성하면 잣나무가 기뻐하고, 아! 지초(芝草)가 불에 타니 혜초(蕙草)가 탄식하네.〔信松茂而柏悅, 嗟芝焚而蕙嘆.〕"라고 한 데서 나온 말이다. 《文選 卷16》

95 관견(管見) : 대롱 구멍으로 사물을 본다는 뜻으로, 자기의 견해를 의미하는 겸사이다.

96 존부대인(尊府大人) : 상대방의 부친을 이르는 말이다.

97 효도하는…때 : 원문은 '推孝爲忠'인데, '이효위충(移孝爲忠)'이라고도 한다. 《효경(孝經)》 〈광양명(廣揚名)〉에 "군자는 어버이에 대해 효성을 다 바치기 때문에, 임금에 대해 그 마음을 옮겨 충성할 수 있다.〔君子之事親孝, 故忠可移於君.〕"라고 한 데서 나온 말이다.

98 망운(望雲)의 정 : 구름을 우러러 바라본다는 뜻으로 고향의 어버이를 그리워하는 것을 말한다. 두보(杜甫)의 〈객당(客堂)〉시 제2수에 "늙은 말은 끝까지 구름을 쳐다보고, 남쪽 기러기는 마음이 북쪽에 있네.〔老馬終望雲, 南雁意在北.〕"라고 한 구절에서 나왔다. 《杜少陵詩集 卷15》

99 풍학(風鶴)에……것인데 : 작은 소식에도 놀라 의심한다는 말인데, 여기서는 태평

요? 더욱 간절히 마음으로 기원합니다. 봄과 여름 이래로 도체(道體)가 편안하시며 가족과 자제들도 두루 만복하신지요?

저는 근년에 쇠약한 모습을 많이 느끼고 질병이 자주 생기는데, 오직 한스러운 것은 지향과 사업이 그에 따라 무너진다는 것입니다. 늘 분발하여 스스로 노력하기를 생각하지만, 어디에서 형처럼[100] 좋은 벗을 얻어 부단히 저를 깨우칠 수 있겠습니까.

초상화를 그려 서로 부쳐주자는 것은 본래 저의 생각에서 나온 것인데, 금옹(琴翁 신석우)과도 함께 이야기하였습니다. 그런데 금옹은 근래 또 병이 잦아 흥미가 사라져 아마 이 일에 마음 쓸 수 없을 듯합니다. 저는 또 잘 알고 지내는 재주 있는 화사(畵史 화공(畵工))가 마침 다른 고을에 있어 아직 그 일을 진행하지 못하고 있습니다만, 반드시 계획과 약속을 실천할 것이니 잠시 기다려주시는 것이 어떻겠습니까.

〈고사음복도(顧祠飮福圖)〉[101]는 이미 오래전부터 계획해 온 것인데,

천국군의 소란에 동요할 것이라는 말이다. 풍학은 '풍성학려(風聲鶴唳)'의 준말로, 겁을 먹은 사람이 조그만 일에도 놀라 의심하는 것을 말하며 전쟁 소식을 의미하기도 한다. 동진(東晉) 효무제(孝武帝) 때 진왕(秦王)의 부견(苻堅)이 반란을 일으켰다가 사현(謝玄)이 이끄는 군대에 대패하고 달아났는데, 부견의 군졸들이 바람 소리나 학 울음소리를 듣고도 왕사(王師)가 쫓아오는 것으로 오인하여 혼비백산했다고 한다. 《晉書 卷79 謝玄列傳》

100 형처럼 : 원문은 '左右'인데, 편지글에서 평교(平交) 사이에 상대방을 지칭하는 표현이다.

101 고사음복도(顧祠飮福圖) : 환재가 1861년(철종12)의 연행을 마치고 귀국한 뒤 화공을 시켜 고염무의 사당을 방문한 일을 그리게 하여 만든 그림이다. 환재는 이 그림을 완성하고 〈고사음복도에 쓴 글〔題顧祠飮福圖〕〉을 지었는데, 《환재집》 권11에 수록되어 있다.

이번 인편에 그림을 부쳐드립니다. 여러 벗들의 맑은 모습을 묵묵히 상상하여 입으로 불러주며 그리게 한 것이니, 이런 방법으로는 조금도 비슷하게 그려낼 리 만무합니다. 오직 저의 모습은 거의 닮게 그릴 수 있지만 그마저도 제대로 되지 않았으니, 어쩌겠습니까. 제 생각으로는, 제가 이 그림을 올리면 형께서 재주 있는 자에게 일일이 여러 사람과 비슷하도록 수정하게 하시고, 다시 그 그림을 저에게 보내 세상에 전할 보배로 삼게 해 주셨으면 하는데, 어떻게 생각하실지 모르겠습니다. 그리고 그때 시(詩)든 문(文)이든 여러분들이 각자 기록하는 말을 아울러 적어주시기 바랍니다. 이 그림을 보내면 한 번 보고 웃으시겠지만, 범범히 여기지 마시고 꼭 저의 뜻에 부응해 주시기 바랍니다.

이어 생각건대, 여러 분들께서 문연(文讌)의 모임을 가질 때 혹시 한 자리를 비워 두시고 그 자리에 저 환경(瓛卿)이 참여해 있다고 생각하여 제가 올린 담초(談艸 필담하기 위한 글)를 꺼내 읽으시면서 서로 붓을 당겨 답하고 묻기를 성대하고 가식 없이 하여 보내주시면, 제가 다음 인편에 또 다시 답변해 드리는 것이 어떨까 합니다.

이렇게 하면 초상화를 보고 사람을 그리워하는 것보다 훨씬 정신이 흘러 움직일 것이니, 안부나 전하는 짧은 편지보다 어찌 낫지 않겠습니까. 우리들이 멀리서 서로 질문하는 것은 경전(經典)과 문자(文字)에 관한 일에 불과하지만, 전혀 구애될 것이 없습니다. 제가 이번에 담초 몇 장을 올리니 부디 이에 따라 답서를 주시는 것이 어떻겠습니까.

기춘포(祁春圃)[102]와 동죽파(董竹坡)[103] 두 분은 평안하시며, 동지

102 기춘포(祁春圃) : 기준조(祁雋藻, 1793~1866)로, 자는 숙영(叔穎)·순보(淳甫)이고, 춘포는 그의 호이다. 체인각 대학사(體仁閣大學士)와 태자 태보(太子太保)를

여러 군자들께서도 모두 편안하신지요? 이번 인편에 연추(研秋 동문환)와 소학(少鶴 왕증)에게 답신을 보내지 않은 것은 반드시 도본(圖本)과 담초(談艸)를 함께 보실 것이므로 번다하게 중복할 필요가 없기 때문입니다.

수산(繡山)[104]과 회생(淮生 설춘려)은 모두 도산(道山)으로 돌아갔으니,[105] 그 슬픔을 어찌 말로 다하겠습니까. 회생은 왕사(王事)에 힘쓰다가 돌아가셨다고 말할 만한데[106] 영광스런 추증이 있었습니까? 후손들이 고향에 있습니까? 지면은 짧고 생각은 기니 걱정한들 어찌하겠습니까. 오직 벼슬살이 하시는 체후에 만복이 깃들고 돌아오는 인편에 덕음(德音)을 들려주시기를 기원합니다.

계해년(1863, 철종14) 10월 27일, 우제(愚弟) 모(某)가 아룁니다.

거쳐 예부 상서에 이르렀다. 시호는 문단(文端)이다. 저서로는 《만구정집(謾飮亭集)》《관과존고(館課存稿)》《근학재필기(勤學齋筆記)》 등이 있다.

103 동죽파(董竹坡) : 동원순(董元醇)으로, 자는 자후(子厚)이고, 죽파는 그의 호이다. 함풍(咸豐) 2년(1852)에 진사에 올라 한림원 편수(翰林院編修)와 산동도 어사(山東道御史)를 역임하였고, 태복시 소경(太僕寺少卿)에까지 이르렀다.

104 수산(繡山) : 공헌이(孔憲彝, 1808~1863)의 호로, 자는 서중(叙仲)이다. 1837년 거인(擧人)이 되었고, 내각 시독(內閣侍讀)을 지냈다. 시와 그림과 전각에 뛰어났으며, 저서로 《대악루시록(對嶽樓詩錄)》이 있다.

105 도산(道山)으로 돌아갔으니 : 세상을 떠났다는 말이다. 도산은 사람이 죽으면 돌아간다고 알려진 선계(仙界)이다.

106 회생(淮生)은……만한데 : 설춘려는 성품이 강직하여 직언을 서슴지 않아 여러 차례 상소하여 권귀(權貴)들을 탄핵하였고, 함풍(咸豐) 11년(1861)에는 상소하여 황제가 멀리 도망가지 말 것을 간언하기도 하였다. 《重修安徽通志 卷200 人物志 宦績23 滁州》

별지 1

정림(亭林) 선생의 《하학지남(下學指南)》[107]이 《십종서(十種書)》[108] 등을 간행한 가운데 들어있지 않은지요? 이 책은 선생께서 학문하신 정도(正道)와 관련된 것인데, 아직 읽어보지 못해 매우 한스럽습니다. 권질(卷帙)이 방대한 책은 아닐 것으로 생각되는데, 만약 부본(副本)이 있어서 부쳐주시는 은혜를 입는다면 그 감격이 어떻겠습니까. '나를 좋아하는 사람이 나에게 대도를 보여주었네.〔人之好我 示我周行〕'[109]라고 노래한 것처럼 해주신다면 먼 곳에 있는 학자의 행운이 될 것입니다.

별지 2

《일지록집석(日知錄集釋)》은 지난번에 가지고 귀국하여 자세히 읽어보았으니, 황여성(黃汝成) 씨는 실로 고정림(顧亭林) 문하의 공신(功臣)입니다.[110] 그러나 주석한 부분이 간혹 지나치게 번

107 하학지남(下學指南) : 고염무의 저술로 현존하지 않는다. 19쪽 주19 참조.

108 십종서(十種書) : 《고정림선생유서십종(顧亭林先生遺書十種)》을 가리킨다. 강희(康熙) 연간에 반뢰(潘耒, 1646~1708)가 《좌전두해보정(左傳杜解補正)》《구경오자(九經誤字)》《석경고(石經考)》《금석문자기(金石文字記)》《운보정(韻補正)》《창편산수기(昌平山水記)》《휼고십사(譎觚十事)》《고씨보계고(顧氏譜系考)》《정림문집(亭林文集)》《정림시집(亭林詩集)》 등 고염무의 저술 10종을 간행하였다.

109 나를……보여주었네 : 《시경(詩經)》〈녹명(鹿鳴)〉에 나오는 구절이다.

110 일지록집석(日知錄集釋)은……공신(功臣)입니다 : 《일지록집석》은 황여성(黃汝成, 1799~1837)이 고염무의 문인 반뢰(潘耒)가 간행한 《일지록》을 대본으로 삼아 원문을 교감하고 자신의 안설(按說) 등 총 96인의 주석을 덧붙인 것으로, 1834년 간행되었다. 이 책은 《일지록》의 최정선본(最精善本)으로 평가받는다. 황여성의 자는 용옥(庸玉), 호는 잠부(潛夫)이다. 도광(道光) 때 관직에 임명된 적이 있었으나 부임하지

다한 감이 있는데, 논자들은 어떻게 생각하는지 모르겠습니다.

별지 3

어떤 사람이 한 상자의 책을 보여주었는데 《전경당총서(傳經堂叢書)》[111]라는 제목이 붙어 있었고, 상자 속에 있는 4책은 바로 능명개(凌鳴喈)의 《논어해의(論語解義)》였습니다. 《전경당총서》는 누가 편집한 것인지 모르겠고 또 모두 몇 종인지도 모르겠는데, 거기에 집록(輯錄)된 책들은 모두 능씨(凌氏)의 책과 같은 것들인지요? 능씨는 가경(嘉慶) 연간의 사람인데, 관직은 몇 품에 이르렀고 마지막에는 어떠한 명절(名節)을 성취하였는지요?

그 책을 열람해 보니 경술(經術)을 천명하려고 지은 것이 아니었습니다. 오로지 정자(程子)와 주자(朱子)를 욕하고 성인의 가르침을 곡해(曲解)하여 자신의 설을 이루기로 작정하여, 날뛰고 방자하며 너무나 거리낌이 없습니다. 한학(漢學)과 송학(宋學)의 학파 간 분쟁은 진실로 어제오늘의 일이 아니지만, 큰소리로 꾸짖고 추악하게 욕하기를 이처럼 심하게 한 적은 없었습니다. 여러분들께서 일찍이 그 책을 보시고 어떻게 생각했는지 모르겠습니다.

그의 문호(門戶)는 아마 소산(蕭山)[112]의 유파인 듯하니, 그가

않았다. 집안이 부유하고 학문을 좋아하였으며, 천문·지리·율력(律曆)·훈고(訓詁) 등 다양한 방면에 두루 능통하였다. 《일지록집석》 외에 《일지록간오(日知錄刊誤)》《수해루문집(袖海樓文集)》 등이 있다.

111 전경당총서(傳經堂叢書) : 능명개(凌鳴喈)의 손자인 능용(凌鏞)과 능호(凌鎬)가 도광(道光) 연간에 편찬한 총서이다.

112 소산(蕭山) : 모기령(毛奇齡, 1623~1716)으로, 소산은 그의 출생지이다. 자는

물려받은 학문은 반드시 그 유래가 있을 것입니다. 그런데 자신이 추중(推重)하는 사람으로 정림(亭林)과 서하(西河 모기령(毛奇齡))를 나란히 거론하여 칭송하였으니, 이는 또 참으로 괴이합니다. 정림은 송나라 유자들에 대해, 빠뜨린 것을 보충하고 놓친 것을 수습하여 그들이 이르지 못한 점을 바로잡은 부분이 있고 본말(本末)을 철저히 탐구하고 실사구시(實事求是)하여 강학가(講學家)[113] 말류(末流)의 폐단을 구제한 점이 있습니다. 하지만 정림이 어찌 저들이 '서하 선생(西河先生)'이라고 일컫는 자처럼 정자와 주자를 헐뜯고 배척한 적이 있었기에 마침내 그에게 추중을 받는단 말입니까. 이것은 고정림 선생을 사숙(私淑)한 사람으로서 분별하지 않아서는 안 될 것인데, 여러 군자들께서는 어떻게 생각하시는지 모르겠습니다.

별지 4

왕무횡(王懋竑)의 《백전잡저(白田雜著)》[114]는 모두 몇 권인지요? 서점에 당연히 있을 것인데, 지난번에도 구했으나 얻지 못했고,

대가(大可)・우일(于一)・제우(齊于)이고, 호는 초청(初晴)・만청(晩晴)이다. 청나라 고증학의 선구자로 주희(朱熹)의 경서 주석을 신랄하게 비판하였으며, 경학(經學)・역사・지리 등에 관한 많은 저술을 남겼다. 문집으로 《서하집》이 있다.

113 강학가(講學家) : 저술보다 강학에 치중하는 학자를 말한다.

114 왕무횡(王懋竑)의 백전잡저(白田雜著) : 왕무횡(1668~1741)의 자는 여중(予中), 호는 백전(白田)이다. 주희의 학문을 신봉하여 연구에 매진하였고, 그 때문에 51세 때에 겨우 진사가 되었다. 한림원 편수(翰林院編修)를 지냈다. 저서로 《백전초당존고(白田草堂存稿)》《주자연보(朱子年譜)》《주자문집주(朱子文集注)》《주자어록주(朱子語錄注)》《백전잡저》 등이 있다. 《백전잡저》는 8권으로 이루어져 있는데, 《주자연보》와 관련하여 고증하고 변론한 글들을 모은 책이다.

전후로 다른 사람에게 구해달라고 부탁했지만 결국 보지 못했습니다. 이 분의 독실하고 정박(精博)함과 학파에 대한 편견이 전혀 없는 점을 가장 흠복(欽服)하는데, 전서(全書)를 아직 보지 못한 것이 한스럽습니다.

중복 심병성에게 보내는 편지 6[115]

又

중복 존형 지아(知我)께.

서한산(徐漢山)이 형에게 전할 편지를 소매 속에 넣어갈 것입니다.[116] 벗들과 몇 번 회합하셨을 것이니, 그 즐거움을 알만 합니다. 저는 홀로 꿈속에서 자주 그리워하고 있는데, 저를 생각하며 성대하게 이야기한 적이 있으신지요? 우리나라의 박정유(朴貞蕤)는 이름이 제가(齊家)인데, 예전에 연경의 객관에서 촉(蜀) 땅으로 돌아가는 이우촌(李雨邨)[117]과 이별하면서 지은 시에,

115 중복……편지 6 : 1864년(고종1) 10월에 쓴 편지로 보인다.

환재는 자신이 써 보낸 담초(談草)에 대해 제가(諸家)의 답변이 있었는지 궁금해하면서, 한 번 이런 방식이 만들어지면 서로 간에 분명 도움을 줄 것이므로 반드시 생각해 달라고 부탁하였다. 또 〈회인도(懷人圖)〉가 완성되어 보낸다고 했는데, 환재 자신의 초상화를 그려 보낸 것으로 보인다. 또 아우 박선수(朴瑄壽, 1821~1899)의 장원급제 소식을 전하며 천하의 지기(知己)에게 기쁜 소식을 알린다고 하였다. 아울러 이미 세상을 떠난 남병철(南秉哲, 1817~1863)의 천문수학에 관련된 저술《해경세초해(海鏡細草解)》《의기집설(儀器輯說)》《추보속해(推步續解)》를 보내면서, 하거(霞擧) 왕헌(王軒)에게 전달해 주기를 요청하였다.

116 서한산(徐漢山)이……것입니다 : 서한산은 서형순(徐衡淳, 1813~1893)으로, 한산은 그의 호이고, 본관은 대구(大丘), 자는 치평(稚平)이다. 서형순은 1860년 10월에 동지부사(冬至副使)로 임명되어 정사(正使) 신석우(申錫愚)와 함께 청나라에 다녀왔다. 또 1864년(고종1) 9월 사은사의 정사로 북경에 갔는데, 이 때 서형순 편에 편지를 보낸 듯하다.《高宗實錄 1年 9月 27日 · 2年 2月 6日》실록의 기록은 서형순이 1864년 9월 27일 사폐(辭陛)한 것으로 되어 있지만, 편지의 내용으로 볼 때 시간이 조금 지체되어 10월 말경에 출발한 것으로 보인다.

촉객은 시를 지어 벽계를 묻고　蜀客題詩問碧鷄
한인은 말을 타고 점제를 나가네　韓人騎馬出黏蟬
그리움은 온통 고개 돌리는 곳마다 있으니　相思總有回頭處
강물은 동으로 흐르고 해는 서쪽으로 기우네[118]　江水東流日向西

라고 한 구절이 있습니다. 지금 저는 지는 해와 떨어지는 달을 돌아볼 때마다 오래도록 서글피 이 시를 읊조리지 않은 적이 없습니다. 한산이 연경에 도착할 즈음이면 이 마음은 더욱 그리움을 견딜 수가 없을 것입니다만, 응당 답신이 있을 것이기에 근래의 여러 가지 정황은 더 여쭙지 않습니다.

작년에 올린 담초(談草)[119]에 대해 과연 여러 군자들의 회답을 받을 수 있을는지요? 이것은 하늘 끝에서도 얼굴을 대하는 듯한 방법이니, 평범하게 안부 편지를 왕복하는 것과는 비교되지 않습니다. 이런 방법

117 이우촌(李雨邨) : 이조원(李調元, 1734~1803)으로, 자는 갱당(羹堂)·찬암(贊庵)·학주(鶴洲)이고, 우촌의 그의 호이다. 다른 호는 동산준옹(童山蠢翁)이다. 광동학정(廣東學政)·직예통영도(直隸通永道) 등을 역임하였다. 저서로 《우촌곡화(雨村曲話)》《우촌극화(雨村劇話)》《동산전집(童山全集)》이 있다.

118 촉객(蜀客)은……기우네 : 이 시는 박제가의 《정유각집(貞蕤閣集)》 제3집에 〈사천으로 돌아가는 장선산에게 주다〔贈張船山歸四川〕〉라는 제목으로 수록되어 있는데, 장선산은 장문도(張問陶)이다. 따라서 이우촌과 이별할 때 주었다는 것은 환재의 착오로 보인다. 벽계는 벽계방(碧鷄坊)으로, 사천성(四川省) 성도(成都)의 마을 이름이다. 점제는 낙랑군(樂浪郡)의 속현으로, 지금의 어디에 해당하는 곳인지는 정확하지 않다.

119 작년에 올린 담초(談草) : 〈중복 심병성에게 보내는 편지 5〉의 별지에 실린 내용을 말한다.

을 한 번 만든다면 경사(經史)와 도예(道藝 학문과 예술)에 대해 질문하고 변론하며 도움이 적지 않을 것입니다. 우리들이 그저 좋아하는 마음과 그리움으로 범범하게 안부나 전하는 말만 한다면 또한 붕우의 즐거움에 다시 무슨 보탬이 되겠습니까. 부디 생각해 주십시오.

저의 근황은 공사(公私) 간에 힘들고 바쁩니다. 제 아우 온경(溫卿)은 이름이 선수(瑄壽)임을 이미 말씀드린 적이 있는데, 며칠 전에 장원급제하여 품계가 올라 병조(兵曹)의 당상관(堂上官)이 되어[120] 그 영화가 사람들을 감동시켰습니다. 이 아우는 저와 나이 차가 열네 살인데, 부모를 여읜 이래 형제가 서로 의지하였고 집이 또 지극히 가난하여 고생이 이만저만이 아니었습니다. 다행이 오늘에 이르러 이런 성취가 있음은 임금의 은혜와 선조의 음덕(陰德)이 아님이 없기에, 감격의 눈물이 절로 흐릅니다. 그러니 천하의 지기(知己)를 위해 어찌 이 마음을 이야기하지 않을 수 있겠습니까.

〈회인도(懷人圖)〉[121] 한 폭은 이제야 비로소 솜씨 좋은 화공(畫工)을 얻어 그렸기에 인편에 부쳐 올립니다. 바라건대 여러 군자들과 한번 펼쳐보고 크게 웃으시는 것이 어떻겠습니까. 늙고 추한 모습이 이와 같지만 어쩌겠습니까. 여러 군자들께 각각 서신을 보내지 못해 이 때문에 마음이 몹시 어지럽습니다. 부디 이 편지를 함께 읽어 주십시오.

120 제 아우……되어 : 온경(溫卿)은 박선수의 자로, 호는 온재(溫齋)이다. 박선수는 1864년(고종1) 10월 18일에 44세의 나이로 증광 문과(增廣文科)에 장원급제하였고, 10월 19일 병조 참지(兵曹參知)에 임명되었다. 병조 참지는 정3품 당상관의 품계이다. 《文科榜目》《高宗實錄 1年 10月 18日》《承政院日記 高宗 元年 10月 19日》

121 회인도(懷人圖) : 앞 편지인 〈중복 심병성에게 보내는 편지 5〉에서 말한 서로 그려주기로 한 초상화를 말하는 듯하다.

하거(霞擧 왕헌)는 평소 수리(數理)에 관심을 두었고 망우(亡友) 남규재(南圭齋) 상서(尙書)와 일찍이 신교(神交)가 있었으므로, 지금 규재가 편집한 3종의 서적을 이번에 부쳐 올립니다.[122] 부디 즉시 하거 형에게 전해 주시어, 자세히 살펴보고 나서 그 공부의 깊이를 논하여 저로 하여금 망우의 정밀한 조예(造詣)가 어떠한지를 알게 해 주시기 바랍니다. 저는 본래 이 일에 힘을 쓴 적이 없으므로 대방(大方)[123]께 여쭈어보고자 하는 것입니다.

〈회인도〉는 형께서 그려 주겠다고 한 지난날의 약속을 어기지 않기를 천 번 만 번 바라니 헤아려 주시기 바랍니다. 사신이 돌아오면 덕음(德音)을 받들게 될 것이기에 이번에는 하고 싶은 말을 다하지 않습니다.

122 남규재(南圭齋)……올립니다 : 남규재는 남병철(南秉哲, 1817~1863)로, 자는 자명(子明)이고, 규재는 그의 호이다. 영조 때 대제학을 지낸 남유용(南有容, 1698~1773)의 아들이며, 남공철(南公轍)이 그의 종고조(從高祖)이다. 1837년(헌종3) 문과에 급제하였고, 헌종에게 규재라는 호를 하사받았다. 특히 수학(數學)에 뛰어나 수륜지구의(水輪地球儀)와 사시의(四時儀)를 제작하였다. 저서로는 《해경세초해(海鏡細草解)》《의기집설(儀器輯說)》《성요(星要)》《추보속해(推步續解)》《규재유고(圭齋遺稿)》 등이 있다. 남병철이 편집한 3종의 서적은 《해경세초해》《추보속해》《의기집설》 등 천문수학에 관련된 서적을 말한다.

123 대방(大方) : 식견이 넓고 뛰어난 사람을 말한다.

중복 심병성에게 보내는 편지 7[124]

又

중복 존형 지기 합하께.

생각건대, 형께서 도성을 나가신 해에 제가 먼저 편지를 보냈지만 회신을 얻지 못했고, 이로부터 5, 6년 동안 어안(魚雁 서신)을 전할 방도가 없었습니다. 신교(神交)가 편지로 안부를 묻는 것에 있지 않지만 어찌 그리워하며 실망하지 않을 수 있겠습니까. 그런데 이번에 연경에 와서 끊어졌던 거문고 줄을 다시 잇고 사랑스런 장주(掌珠)까지 얻었다는 소식을 들었으니[125], 먼 곳에 있는 이 벗의 기대에 큰 위로가 되었습니다.

상해(上海)에 머물러 다스리고 계신다니, 그곳은 공무가 솜털처럼 번다하여 여가가 적을 것이라 생각됩니다. 하지만 독서한 내용은 어지럽고 복잡한 상황에서 제대로 발휘되는 법이니, 부디 힘쓰시기 바랍니다. 공무의 여가에 술 마시며 시 읊는 일을 게을리 하지 않으시는지요?

124 중복……편지 7 : 1872년(고종9) 10월에 북경에서 쓴 편지이다. 앞의 편지가 1864년(고종1) 10월에 보낸 것이므로 만 8년 만의 편지이다. 당시 환재는 청나라 동치제(同治帝)의 혼인을 축하하기 위한 진하사로 북경에 갔는데, 심병성은 이때 상해 도태(上海道台)로 부임한 터라 서로 만나지 못했던 것이다. 심병성의 재혼과 득남을 축하하고, 상해에 있는 동안 해양 방어책을 강구해 볼 것을 권유하였다.

125 그런데……들었으니 : 심병성이 재혼하고 득남했다는 소식을 들었다는 말이다. 끊어진 거문고[斷絃]는 부인과 사별(死別)하였다는 말로 옛날 부부 관계를 금슬(琴瑟)에 비유하였던 것에서 나온 말이다. 또 장주(掌珠)는 '손바닥 위의 구슬'이란 말로 '장상명주(掌上明珠)'의 준말인데, 다른 사람의 자녀를 일컫는다.

혹시라도 해양(海洋) 방어책[126]을 논한 글을 짓는다면 이것은 실용적인 것이 될 것입니다. 환경(瓛卿)이 오늘 형께 바라는 것은 여기에 있지 저기에 있지 않습니다.[127]

제가 다시 이곳에 도착했지만 옛 벗들을 만나지 못했으니, 저의 애틋하고 안타까운 마음을 아량(雅量)으로 헤아리실 것입니다. 동쪽으로 푸른 바다를 보니 구름과 놀이 적막하고 온 하늘에 밝은 달만 떠 있습니다. 머리 들어 서로 바라보며 다시 그리운 사람에 대해 글을 지어야 할 것입니다.

저는 지금 머리가 다 벗겨지고 이가 반이나 빠졌습니다만, 그래도 오히려 3천 리 길을 달려온 것은 오로지 한두 벗을 만나고자 했기 때문이었습니다. 그런데 이처럼 무료하기만 합니다. 그러나 형께서 더욱 힘써 공을 세워 탁월한 공훈과 업적으로 멀리 있는 이 벗의 기대에 깊이 부응해 주시기를 바랍니다. 이만 줄입니다. -동치(同治) 임신년(1872, 고종9) 맹동(孟冬)-

126 해양 방어책 : 원문은 '籌海'이다. 위원(魏源, 1794~1857)의 《해국도지(海國圖誌)》에도 해양 방어책을 논한 부분의 제목이 〈주해편(籌海篇)〉으로 되어 있기에 이렇게 번역하였다.

127 여기에……않습니다 : 술 마시며 시를 읊는 것보다는 실용적인 해양 방어책에 대해 글을 지어보라는 의미이다.

소학 왕증에게 보내는 편지[128]

與王少鶴拯

하늘이 내린 인연이 잘 맞아 형과 친분을 맺을 수 있었습니다. 다만 한스러운 것은 만나 뵙기까지 너무 오래 걸렸고 만났다가 너무 바쁘게 돌아와 하늘 끝 땅 끝에 있어서 진실로 만나기 쉽지 않다는 점입니다. 이 마음의 가득한 한스러움이 참으로 심한데, 형께서도 저처럼 그리움과 허전함을 느끼시는지 모르겠습니다.

어느덧 겨울이 되어 날씨가 고르지 않은 즈음에, 도체(道體)가 편안하시며 공무의 여가에 동지 여러분들과 자주 단란하게 즐기시는지요? 그리운 마음 절절하여 언제나 마음이 달려감을 금할 길 없습니다. 저는 돌아오는 길에 아무런 문제가 없었습니다만, 지금의 상황은 그저 변변치 못해 말씀드릴 만한 것이 없습니다.

전에 들으니, 신금천(申琴泉 신석우)이 가지고 돌아온 매백언(梅伯言) 선생의 문집은 바로 존형께서 주신 것이라고 하더군요.[129] 매선생

128 소학……편지 : 1861년(철종12) 10월에 보낸 것으로 〈중복 심병성에게 보내는 편지 1〉과 함께 보낸 것이다. 환재는 1861년 연행에서 왕증과 교분을 맺은 바 있다. 왕증(王拯, 1815~1876)에 대해서는 27쪽 주37 참조.

신석우(申錫愚)는 1860년 10월 동지사의 정사로 연행을 다녀왔는데, 돌아올 때 왕증의 주선을 받아 매증량(梅曾亮, 1786~1865)의 《백견산방집(柏梘山房集)》을 가지고 왔다. 편지에서 환재는 이런 사실을 신석우로부터 전해 들었다고 하면서, 또 왕증이 쓴 《백견산방집》의 발문에 오류가 있음을 언급하였다.

129 신금천이……하더군요 : 매백언(梅伯言)은 매증량(梅曾亮, 1786~1856)으로, 백언은 그의 자이다. 동성파(桐城派)의 대표적 문인 요내(姚鼐)의 제자이다. 호부 시랑

은 제가 일찍부터 존경하던 분이며, 김대산(金臺山)[130]은 바로 선친(先親 박종채(朴宗采))의 절친한 벗인데, 매선생의 문집에 대산과 서로 지어준 글이 있기에 제가 즉시 금천에게서 가져와 읽어보았습니다. 그 책 말미에 형이 쓴 발문(跋文)이 있었는데, 읽다가 저도 모르게 포복절도할 만한 것이 있었습니다.

발문 중에 거론한 경대(經臺) 김상현(金尙鉉)[131]은 곧 대산의 문인인데, 형의 글에는 "김대산의 아들이다."라고 했습니다. 만약 '산(山)' 자 아래에 '제(弟)' 자 한 글자가 빠진 게 아니라면 아마도 전하는 말을 들을 때 착오가 있었던 듯합니다. 매선생의 문집은 훌륭한 저술이므로 필시 간행될 날이 있을 것이니, 바라건대 즉시 '문인(門人)' 혹은 '제자

(戶部侍郎)을 지냈으며, 왕증(王拯)·풍지기(馮志沂) 등이 그의 제자이다. 그의 문집은 《백견산방집(柏梘山房集)》이다. 신석우는 1860년 10월 22일 동지사의 정사로 임명되어 연행을 떠나 1861년 1월에 왕증과 교분을 맺었다. 그리고 신석우가 북경을 떠날 때 풍지기는 자신이 지은 기(記)와 매증량의 문집인 《백견산방집》을 김상현(金尙鉉, 1811~1890)에게 전해주도록 당부하면서, 자신에게는 《백견산방집》의 여분이 없어서 매증량의 제자인 왕증에게서 이를 구해준다고 말한 바 있다. 《海藏集 卷9 與王少鶴拯書》

130 김대산(金臺山) : 김매순(金邁淳, 1776~1840)으로, 대산은 그의 호이다. 본관은 안동(安東), 자는 덕수(德叟)이다. 1795년 문과에 급제하여 예조 참판·강화부 유수(江華府留守) 등을 역임하였다. 시호는 문청(文淸)이다. 저서로는 《대산집》을 비롯하여 《주자대전문목표보(朱子大全問目標補)》《궐여산필(闕餘散筆)》《열양세시기(烈陽歲時記)》 등이 있다.

131 김상현(金尙鉉) : 본관은 광산(光山), 자는 위사(渭師), 호는 경대(經臺), 시호는 문헌(文獻)이다. 환재의 절친한 벗이며, 정약용(丁若鏞, 1762~1836)·홍석주(洪奭周, 1774~1842)·김매순(金邁淳)의 문인이다. 1859년(철종10) 문과에 급제하였고, 대사성·공조 판서·예조 판서·경기도 관찰사·대사헌 등을 역임하였다. 저서로 《경대집》이 있다.

(弟子)'라는 등의 글자로 고쳐 넣는 것이 어떻겠습니까. 대산은 안동 김씨(安東金氏)이고 경대는 광산 김씨(光山金氏)이니, 족보를 합칠 동족(同族)의 성씨가 전혀 아닙니다.

경대는 저와 아주 친한 사이이므로 이 일을 이야기하며 숱하게 놀렸습니다. 그는 지금 안동 도호부사(安東都護府使)를 지내고 있는데, 제가 편지를 써서 희롱하기를 "이 일은 오직 나만이 소학(少鶴)에게 변무(辨誣)하여 목판에 새겨 간행하는 데 이르지 않도록 해 줄 수가 있고 다른 사람은 할 수 없으니, 반드시 나에게 뇌물을 잔뜩 내놓아야 할 것이오."라고 했습니다. 이곳의 벗들은 이 일을 한바탕 웃음거리로 삼고 있습니다. 매우 우습습니다.

지난번에 베껴 써 주신 두시(杜詩) 여러 폭을 벽상에 펼쳐놓고 밤낮으로 감상하며 끝없이 어루만지고 있습니다.

사신 수레의 출발이 임박하여 경황 중에 틈을 내어 바쁘게 쓰느라 거칠고 소략하여 공경스럽지 못하니, 걱정스럽고 허전한 마음 가눌 길 없습니다. 오직 세시(歲時)에 많은 복을 받으시기를 기원하니, 두루 헤아려 주십시오.

회생 설춘려에게 보내는 편지[132]

與薛淮生春黎

제가 옥하관(玉河館)에 50여 일을 머무르는 동안 형과의 교유가 가장 늦었습니다. 형의 용모와 의범(儀範)을 우러러보니 충후(忠厚)함과 질박함이 말과 얼굴에 흘러넘쳐, 마음속으로 기뻐하고 감복하면서 만남이 늦은 것을 매우 한스러워했습니다. 얼마 뒤 떠날 날짜가 갑자기 닥쳐와 더이상 형과 어울리는 즐거움을 누리지 못하게 되었습니다. 함께 교유한 여러 군자들에 대해 어느 분인들 꿈속에서 그리워하고 애틋해하지 않겠습니까마는, 존형에게만은 더욱 심합니다.

모이고 흩어짐과 만나고 헤어짐은 본래 정해진 형세가 없으니 평소에 계획을 세울 것도 아니지만, 또 기연(起緣)이 이어지지 않을 것이라고 어찌 장담할 수 있겠습니까. 이런 생각으로 그저 저 자신을 위로해도 되겠습니까?

겨울 날씨가 제법 따뜻한데, 도체(道體)가 평안하신지 또 공무에 여가가 있어 붕우들과 어울리며 즐거운 일을 많이 누리시는지 모르겠습니다.

왕초생(汪茱生) 형은 평안하신지요? 만년에 과거를 준비하는 정상(情狀)이 염려스럽습니다.

132 회생……편지 : 1861년(철종12) 10월에 보낸 것으로 〈중복 심병성에게 보내는 편지 1〉과 함께 보낸 것이다. 환재는 1861년 연행에서 설춘려(薛春黎)와 교분을 맺었다. 설춘려에 대해서는 27쪽 주38 참조.

저는 조선으로 돌아오는 길에 다행히 별다른 고생이 없었습니다. 연공사(年貢使)가 출발하려하기에 이렇게 짧은 편지를 적어 잊지 못하는 마음을 표합니다. 이 밖의 많은 일은 편지로 다 말할 수는 없기에 우선 이렇게만 쓰고 더 말씀드리지 않습니다. 오직 세시에 큰 복이 깃들기를 기원하니, 두루 살펴주시기 바랍니다.

용백 정공수에게 보내는 편지[133]

與程容伯恭壽

용백(容伯) 노형 지기 합하(閤下)께.

이처럼 함께 늙어가는 만년은	及此同衰暮
더이상 이별할 때가 아니라네[134]	非復別離時

라는 시는 진실로 우리를 위한 말입니다. 인해(人海)[135]에서 교분을 맺은 것은 형이 가장 먼저였는데, 그사이 10년 동안 마치 서로 잊은 듯했다가 다시 북경에 도착하여 인연을 이었으니, 아마도 조물주의

133 용백……편지 : 환재가 1872년(고종9) 연행을 마치고 귀국한 지 1년이 지난 시점인 1873년 겨울에 쓴 편지이다. 정공수(程恭壽, 1804～?)의 자는 용백, 호는 인해은거(人海隱居)이다. 광록시 소경(光祿寺少卿)을 지냈으며, 글씨에 뛰어났다.

환재는, 연행에서 돌아올 때 정공수가 찾아와 이미 고인이 된 김영작(金永爵)의 아들에게 털 담요를 전해달라고 부탁받은 일을 회상하면서, 김영작 아들 형제의 소식을 전하였다. 또 침계(梣溪) 윤정현(尹定鉉)이 정공수의 글씨를 얻고 싶어 한다는 사실을 전하며 글씨를 부탁하였다.

134 이처럼……아니라네 : 남조(南朝) 양(梁)나라 심약(沈約)이 친구인 범수(范岫)와 이별하면서 지은 〈범안성과 이별하며〔別范安成〕〉라는 시에 "인생의 젊은 시절에는, 헤어질 때 만날 기약하기 쉬웠지만, 이렇게 함께 늙어가는 만년은, 더이상 이별할 때가 아니라네.〔生平少年日, 分手易前期. 及爾同衰暮, 非復別離時.〕"라고 한 구절이 있다. 《古今詩刪 卷9 梁詩》

135 인해(人海) : 바다처럼 헤아릴 수 없이 많은 사람을 비유하는 말로, 인간 세상을 뜻한다. 정공수의 호가 인해은거(人海隱居)라는 점을 염두에 둔 표현이다.

도움이 있는 듯합니다. 그러나 한 번 이별하여 하늘 끝에 있으니 지난날처럼 다시 아득해졌습니다. 모이고 흩어짐과 헤어지고 만남은 정해진 형세가 없음이 이와 같은 것일까요?

어느덧 한 해가 지나 겨울 풍광이 완연히 연경의 성문에서 어울릴 때와 같으니, 꿈속에서나마 어찌 그리워하지 않을 수 있겠습니까. 이러한 즈음에 도체(道體)는 강건하신지요? 어떤 즐거운 일로 만년을 보내고 계시는지요? 곤궁에 처해서도 마음이 편안한 것은 군자가 어려워하는 바인데, 오직 형께서 그렇게 하실 수 있으니 흠복(欽服)해 마지않습니다.

옥하관(玉河館)으로 저를 찾아 주셨다가 이별할 때 손을 잡고 건네주신 털 담요는 이미 김문원(金文園) 형제에게 분명히 전했습니다.[136] 형께서 붕우에게 돈독한 것이 이처럼 지극정성이라 저를 더욱 감탄하게 만드셨으니, 어느 날인들 잊겠습니까.

도원(道園 김홍집(金弘集))이 근래에 또 저의 이웃으로 이사하여 아침저녁으로 만나는데 재주와 학식이 있어 가업을 이을 수 있으니, 소정(邵亭)[137]에게 진실로 훌륭한 자식이 있다고 하겠습니다. 훗날 날개를

136 이미……전했습니다 : 김문원(金文園) 형제는 김승집(金升集, 1826~?)과 김홍집(金弘集, 1842~1896) 형제를 말하는데, 김영작(金永爵, 1802~1868)의 아들이다. 문원은 김승집의 호이고, 자는 경유(敬猷)이며, 김영석(金永錫)의 양자가 되었다. 김홍집의 초명은 굉집(宏集)이고, 자는 경능(景能), 호는 도원(道園)·이정학재(以政學齋)이다. 이들 형제의 부친인 김영작이 1858년(철종9) 동지사의 부사로 연행하여 정공수와 교분을 맺은 일이 있다. 환재는 1872년(고종9) 연행 때 다시 정공수를 만났고, 정공수는 이미 고인이 된 김영작의 아들에게 선물을 전해 달라고 부탁했던 것이다. 《嘉梧藁略 冊15 吏曹參判贈領議政金公神道碑》

137 소정(邵亭) : 김영작의 호이다. 김영작의 본관은 경주(慶州), 자는 덕수(德叟)이

펼쳐[138] 원대한 곳에 도달하게 될 것임을 이루 다 말할 수 있겠습니까.

다만 늘 너무 가난하게 사는 것이 걱정스럽지만, 가난이야 사대부(士大夫)의 본분이니 말할 것이 무어 있겠습니까. 형께서 매번 부지런히 안부를 묻는 이유가 마음에 걸려 잊지 못하시는 것이라 생각되어, 이렇게 말씀드린 것입니다.

저는 가을과 겨울 이후로 쇠약함이 더 심해져 온갖 일에 모두 싫증이 나서 거의 스스로 힘쓸 수 없으니 참으로 걱정스럽습니다.

번거로운 부탁이 있습니다. 저의 선배 중에 윤침계(尹梣溪)[139] 상서(尚書)가 있는데, 경술(經術)과 문학(文學)으로 당대의 홍유(鴻儒)가 되었고, 지금은 이미 벼슬을 그만두고 한가로이 지내고 있습니다. 그가 어떤 사람이 소장한 노형(老兄)의 벽과(劈窠)[140] 묵적(墨蹟)을 자주

다. 1843년(헌종14) 문과에 급제하였으며, 이조・호조・예조・병조의 참판, 한성부 우윤(漢城府右尹)・대사헌・개성부 유수(開城府留守) 등을 역임하였다. 1858년(철종9) 동지사의 부사로 연행하여 북경에서 많은 인사들과 교분을 맺었다. 환재가 연행했을 때 중국 인사들과 쉽게 교분을 맺을 수 있었던 것도 김영작의 공이 컸다고 한다. 저술로는 《소정고(邵亭稿)》《청묘의례(淸廟儀禮)》가 있다.

138 날개를 펼쳐 : 원문은 '羽儀'인데, 훌륭한 재주를 지니고 조정에 나아가 벼슬하는 것을 뜻한다. 《주역》〈점괘(漸卦) 상구(上九)〉에 "기러기가 공중으로 점차 나아가는 것이다. 그 깃이 의법이 될 만하니 길하다.〔鴻漸于陸, 其羽可用爲儀, 吉.〕"라고 한 데서 나온 말이다.

139 윤침계(尹枕溪) : 윤정현(尹定鉉, 1793~1874)으로, 침계는 그의 호이고, 본관은 남원(南原), 자는 계우(季愚), 시호는 효문(孝文)이다. 이조 판서를 지낸 윤행임(尹行恁, 1762~1801)의 아들이다. 51세 때 출사하여 이조・예조・형조의 판서를 거치고 지중추부사(知中樞府事)・판돈녕부사(判敦寧府事)를 지냈다. 환재와 평생에 걸쳐 교유한 벗으로, 경사(經史)에 박식하고 문장으로 명성이 높았는데 특히 비문(碑文)에 능하였다. 문집으로 《침계유고》가 있다.

보며 애호해 마지않는 데다, 또 제가 노형과의 교분이 매우 두텁다는 것을 알고 큰 글씨로 쓴 한 폭의 대련(對聯)을 얻고 싶어하는데, 허락해 주실지 모르겠습니다.

다만 지본(紙本)을 마련해 올릴 수가 없으니 이것이 죄송하고 부끄럽습니다. 좋은 종이를 구하실 필요는 없고 글만 보배로우면 괜찮겠습니다. 이 사람은 올해 81세로 소정(邵亭)의 벗이고 지향도 같은 사람이니, 부디 유념해 주십시오.

연사(年使)가 출발하려 하기에, 인편을 앞에 둔 채 대략 이렇게 바쁘게 쓰고 이만 줄입니다. 식사 조절 잘하시고, 철마다 신의 가호가 있기를 바랍니다. 사신이 돌아올 때 저에게 덕음을 들려주십시오.

우제(愚弟) 모(某)가 아룁니다.

140 벽과(劈窠) : 편액에 큰 글씨로 쓴 글자를 말한다.

하거 왕헌에게 보내는 편지 1[141]

與王霞擧軒

이별한 뒤 세월이 유수처럼 흘렀습니다. 옅은 구름에 가랑비 내리고 사신의 수레가 출발하려는 즈음, 형과의 옛 일을 회상하자니 균암(筠菴)과 인사(仁寺)[142]의 사이로 몸을 옮겨 여러분들과 단란하게 즐길 수 있을 것만 같습니다. 우리의 이번 사신이 옥하관(玉河館)에 도착했다는 소식을 들은 날, 형께서도 응당 이런 감회를 느끼시리라 생각

141 하거……편지 1 : 1861년(철종12) 10월 21일에 쓴 편지이다. 환재가 열하 문안사(熱河問安使)로 연행을 마치고 귀국한 뒤 보낸 편지로, 앞에 나온 〈노천 풍지기에게 보내는 편지〉와 함께 부친 것이므로 그 편지를 통해 보낸 날짜를 확인할 수 있다. 왕헌에 대해서는 18쪽 주14 참조.

이 편지에서 환재는 왕헌이 저술하려 하는 《공범통해(貢範通解)》를 집필했는지 묻고, 지난 연행 때 자신의 글을 한 편도 보여주지 못한 아쉬움을 전하였다. 또 남병철(南秉哲)을 천문수학에 정통한 학자로 소개하고, 남병철이 장돈인(張敦仁, 1754~1834)의 수학서인 《개방보기(開方補記)》를 보고 싶어한다는 사실을 전하며 책을 구해달라고 부탁하였다.

142 균암(筠菴)과 인사(仁寺) : 북경에 있는 송균암(松筠菴)과 자인사(慈仁寺)를 말한다. 1861년 환재가 연행했을 때 동문환(董文煥)이 초대해 송별연을 베풀어주자, 환재는 답례로 자인사 부근의 송균암에 동문환·왕헌(王軒)·황운혹(黃雲鵠) 등을 초대하여 주연을 베풀었다. 송균암은 양초산사(楊椒山寺)라고도 불리는데, 양계성(楊繼聖, 1516~1555)의 옛집으로 북경 선무문(宣武門) 밖에 있었다. 양계성은 명나라 세종(世宗) 때 병부 원외랑(兵部員外郎)을 지낸 인물로, 환관(宦官) 엄숭(嚴崇)의 전횡을 탄핵했다가 처형되었다. 양계성의 충절을 기리기 위해 이곳에 양계성의 사당을 건립했으며, 언관(言官)들이 탄핵 상소를 올릴 일이 있을 때면 사전에 모여 논의하는 곳이 되었다고 한다.

합니다.

가을과 겨울 이래로 도체가 편안하신지요? 공무의 여가에 마음을 다해 연구하는 것은 어떤 일인지요? 《공범통해(貢範通解)》[143]는 이미 가슴 속에 초본(艸本)을 넣어두신 듯했는데, 이미 집필하셨는지요?

제가 지난번에 사신으로 갔을 때 행장을 꾸리는데 다급하여, 상자 속에 한두 종(種)의 졸고(拙稿)가 없지 않았지만 난고(亂稿)에 도을(塗乙)[144]한 상태였고 정리하여 베껴 쓸 여유가 없었으므로 하나도 가져가지 못했습니다. 돌아온 뒤에 정사(淨寫)해서 여러 형들에게 부쳐 올려 가르침을 청하려고 단단히 생각했지만, 공사(公私) 간의 바쁜 일에 병으로 고생하다보니 그에 따라 뜻까지 막히고 무너져 이번 인편에는 뜻을 이루지 못해 매우 서글픕니다.

저의 벗 가운데 상서(尙書)를 지낸 남규재(南圭齋)가 있는데, 이름은 병철(秉哲)입니다. 형께서 금천(琴泉 신석우)에게 들어 알고 계실 줄로 생각합니다. 경서(經書)에 널리 통달하고 경세제민(經世濟民)에 뜻을 두었으며 아울러 주비가(周髀家)의 학설[145]에도 정통합니다. 그가 우연히 원화현(元和縣) 사람 고천리 간빈(顧千里澗蘋)이 지은 《사

143 공범통해(貢範通解) : 어떤 책인지 분명하지는 않지만, 제목으로 보아 《서경(書經)》의 〈우공(禹貢)〉편과 〈홍범(洪範)〉편을 해설한 것으로 보인다.

144 도을(塗乙) : 문자를 고치고 수정하는 것을 말한다. 지우는 것을 도(塗)라 하고, 고치는 것을 을(乙)이라고 한다.

145 주비가(周髀家)의 학설 : 천문수학의 학설을 일컫는다. 주비는 원래 중국 고대의 천체학설(天體學說)의 하나인 개천설(蓋天說)을 가리키는 말로, 하늘을 자루 없는 우산의 형상으로, 땅을 덮개 없는 쟁반의 형상으로 생각한 것이다. 이런 관점으로 천체를 설명한 책이 《주비산경(周髀算經)》이다.

적재집(思適齋集)》을 열람하다가 〈개방보기후서(開方補記後序〉가 있음을 보고서, 《개방보기》라는 책이 바로 양성(陽城) 장고여(張古餘) 선생이 지은 것임을 알았습니다.[146] 이 벗이 그 책을 몹시 보고 싶어 합니다. 형께서도 이 책을 열람하신 적이 있으신지 모르겠습니다. 남군(南君)이 저를 통해 형께서 이 학문에 뜻을 두었음을 듣고, 저에게 여쭈어주기를 부탁하였습니다. 만약 구해 보내주시기 어렵지 않아 저를 대신해 그의 소망을 들어주신다면 매우 고맙겠습니다.

하고 싶은 모든 말은 작은 지면으로 다할 수 있는 것이 아니고 또 중복(仲復) 형에게 보낸 편지[147]에서 이미 자세히 말했으니, 중복 형을 만나실 때 그 편지를 보여 달라고 하신다면 저와 마주앉아 필담하는

146 원화현(元和縣)……알았습니다 : 원화현은 지금의 강소성(江蘇省) 소주(蘇州)의 오현(吳縣)이다. 고천리 간빈(顧千里澗蘋)은 고광기(顧廣圻, 1766~1835)로 천리는 그의 자이고, 간빈은 호이며, 다른 호는 사적거사(思適居士)·무민자(無悶子) 등이다. 경학(經學)과 문자학에 정통했으며, 특히 교감학(校勘學)과 목록학(目錄學) 분야에서는 청나라 최고의 대가로 손꼽힌다. 《사적재집》은 고광기의 문집이다. 〈개방보기후서(開方補記後序〉는 《사적재집》 권11에 수록되어 있는 글로, 제일 첫머리에 "《개방보기》는 양성 장고여 선생이 지은 것이다.〔開方補記, 陽城張古餘先生之所撰也.〕"라는 기록이 있다. 장고여(張古餘)는 장돈인(張敦仁, 1754~1834)으로 고여는 그의 자이고, 호는 고우(古愚)이다. 저명한 수학자이며, 관련 저서로 《집고산경세초(輯古算經細草)》《구일산술(求一算術)》《개방보기》 등이 있다. 《개방보기》는 이름만 전하는 원나라 이야(李冶)의 《개방기》라는 책을 보유(補遺)한 것으로, 개방법을 연구하고 이야의 일서(佚書)들로 보충하여 엮은 수학서이다. 개방법이란 평방근(平方根)과 입방근(立方根), 즉 제곱근과 세제곱근을 계산하는 방법을 말한다. 한편, 고광기의 생몰년에 대해서는 기록에 따라 약간의 차이가 있는데, 여기서는 청나라 조이침(趙詒琛)이 편찬한 《고천리선생연보(顧千里先生年譜)》의 기록에 의거하였다.

147 중복(仲復)……편지 : 앞에 나온 〈중복 심병성에게 보내는 편지 1〉을 말하는데, 왕헌에게 보낸 이 편지와 함께 보낸 편지이다.

것과 다름없을 것입니다.

인편이 앞에 있어 급히 대충 쓰자니 서글픈 마음 어찌 끝이 있겠습니까. 오직 세시에 많은 복을 누리시기를 기원하니, 모두 자세히 헤아리시기 바랍니다.

하거 왕헌에게 보내는 편지 2[148]

又

봄에 돌아온 사신 편에 답신을 받고 형께서 서하(西河)의 슬픔[149]을 겪은 일을 알게 되어, 놀란 마음으로 슬퍼하며 오랫동안 마음을 진정시킬 수 없었습니다. 〈아들 잃은 맹동야에게〔孟東野失子〕〉는 창려공(昌黎公)이 어쩔 도리가 없어 애써 위로하는 말로 지어 준 것입니다.[150] 세월이 오래 지난다 한들 어찌 '태상(太上)은 감정에 동요되지 않는다.〔太上忘情〕'[151]라는 말에 맡길 수 있겠습니까마는, 자제의 죽

148 하거……편지 2 : 편지를 보낸 시기가 기록되지 않았지만, 남병철의 사망 소식을 전하고 있는 점, 자신의 근황은 함께 부친 〈중복 심병성에게 보내는 편지 5〉를 읽어보라고 한 점 등으로 미루어, 1863년(철종14) 10월 27일에 쓴 것으로 보인다. 〈중복 심병성에게 보내는 편지 5〉에 편지를 쓴 날짜가 기록되어 있다.

서두에서 환재는 아들을 잃은 왕헌을 위로하며 안부를 걱정하였다. 또《공범통해(貢範通解)》의 저술이 완료되었다면 한번 읽어보고 싶다는 뜻을 전하며, 벼슬살이에 매여 저술에 매진하지 못하는 자신의 처지를 한탄하였다. 한편, 여주 지부(廬州知府)로 나간 뒤 소식이 끊긴 풍지기(馮志沂)의 근황에 대해 물었으며, 말미에는 남병철의 사망 소식과 병으로 고생하는 신석우의 근황도 덧붙였다.

149 서하(西河)의 슬픔 : 아들의 죽음을 말한다. 공자(孔子)의 제자 자하(子夏)가 노년에 서하에 살았는데, 그곳에서 아들을 잃고 슬픔에 눈이 멀었다는 고사에서 나온 말이다.《禮記 檀弓上》

150 아들……것입니다 : 맹동야(孟東野)는 당나라의 시인 맹교(孟郊, 751~814)로, 동야는 그의 자이다. 한유(韓愈)는 자신의 벗 맹교가 아들 셋을 낳았으나 모두 태어난 지 며칠 만에 죽자 〈아들 잃은 맹동야에게〔孟東野失子〕〉라는 시를 지어 위로하였는데, 그 시에서 한유는 하늘의 입을 빌려 '아들이 많은 것이 복이 될지 화가 될지 아무도 모른다.'는 말을 전하며 너무 슬퍼하지 말라는 뜻을 전하였다.《韓昌黎集 卷4》

음을 슬퍼한 나머지 형의 생명까지 해치지 않는 것이 이 벗의 바람입니다.

여름과 가을 이래로 도체를 잘 보존하고 계신지, 맡은 바 임무를 훌륭히 수행하며[152] 계책을 세우고 시행하는[153] 여가에 벗들과 함께 모여 절차탁마(切磋琢磨)하여 오도(吾道)를 신장시키시는지 모르겠습니다. 《공범통석(貢範通釋)》[154]은 지금 어느 정도 진척되었습니까? 머지않아 저로 하여금 한번 시원하게 읽을 수 있게 해 주실는지요? 우리들이 힘써 할 수 있는 일은 저술(著述)하는 한 가지뿐입니다. 이 일에도 크게 운수가 있습니다만, 그럴 만한 재주가 있고 그러한 시기를 만난 사람은 그냥저냥 느긋하게 세월을 보내서는 안 됩니다.

저는 수십 년 전에는 총명과 정력을 그래도 자부할 만하였습니다. 독서할 때마다 한 부(部)의 책이 가슴속에서 오가며 그 목차와 분류가

151 태상(太上)은……않는다 : 태상은 최고의 경지에 오른 성인(聖人)을 가리킨다. 《세설신어(世說新語)》 〈상서(傷逝)〉에 "최고의 경지에 오른 사람은 감정에 동요되지 않으며, 최하의 사람은 정을 이해하지 못한다.〔太上忘情, 最下不及情.〕"라고 하였다.

152 맡은……수행하며 : 원문은 '大耐官職'인데, 주로 '내관(耐官)'으로 쓰여 어떠한 영욕(榮辱)에도 흔들리지 않고 자신의 임무를 훌륭히 수행하는 것을 말한다. 송나라 진종(眞宗) 때의 재상인 상민중(向敏中)이 우복야(右僕射)에 임명되었을 때 누구의 축하도 받지 않고 연회도 열지 않았다. 이에 진종이 "상민중은 맡은 바 임무를 훌륭히 처리할 것이다.〔向敏中大耐官職.〕"라고 한 데서 나온 말이다. 《宋史 卷282 向敏中列傳》

153 계책을 세우고 시행하는 : 원문은 '有猷有爲'인데, 《서경(書經)》 〈홍범(洪範)〉에 "무릇 서민이 계책을 세움이 있고 시행함이 있고 지킴이 있음을 네가 생각하라.〔凡厥庶民, 有猷有爲有守, 汝則念之.〕"라고 한 데서 나온 말이다.

154 공범통석(貢範通釋) : 〈하거 왕헌에게 보내는 편지 1〉에 나오는 《공범통해(貢範通解)》를 말하는 듯하다. 71쪽 주143 참조.

조리 있게 나열되어, 스스로 '기필코 이 책을 완성하여 위로는 국가의 문헌(文獻)에 보탬이 되고 아래로는 백성의 일상생활에 도움이 있을 것이다.'라고 생각하였습니다. 하지만 해와 달이 가서 세월은 나를 기다려주지 않고, 하찮은 벼슬에 몸이 부서져라 분주하며, 또 우환과 질고(疾苦)까지 많아 이 일을 지금껏 이루지 못할 줄 어찌 알았겠습니까.

늘 선배 중에 허다한 업적을 세운 분들을 생각해보면 벼슬이 장상(將相)에 이르러 한가로운 날도 적었을 것인데 직접 쓴 편지와 교정한 글이 방에 가득하였으니, 그분들은 어떤 사람이란 말입니까. 망양(望洋)의 탄식[155]을 절로 금할 길 없으니, 형께서는 노력하시기 바랍니다.

동호(同好) 여러 군자들은 모두 편안하신지요? 노천(魯川 풍지기)의 소식은 들으셨는지요? 늘 이런 생각 때문에 마음이 편치 않습니다.

저는 근래에 날로 쇠약해짐을 느끼고 머리털은 반백(半白)을 넘었습니다. 오직 기뻐할 일은 집안 식구가 변함없이 편안하다는 것입니다.

남규재(南奎齋 남병철) 상서(尙書)가 도산(道山)으로 돌아갔습니다.[156] 정밀하고 해박함과 환히 알고 분명함은 이 사람과 비견할 이가 드물었는데, 이제는 만날 수 없으니 너무도 비통하고 애석합니다. 이는 벗으로서 저의 사적인 마음 때문만은 아니니, 어찌하겠습니까.

금천(琴泉 신석우)은 병이 많아 시 읊기를 그만두지는 않았지만 홍취

155 망양(望洋)의 탄식 : 바다를 보고 탄식한다는 의미로, 도저히 넘볼 수 없는 위대한 경지를 접하고서 자신의 역량이 부족한 것을 한탄함을 비유한다. 《장자(莊子)》 〈추수(秋水)〉에, 황하(黃河)의 신(神)인 하백(河伯)이 끝이 보이지 않는 북해(北海)에 처음 이르러서 자신의 좁은 소견을 탄식했다는 고사에서 나온 말이다.

156 도산(道山)으로 돌아갔습니다 : 세상을 떠났다는 말이다. 도산은 사람이 죽으면 돌아간다고 알려진 선계(仙界)이다.

가 열어졌으니, 또 그 때문에 가슴이 답답합니다.

형이 계신 곳으로 가는 인편을 통해 근황을 대략 아뢰니, 나머지는 중복(仲復 심병성) 형에게 답한 편지[157]를 함께 읽으시기 바랍니다. 회답을 주시기 바랍니다. 만복이 깃들기를 기원하며, 하고 싶은 말을 다하지 않습니다.

157 중복(仲復)……편지 : 앞에 나온 〈중복 심병성에게 보내는 편지 5〉를 말한다.

하거 왕헌에게 보내는 편지 3[158]

又

하거 존형 지기 합하께.

봄에 보내신 답신을 김석릉(金石菱)[159]이 전해주었고, 서다사(徐茶史)[160]가 오는 편에 또 답신을 받았으니, 내려주신 갖가지 은혜를 이루 다 말할 수 있겠습니까. 요사이 겨울 날씨에 도체가 더욱 편안하시다고

158 하거……편지 3 : 1866년(고종3) 10월에 쓴 편지로, 당시 환재는 평안도 관찰사로 재임하고 있었다.

환재는 동문환(董文煥)에게 받은 답신을 통해 전서(篆書) 공부에 힘을 쏟고 있는 왕헌의 소식을 들었다고 하면서, 자신의 아우 박선수(朴瑄壽) 역시 이 공부에 매진하여 《설문해자익징(說文解字翼徵)》을 저술하고 있음을 전하였다. 또 여주 지부로 나간 풍지기와 부친상을 당한 심병성의 근황을 물었다. 한편, 1866년 7월에 자신이 다스리는 평양에서 제너럴셔먼호 사건이 발생했음을 전하면서 그 분쟁의 원인이 미국 측에 있음을 밝히고 있다.

159 김석릉(金石菱) : 김창희(金昌熙, 1844~1890)로, 본관은 경주(慶州), 자는 수경(壽敬)이며, 석릉은 그의 호이다. 1864년(고종1) 문과에 급제하였고, 1865년에 동지사(冬至使) 이흥민(李興敏)의 서장관(書狀官)에 임명되어 청나라에 다녀왔다. 1878년(고종15) 이조 참의를 역임한 다음 병조·이조·형조의 참판과 공조 판서 등 육조(六曹)의 요직을 역임하였다. 저서로는 문집인 《석릉집》을 비롯하여 《회흔영(會欣穎)》《육입보(六入補)》《담설(譚屑)》 등이 있다.

160 서다사(徐茶史) : 서당보(徐堂輔, 1806~1883)로, 본관은 달성(達城), 자는 계긍(季肯)이며, 다사는 그의 호이다. 1844년(헌종10) 문과에 급제하였고, 이조 참의·대사간 등을 거쳐 1866년(고종3) 4월 주청 부사(奏請副使)가 되어 청나라로 떠났다가 8월에 복명하였다. 이후 형조와 이조의 판서를 거쳐 영의정에 올랐다. 시호는 문간(文簡)이다.

하니, 이 상서(祥瑞)와 좋은 일이 하늘 끝에 있는 벗의 기대를 위로하였습니다. 성대히 축원해마지 않습니다.

연추(硏秋 동문환)의 편지에서, 형이 요사이 고전(古篆)[161]을 배우는 일에 자못 힘을 쏟아 노천(魯川 풍지기)도 한 걸음 양보해야 할 것이라고 하였으니, 송균암(松筠菴)에서 나누던 아학(雅謔 고상한 농담)이 마치 어제의 일인 듯합니다.[162]

저의 아우도 이 학문을 익혔는데 매우 근거가 있습니다. 종정(鍾鼎)과 이기(彝器)의 명관(銘款)[163]을 다 취하여 거기 쓰인 글씨로 《상서(尚書)》 몇 편을 베껴 쓰려 하면서, 만약 없는 글자가 있다면 편방(偏旁)을 합친다고 해도 안 될 것이 없다고 하였는데,[164] 그 말이 어떠한지요? 또 한 권의 책을 저술하여 《설문해자(說文解字)》를 보조하려고 하는데,[165] 그도 공무에 분주하여 여태껏 완성하지 못했습니다.

161 고전(古篆) : 전서(篆書)를 말한다. 전서는 대전(大篆)과 소전(小篆)으로 구분되는데, 대전은 춘추 시대에 사용된 서체이며, 소전은 대전을 단순화한 서체로 진시황(秦始皇) 때 나타났다.

162 송균암(松筠菴)에서……듯합니다 : 70쪽 주142 참조.

163 종정(鍾鼎)과 이기(彝器)의 명관(銘款) : 금석(金石)에 새겨진 글씨를 말한다. 종정은 종과 솥인데, 국가에 큰 공을 세우면 종정에 새겨 후세에 전하였다. 이기는 고대 종묘(宗廟)에서 늘 사용하던 청동으로 만든 제기의 총칭이다. 또 명관은 청동에 새겨진 글을 총칭하는 말이다.

164 만약……하였는데 : 편방(偏旁)은 한자의 합체자의 조성부분으로, 왼쪽을 편이라고 하고 오른쪽을 방이라고 한다. 고대 금석문에 《서경》에 나오는 글자가 없을 경우 편과 방으로 쓰인 글자를 찾아 이를 합쳐 새로 글자를 만들면 된다는 말이다.

165 또……하는데 : 박선수가 《설문해자익징(說文解字翼徵)》을 저술하고 있다는 말이다. 《설문해자익징》은 총 14권 6책으로 이루어져 있는데, 현전하는 조선 시대의 유일한 《설문해자》 연구서이다. 허신(許愼)의 《설문해자》에 수록된 9,353자 가운데 1,377개

노천(魯川)은 아직도 여주(廬州)에 있는지요?[166] 근래의 소식은 어떤지요? 남방이 조금 안정되었으니, 이 분이 휘파람 불며 시를 읊조릴 여가가 있는지요?

중복(仲復 심병성)이 수제(守制)[167]하느라 근심으로 몸이 수척한 것이 염려스러운데 남은 화(禍)가 아직 끝나지 않았다고 하니 놀랍고 슬픕니다. 가끔 찾아가서 안부를 묻고 위로하시는지요?

제가 현재 맡은 곳은 조선 영토 안의 중요한 번진(藩鎭)입니다.[168] 재주가 모자라고 힘이 부쳐 일을 그르칠까 두려운 데다, 걱정스러운 일까지 눈앞에 가득하니 어떻게 처리해야 할지 모르겠습니다. 지난 가을에 패강(浿江)에서 서양 선박의 소동이 있었습니다.[169] 저는 이런 일에 대해 평소 자세히 살피고 있어 우리가 분쟁의 빌미를 만들 리가 만무하였지만, 저들이 스스로 죽을 방도를 취했으니 어찌하겠습니까.

의 글자를 논하면서, 《설문해자》의 체제상의 결함을 보충하고 금문(金文) 자료를 근거로 《설문해자》의 문자 해석상의 오류를 바로잡기 위해 편찬한 책이다. 《문준혜, 朴瑄壽와 說文解字翼徵, 奎章閣 32집, 서울대학교 규장각 한국학연구원, 2008》

166 노천(魯川)은……있는지요? : 풍지기는 1861년(철종12) 북경에서 환재와 교분을 맺을 무렵 여주 지부(廬州知府)로의 부임을 앞두고 있었고, 환재가 귀국한 이후 소식이 끊겼다. 여주는 현재의 안휘성(安徽省)의 성도(省都)인 합비(合肥) 일대이다.

167 수제(守制) : 거상(居喪)하면서 상제(喪制)의 예법을 지키는 것을 말한다.

168 제가……번진(藩鎭)입니다 : 이 편지를 보낸 1866년(고종3) 당시 환재는 평안도 관찰사로 있었다.

169 패강(浿江)에서……있었습니다 : 1866년 7월에 발생한 제너럴셔먼호 사건을 말한다. 당시 환재는 평안도 관찰사로서 평양의 군민들을 지휘하여 화공(火攻) 전술로 제너럴셔먼호를 격침하고 그 일당을 몰살하였다. 이 공으로 정헌대부(正憲大夫)에 특별 가자(加資)되었다. 《高宗實錄 3年 7月 27日》

가을과 겨울 어름에 다른 한 척의 배가 또 강화부(江華府)를 침략하였고, 결국 또 강화부의 장군에게 자신의 우두머리를 잃고 달아나긴 했습니다만,[170] 연해의 계엄을 조금도 느슨히 할 수 없습니다. 이러한 때에 지방관을 맡고 있으니, 어찌 서생(書生)이 소요(逍遙)할 수 있는 곳이겠습니까.

상운(緗芸 황운혹)이 추요(樞要)에서 일을 맡고 있으니[171] 이런 일들을 들어서 알고 있을 것으로 생각합니다. 그러므로 그에게 보낸 편지에 간략히 언급하였으니,[172] 또 거듭 번거롭게 적고 싶지 않습니다. 형께서 상운을 만나실 때 이 일을 말씀해 주시는 것이 어떻겠습니까. 연추(研秋)와 중복(仲復) 역시 이 글을 함께 살피시기를 바라는데, 모두 저를 위해 걱정해 주실 것이라 생각합니다.

석릉(石陵)은 나이는 젊지만 식견이 높아 장래가 촉망되는데, 근래의 소식이 평안하다고 하니 다행입니다.

연공(年貢) 정사(正使)로 가는 이우석(李友石)[173] 상서(尙書)와 서

170 가을과……했습니다만 : 1866년 9월에 발생한 병인양요(丙寅洋擾)를 말한다. 강화부 장군은 양헌수(梁憲洙, 1816~1888)를 지칭한다. 양헌수는 10월 1일 밤 549명의 군사를 이끌고 강화해협을 몰래 건너 정족산성(鼎足山城)에 들어가 잠복하여 10월 3일 정족산성을 공격해오는 프랑스군을 물리쳤다.

171 상운(緗芸)이……있으니 : 황운혹(黃雲鵠)은 당시 군기처(軍機處)의 군기장경(軍機章京)으로 재직하고 있었다. 추요(樞要)는 중앙 정부의 중추 부서를 뜻하는 말로 여기서는 군기처를 가리킨다.

172 그에게……언급하였으니 : 뒤에 나오는 〈상운 황운혹에게 보내는 편지 3〉에 그 내용이 보인다.

173 이우석(李友石) : 이풍익(李豊翼, 1804~1887)으로, 자는 자곡(子穀), 또 다른 호는 육완당(六玩堂)이며, 우석은 그의 호이다. 월사(月沙) 이정귀(李廷龜)의 6대손이

로 만나실 것이니, 그가 돌아오는 편에 회신해 주시기 바랍니다.

철 따라 큰 복을 받으시기를 기원하며, 하고 싶은 말을 다하지 않습니다. -병인년(1866, 고종3) 맹동(孟冬)-

다. 이풍익은 사헌부 대사헌으로서 1866년 10월 동지 정사(冬至正使)에 임명되어 연행을 다녀왔다. 《高宗實錄 3年 10月 24日》

하거 왕헌에게 보내는 편지 4[174]

又

고재(顧齋) 인형(仁兄) 지기(知己)께.

봄에 돌아온 사신 편에 보내주신 답신과 〈구련상중장기(九蓮像重裝記)〉[175]를 받고, 마음이 서로 통한 듯해 펼쳐 완상하며 손에서 놓지 못하고 있습니다.

그동안 형의 고향이 새로 남비(南匪 태평천국군)의 소란을 겪어 전쟁의 먼지가 눈에 가득하다고 들었는데, 지금은 정돈되어 걱정이 조금

174 하거……편지 4 : 1868년(고종5) 윤4월에 쓴 편지로, 셰넌도어호 사건을 진주(陳奏)하기 위한 사행 편을 통해 보낸 것이다. 당시 환재는 평안도 관찰사로 재임하고 있었다.

서두에서 환재는 왕헌이 북경의 자수사(慈壽寺)에 봉안된 명나라 신종(神宗)의 생모 효정태후(孝定太后)의 영정 보수 사업을 끝내고 〈구련상중장기(九蓮像重裝記)〉를 지어 보내준 데 대해 감사의 마음을 전하였다. 이어 풍지기의 죽음을 안타까워하고, 동문환・심병성・허종형(許宗衡, 1811~1869)의 안부를 물었다. 또 왕헌이 삼례(三禮) 공부를 마쳤다는 사실을 떠올리며 삼례에 대한 논의 몇 항목을 보내달라고 하였다. 이는 중국 문인들과의 교유가 학술적 토론으로 이어지기를 희망한 것이라 할 수 있다. 아울러 셰넌도어호 사건으로 고생했던 자신의 상황도 전하였고, 인편을 구해 감숙성(甘肅省)에 나가 있는 동문환에게 편지를 전해줄 것을 부탁하였다.

175 구련상중장기(九蓮像重裝記) : 구련상은 북경의 자수사(慈壽寺) 후전(後殿)에 모신 명나라 신종(神宗)의 생모 효정태후의 영정을 일컫는데, 환재가 성금을 보내 이 영정의 보수를 부탁한 바 있다. 이 과정에 대해서는 38쪽 주73 참조. 〈구련상중장기〉는 이 영정 보수 사업을 끝내고 왕헌이 그 내용을 기록해 보낸 것으로 보인다. 왕헌은 1867년 5월에 〈명나라 효정 이태후 구련보살 화상가〔明孝定李太后九蓮菩薩畵像歌〕〉를 짓기도 하였다.《李豫・崔永禧 輯校, 韓客詩存, 書目文獻出版社, 1996, 309쪽》

풀렸는지요?

연추(研秋 동문환)가 농서(隴西)로 가게 되었다고 하니[176] 제 마음이 답답하여 즐겁지 않지만, 어찌 마음을 분발시키고 참을성 있는 성격으로 만들어 장차 큰 임무를 내려주려는 것[177]이 아니겠습니까.

노천(魯川 풍지기)은 천고(千古)의 사람이 되고 중복(仲復 심병성)은 아직 돌아오지 않아 형께서도 이처럼 실의하신 것일 터, 슬픔은 많고 기쁨이 적은데 어떻게 스스로 위안하시는지요?

해를 넘기며 소식 오기를 머리 들고 귀 기울여 기다리다가 겨우 한 통의 편지를 받았는데 전혀 마음에 맞는 일이 없습니다. 하지만 이것이 대체로 우리들의 운명이니 어찌하겠습니까. 그렇지만 허리를 꼿꼿이 세워 외물(外物)에 꺾이거나 빼앗기지 않고 뜻을 크게 가져 '옛 사람이여, 옛 사람이여!'라고 한다면[178], 하늘이 우리에게 내려 주는 것이 두텁

176 연추(研秋)가……하니 : 농서는 감숙성(甘肅省)의 별칭이다. 동문환은 1867년 8월에 감량 병비도(甘涼兵備道)에 임명되어 1868년 9월 산서성(山西省) 태원(太原)에 부임한 뒤 섬서성(陝西省)과 감숙성의 군대와 세금에 관한 사무를 맡아 보았다. 그리고 1872년 12월에 공진계병비도(鞏秦階兵備道)에 임명되어 감숙성의 진주(秦州)에 부임하였다. 진주는 현재의 천수(天水) 지역이다. 《李豫・崔永禧 輯校, 韓客詩存, 書目文獻出版社, 1996, 5쪽》

177 마음을……것 : 《맹자》 〈고자 하(告子下)〉에, "하늘이 어떤 이에게 장차 큰 임무를 내리려 하면, 반드시 먼저 그의 심지를 괴롭게 하며 그의 근골을 수고롭게 하며, 그의 육체를 굶주리게 하며 그의 몸을 빈궁하게 하여, 그가 하는 일마다 어긋나 이루지 못하게 한다. 이것은 마음을 분발시키고 참을성 있는 기질로 만들어 그가 해내지 못했던 일을 잘 할 수 있게 하기 위함이다.〔天將降大任於是人也, 必先苦其心志, 勞其筋骨, 餓其體膚, 空乏其身, 行拂亂其所爲. 所以動心忍性, 曾益其所不能.〕"라는 말이 있다.

178 뜻을……한다면 : 뜻과 이상을 높이 설정하고 고인들의 훌륭한 점을 행동의 지침으로 삼는다는 말이다. 원래는 만장(萬章)이 중도(中道)의 인물에 못 미치는 광자(狂

고 깊지 않다고 어찌 장담하겠습니까. 부디 형께서는 힘쓰십시오.

해추(海秋)[179] 노형의 근황은 어떤지요? 그 분도 응당 이런 뜻을 아실 것입니다.

형의 편지에 "연전(年前)에 삼례(三禮)[180]의 공부를 이미 마무리 지었다."고 하셨는데, 저술하여 책으로 완성하신 것이 있는지 모르겠습니다. 베껴 쓴 원고라 수중에서 꺼내 멀리 보내주기에 적합지 않다고 할지라도, 어찌 몇 가지 훌륭한 의론을 뽑아 보여주지 않으십니까? 이런 일 또한 계발(啓發)하고 절차탁마하는 유익함이니, 마음을 토로하고 일을 적은 시문(詩文)보다 훨씬 낫습니다.

제가 기도(箕都 평양)에서 벼슬살이한 지 지금 벌써 3년이 되었지만 공적도 없이 녹봉만 축내고 있어 부끄럽습니다. 봄과 여름 어름에 서해(西海) 일대에 서양 선박이 와서 정탐하였으므로 방어하느라 매우 힘

者)에 대해 왜 '광(狂)'이라고 부르는지 그 이유를 묻자, 맹자가 "뜻이 높고 커서 '옛사람이여, 옛사람이여!'라고 말하지만, 평소에 그 행실을 살펴보면 자신의 말에 미치지 못하는 자이기 때문이다.〔其志嘐嘐然曰: '古之人 古之人!' 夷考其行而不掩焉者也.〕"라고 한 데서 나온 말이다.《孟子 盡心下》 여기서는 뜻과 이상을 높이 설정한다는 의미만 취하였다.

179 해추(海秋) : 허종형(許宗衡, 1811～1869)으로, 해추는 그의 자이고, 호는 모로(慕魯)이다. 1852년 진사에 급제한 뒤 기거주주사(起居注主事)를 지냈다. 회화와 음률(音律)에 뛰어났으며, 고문사(古文詞)의 창작에 힘썼다. 저서로 《옥정산관문략(玉井山館文略)》《시여(詩餘)》 등이 있다. 뒤에 나오는 〈하거 왕헌에게 보내는 편지 6〉에 허종형과 신교(神交)를 맺었는데 갑자기 죽었다는 소식을 들어 슬프다는 내용이 있는 것으로 보아, 환재가 허종형을 실제로 만난 적은 없고 편지로 교유를 맺은 듯하다. 한편, 환재의 벗 신석우는 1860년(철종11) 동지 정사(冬至正使)로 북경에 갔을 때 허종형과 교분을 맺은 바 있다.

180 삼례(三禮) : 《주례(周禮)》《의례(儀禮)》《예기(禮記)》를 말한다.

들었습니다. 지금은 멀리 달아나기는 했지만 그들의 속셈을 헤아리기 어렵습니다. 이번 인편은 바로 이 일을 진주(陳奏)하기 위한 사행입니다.[181]

연추는 만 리나 떨어져 있으니 만약 그곳에서 해외에 있는 벗의 편지를 받게 된다면 그 얼마나 기쁘겠습니까. 지금 올리는 서신을 부디 운방(雲舫)[182] 존형에게 올려 인편을 구해 연추에게 부쳐 보내도록 하여 저의 이 마음을 저버리지 않으심이 어떻겠습니까.

181 봄과……사행입니다 : 봄과 여름 어름에 서양 선박이 정탐했다는 것은, 1868년(고종5) 3월에 미국 군함 셰넌도어호가 와서 제너럴셔먼호 사건 때 생존한 것으로 알려진 자국 선원의 석방 문제에 대해 협상을 요구한 것을 말한다. 이 사건을 중국에 알리기 위해 환재가 자문(咨文)을 기초하였는데, 그 글은 《환재집》 권7에 〈미국 병선이 돌아갔으니 먼 곳 사람의 의심을 풀어주도록 요청한 자문〔美國兵船回去請使遠人釋疑咨〕〉으로 수록되어 있다. 한편, 1868년 4월에 홍선대원군(興宣大院君)의 부친 남연군(南延君)의 묘를 훼손한 오페르트 사건이 발생했는데, 셰넌도어호 사건과 오페르트 사건을 중국에 진주(陳奏)하기 위한 사신으로 재자관(齎咨官) 오경석(吳慶錫)과 진주관(進奏官) 이건승(李建昇)이 임명되었다. 환재의 이 편지는 이 사행 편에 전달된 것이다. 셰넌도어호 사건의 발생 원인과 경과 및 환재의 대응에 대해서는 《김명호, 초기한미관계의 재조명, 역사비평사, 2005, 135~250쪽》에 자세히 정리되어 있다.

182 운방(雲舫) : 동린(董麟, 1830~1881)으로, 자는 상보(祥甫)이고, 운방은 그의 호이다. 연추 동문환의 형이다. 형부 호광사낭중(刑部湖廣司郎中)을 거쳐 개봉부 지부(開封府知府)를 역임하였다. 글씨에 뛰어났고, 금석문자(金石文字)의 감상에도 조예가 있었다. 저서로 《관부산방일기(觀阜山房日記)》가 있다.

하거 왕헌에게 보내는 편지 5[183]

又

고재 존형 지기 합하께.

가을에 돌아온 사신 편에 형께서 6월의 큰비 속에서 적어 보낸 편지를 받아 지금까지 손에 지니고 받들어 읽고 있습니다. "운명이 나를 가난하거나 부유하게 할 수 있고 귀하거나 천하게 할 수 있지만, 운명이 나를 군자가 되게 하거나 소인이 되게 할 수 없다."라고 하셨으니, 이 말씀을 여러 번 반복해 외운다면 나약한 자가 뜻을 세울 수 있을 것입니다.[184] 존형의 몸가짐을 평소 흠모했는데, 지금 청빈한 삶에서도

183 하거……편지 5 : 1868년(고종5) 11월에 쓴 편지이다.

청빈한 삶에서도 부지런히 노력하는 왕헌의 삶에 대해 찬사를 보낸 뒤, '아침에 도를 들으면 저녁에 죽어도 좋다.〔朝聞道, 夕死可.〕'는 말을 때를 만나지 못한 공자의 탄식이라고 풀이하였는데, 이는 주희(朱熹)의 풀이가 아닌 고주(古注)의 풀이를 따르고 있다는 점에서 주목할 만하다. 또 연추 동문환이 감숙성으로 떠나며 조선 문인의 시를 모아 편찬하려는 뜻을 전해주었다고 하면서, 자신이 초록한 조선 문인의 시를 동문환에게 전해줄 것을 부탁하였다. 환재가 초록한 시 가운데는 자신의 7대조인 분서(汾西) 박미(朴瀰)와 조부 연암(燕巖) 박지원(朴趾源)의 시가 포함되어 있는데, 환재가 박미로부터 박지원에 이르는 자기 가문의 문학적 역량에 대해 자부심을 지니고 있음을 확인할 수 있다. 한편, 동문환은 뒤에 실제로 조선 문인의 시를 모아 《한객시록(韓客詩錄)》을 편찬했는데, 미완성으로 현재 전하지 않는다. 심병성과 허종형과 황운혹의 안부를 묻고, 허종형의 문집인 《옥정산관문략(玉井山館文略)》을 읽어 보았다는 소식도 전하였으며, 말미에는 평안도 관찰사의 직책에서 벗어나고 싶다는 심정을 토로하였다.

184 나약한……것입니다 : 맹자(孟子)가 백이(伯夷)를 예찬하며, "백이의 풍도를 듣게 되면 탐욕스러운 자는 청렴해지고 나약한 자는 뜻을 세우게 된다.〔聞伯夷之風者, 頑夫廉, 懦夫有立志.〕"라고 하였다. 《孟子 萬章下, 盡心下》

각고의 노력을 하여 밤낮으로 부지런히 힘쓰며[185] 게을리 하지 않으신다는 것까지 더 알게 되어 제 마음이 기쁩니다. 이 어찌 아첨하는 말이겠습니까.

군자가 때를 만나고 만나지 못했다는 것은 부귀와 빈천을 두고 하는 말이 아니라 도(道)를 말하는 것입니다. 관직이 높고 녹봉이 많더라도 만약 배운 것을 시험하지 못하고 뜻을 펼치지 못해 은택이 사람들에게 미치지 못한다면, 이를 두고 '때를 만났다'라고 말할 수 있겠습니까. '아침에 도를 들으면 저녁에 죽어도 좋다.〔朝聞道夕死可〕'[186]라는 말씀은 바로 성인께서 천하에 도가 없어 때를 만나지 못함을 탄식한 것이 아니겠습니까. 기억하건대 구주(舊註)에 이런 뜻이 있으니,[187] 깊이 생각해 볼 만합니다.

도체가 근래에 다시 건강해지셨는지요? 귀향(貴鄕) 지역은 모두 안

185 밤낮으로 부지런히 힘쓰며 : 원문은 '夕惕'인데, 《주역》〈건괘(乾卦) 문언(文言)〉에 "군자가 종일토록 부지런히 힘쓰고 저녁까지도 두려워하면 위태로우나 허물이 없다.〔君子終日乾乾, 夕惕若, 厲, 無咎.〕"라고 한 데서 나온 말이다.

186 아침에……좋다 : 《논어》〈이인(里仁)〉에 보인다.

187 구주(舊註)에……있으니 : 구주는 이른바 '고주(古註)'로 삼국 시대 위(魏)나라 하안(何晏)의 《논어집해(論語集解)》를 말한다. 《논어집해》에는 아침에 도를 들으면 저녁에 죽어도 좋다는 공자의 탄식에 대해, "거의 돌아가실 때에 이르렀는데도 세상에 도가 있다는 말을 듣지 못함을 말씀하신 것이다.〔言將至死, 不聞世之有道.〕"라고 하였다. 참고로 주희(朱熹)는 《논어집주(論語集註)》에서 이 구절에 대해 "도는 사물의 당연한 이치이니, 진실로 도를 듣는다면 살아서는 순(順)하고, 죽어도 편안하여 다시 여한이 없을 것이다. 조석(朝夕)은 그 시간의 가까움을 심하게 표현하는 방법이다.〔道者, 事物當然之理. 苟得聞之, 則生順死安, 無復遺恨矣. 朝夕, 所以甚言其時之近.〕"라고 하여, 이치를 터득하면 그날 저녁에 죽어도 여한이 없을 것이라는 뜻으로 풀이하였다.

정되었는지요?

연추(硏秋 동문환)의 부임 소식은 어떻습니까? 평탄하든 험난하든 전진하여 꿋꿋하게 길을 가고 반드시 벗들의 권면을 기다릴 것이 없습니다. 그러나 떠나느냐 머무르느냐를 결정하는 사이에는 어찌 손을 잡고 주저하지 않을 수 있었겠습니까.

연추가 떠날 때 저에게 편지를 보내 우리나라 문인들의 시를 요구하면서 "장차 선록(選錄)하여 책으로 만들겠다."라고 하였습니다.[188] 제가 벼슬하는 곳에 가져 온 것이 없어 몇몇 사람들의 시를 간략히 베껴 쓰고 아울러 저의 선조(先祖)인 분서공(汾西公 박미(朴瀰))의 시에 왕부(王父 박지원(朴趾源))의 시편을 덧붙여서 이번에 보내 드립니다. 부디 운방(雲舫 동린(董麟))에게 올려 감량(甘凉)의 관서(官署)[189]로 전달해 주시기를 간절히 바랍니다. 연추에게 보내는 편지[190]는 형께서 한 번 열어 보셔도 좋습니다.

중복(仲復 심병성)에게서 근래에 소식을 들었습니까? 한결같이 적막

188 연추가……하였습니다 : 동문환이 말한 선록(選錄)은 조선 문인의 시를 모아 편찬한 《한객시록(韓客詩錄)》을 말한다. 이 책은 미완성 편서로 현재 전하지 않는다. 동문환은 1862년 초부터 《한객시록》의 편찬에 착수하여 1868년까지 꾸준히 작업을 추진했지만, 그 뒤 외직으로 나가게 되고 끝내 병사함으로써 완성을 보지 못하였다. 그 책에 소개한 우리나라 시인은 고려 말부터 1860년대까지의 조선의 명시를 망라하려고 했던 듯하다. 《李豫・崔永禧 輯校, 韓客詩存, 書目文獻出版社, 1996, 8~14쪽》《김명호, 董文渙의 韓客詩存과 韓中文學交流, 韓國漢文學硏究 第26輯, 韓國漢文學會, 2000, 406~409쪽》

189 감량(甘凉)의 관서(官署) : 감량은 감숙성(甘肅省)에 있는 지명이다. 84쪽 주176 참조.

190 연추에게 보내는 편지 : 뒤에 나오는 〈연추 동문환에게 보내는 편지 5〉를 말한다.

하여 들리는 소식이 없으니 그 서글픔을 이루 말할 수 없습니다. 혹시라도 이미 도성에 들어왔다면 이 뜻을 전해 주시어 저에게 한 통의 편지를 보내게 해 주시기를 간절히 바랍니다. 지난번에 부친 편지는 모두 그의 우사(寓舍 잠시 머무는 집)로 보냈는데 다 받아보았는지 모르겠습니다.

해추(海秋 허종형)와 상운(翔雲 황운혹)은 두루 편안한지요? 옥정(玉井)의 문고(文稿)[191]를 읽었는데 시간이 흐를수록 더욱 그 사람을 보는 듯합니다.

저는 아직도 평양(平壤)의 관아에 매여 은혜에 보답할 공은 조금도 없이 그냥저냥 지내고 있습니다. 해직시켜 줄 것을 요청했지만 뜻을 이루지 못했으니 참으로 걱정스럽고 두렵습니다. 내년 봄에는 귀거래(歸去來)를 읊으려고 생각 중입니다.

이번에 가는 정사(正使) 김상서(金尙書)는 이름이 유연(有淵)인데,[192] 단정하고 장중하여 바탕을 갖추었고 저와 아주 친한 사이입니다. 혹시 형께서 문을 두드리며 찾아가 만나신다면 그에게 경도(傾倒)될 것입니다.

우리들은 1년에 겨우 한 통의 편지를 왕복할 뿐이니 이치상 미리

191 옥정(玉井)의 문고(文稿) : 해추(海秋) 허종형(許宗衡)의 문집인 《옥정산관문략(玉井山館文略)》을 말한다. 허종형에 대해서는 85쪽 주179 참조.

192 김상서(金尙書)는 이름이 유연(有淵)인데 : 김유연(金有淵, 1819~1887)의 본관은 연안(延安), 자는 원약(元若), 호는 약산(藥山)이다. 1844년(헌종10) 문과에 급제한 뒤 이조의 참의와 참판, 함경도 관찰사를 역임하였다. 1868년(고종5)년 형조 판서를 지냈고, 이듬해 동지사의 정사(正使)로 북경에 다녀왔다. 이후 공조 판서와 이조판서 등을 거쳐 우의정에 이르렀다. 시호는 정익(貞翼)이다.

한 자〔尺〕의 편지를 써서 하고 싶은 말을 다해야 하지만 늘 그렇게 하지 못합니다. 지금 또 인편을 앞에 두고 거칠게 쓰고 있으니 진실로 부끄럽고 한탄스럽습니다. 대략 이렇게 써서 안부를 전하니, 돌아오는 인편에 좋은 소식 들려주시기를 바랍니다. 덕을 증진하고 학업을 닦아[193] 고명(高明)한 경지에 도달하시어 먼 곳에 있는 이 사람의 기대에 깊이 부응하시기를 간절히 바랍니다. -무진년(1868, 고종5) 11월-

별지

연추가 떠날 때 마음이 석연치 않았기에 형이 깊이 걱정하셨으니, 감탄을 금할 수 없습니다. 지금 저의 편지에서 간략히 권면했는데, 그의 생각에 맞을지 모르겠습니다. 또 아뢵니다.

193 덕을……닦아 : 원문은 '進修'인데, '진덕수업(進德修業)'의 준말로, 도덕(道德)을 증진시키고 공업(功業)을 세우는 것을 말한다. 《주역》 〈건괘(乾卦) 문언(文言)〉에, "군자는 도덕을 증진시키고 공업을 세운다.〔君子, 進德修業.〕"라고 하였다.

하거 왕헌에게 보내는 편지 6[194]

又

고재 인형 지기 합하께.

봄에 돌아온 사신 편에 지난해 연말에 보내신 편지를 받았습니다. 바로 형께서 고향으로 돌아가신 뒤의 첫 번째 편지로, 미리 도성으로 부쳐 풍편(風便)[195]이 있기를 기다린 것이었습니다. 이런 마음과 이런 정의(情誼)는 옛 사람 중에서도 드문 바이니, 제가 어떤 사람이기에 형에게 이토록 마음을 쏟게 하는 것일까요. 참으로 감격스러워 손이 떨렸습니다.

194 하거……편지 6 : 1870년(고종7) 윤10월에 쓴 편지이다.
서두에서 환재는 벼슬을 그만두고 고향으로 돌아간 왕헌이 미리 북경으로 편지를 보내 자신에게 전달되도록 한 정성에 감사를 표하였다. 환재와 왕헌의 교유가 형식적인 서신 교환의 차원을 넘어 서로에게 진정으로 애틋한 감정이 있음을 짐작케 하는 대목이다. 이어 환재는 양자(養子)로 들인 제정(齊正)의 죽음을 전하며, 개인적 슬픔을 넘어 세신(世臣)으로서 국가에 보답할 중요한 일을 그르치고 말았다고 통탄하였다. 또 동문환의 친상(親喪) 소식을 들었다고 하며 대신 위로해 주기를 부탁하였는데, 왕헌이 동문환과 같은 고향인 홍동(洪洞)사람이었기 때문이다. 홍동은 오늘날의 산서성(山西省) 임분시(臨汾市)에 속한 지명이다. 한편, 아우 박선수의 《설문해자익징(說文解字翼徵)》이 완성되는 대로 질정을 구하고 서문을 부탁하겠다고 하면서, 《설문해자익징》이 고증학적 측면에서 충분히 가치 있는 저술임을 언급하였다. 마지막에는 왕헌에게 편지를 전하기 위한 방편으로 북경에 있는 장병염(張丙炎)에게 교유를 맺는 편지를 보내고 그에게 편지를 전해줄 것을 부탁하겠다고 하였는데, 중국 인사와의 교유의 범위를 확장하고 기존 우인(友人)들과 끝까지 교유를 이어가려는 환재의 노력을 엿볼 수 있다.

195 풍편(風便) : 불확실한 인편을 일컫는 말로, 상대방 지역으로 가는 사람에게 부탁해 간접적으로 보내는 것을 말한다.

기사년(1869, 고종6) 봄에 형께서 도성을 떠나실 때 보낸 편지는 제가 평양(平壤)에서 받아 읽었습니다. 그때 영첩(楹帖 주련(柱聯))도 함께 보내주셨는데, 별지(別紙)의 말이 정중하여 지금도 소리 높여 외고 있습니다. 또 형의 조카가 적(賊)에게 잡혔다가[196] 빠져나왔다는 말을 들었으니, 이는 실로 형이 평소 쌓은 덕에 대한 보답입니다. 생각건대, 형께서 먼 곳에서 벗을 위해 이런 기쁜 소식을 알려 주신 것은 인륜(人倫)에 돈독해서이니, 이에 흠모하고 감탄합니다.

도리로 볼 때 편지를 부쳐 축하하는 것이 마땅합니다만, 저의 몸에 재앙이 있었습니다. 형의 편지를 받은 그해 봄에 관서(官署)에서 갑자기 서하(西河)의 슬픔[197]을 당했습니다. 부절(符節)을 반납하고 집으로 돌아오니 온갖 생각이 재처럼 싸늘해지고 한 번 걸린 병이 점점 심해져 지난겨울 사신이 갈 때 1년에 한 번 보내는 편지마저 보내지 못해 지금까지도 답답합니다. 아마 형께서도 이상하다고 생각하셨을 것입니다.

세신(世臣)의 집안은 한 명의 훌륭한 자제를 가르치고 성취시켜 조정에 바칩니다. 이것은 국가의 깊은 은혜에 보답하기 위함이고 가문만을 위한 계책은 아닌데, 갑자기 이처럼 중도에 꺾여 마침내 일을 크게 그르쳤습니다. 달관(達觀)하여 사리를 따져 마음을 달래고 슬픔을 잊는 것을 제가 모르지는 않지만, 끝내 태상망정(太上忘情)할 수 없는 것은 이 때문입니다.[198]

196 적(賊)에게 잡혔다가 : 태평천국군에게 붙잡혔다는 말로 보인다.

197 서하(西河)의 슬픔 : 아들의 죽음을 말한다. 74쪽 주149 참조. 환재는 부인 연안 이씨(延安李氏)와의 사이에 자식이 없자 아우 박선수(朴瑄壽)의 아들 제정(齊正)을 양자로 들였는데, 1869년 3월 22일 요절하고 말았다.

조부사(趙副使)[199]가 운감(雲龕) 동형(董兄)[200]의 편지를 지니고 돌아왔고, 또 "북경을 나설 때 운감이 친상(親喪)을 당했다고 들었습니다."라고 말해주었습니다. 제가 비록 슬픈 소식을 직접 접하지는 못했지만 놀라움과 애통함을 가눌 길 없습니다. 아들 삼형제가 오래전에 이미 고향으로 돌아가 거상(居喪)하고 있다는데,[201] 다른 걱정은 없는지요? 자최복(齊衰服)의 상인지 참최복(斬衰服)의 상인지 몰라 지금 위로의 편지를 쓰려 해도 감히 예법에 맞게 호칭을 일컫지 못하니,[202]

198 끝내……때문입니다 : 자식을 잃고 슬퍼하는 이유가 단지 개인적인 슬픔 때문만이 아니라 세신(世臣)으로서 국가에 보답해야 할 일을 그르쳤기 때문이라는 말이다. 태상망정(太上忘情)은 최고의 경지에 오른 성인(聖人)은 감정에 동요되지 않는다는 말이다. 75쪽 주151 참조.

199 조부사(趙副使) : 조영하(趙寧夏, 1845~1884)를 가리킨다. 본관은 풍양(豐壤), 자는 기삼(箕三), 호는 혜인(惠人)이다. 1863년(철종14) 문과에 급제하였고, 1869년(고종6) 10월에 동지 부사(冬至副使)의 자격으로 북경에 갔다가 1870년 4월 귀국하여 복명하였다. 당시 동지사의 정사는 이승보(李承輔, 1814~1881)였다. 《高宗實錄 6年 10月 22日, 7年 4月 2日》

200 운감(雲龕) 동형(董兄) : 동문환의 아우인 동문찬(董文燦, 1839~1876)을 말한다. 동문찬에 대해서는 33쪽 주59 참조.

201 아들……있다는데 : 삼형제는 동린(董麟)과 동문환(董文煥)과 동문찬(董文燦)을 말한다. 동문환은 1870년 1월 부친상을 당해 고향인 홍동(洪洞)에서 거상하였다. 《李豫·崔永禧 輯校, 韓客詩存, 論董文渙與韓客詩存, 書目文獻出版社, 1996, 9쪽》

202 자최복(齊衰服)의……못하니 : 이 편지를 쓸 당시 환재는 운감 동문찬과는 직접적인 교유가 없었으며 1872년(고종9) 진하 정사(進賀正使)로 북경에 갔을 때 처음 교유가 이루어졌다. 따라서 환재는 동문찬의 형인 동문환에게 위로 편지를 보내려 했던 것으로 보인다. 동문환은 동사원(董思源)의 둘째 아들로 태어나 출계(出系)하여 동사제(董思齊)의 후사가 되었는데, 여기서 말하는 친상은 동문환의 본생부인 동사원의 상을 말한다. 《李豫·崔永禧 輯校, 韓客詩存, 董文渙墓誌銘, 書目文獻出版社, 1996,

알려 주시기 바랍니다. 생각건대 형께서 이웃에 살고 계시니, 마땅히 수시로 방문하여 안부를 물으며 근심으로 병든 이를 위로해 주셔야 할 것입니다. 또 그가 독례(讀禮)[203]하는 중에 강구하는 것이 많고 그 일에 힘입어 슬픔을 달래고 있는지요? 염려되는 마음 그지없습니다.

형께서 지난번 편지에서 "서악(西嶽)[204]을 유람하며 기이한 승경(勝景)을 두루 구경하였고, 또 오래된 유적도 많이 수집하였다."라고 말씀하셨습니다. 멀리서 생각건대, 구경하고[205] 수집한 것이 기행문(紀行文)에 풍부히 담겼을 것이니, 참으로 성대하고 훌륭합니다. '하늘이 속박을 벗겨주는 것〔天脫馽羈〕'[206]이 진실로 이날에 있으니, 서울의 먼

352쪽》 그런데 환재가 참최복인지 자최복인지 모르겠다고 한 것으로 보아 동문환이 친상을 당했다는 소식만 전해 듣고 부친상인지 모친상인지 정확히 몰랐던 듯하다. 부친상에는 참최복을 입고 모친상에는 자최복을 입는다. 부친상과 모친상을 당한 사람에게 위로 편지를 쓸 때 일컫는 호칭에 대해서는 《주자가례(朱子家禮)》 권4 〈상례(喪禮) 위인부모망소(慰人父母亡疏)〉에 자세히 보인다.

203 독례(讀禮) : 거상(居喪) 중에 상례 및 제례와 관련된 예서(禮書)를 읽는 것을 말한다. 《예기(禮記)》 〈곡례 하(曲禮下)〉에 "장사 지내기 전에는 상례를 읽고, 장사 지낸 뒤에는 제례를 읽는다.〔未葬讀喪禮, 旣葬讀祭禮.〕"라는 말이 있다.

204 서악(西嶽) : 중국 오악(五嶽)의 하나인 화산(華山)을 말한다.

205 구경하고 : 원문은 '應接'이다. 진(晉)나라 왕휘지(王徽之)가 벗 대규(戴逵)를 찾아 늘 산음(山陰) 길을 다녔는데, 그가 말하기를, "산음 길을 가노라면, 산천의 경치가 좌우에서 영발하여, 사람으로 하여금 이루 다 구경할 겨를이 없게 한다.〔從山陰道上行, 山川自相映發, 使人應接不暇.〕"라고 한 고사에서 따온 말이다. 《世說新語 言語》

206 하늘이……것 : 왕헌이 1869년에 관직 생활을 그만두고 고향으로 돌아간 것을 위로한 말이다. 한유(韓愈)의 〈유자후에 대한 제문〔祭柳子厚文〕〉에 "그대가 중도에 버림받은 것은 하늘이 속박을 벗겨 준 것이다.〔子之中棄, 天脫馽羈.〕"라고 한 구절이 보인다.

지[207] 속에 빠져있는 것과 비교하면 그 득실이 어느 쪽이 많겠습니까. 그렇지만 형께서 또한 어찌 한 번 떠나 세상을 잊는데 과감한〔果於忘世〕 분이겠습니까.[208] 끝내 돌아가 머무실 것인지요? 어떻게 결정하실 것인지요?

제가 역리(逆理)를 당했을 때[209]부터 쇠락함이 날로 심해졌습니다. 변방 관찰사의 임무에서 풀려나기는 했지만 아직도 현거(懸車)를 못했으니,[210] 시위소찬(尸位素餐)이 부끄러워 초심(初心)을 저버리는 것이 있습니다. 노년에 서로 가여워하는 것은 오직 저의 형제 뿐 다른 후손이 없는데 아직 명손(螟孫 양손(養孫))도 세우지 못했으니, 어찌 슬프지

207 서울의 먼지 : 원문은 '京塵'인데, 도성을 뜻하는 표현이다. 진(晉)나라 육기(陸機)의 "서울에는 바람과 먼지 어찌나 많은지, 흰옷이 금세 까맣게 변한다오.〔京洛多風塵, 素衣化爲緇.〕"라는 구절에서 나왔다. 《文選 卷24 爲顧彦先贈婦二首》

208 그렇지만……분이겠습니까 : 비록 벼슬을 그만두고 고향으로 돌아갔지만, 현실을 외면한 채 살아갈 사람은 아닐 것이라는 말이다. 《논어》〈헌문(憲問)〉에, 삼태기를 메고 공자가 머문 집 앞을 지나가던 사람이 세상일에 연연해한다며 공자를 비판하자, 공자가 그를 두고 "과감하도다! 어려울 것이 없겠구나.〔果哉! 末之難矣.〕"라 하였는데, 주희(朱熹)는 《집주(集註)》에서 "과감하다는 것은 그가 세상을 잊는 데 과감함을 탄식한 것이다.〔果哉, 歎其果於忘世也.〕"라고 하였다.

209 역리(逆理)를 당했을 때 : 역리는 여기서는 자식의 죽음을 의미하는 말로, 환재의 양자 제정의 죽음을 말한다.

210 변방……못했으니 : 환재가 1869년(고종6) 3월 양자 제정의 죽음을 당해 4월 평안 감사의 직책에서 해임되었으나 서울로 돌아온 뒤 예문관 제학·한성부 판윤·형조판서 등에 임명되었고, 이 편지를 쓸 무렵인 10월에는 예문관 제학을 지내고 있었다. 《高宗實錄 6年 4月 3日·4月 23日·6月 15日·6月 20日·10月 8日》 현거(懸車)는 수레를 타고 다닐 필요가 없어서 집안에 걸어 놓는다는 뜻으로, 완전히 벼슬을 그만두고 집에서 쉬는 것을 말한다.

않겠습니까.

저의 아우 온경(溫卿)은 근래에 《설문(說文)》과 소학(小學)을 즐겨 《설문해자익징(說文解字翼徵)》이라는 책을 지었습니다.[211] 이 책은 《설문》의 글자 중 종정(鍾鼎)과 이기(彝器)[212]에 보이는 것에 대해 동이(同異)를 비교하여 옳고 그름을 변증하였으므로, 경전(經傳)을 보조하기에 충분하며 전인(前人)이 밝히지 못한 해설이 많습니다. 책이 완성되었지만 아직 탈고하지 못했으니, 조만간 대방(大方)[213]께 질정(質正)할 것이며, 이어 한 편의 서문(序文)을 부탁드릴 것입니다.

허해로(許海老)와 신교(神交)를 맺어 기뻤는데 갑자기 도산(道山)으로 돌아가 버렸군요.[214] 옥정(玉井)의 문고(文稿)는 조금밖에 보지

211 온경(溫卿)은……지었습니다 : 온경(溫卿)은 박선수(朴瑄壽)를 말한다. 《설문》은 한(漢)나라 때 허신(許愼)이 지은 《설문해자(說文解字)》를 말한다. 소학은 문자학(文字學)을 일컫는데, 한나라 때 아동들이 소학(小學)에 들어가 문자를 먼저 배웠기 때문에 이렇게 불렀다. 수(隋)나라와 당나라 이후에는 문자학과 훈고학(訓詁學)과 음운학(音韻學)을 총칭하여 소학이라고 하였다. 박선수의 《설문해자익징(說文解字翼徵)》에 대해서는 79쪽 주165 참조.

212 종정(鍾鼎)과 이기(彝器) : 종정은 종과 솥인데, 국가에 큰 공을 세우면 종정에 새겨 후세에 전하였다. 이기는 고대 종묘(宗廟)에서 늘 사용하던 청동으로 만든 제기의 총칭이다.

213 대방(大方) : 식견이 넓고 뛰어난 사람을 이르는 말로, 여기서는 하거 왕헌을 지칭한다. 〈하거 왕헌에게 보내는 편지 3〉에, 왕헌이 고전(古篆)의 공부에 매진하고 있다는 내용이 보인다.

214 허해로(許海老)와……버렸군요 : 허해로는 허종형(許宗衡)으로, 그의 자가 해추(海秋)이므로 이렇게 부른 것이다. 허종형에 대해서는 85쪽 주179 참조. 도산(道山)으로 돌아갔다는 것은 세상을 떠났다는 말이다. 도산은 사람이 죽으면 돌아간다고 알려진 선계(仙界)이다.

못했지만[215] 그가 선철(先哲)을 힘써 추종하여 높고 깊은 경지에 도달했음을 알 수 있으니, 운망(云亡)[216]의 애통함이 다시 어떠하겠습니까.

중복(仲復 심병성)은 강남 관찰사(江南觀察使)가 되고 상운(翔雲 황운혹)은 천성(川省 사천성(四川省))의 태수(太守)로 나가[217] 구우(舊雨)[218]들이 별처럼 이리저리 흩어져 어안(魚雁 서신)을 전할 방법이 없으니, 지난날의 교유를 돌이켜 생각해보면 그저 아득하기만 합니다.

연전에 중복에게 한 통의 편지를 보냈는데, 그때는 중복이 도성에 들어오기 전이었습니다. 그 후 중복이 병사를 갖추어 남쪽으로 나갈 때 답신을 남기고 떠났을 것으로 생각하는데 아마도 홍교(洪喬)를 면치 못한 듯하니,[219] 더욱 서글픕니다.

운감(雲龕) 형제가 지금 이미 고향으로 돌아갔으니, 지금 저의 이

215 옥정(玉井)의……못했지만 : 옥정의 문고는 허종형의 문집인 《옥정산관문략(玉井山館文略)》을 말한다. 조금밖에 보지 못했다는 것의 원문은 '一臠'인데, '전정일련(全鼎一臠)'의 준말로, 큰 솥에 끓인 국은 고기 한 점만 맛보아도 그 전체의 맛을 다 알 수 있다는 말이다. 《회남자(淮南子)》〈설림훈(說林訓)〉에, "한 점의 고기를 맛보고서 온 솥의 고기 맛을 안다.〔嘗一臠肉, 而知一鑊之味.〕"라고 한 데서 나왔다.

216 운망(云亡) : 임금을 보좌할 훌륭한 현인이 없어 나라가 위태롭게 된 것을 말한다. 《시경(詩經)》〈첨앙(瞻卬)〉에 "훌륭한 사람이 죽으니 나라가 고달파지리라.〔人之云亡, 邦國殄瘁.〕"라고 한 데서 나온 말이다.

217 상운은……나가 : 황운혹은 1870년 아주 태수(雅州太守)로 부임하는데, 아주는 사천성에 속한 지명이다.

218 구우(舊雨) : 옛 벗을 말한다. 두보(杜甫)의 〈추술(秋述)〉시 소서(小序)에, "평상시에 오가던 벗들이 예전에는 비가 와도 오더니 요즘은 비가 오면 오지 않는다.〔常時車馬之客, 舊雨來, 今雨不來.〕"라고 하였다. 이후로 구우(舊雨)는 옛 벗을, 금우(今雨)는 새 벗을 가리키는 말로 쓰이게 되었다.

219 홍교(洪喬)를……듯하니 : 편지가 분실되었을 것이라는 말이다. 34쪽 주61 참조.

편지를 전해줄 사람이 없을 것입니다. 형께서 보낸 지난 편지 겉봉에 '장오교(張午橋) 선생'이라는 글씨가 있더군요.[220] 장군(張君)을 저의 신교(神交)로 삼은 지 이미 오래되었으니[221] 지금 곧 편지를 적어 교유를 맺고, 이어 장형(張兄)에게 먼저 이 편지를 열어본 뒤 형에게 보내 올려주기를 부탁하려 합니다.[222] 우리들이 주고받는 편지는 남에게 말하지 못할 것이 없으니, 하물며 장군(張君)처럼 마음이 쏠려 얼굴을 못보고도 얼굴을 본 듯한 사람이야 더 말할 것이 있겠습니까. 이 벗에게 우리의 교유의 정을 환히 알게 한다면 더욱 좋은 일이 될 것입니다. 또 이 편지의 별지에서 여쭌 말이 있는데, 형의 답변을 아직 받아보지 못했지만 장군(張君)이 혹시 대신 분석해 가르쳐 줄 수 있을지도 모르기 때문입니다.

아아! 하거 그대는 책임이 무겁고 갈 길이 머니,[223] 어찌 한 번이라도

220 형께서……있더군요 : 장오교(張午橋)는 장병염(張丙炎, 1826~1905)으로 오교는 그의 자이고, 호는 약농(藥農) 또는 용원(榕園)이다. 뒤에 나오는 〈오교 장병염에게 보내는 편지〉에서 환재는, 하거가 보낸 편지 겉봉에 '장오교 선생에게 부탁하여 전달합니다.'는 내용이 적혀있었다고 하였다.

221 장군(張君)을……오래되었으니 : 환재는 장병염을 만난 적이 없으나, 환재의 절친한 벗인 김영작이 1858년(철종9) 동지사의 부사로 연행하여 장병염을 만났고, 이후 지속적으로 서신을 통해 교유를 나누었다. 환재는 김영작을 통해 장병염의 존재를 알게 되었고, 장병염이 편찬하여 김영작에게 보내 준 《강의(講義)》를 읽은 적이 있었다. 장병염과 신교를 삼은 지 오래되었다는 말은 이를 두고 한 말이다. 《瓛齋集 卷4 題邵亭遺墨帖》

222 지금……합니다 : 환재가 장병염과 교유를 맺기 위해 보낸 편지가 뒤에 나오는 〈오교 장병염에게 보내는 편지〉이다.

223 책임이……머니 : 증자(曾子)가 말하기를, "선비는 도량이 넓고 뜻이 굳세지 않으면 안 되니, 책임이 무겁고 길이 멀기 때문이다. 인을 자기의 책임으로 삼으니, 무겁지

공명(功名)을 추구한 적이 있었겠습니까. "운명이 나를 가난하거나 부유하게 할 수 있고 귀하거나 천하게 할 수 있지만, 운명이 나를 군자가 되게 하거나 소인이 되게 할 수 없다."라고 지난번에 일러주신 가르침[224]을 누차 반복하며 영탄하지 않은 날이 없습니다. 그대의 학문이 이미 이러한 관문을 지났으니, 어찌 저의 마음이 크게 위로되지 않겠습니까.

대개 유자(儒者)의 사업에 대해 자신의 몸으로 직접 실현한 사람이 수천 년 동안 과연 몇 사람이나 있었던가요. 언행을 독실히 하여 마침내 극치에 이르러야, '대대로 천하의 모범이 되고, 대대로 천하의 준칙이 된다.'[225]라고 하였습니다. '대대로 된다〔世爲〕'라는 말은 성현의 고심(苦心)이며, 학사(學士)와 대부(大夫)들이 어쩔 도리가 없어 책을 저술하여 후세에 드리워 준 종지(宗旨)이니, 형께서는 힘쓰십시오.

인편을 앞에 두고 급히 쓰느라 서로 도움이 될 만한 것이 없습니다. 만약 형께서 답장을 주신다면 반드시 한가할 때 붓을 잡아 뜻을 다해 천천히 써 두셨다가 인편을 기다려 보내시어, 저를 많이 가르쳐 주시기를 진심으로 바랍니다. 이만 줄입니다. 도체가 늘 건강하시기를 기원합니다. -경오년(1870, 고종7) 윤10월-

않은가. 죽은 뒤에야 그만두는 것이니, 멀지 않은가.〔士不可以不弘毅, 任重而道遠. 仁以爲己任, 不亦重乎! 死而後已, 不亦遠乎!〕"라고 하였다. 《論語 泰伯》

224 지난번에 일러주신 가르침 : 〈하거 왕헌에게 보내는 편지 5〉에 그 내용이 보인다.

225 대대로……된다 : 《중용장구(中庸章句)》 29장에 "군자의 언행은 대대로 천하의 도리가 된다. 행동으로 보인 것은 대대로 천하의 법도가 되고, 언어로 보인 것은 대대로 천하의 준칙이 된다.〔君子動而世爲天下道, 行而世爲天下法, 言而世爲天下則.〕"라고 하였다.

하거 왕헌에게 보내는 편지 7[226]
又

고재 지기 족하께.

저는 이제 늙어 멀리 유람하기에 맞지 않습니다. 하지만 평생 벗과의 교유를 운명으로 여겼고 형께서 혹시 다시 북경에 오셨을지도 모른다고 생각하였습니다. 이 때문에 사신이 되기를 요청해 북경으로 와서 다시 선방(禪房)에서의 문연(文讌)[227]을 이으려고 하였습니다만, 결국 저의 계획은 이루어지지 않았습니다. 새로 벗을 사귄 즐거움이 없지 않았지만 끝내 아쉬움을 떨치지 못하겠습니다.

술을 즐기지만 조금만 마셔도 바로 취하고 책을 읽을 때는 깊이 이해하기를 구하지 않으실 것인데,[228] 근황은 어떠신지요?

226 하거……편지 7 : 내용으로 보아 1872년(고종9) 9월에서 10월 사이에 북경에서 쓴 것으로 보인다. 환재는 1872년 4월 대원군(大院君)에게 직접 청원 편지를 올려 청나라 동치제(同治帝)의 혼인을 축하하기 위한 진하 겸 사은사(進賀兼謝恩使)의 정사로 임명되어 7월에 북경으로 출발하여 12월에 귀국하였다. 당시 왕헌은 벼슬을 그만두고 고향으로 내려간 상황이라서 두 사람의 만남은 이루어지지 않았다.

서두에서 환재는 옛 벗을 만나지 못한 아쉬움을 토로하고, 아우 박선수의 《설문해자익징》이 완성되어 가져왔지만, 보여줄 사람이 없는 것에 대해 안타까움을 드러내었다. 아울러 왕헌에게 고향에 머물지 말고 다시 북경으로 돌아올 것을 권하였다.

227 선방(禪房)에서의 문연(文讌) : 선방은 북경의 자인사(慈仁寺)를 지칭하고, 문연은 시를 짓고 문장을 토론하는 연회를 말한다. 환재가 1861년(철종12) 1월에 열하문안사(熱河問安使)의 부사(副使)로 북경에 갔을 때 왕헌 등과 함께 고염무(顧炎武) 사당을 참배한 뒤 자인사에 모여 음복하고 연회를 펼친 일이 있었다. 70쪽 주142 참조.

228 술을……것인데 : 벼슬을 그만두고 은자의 삶을 살고 있을 것이라는 말이다. 은자

저는 아직도 3천 리를 달려갈 수 있고 총명함도 여전히 큰일을 할 만한데, 어찌하여 갈수록 게으름이 심해져 더이상 서책에 뜻을 두지 못하는 것일까요? 형께서도 저와 같은 병에 시달릴까 걱정스러운데, 스스로 힘을 내 경전을 연구하여 진전을 보셨는지요?

제 아우가 육서(六書)의 공부에 힘을 써 《설문익징(說文翼徵)》[229] 14권을 저술하였습니다. 고명(高名)들께 질정하고 싶었지만 마주앉아 교정 받지 못했고 원고도 한 본밖에 없어 또 멀리 부쳐드릴 수도 없으니, 이것이 한스럽습니다. 뒷날을 기다려 다시 정사(正寫)해 올릴 것인데, 언제 다시 춘명문(春明門)[230]으로 들어오실지 모르겠습니다.

과감하게 세상을 잊는 것[231]은 현자의 일이 아닙니다. 저도 열수(洌水) 가의 경치 좋은 곳에 집을 마련해 두었고 제법 원림(園林)의 승경도 있습니다만, 숲속에 사람이 없어 결국 영사(靈師)의 비웃음을 면치 못했습니다.[232]

의 대명사로 불리는 도잠(陶潛)은 자신을 주인공으로 삼아 지은 〈오류선생전(五柳先生傳)〉에서, "독서를 좋아하되 깊이 알려고 하지 않았고……천성적으로 술을 좋아하였으나 집이 가난하여 항상 술을 얻지는 못하였다.〔好讀書, 不求甚解……性嗜酒, 家貧不能常得.〕"라고 하였는데, 환재가 이를 원용하여 표현한 것이다. 독서를 좋아하되 깊이 알려고 하지 않았다는 것은 책의 대의(大義)만 이해할 뿐 자구(字句)에 천착하지 않는다는 말로, 독서 자체를 즐거움으로 삼는다는 의미이다.

229 설문익징(說文翼徵) : 《설문해자익징(說文解字翼徵)》을 말한다. 79쪽 주165 참조.

230 춘명문(春明門) : 당나라 서울 장안성(長安城) 동남쪽에 있는 성문의 하나인데, 도읍이나 조정을 상징하는 말로 쓰인다.

231 과감하게……것 : 현실을 외면한 채 은둔하는 것을 말한다. 96쪽 주208 참조.

232 열수(洌水)……못했습니다 : 열수는 한강(漢江)의 별칭인데, 환재는 두릉(斗陵)에 있던 서유구(徐有榘, 1764~1845)의 옛 집을 구하여 만년을 보내려 하였다. 두릉

짧은 편지를 부쳐 상자 속에 보관하도록 하는 것보다는 이 폭(幅)을 보내드려 가끔 벽을 바라보게 하는 것이 나을 것이라고 생각하는데,[233] 어떻게 생각하시는지요. 거칠고 소략하여 말할 것이 못됩니다.

오직 노력해 명덕(明德)을 높이시고[234] 더욱 스스로 수양하고 살펴서 멀리 있는 저의 기대를 저버리지 마시기 바랍니다.

은 현재의 남양주시에 속하는 곳이다. 《환재집》 권9에 수록된 〈윤사연에게 보내는 편지 7·8〉에서 환재는, 경기도 두릉(斗陵)에 한 채의 집을 사두었는데 그곳이 서유구가 만년에 머물던 집임을 밝히면서, 윤종의(尹宗儀, 1805~1886)에게도 청풍(淸風)에 집을 한 채 마련하여 서로 이웃으로 사는 것이 어떻겠느냐고 물은 대목이 있다. 영사(靈師)의 비웃음을 면치 못했다는 것은 끝내 세상을 잊고 물러나지 못했다는 말이다. 영사는 시에 뛰어났던 당나라 때의 승려 영철(靈澈)을 가리킨다. 영철과 교유했던 강서태수(江西太守) 위단(韋丹)이 영철에게 준 시에, "왕사가 분분하여 한가한 날 없어라, 덧없는 인생 흘러만 가니 뜬구름 같네. 이미 평자처럼 은거할 계획 세웠으니, 오로암 앞에서 꼭 그대와 함께 하리라.〔王事紛紛無暇日, 浮生冉冉只如雲. 已爲平子歸休計, 五老巖前必共君.〕"라고 하였다. 이에 영철이 화답하기를 "연로한 몸 한가하여 세상 일이 없으니, 베옷에 풀 깔고 앉아도 지낼 만하네. 만나는 이마다 벼슬 놓고 가리라 말들 하지만, 숲속 어디에도 보이는 이 하나 없네.〔年老身閑無外事, 麻衣草坐亦容身. 相逢盡道休官去, 林下何曾見一人.〕"라고 한 고사가 전한다. 《雲谿友議 卷中》

233 이 폭(幅)을……생각하는데 : 환재가 편지와 함께 큰 글씨를 써서 보낸 듯하다. 환재는 이 편지 외에 북경 체류 중에 쓴 편지로 〈상운 황운혹에게 보내는 편지 6〉과 〈연추 동문환에게 보내는 편지 7〉이 있는데, 그 편지 말미에도 큰 글씨를 적어 보낸다고 하였다.

234 노력해 명덕(明德)을 높이시고 : 한(漢)나라 때 이능(李陵)이 소무(蘇武)와 작별할 때 준 시에 "부디 힘써서 밝은 덕을 숭상하여, 백발까지 변치 않기로 기약하세나.〔努力崇明德, 皓首以爲期.〕"라고 하였다.

상운 황운혹에게 보내는 편지 1[235]

與黃緗芸雲鵠

황형(黃兄) 상운(緗芸) 지기(知己) 합하(閤下)께.

가을과 겨울 이후로 부모님을 봉양하는 체후가 만복하신지 모르겠

235 상운……편지 1 : 1861년(철종12) 10월 21일에 쓴 편지로, 1861년 1월 열하 문안사(熱河問安使)의 부사(副使)로 연행을 다녀온 뒤 보낸 것이다. 환재는 청나라가 제2차 아편전쟁에서 패하여 북경이 함락되고 황제가 열하로 피란했다는 소식을 접한 조선 정부에서 파견한 위문 사절단의 일원으로 북경에 다녀왔다. 황운혹에 대해서는 26쪽 주34 참조.

편지의 서두에서 환재는 북경에서의 교유를 추억한 뒤, 황운혹이 조선의 벗들에게 부탁한 〈완정복호도(完貞伏虎圖)〉에 붙일 시문이 아직 다 수합되지 않았으므로, 다음 번 편지 때 작성해서 보내겠다고 하였다. 〈완정복호도〉는 황운혹이 그의 오대조 모친 담씨(談氏)의 은덕을 기리고자 그린 그림으로, 중국의 교유 인물들에게 시문을 얻었고, 또 환재에게 부탁하여 조선의 벗들에게도 시문을 요청하였다. 그림의 내력을 소개한 황운혹의 〈완정복호도집에 대해 간략히 서술하다〔完貞伏虎圖集略述〕〉에 의하면, 일찍 과부가 된 담씨는 친척의 개가(改嫁) 권유를 물리친 뒤 어린 자식들을 데리고 깊은 산중에 숨어 살았는데, 범이 며칠씩이나 집 근처에서 울부짖으며 떠나지 않자 담씨가 범을 타일러 물러가게 하는 기적이 일어났고, 마침내 황씨(黃氏) 집안을 크게 일으켰다고 한다. 환재는 이 그림에 대해 북경에서 〈완정복호도에 쓰다〔題完貞伏虎圖〕〉라는 칠언 32구의 장편 고시를 지었으며, 환재와 함께 연행한 정사(正史) 조휘림(趙徽林, 1808~?)과 서장관(書狀官) 신철구(申轍求, 1804~?)도 시를 남겼다. 또 김상현(金尙鉉)·이기호(李基鎬)·허전(許傳, 1797~1886) 등 총 8명의 조선 인사들이 시를 지어 보냈으며, 중국과 조선 문인의 시문을 모아 황운혹은《완정복호도집(完貞伏虎圖集)》을 편찬하였다.《완정복호도집》의 편찬은 19세기 한중 문학교류사에서 특기할 만한 하나의 사건이라고 할 수 있다.《李豫·崔永禧 輯校, 韓客詩存, 書目文獻出版社, 1996, 401~423쪽》《김명호, 환재 박규수 연구, 창비, 2008, 621~625쪽》

습니다.

저는 조선으로 돌아온 이후 먼 여행 끝에 남은 괴로움이 없지 않았지만, 지금은 말끔히 회복되어 걱정이 없습니다. 늘 생각하는 것은, 산이 앞에 있고 강이 굽이치는 곳에 중원(中原)의 결구(結搆)처럼[236] 작은 집을 지어 다조(茶竈 차를 달이는 아궁이)와 서가(書架)를 배치하고, 다시 우리 상운 같은 두세 명의 벗들이 있어 아침저녁으로 삼경(三徑)[237]을 따라 실컷 방문하는 것입니다. 이런 즐거움은 백 년의 즐거움에 맞먹을 만한 것이지만 실현할 수 없으니, 이것은 또 저의 망상(妄想)일 뿐입니다.

책을 읽을 때마다 늘 망념(妄念)에 괴로워한다는 것은 중복(仲復 심병성)에게 보낸 편지에서 이미 말하였으니,[238] 지금 이 편지에서 말하는 것도 그와 같은 것입니다. 형께서 마음속으로 이해하시어 한 번 웃으실 것입니다.

〈완정복호도(完貞伏虎圖)〉[239]에 붙일 시와 문장은, 귀국하자마자 붕

236 중원(中原)의 결구(結搆)처럼 : 결구(結搆)는 결구(結構)와 같은 말로, 야외에 얽어 놓은 집을 말한다. 환재가 북경에서 황운혹과 전별연을 벌인 곳이 송균암(松筠菴)이었는데, 여기서는 그곳을 말하는 듯하다.

237 삼경(三徑) : 세 개의 오솔길로 은자(隱者)의 거처를 형용한 말이다. 한(漢)나라 장후(蔣詡)는 왕망(王莽)이 집권하자 벼슬에서 물러나 향리인 두릉(杜陵)에 은거하며 집의 대밭 아래에 세 개의 오솔길을 내고 오직 구중(求仲)과 양중(羊仲) 두 사람과 교유했다는 고사가 전한다. 《三輔決錄 逃名》

238 책을……말하였으니 : 앞에 나온 〈중복 심병성에게 보내는 편지 1〉에 그 내용이 보인다. 그 편지에서 환재는 역사와 전기(傳記)에 기록된 치란성쇠(治亂盛衰)와 존망안위(存亡安危)의 사적을 읽을 때마다 그 상황에 늘 자신을 대입시켜 어떻게 처리할 것인지를 고민해 본다고 술회하였다.

우들에게 부탁하였는데 아직 수합하지 못했습니다. 다음 인편을 기다려 주신다면 형의 부탁을 저버리지 않겠습니다.

사신의 수레가 출발하려 하여 인편을 앞에 두고 거칠게 쓰니, 허전하고 울적함을 견디지 못하겠습니다. 삼가 세시(歲時)에 강녕하고 복을 받으시기를 기원하니, 두루 헤아려 주시기 바랍니다.

함풍(咸豐) 신유년(1861년, 철종12) 10월 21일, 우제(愚弟) 박규수가 아룁니다.

239 완정복호도(完貞伏虎圖) : 104쪽 주235 참조.

상운 황운혹에게 보내는 편지 2[240]
又

봄에 돌아온 사신 편에 보내주신 편지를 받아 지금까지 위로되고 기쁩니다.

그사이 형께서 추원(樞垣)으로 들어가려 한다는 것[241]을 알게 되었습니다. 그 소식을 듣고 우선 중국 조정에서 인재를 얻은 것을 축하했고, 다음으로 족하(足下)께서 이제야 갈고닦은 역량을 펼칠 적소(適所)를 얻었음을 축하했으니, 그 기쁨이 마음에서 떠나지 않습니다. 이 자리는 전배(前輩)들이 뜻을 펼치는 터전이 되었으니, 왕난천(王蘭泉)[242]과 조

240 상운……편지 2 : 앞에 나온 〈중복 심병성에게 보내는 편지 3〉과 같이 보낸 편지로, 1862년(철종13) 윤8월 19일에 쓴 것이다. 당시 환재는 진주 안핵사(晉州按覈使)의 임무를 마치고 막 서울로 돌아왔을 때이다.

환재는 황운혹이 군기처(軍機處)의 군기장경(軍機章京)으로 발탁되었음을 축하하고, 왕창(王昶)이나 조익(趙翼) 같은 훌륭한 학자도 이 관직을 거쳤음을 언급하며 앞날을 기대한다고 하였다. 또 〈완정복호도(完貞伏虎圖)〉에 붙일 조선 문인의 시와 문이 아직 수합되지 않았음을 전하였다.

241 추원(樞垣)으로……것 : 추원은 군기처의 별칭이다. 당시 황운혹은 병부 낭중(兵部郎中)에서 군기처의 군기장경으로 발탁되었다.

242 왕난천(王蘭泉) : 왕창(王昶, 1725~1806)으로, 난천은 그의 호이다. 자는 덕보(德甫), 다른 호는 술암(述庵)이다. 건륭(乾隆) 19년(1754)에 진사에 급제하였고, 내각 중서(內閣中書)·군기 장경·형부 우시랑을 거쳐 대리시 경(大理寺卿)·도찰원 우부도어사(都察院右副都御史)에 이르렀다. 왕창은 금석(金石)의 고증에 심혈을 기울여 은나라와 주나라의 동기(銅器)와 역대 비석 1,500여 종을 탁본하여 《금석췌편(金石萃編)》을 편찬하였고, 시문에도 뛰어나 '오중칠자(吳中七子)'의 한 사람으로 일컬어지기

구북(趙甌北)[243] 같은 분들도 모두 이곳으로부터 진출해 나갔습니다. 형께서는 재주가 많고 학식이 넓으니, 훌륭한 시대에 자신을 바치는 것이 이제부터 시작될 것입니다. 제가 아부로 하는 말이 아니니, 형께서는 힘쓰십시오.

저의 근황은 말씀드릴 만한 좋은 일이 없습니다. 봄과 여름에 영외(嶺外 영남(嶺南))에서 일하였는데, 그 상세한 내용은 중복(仲復 심병성)에게 보낸 편지에 기록하였으니, 중복을 만날 때 구해 보면 아실 것입니다.[244]

〈완정복호도(完貞伏虎圖)〉[245]에 붙일 글은 동인(同人)들에게 부탁

도 하였다. 문집으로 《춘융당집(春融堂集)》이 있고, 편서로 《호해시전(湖海詩傳)》《호해문전(湖海文傳)》《명사종(明詞綜)》《국조사종(國朝詞宗)》 등이 있다.

243 조구북(趙甌北) : 조익(趙翼, 1727~1814)으로 구북은 그의 호이다. 자는 운송(耘松)이며, 다른 호는 구악(裘萼)·삼반노인(三半老人)이다. 건륭(乾隆) 15년(1750)년 내각 중서로 기용된 뒤 1756년 군기처에 들어가 번잡한 군사 문서 작성에 훌륭한 능력을 발휘하였다. 그 뒤 귀서 병비도(貴西兵備道)에까지 올랐으며, 관직에서 물러난 뒤 안정서원(安定書院)의 주강(主講)을 맡았다. 역사학에 뛰어나 고증이 정밀하였다. 시로도 명성이 높아 원매(袁枚)·장사전(蔣士銓)과 함께 '건륭 3대가'로 불렸다. 저서로 《구북시초(甌北詩草)》《이십이사차기(二十二史箚記》《해여총고(陔餘叢考)》 등이 있다.

244 봄과……것입니다 : 환재가 1862년(철종13) 2월부터 5월까지 진주 안핵사(晉州按覈使)로 일한 것을 말한다. 1862년 2월 14일에 진주를 비롯한 삼남(三南) 일대를 중심으로 이른바 '임술민란(壬戌民亂)'으로 불리는 농민항쟁이 일어났는데, 이 때 환재는 진주 농민항쟁을 수습하라는 명을 받아 진주 안핵사로 임명되었다. 《哲宗實錄 13年 2月 29日》 또 중복에게 보낸 편지는 본 편지와 함께 보낸 〈중복 심병성에게 보내는 편지 3〉을 말한다. 그 편지에서 환재는, "저는 늦봄에 영남을 안핵하는 일로 다녀왔습니다. 진주의 백성 가운데 폐정(弊政)을 견디지 못해 근심하고 원망하며 소요를 일으킨 자가 있었기 때문입니다."라고 하였다.

하였는데 모두 아직 도착하지 않았습니다. 인사(人事)가 매우 바빠 늘 이처럼 탄식하지만, 반드시 보내드릴 수 있을 것입니다.

인편을 앞에 두고 대략 이렇게 쓰느라 그저 평안하다는 소식만 전할 뿐입니다. 오직 도체가 더욱 편안하시고 해마다 부모님 봉양 잘하시기를 기원합니다. 내년 봄 사신 편에 좋은 소식 들려주십시오.

글을 쓰자니[246] 정신이 그곳으로 달려가기에 하고 싶은 말을 다하지 못합니다.

245 완정복호도(完貞伏虎圖) : 104쪽 주235 참조.

246 글을 쓰자니 : 원문은 '臨池'인데, 서법을 익히거나 글씨를 쓰는 것을 말한다. 후한(後漢) 때 초성(草聖)으로 일컬어졌던 장지(張芝)가 글씨를 익힐 적에 자기 집안에 있는 모든 의백(衣帛)에다 글씨를 쓴 다음에 다시 빨곤 했으므로, 그를 일러 "못가에 임해 글씨를 연습하여 못 물이 다 검어졌다.〔臨池學書, 池水盡黑.〕"라고 한 데서 나온 말이다. 《後漢書 卷65 張奐列傳》

상운 황운혹에게 보내는 편지 3[247]
又

상운(緗芸) 존형 지아(知我)께.

서시랑(徐侍郎)[248]이 사신 갔다가 돌아오는 편에 형의 편지와 영련(楹聯 주련(柱聯))을 받았으니, 대단히 기쁘고 감격스럽습니다. 겨울 날씨가 따뜻한 이 때, 도체가 편안하고 복을 받으며 부모님 봉양 잘하시기를 간절히 기원합니다.

옥 같은 시집(詩集) 두 책을 삼가 받으니, 그 맑은 운치로 인해 저의 어금니와 뺨에 향기가 이는 듯합니다. 또 임원(林園)에서 경제(經濟)하는 삶[249]이 즐겁겠지만 그저 몸 편히 지내는 것만을 귀하게 여기지는

247 상운……편지 3 : 1866년(고종3) 10월에 쓴 편지이다. 당시 환재는 평안도 관찰사로 재임하고 있었으며, 황운혹은 마관 감독(馬館監督)을 지내고 있었던 것으로 보인다. 환재는 한직(閑職)에 머물며 학문을 게을리 하지 않는 황운혹에게 찬사를 보내는 한편, 서양과의 소요로 어려움을 겪고 있는 조선의 상황을 전하였다.

248 서시랑(徐侍郎) : 서당보(徐堂輔, 1806~1883)를 말하는데, 1866년 4월에 주청부사(奏請副使)가 되어 청나라로 떠났다가 8월에 복명하였다. 《高宗實錄 3年 4月 9日·8月 23日》 서당보에 대해서는 78쪽 주160 참조.

249 임원(林園)에서 경제(經濟)하는 삶 : 황운혹이 마관 감독으로 재직하는 삶을 형용한 말로 보인다. 이 편지는 1866년에 보낸 것이고 황운혹은 1870년에 아주 태수(雅州太守)가 되어 사천(四川)으로 나가는데, 사천으로 가기 전에 황운혹은 마관 감독을 지낸 바 있고 또 환재가 임원(林園)이라는 표현을 쓴 점 등을 미루어 추정한 것이다. 또 《청경세문속편(淸經世文續編)》 권67 〈병정 6(兵政六) 마정(馬政)〉에 황운혹이 쓴 〈의길림첨매관마수조역마정례소(議吉林添買官馬援照驛馬定例疏)〉가 수록되어 있는데, 동치 4년(1867)에 쓴 것으로 나와 있다. 마관은 청나라 때 병부(兵部)에 예속되어

않을 것으로 생각합니다. 그곳으로 나아가 형과 손잡고 마음껏 이야기 하여 이 답답함을 풀지 못함이 한스럽습니다.

생각건대, 형께서는 공무를 수행하는 여가에 오히려 즐거운 일이 있고 또 고문(古文)[250]에 힘을 다하시니, 모두 제가 미칠 수 있는 바가 아닙니다.

저는 외람되게도 번기(藩寄)의 임무를 맡았고[251] 문서를 처리하는 여가에 즐길 호산(湖山)과 누대(樓臺)의 승경이 없지 않으니, 진실로 파로(坡老)가 말한 "사대부가 사방으로 다니며 벼슬살이를 해도 한때의 즐거움을 취할 수 있다."라고 한 것입니다.[252]

그러나 걱정과 근심이 끊이지 않아 전혀 눈썹 펼 날이 없으니,[253] 형이 편지에서 물으신 '조선의 근황'은 이미 마음으로 짐작하실 것입니다. 우리의 도(道)를 보위하고 사설(邪說)을 막는 것은 언어와 문자로 성공할 수 없고 반드시 병과(兵戈 무기)를 써야하니 이것이 어찌 서생

말을 기르는 것을 담당하던 기구이다.

250 고문(古文) : 갑골문(甲骨文)·금문(金文)·주문(籒文)과 전국(戰國) 시대에 통행하던 문자를 통칭하는 말이다.

251 번기(藩寄)의 임무를 맡았고 : 번기는 지방 장관이라는 말이다. 환재는 1866년(고종3) 2월 평안도 관찰사에 임명되었다.

252 파로(坡老)가……것입니다 : 파로는 소식(蘇軾, 1037~1101)을 말한다. 소식은 신종(神宗)에게 올린 글에 "사대부가 친척과 헤어지고 조상의 무덤을 버리고 사방에서 관직에 종사하는 것은 힘을 쓰는 여가에 또한 즐거움을 취하고자 하는 것입니다.〔士大夫捐親戚, 棄墳墓, 以從官於四方者, 用力之餘, 亦欲取樂.〕"라고 한 부분이 있다. 《東坡全集 卷51 上皇帝書》

253 그러나……없으니 : 환재가 평안도 관찰사로 부임한 뒤 1866년 7월 평양에서 일어난 제너럴셔먼호 사건과 9월에 일어난 병인양요(丙寅洋擾) 등을 의미하는 말이다.

(書生)이 할 수 있는 것이겠습니까마는, 어찌하겠습니까.

중복(仲復 심병성)이 연경으로 돌아갔을 때 다행히 붕우들과 회합하기는 했지만 상을 당한 화가 매우 혹독하니 그 정리(情理)를 생각하면 슬픔을 견딜 수 없습니다. 선인(善人)을 돕지 않음은 천리(天理)에 없는 것이니, 오직 이것을 신에게 묻고자 합니다.

연공사(年貢使) 이상서(李尙書)[254]는 시를 읊조리기를 좋아하는데, 연경에 도착하여 혹시라도 만나는 자리가 있다면 저의 근황을 자세히 아시게 될 것입니다. 홍편(鴻便 인편)을 통해 저에게 좋은 소식을 들려주시기를 바라니, 두루 헤아려 주십시오. 이만 줄입니다. -병인년(1866, 고종3) 10월-

254 이상서(李尙書) : 이풍익(李豊翼, 1804~1887)을 말한다. 81쪽 주173 참조.

상운 황운혹에게 보내는 편지 4[255]
又

상운 인형(仁兄) 지기께.

겨울인데도 따뜻하여 봄인 듯합니다. 도체(導體)가 큰 복을 받으시고 모친께서 건강하시어 길경(吉慶)이 강물처럼 모여드는지[256] 삼가 여쭙습니다.

봄에 형의 편지를 받았는데 성대히 마음 써 주심이 매우 정성스러웠고, 아울러 시를 적은 부채와 진귀한 과일까지 선물로 받았으니 감사드립니다. 편지의 뜻과 시의 취지를 자세히 살펴보니, 엄숙한 기상과 올바른 성정(性情)으로 일신의 이해를 따지지 않음이 있었습니다. 이것은 해내의 붕우들이 함께 기대하고 바라는 것이니, 또 무슨 잘못과 후회가 있겠습니까. 참으로 성대합니다.

255 상운……편지 4 : 1867년(고종4) 10월에 쓴 편지로, 당시 환재는 평안도 관찰사로 재직하고 있었다.

1861년 연행 때 송균암(松筠菴)에서 황운혹이 지었던 시구(詩句)를 회고하였고, 강화도(江華島)에서 순절한 이시원(李是遠, 1790~1866)을 위해 만시(輓詩)를 지어 보내준 것에 감사하였다. 이시원은 병인양요가 일어나 강화도가 함락되자 아우 이지원(李止遠, ?~1866)과 함께 유서를 남기고 음독 자결한 인물이다. 또 북경의 자수사(慈壽寺)에 봉안된 명나라 신종(神宗)의 생모 효정태후(孝定太后)의 영정 보수 사업이 어떻게 진행되고 있는지 물었다. 효정태후의 영정 보수 사업과 관련된 내용은 38쪽 주73 참조.

256 길경(吉慶)이 강물처럼 모여드는지 : 원문은 '吉慶川至'인데, 길경은 경사(慶事)를 말한다. 《시경(詩經)》 〈천보(天保)〉에서 하늘이 임금에게 만수무강의 복을 내릴 것을 기원하며 "강물이 흘러 모여들듯 불어나지 않는 것이 없네.〔如川之方至, 以莫不增.〕"라고 한 데서 나온 말이다.

지난번 송균암(松筠菴)에 있을 때 형께서,

천추를 생각하니 마음이 도취된 듯	千秋俯仰心如醉
나 역시 인간 세상의 가부랑이라네	我亦人間駕部郎

라는 구절을 지었으니,[257] 저는 이미 형이 강개한 뜻을 품은 것이 공연히 그런 것이 아님을 묵묵히 알았습니다.

저는 여전히 패성(浿城 평양)의 직책에 매여 별다른 좋은 일도 없이 날마다 시위소찬(尸位素餐)하는 것을 두려워하고 있습니다. 농사가 풍년이고 전장(戰場)에 일이 없긴 하지만, 끝내 백성의 풍족함을 보지 못하였습니다. 이것을 기수(氣數) 탓으로 떠넘기는 것은 또한 선비의 말이 아닐 것이니, 어찌하면 좋겠습니까?

강화(江華) 이상서(李尙書)에 대한 만시(輓詩)[258]는 그의 대절이 진

257 송균암(松筠菴)에……지었으니 : 송균암은 명나라 세종(世宗) 때 병부 원외랑(兵部員外郎)을 지낸 양계성(楊繼聖)의 옛 집이다. 시에 나오는 가부랑(駕部郎)은 가부의 낭중(郎中)을 말하는데, 가부는 궁중의 수레, 역마(驛馬), 목마(牧馬) 등을 담당하는 병부에 속한 부서이다. 황운혹의 시는 명나라 양계성이 자신과 같은 병부의 낭중 벼슬을 지냈음을 떠올리면서 그의 충절을 따르겠다는 마음을 드러낸 것이다. 송균암과 양계성에 대해서는 70쪽 주142 참조.

258 강화(江華)……만시(輓詩) : 강화 이상서는 이시원(李是遠, 1790~1866)을 가리키는데, 병인양요가 일어나 강화도가 함락되자 아우 이지원(李止遠, ?~1866)과 함께 유서를 남기고 음독 자결한 인물이다. 본관은 전주(全州), 자는 자직(子直), 호는 사기(沙磯)이며, 이건창(李建昌, 1852~1898)의 조부이다. 1815년(순조15)에 문과에 급제한 뒤 이조 판서・예문관 제학・동지성균관사 등을 지냈으며, 1866년(고종3) 특지(特旨)로 정헌대부(正憲大夫)에 올랐다. 영의정으로 추증되었으며, 시호는 충정(忠貞)이다. 황운혹은 이시원이 자결했다는 소식을 듣고 칠언 율시로 〈강화 이상서 시원과

실로 드높은 데다 이 시까지 얻어 더욱 천추에 불후하게 되었으니, 참으로 감사합니다.

자수사(慈壽寺)의 화상을 수선하는 일[259]은 형께서는 당연히 돌볼 겨를이 없을 것이라서 오로지 연추(硏秋 동문환) 형이 경영하는 데 의지하고 있으니, 마침내 소원이 이루어졌는지 모르겠습니다.

연사(年使)가 출발하기에 그 편을 통해 근황을 아뢰니, 저에게 좋은 소식 들려주시기 바랍니다. 바빠서 이만 줄이니 두루 헤아려 주십시오.

-정묘년(1867, 고종4) 10월-

태수 정원 형제가 순절한 일을 옥하관 자리에서 듣고 강개하여 장율을 짓다〔聞江華李尙書時遠太守正遠兄弟殉節事於玉河館席中慨賦長律〕〉라는 시를 지어 위로하였다. 《李豫・崔永禧 輯校, 韓客詩存, 書目文獻出版社, 1996, 239쪽》 시 제목의 '정원(正遠)'은 '지원(止遠)'의 잘못이다.

259 자수사(慈壽寺)의……일 : 자수사는 북경에 있는 절이며, 화상은 명나라 신종(神宗)의 생모 효정태후(孝定太后)의 영정을 말한다. 자세한 내용은 38쪽 주73 참조.

상운 황운혹에게 보내는 편지 5[260]

又

상운 존형 지아(知我)께.

금년 봄에 김소정(金韶亭)[261]이 형의 답신 및 영첩(楹帖)과 시선(詩扇) 선물을 전해 주었습니다. 매우 감사합니다.

보내주신 〈어리석음에 대한 설〔騃說〕〉을 읽고[262] 기쁨을 가누지 못

260 상운……편지 5 : 1868년(고종5) 떠나는 동지사 편에 부친 편지로, 당시 환재는 평안도 관찰사를 지내고 있었다. 환재가 이 편지를 보내기 전에 황운혹이 보낸 답신이 《한객시존(韓客詩存)》에 수록되어 있어 참고가 된다. 환재는 황운혹이 지어 보내준 〈어리석음에 관한 설〔騃說〕〉을 잘 읽었다고 하면서, 자신처럼 어리석은 삶에도 동지가 있어 기쁘다는 말을 전하였다.

261 김소정(金韶亭) : 조소정(趙韶亭)의 착오로 보인다. 조소정은 조성교(趙性敎, 1818～1876)로, 본관은 한양(漢陽), 자는 성유(聖惟)이며, 소정은 그의 호이다. 환재의 이 편지는 1868년(고종5) 동지사 편에 보낸 것으로, 1867년 동지사로 갔던 인물들이 귀국하는 편에 받은 편지에 대한 답장이다. 1867년 10월에 출발하여 1868년 4월에 복명한 동지사는 정사(正使) 김익문(金益文, 1806～?), 부사(副使) 조성교, 서장관(書狀官) 홍대종(洪大鍾, 1826～?)이다.《高宗實錄 4年 10月 24日, 5年 4月 2日》 따라서 환재가 편지를 쓸 때 착오가 있었던 것으로 보인다. 또 1868년 1월에 황운혹이 조성교에게 보낸 편지가 《한객시존》에 수록되어 있다.《李豫・崔永禧 輯校, 韓客詩存, 書目文獻出版社, 1996, 302・307쪽》

262 보내주신……읽고 : 황운혹이 환재에게 보낸 편지가 《한객시존》에 실려 있는데, 그 편지에서 황운혹은 "지난겨울 제석(除夕)에 〈어리석음에 관한 설〉 한 편을 지었는데, 기록해 올리니 한 번 보시면 바로 아실 것입니다. 그 대의는, 사람이 살아가면서 일을 할 때 단지 현재 세상에서 찾아야 진실로 성취함이 있을 뿐이지, 지나간 과거는 다시 말할 것이 없다는 것입니다.〔客冬除夕, 有騃說一首, 錄寄一覽卽知. 大意人生作

하였습니다. 훌륭한 글 솜씨에 기뻐한 것이 아니라 어리석은 저에게 이웃할 이가 있음을 기뻐한 것입니다.

저는 저의 어리석음을 기뻐하는데, 세상 사람들을 보니 지혜롭고 명민하지 않는 사람이 없기에 어리석은 제가 벗할 이 없이 외로운 것이 걱정이었습니다. 그런데 지금 이 글을 읽어보니 외롭지 않음을 어리석게 여기셨으니, 어찌 기쁘지 않겠습니까.

어리석음뿐만 아니라, 바보스러움〔愚者〕· 멍청함〔痴者〕· 우둔함〔鈍者〕· 졸렬함〔拙者〕도 모두 사람들이 취하지 않는 바인데, 만약 바보스러움 · 멍청함 · 우둔함 · 졸렬함을 스스로 기뻐하며 오직 이것을 잃어버릴까 걱정하는 사람이라면, 이런 사람은 분명 함께 도를 이야기할 만하여 성위위(成衛尉)가 자랑하던 것[263]이 될 것입니다. 형께서는 이것을 성위위에게 읊어 주시고, 한 번 웃으십시오.

도체가 근래에 더욱 편안하고 북당(北堂 모친)을 받들어 모시며 온갖 복이 날로 이른다고 하시니 부럽습니다. 이전에 외직(外職)을 구하려는 뜻이 있었는데 과연 이루셨는지 모르겠습니다.

연추(硏秋 동문환)가 멀리 지방을 돌아다니며 걱정이 많다고 하니, 이런 점으로 말하자면 외직을 구하는 것도 아마 불편한 점이 많을 듯한데, 어떠하십니까?

事, 但蘄於時世, 實有濟耳, 已往更無足言.〕"라고 하였다. 〈어리석음에 대한 설〉의 전체 내용을 확인할 수는 없으나 황운혹의 언급을 통해 유추해본다면, 현실의 문제를 해결하기 위해서는 현재의 상황에서 해결책을 찾아야지 과거에 연연해서는 안 된다고 논한 글로 보인다. 《李豫 · 崔永禧 輯校, 韓客詩存, 書目文獻出版社, 1996, 307쪽》

263 성위위(成衛尉)가 자랑하던 것 : 성위위는 〈어리석음에 대한 설〉에 등장하는 어떤 인물로 추정된다.

저는 여전히 패성(浿城)의 직책에 매여 한갓 시위소찬하면서 능력을 펼치는 것도 없으니, 존형의 어리석음에 비해 매우 부끄럽습니다.[264]

연사(年使)가 들렀기에 평안함을 아뢰며 대략 이렇게 거칠게 쓰고 하고 싶은 말을 다하지 않습니다. 다만 사신 편에 좋은 소식 들려주시기 바랍니다. -무진년(1868, 고종5)-

264 존형의……부끄럽습니다 : 황운혹의 어리석음은 의도적인 어리석음이지만, 환재 자신은 실제로 어리석다는 겸사이다.

상운 황운혹에게 보내는 편지 6[265]
又

상운 존형 관찰(觀察) 합하께.

서로의 거리가 만 리나 되어 어안(魚鴈 편지)이 끊어진 지 5, 6년이나 되었습니다. 신유년(1861, 철종12)에 송균암(松筠菴)에서 만나 술잔을 나눌 때 형께서 초산(椒山)의 간언 초고〔諫艸〕를 읽으시고,

천추를 생각하니 마음이 도취된 듯 千秋俯仰心如醉
나 역시 인간 세상의 가부랑이라네 我亦人間駕部郎

이라는 구절을 지으셨습니다.[266] 저는 이별시에서,

265 상운……편지 6 : 내용으로 보아 1872년(고종9) 9월에서 10월 사이에 북경에 체류하면서 쓴 편지이다. 환재는 이해 4월 청나라 동치제(同治帝)의 혼인을 축하하기 위한 진하 겸 사은사(進賀兼謝恩使)의 정사로 임명되어 7월에 북경으로 출발하여 12월에 귀국하였다.

첫머리에 '관찰(觀察)'이라는 칭호를 쓴 것으로 보아 당시 황운혹이 사천 안찰사(四川按察使)로 나가 있었던 것으로 보인다. 북경에 다시 도착했으나 그리운 벗을 만나지 못한 아쉬움을 1861년(철종12) 송균암(松筠菴)에서 수창했던 시 구절을 떠올리며 달래었노라고 하였고, 또 양계성((楊繼聖)의 시 한 수를 적어주며 청렴한 관직생활을 당부하였다.

266 송균암(松筠菴)에서……지으셨습니다 : 초산은 양계성(楊繼聖)의 호이다. 간언 초고는 양계성이 황제에게 엄숭(嚴崇)을 베어죽일 것을 청한 〈청주적신소(請誅賊臣疏)〉의 초고를 말한다. 양계성의 옛 집인 송균암에 간언 초고를 벽에다 새긴 간초정(諫草亭)이 있는데, 일명 간초당(諫草堂)이라고도 한다. 나머지 내용은 70쪽 주142와 114쪽

잠시 간초당 앞 대나무를 바라보나니　且看諫艸堂前竹
다시 올 땐 푸르름이 정원에 가득하리.　再度來時綠滿園

라고 하였으니,[267] 어찌 대나무를 두고 한 말이겠습니까. 지금 연경에 와서 형과 서로 만나지는 못했지만 이 대나무가 이미 울창하게 세한(歲寒)의 자태[268]를 이루고 있기에 서성이며 시를 읊조리니, 그 회포를 아실 것입니다.

어제 초산의 묵적(墨蹟)을 보았는데,

술 마시며 책 읽은 지 40년에　飮酒讀書四十年
오사모 머리위엔 푸른 하늘이로다　烏紗頭上是靑天
남아가 능연각에 이르고자 한다면　男兒欲到凌煙閣
제일의 공명은 돈을 좋아하지 않는 것[269]　第一功名不愛錢

주257 참조.

267 저는……하였으니 : 《환재집》 권3에 〈신유년 단오 다음날 중복과 하거와 연추가 찾아와서 작별하였는데, 왕하거와 동연추 두 분이 시를 읊고 절구를 써 주면서 각자 답시 한 수를 화답해주기를 바라기에 절구 2수를 지어 그 뜻에 따랐다〔辛酉端陽翌日仲復霞擧硏秋來別 王董二君誦贈書絶句 各欲專屬一首 爲二絶副其意〕〉라는 제목으로 수록되어 있다. 편지에 소개된 시는 왕헌에게 답한 시의 전구(轉句)와 결구(結句)이며, 원문의 '且看'이 '只應'으로 되어 있다.

268 세한(歲寒)의 자태 : 어떠한 역경에도 굴하지 않는 꿋꿋한 자태를 비유하는 말이다. 공자가 말하기를, "날씨가 추워진 뒤에야 송백이 늦게 시든다는 것을 알 수 있다.〔歲寒然後, 知松柏之後凋也.〕"라고 한 데서 나왔다. 《論語 子罕》

269 술……것 : 양계성의 문집인 《양충민집(楊忠愍集)》에는 이 시가 보이지 않는다. 능연각(凌煙閣)은 당나라 때 공신들의 화상(畫像)을 보관하던 곳이다. 당 태종(唐太

이라고 하였습니다. 이것은 본래 형께서 익히 기억하고 계신 것인데 지금 다시 형을 위해 한 번 읊어드리니, 저의 뜻을 이해하시리라 생각합니다.

저는 사명을 받들고 연경에 들어왔다가 이제 동쪽으로 돌아가려 합니다. 새로 알게 된 벗들과 연회를 벌인 즐거움이 없지 않았으나 구우(舊雨)[270]들이 흩어지고 오직 공군 옥쌍(孔君玉雙)만이 있어 수산(繡山)과의 옛 인연을 이야기하며[271] 아쉬운 마음을 조금 위로받았습니다.

편지를 부치고 싶은데 어찌하면 전할 수 있을지 모르겠습니다. 이어 대폭(大幅)을 만들어 보내 벽에 걸게 하면 때때로 얼굴을 대하는 듯 서로 잊지 않을 것이라는 생각이 들었기에 글씨가 거친 것은 생각지 않았습니다.

문옹(文翁)의 교화[272]로 멀리 있는 벗의 기대에 더욱 부응하시기를

宗)은 천하를 통일한 뒤 정관(貞觀) 17년(643)에 장손무기(長孫無忌) 등 24명의 공신을 그린 화상을 이곳에 보관하게 하였다. 이후로 공신들의 화상을 보관해 두는 곳의 대명사로 쓰이게 되었다.

270 구우(舊雨) : 옛 벗을 말한다. 98쪽 주218 참조.

271 공군 옥쌍(孔君玉雙)만이……이야기하며 : 공군 옥쌍은 공헌각(孔憲瑴)으로, 옥쌍은 그의 호이다. 수산은 공헌이(孔憲彝, 1808~1863)의 호이다. 공헌이에 대해서는 50쪽 주104 참조. 환재는 1861년(철종12) 열하 문안사로 연행했을 때 공헌이와 교유를 나누었는데, 이 편지를 쓸 당시 공헌이는 이미 세상을 떠나고 없었다. 《은송당집(恩誦堂集)》 속집(續集) 권9에 수록된 시 〈수산 각독이 동인과 함께 소당을 불러 전별연을 펼치면서 그의 종제인 옥쌍 태사에게 아집도를 짓게 하니……〔繡山閣讀 與同人邀餞小棠 屬其從弟玉雙太史作雅集圖……〕〉를 통해 공헌각이 공헌이의 종제(從弟)임을 알 수 있다.

272 문옹(文翁)의 교화 : 문옹은 한(漢)나라 경제(景帝) 때의 인물로, 촉군 태수(蜀郡太守)가 되어 성도(成都)에 학관(學官)을 설치하고 입학한 자들에게 부역을 면제해

바랍니다. -임신년(1872, 고종9)-

주었으며, 성적이 우수한 자를 관리로 임용하여 문풍(文風)을 크게 일으키고 교화가 행해지게 하여 야만스런 풍속을 변화시켰다.《漢書 卷89 文翁傳》

연추 동문환에게 보내는 편지 1[273]

與董硏秋文煥

이별한 뒤에 한 해가 또 저물었는데, 도체가 크게 복된지 모르겠습니

273 연추……편지 1 : 내용으로 보아 1861년(철종12) 10월 21일에 쓴 편지로, 환재가 열하 문안사(熱河問安使)로 북경에 가서 연추(硏秋) 동문환(董文煥)과 교유를 맺고 귀국한 뒤 보낸 첫 편지이다. 동문환에 대해서는 27쪽 주35 참조.

환재는 연행 당시 송균암(松筠菴)에서 펼친 연회를 그림으로 그려 동문환에게 준 〈회인도(懷人圖)〉를 떠올리며 그리운 마음을 전하였다. 이어 박지원(朴趾源)과 인연이 있는 곽태봉(郭泰峯)·곽집환(郭執桓, 1746~1775) 부자에 대해 아는지 묻고 곽집환의 《회성원집(繪聲園集)》을 읽어본 적이 있는지 물었다. 이는 동문환이 곽태봉·곽집환 부자과 같은 산서성(山西省) 출신이기 때문이었다. 홍대용(洪大容, 1731~1783)이 1766년(영조42) 연행했을 때 북경에서 곽집환의 벗인 등사민(鄧師閔)과 교분을 맺었는데, 곽집환이 등사민을 통해 자신의 시고(詩稿)인 《회성원집》의 서문과 부친의 거처인 담원(澹園)을 노래한 시를 조선 문사들에게 지어 줄 것을 요청한 일이 있었다. 이에 홍대용과 박지원이 《회성원집》의 발문을 지었고, 박지원을 비롯하여 이덕무(李德懋, 1741~1793)·유득공(柳得恭, 1748~1807)·박제가(朴齊家, 1750~1805) 등이 〈담원팔영(澹園八詠)〉을 지어 준 일이 있었다. 또 환재는 문승상사(文丞相祠)와 법원사(法源寺)에서 본 〈운휘장군비(雲麾將軍碑)〉 잔존 글자의 내력을 물었으며, 아울러 법원사에 있던 〈운휘장군비〉의 모각(摹刻)을 탁본해 주기를 부탁하였다. 마지막에는 조선에도 탁본할 만한 금석문자(金石文字)가 많은데 깊은 산에 있고 비용이 많이 들어 엄두를 내지 못한다고 아쉬워하였다. 한편, 환재의 이 편지에 대해 동문환은 1862년 1월 29일자의 답신을 보내왔는데, 그 편지에서 동문환은 곽태봉 부자에 대해 여러 사람에게 물어보았으나 아는 사람이 없다고 하였고, 법원사의 〈운휘장군비〉 탁본은 구입하는 대로 보내겠다고 하였으며, 아울러 《노천시집(魯川詩集)》《영루시선(咏樓詩選)》《추회창화시(秋懷唱和詩)》를 1권씩 보낸다고 하였다. 《李豫·崔永禧 輯校, 韓客詩存, 答朝鮮朴瓛卿書, 書目文獻出版社, 1996, 277쪽》

다. 지난번에 형께서 몸조리에 몹시 힘을 쓰며 약물(藥物)을 가까이 하는 것을 보았는데, 근래에 다시 말끔히 나아 힘을 다해 봉직하시는지 모르겠습니다. 기원하고 축원하자니 그곳으로 달려가는 마음 금할 수 없습니다.

저는 조선으로 돌아온 뒤 다행히 큰 병은 없으며, 이 밖의 자질구레한 일들은 말씀드릴 만한 것이 없습니다.

연경에서 어울리던 즐거움을 생각할 때마다 몽상(夢想)인 듯 어슴푸레합니다. 연행 때 가져간 행장(行裝) 속의 서독(書牘)과 묵적(墨蹟)을 다 꺼내보니 마치 형의 얼굴을 마주한 듯해 백 번을 쓰다듬어도 싫증나지 않습니다. 남들이 혹시 이런 저를 비웃더라도 또한 개의치 않으니, 이른바 〈회인도(懷人圖)〉가 형을 위해 만든 것이 아님을 이제야 깨달았습니다.[274] 한스러운 점은 이런 저를 위해 시 한 편 지어달라고 형에게 부탁하지 못하는 것입니다. 형의 시는 고인(古人)의 심오한 경지에까지 이르렀으니, 조만간 반드시 판각할 일이 있으리라 생각합니다. 그때 한 본을 아끼지 마시기를 바라는데, 어떻게 생각하십니까?

형의 백씨(伯氏) 운방(雲舫 동린(董麟)) 선생께서는 근황이 어떻습니까? 제가 아직 상면(相面)하지 못해 생각하자니 서운한 마음 그지없습

274 회인도(懷人圖)가……깨달았습니다 : 환재는 1861년(철종12) 연행 때 송균암(松筠菴)에서 연회를 가진 뒤 옥하관(玉河館)으로 돌아와 연회의 광경을 그림으로 그려 〈회인도〉라 명명하고 다음날 동문환에게 전해주었다. 이에 동문환은 〈조선의 박환경이 회인도를 그려 보내주었기에 시를 지어 사례하다〔朝鮮朴瓛卿繪懷人圖見貽賦謝〕〉라는 시를 지었고, 이듬해인 1862년 4월에 〈조선 박환경의 회인도 뒤에 쓰다〔書朝鮮朴瓛卿懷人圖後〕〉라는 글을 지었다. 《李豫・崔永禧 輯校, 韓客詩存, 書目文獻出版社, 1996, 184쪽・280쪽》

니다.

형과 같은 성(省)의 선배 중에 곽태봉(郭泰峯)이란 분이 있는데 자는 청령(青嶺)이고 호는 목암(木菴)입니다. 그의 아들 집환(執桓)은 자가 숙규(叔圭)이고 또 하나의 자는 근정(勤廷)이며, 《회성원집(繪聲園集)》이 있습니다.[275] 이들은 어느 현(縣)을 본관으로 하는 성씨인지 형께서 아시는지요? 그의 시는 맑고 담담하여 연화기(煙火氣 속기(俗氣))가 적은데, 형은 보신 적이 있는지요? 저의 조부께서 청령을 위해 〈담원팔영(澹園八詠)〉을 지은 적이 있기 때문에[276] 여쭙는 것입니다.

지난번 문승상사(文丞相祠)[277]의 벽 사이에서 이북해(李北海)가 쓴 〈운휘장군비(雲麾將軍碑)〉의 잔존(殘存) 글자를 끼워 둔 것을 보았는데, 바로 주춧돌로 쓰이던 두 면이었습니다.[278] 뒤에 또 법원사(法源

275 집환(執桓)은……있습니다 : 곽집환(郭執桓, 1746~1775)은 산서성(山西省) 사람으로, 호는 반오(半迂)·동산(東山)·회성원(繪聲園)이다. 시에 뛰어났고 그림과 글씨에도 능했다.

276 저의…… 때문에 : 123쪽 주273 참조.

277 문승상사(文丞相祠) : 송(宋)나라 말의 충신 문천상(文天祥, 1236~1283)을 모신 사당으로, 북경 성안 동북쪽의 순천부학(順天府學) 내에 있었다. 문천상의 자는 이선(履善)·송서(宋瑞)이고, 호는 문산(文山)이다. 덕우(德祐) 초에 원(元)나라가 침입해 오자 가산(家産)을 털어 군사를 일으켜 근왕(勤王)하여 신국공(信國公)에 봉해졌고, 그 후 원나라 장군 장홍범(張弘範)에게 패하여 3년 동안 북경의 감옥에 갇혔으나 끝내 굴복하지 않고 죽었다. 《宋史 卷418 文天祥列傳》

278 이북해(李北海)가……면이었습니다 : 이북해는 이옹(李邕, 678~747)으로, 자는 태화(泰和)이고, 당나라 현종(玄宗) 때 북해 태수를 지냈으므로 이북해로 불린다. 행서(行書)에 특히 뛰어났다고 한다. 〈운휘장군비(雲麾將軍碑)〉는 〈운휘장군 요서군 개국공 상주국 이수비(雲麾將軍遼西郡開國公上柱國李秀碑)〉를 말한다. 청나라 오함(吳涵)의 〈운휘장군 단비기(雲麾將軍斷碑記)〉에 이 비석의 내력이 기록되어 있다. 그

寺)[279]를 지나가다가 또한 벽에 끼워진 이 비석을 보았는데 이것도 주춧돌이었습니다. 혹시 문산사(文山祠 문승상사)에 끼워져 있는 것이 이것과 같은 비석인데 두 곳에 나누어 둔 것입니까?[280] 〈운휘장군비〉가 본래 두 개인데 혹시 모두 주춧돌로 쓰이는 액운을 당한 것입니까? 그때는 미처 고증해 보지 못했으니, 돌아온 뒤에 생각나서 잊을 수가 없습니다. 또 법원사의 동무(東廡)에 〈운휘장군비〉를 모각(摹刻)한 비석이 눕어져 있었는데, 한 본을 탁본하지 못해 한스럽습니다. 이 비석을 만약 형들께서 탁본하신다면 한 본 더 떠서 보내주실 수 있는지요?

우리나라의 금석에도 자못 채집할 만한 것들이 있지만 거친 산과 우거진 숲에 있어 탁본하여 가진 사람이 매우 드물어, 반드시 스스로 도모해야만 얻을 수 있고 탁본하는 비용도 매번 많이 들어 의욕을 잃게

기록에 따르면 이옹이 비문을 짓고 글씨를 써서 천보(天寶) 연간에 하북성(河北省) 양향현(良鄕縣)에 세웠는데 뒤에 비석이 파괴되어 잔비(殘碑)가 민간에서 주춧돌로 쓰였으며, 명나라 만력(萬曆) 연간에 그 중 6개의 돌이 발굴되어 북경의 경조윤서(京兆尹署)로 옮겨졌으나, 다시 일부가 상실되고 겨우 2개의 돌만 남았다. 청나라 강희(康熙) 31년(1692)에 경조윤 승(京兆尹丞) 오함이 이를 오래 보존하고자 문승상사로 옮겨 동쪽 벽에 끼워 넣었다고 한다. 《夢經堂日史 卷4 紫禁瑣述》《김명호, 환재 박규수 연구, 창비, 2008, 682~684쪽》

279 법원사(法源寺) : 현재의 북경시 선무구(宣武區)에 있는 절이다. 당나라 정관(貞觀) 19년(696)에 창건되었는데, 당시 이름은 민충사(憫忠寺)였다. 명나라 정통(正統) 2년(1437)에 중수되어 숭복사(崇福寺)로 개칭되었고, 청나라 옹정(雍正) 12년(1734)에 중수되어 법원사로 개칭되었다.

280 혹시……것입니까? : 환재가 법원사의 벽에서 본 〈운휘장군비〉는 문승상사에 있는 것과 다른 것이다. 이는 1805년 옹방강(翁方綱, 1733~1818)이 오함의 탁본과 송대(宋代) 원각(元刻) 탁본을 모사하여 새겨 넣은 것이다. 《김명호, 환재 박규수 연구, 창비, 2008, 684쪽》

만듭니다. 어찌하면 좋겠습니까.

말하고 싶은 모든 것이 하나가 아닌데 인편을 앞에 두고 급히 쓰자니 더욱 답답합니다. 언제쯤 다시 하늘 끝에서의 기이한 인연을 이을 수 있을까요? 오직 새해에 성대한 복을 받으시기를 바랍니다. 두루 헤아려 주십시오.

연추 동문환에게 보내는 편지 2[281]

又

연초(硏樵) 존형 지기 합하께.

봄에 한산(漢山)[282] 상서(尙書)가 돌아와 형의 근황을 말해주었으니 기쁘고 위로됨을 이루 다 말할 수 있겠습니까. 그러나 하거(霞擧 왕헌)가 고향으로 돌아가고 중복(仲復 심병성)이 먼 곳에서 벼슬한다 하니,[283] 함께 모이는[284] 즐거움이 얼마간 줄었을 것입니다.

하거는 혹시 이미 도성에 들어왔는지요? 휴가를 청해 잠시 간 것입니까? 아니면 다른 일이 있어 혹 수초(遂初)를 읊은 것[285]인지요? 모두

281 연추……편지 2 : 내용으로 보아 1865년(고종2) 10월에 쓴 것으로, 당시 환재는 예조 판서로 재직하고 있었다. 환재는 편지에서 북경을 떠나 있는 왕헌·심병성·풍지기의 소식을 묻고, 신석우(申錫愚)의 사망 소식을 전하고 있다.

282 한산(漢山) : 서형순(徐衡淳, 1813~1893)의 호이다. 서형순에 대해서는 55쪽 주116 참조. 서형순은 1864년(고종1) 9월 사은사의 정사로 북경에 갔다가 이듬해 2월 돌아왔는데, 이때 서형순 편에 편지를 받은 것으로 보인다. 《高宗實錄 1年 9月 27日, 2年 2月 6日》

283 중복(仲復)이……하니 : 심병성(沈秉成)이 1864년에 운남 이동도(雲南迤東道)에 임명된 것을 말하는 듯하다.

284 함께 모이는 : 원문은 '盍簪'인데, 벗이 모이는 것을 말한다. 《주역(周易)》 〈예괘(豫卦) 구사(九四)〉에 "의심하지 않으면 벗이 모여들 것이다.〔勿疑, 朋盍簪.〕"라고 한 데서 나왔다.

285 수초(遂初)를 읊은 것 : 낙향(落鄕)을 말한다. 수초는 초지(初志)를 이룬다는 뜻으로 벼슬을 떠나 은거하여 처음에 품은 소원을 이루는 것을 말한다. 진(晉)나라 손작(孫綽)이 젊었을 때 허순(許詢)과 함께 속세를 초탈하려는 뜻을 가지고 10여 년

자세히 알지 못해 답답합니다. 지금 이 한 통의 편지를 올리니, 바라건대 인편을 찾아 부쳐 주시어 하늘 끝에 있는 지기(知己)로 하여금 서로 간에 소식을 알도록 해 주심이 어떻겠습니까.

중복이 있는 곳은 만 리나 떨어져 있는데, 부임 소식은 이미 들으셨는지요? 이 형 앞으로도 한 통의 편지를 썼는데, 생각해보니 상운(緗芸)의 고향[286]이 그곳과 가깝기에 전달할 방법을 상운에게 부탁했습니다. 하거는 형과 고향이 같기에[287] 편지를 전달해 주십사 부탁드립니다. 혹시 형에게 믿을 만한 인편이 있다면 중복에게 보낸 편지 또한 상운에게 받아서 부쳐 보내셔도 좋습니다.

만 리에서 편지를 전하니 언제쯤 전달될지 모르겠습니다. 그러나 우리들의 마음의 교유를 신명(神明)이 보증한다는 것이 중요하니, 반드시 조물주가 도와주어 홍교(洪喬)에 이르지 않을 것이며[288] 후배들이 이를 보고 붕우의 도가 이와 같아야 함을 분명히 알게 될 것입니다.

존형의 근황은 어떠신지요? 어떤 관직에 승차(陞差)하셨으며, 더 공을 세운 것이 있으신지요?

노천(魯川 풍지기)의 소식을 전혀 듣지 못했으니 자세히 알려주시기

동안 산수 속에 호방하게 살면서 〈수초부(遂初賦)〉를 지어 자신의 만족스러운 삶을 서술한 고사가 있다. 《晉書 卷56 孫綽列傳》

286 상운(緗芸)의 고향 : 황운혹의 고향은 호북성(湖北省) 동남부에 있는 기춘현(蘄春縣)이다.

287 하거는……같기에 : 왕헌과 동문환의 고향은 오늘날의 산서성(山西省) 임분시(臨汾市)에 속한 홍동(洪洞)이다.

288 홍교(洪喬)에……것이며 : 편지가 분실되지 않을 것이라는 말이다. 34쪽 주61 참조.

바랍니다.

이전에 늘 형의 편지를 받아보면 간략한 몇 마디로 크게 마음 써 주신 성대함은 있었으나 붕우와의 허다한 즐거운 일을 자세히 말씀하신 것이 없어 제 마음이 매우 아쉬웠습니다. 부디 이번 회신에서는 자세히 말씀해 주시고 좋은 소식을 아끼지 마시는 것이 어떻겠습니까.

금년의 정조사(正朝使)는 모두 저와 뜻이 같은 절친한 벗들입니다. 정사(正使) 이상서(李尙書)와 서장관(書狀官) 김학사(金學士)[289]는 모두 믿을 만한 벗들이니, 마땅히 오랜 벗처럼 기뻐하며 저의 근황을 말해드릴 것입니다.

금천(琴泉 신석우)은 중춘(仲春)에 도산(道山)으로 돌아갔습니다.[290] 독실한 행동과 깊은 학문은 고인에게서 찾더라도 많이 얻기 쉽지 않은데 저와 평생 벗으로 지냈으니, 현단(絃斷)의 슬픔이야 오히려 말할 만한 것이겠습니까.[291] 형께서 이 소식을 들으시면 또한 놀라시리라 생각합니다.

중복이 지금 맡은 직책은 본래 임기가 차면 내직(內職)으로 승진할

289 정사(正使)……김학사(金學士) : 정사 이상서는 형조 판서 이흥민(李興敏, 1809~1881)을 말하는데, 본관은 전의(全義)이다. 서장관 김학사는 홍문관 전한(弘文館典翰) 김창희(金昌熙, 1844~1890)를 말하는데, 본관은 경주(慶州), 자는 수경(壽敬), 호는 석릉(石菱)이다. 이들은 1865년(고종2) 10월 20일 동지사로 연행을 떠났다가 1866년 4월에 복명하였다. 《高宗實錄 2年 10月 20日, 3年 4月 1日·22日》

290 도산(道山)으로 돌아갔습니다 : 세상을 떠났다는 말이다. 도산은 사람이 죽으면 돌아간다고 알려진 선계(仙界)이다.

291 현단(絃斷)의……것이겠습니까 : 부인과의 사별(死別)보다 훨씬 더 큰 슬픔이라는 말이다. 현단은 부인과의 사별을 의미하는데, 부부 관계를 금슬(琴瑟)에 비유하였던 것에서 나온 말이다.

기약이 있습니까? 아니면 그대로 외직을 전전하며 잠시도 조정으로 돌아올 정해진 기약이 없는 것입니까? 생각하자니 암담합니다.

저는 봄에 종백(宗伯)으로 승진하였습니다.[292] 임금의 은혜는 높고 두터운데 저의 보답은 미치지 못하니 그저 높은 반열로 올라가는 것[293]이 매우 부끄러울 뿐입니다.

연사(年使)가 돌아올 때 반드시 형의 근황과 제군(諸君)의 생활을 자세히 알려주시어 이렇게 바다 건너 하늘 끝에서 목을 빼고 기다리는 저의 마음을 조금이나마 위로해 주시기를 간절히 바라 마지않습니다.

편지지를 앞에 두니 마음이 두근거립니다. 오직 날로 큰 복이 이르고 명덕(明德)을 더욱 높이시기를 기원합니다. 이번에는 하고 싶은 말을 다하지 못합니다.

292 저는……승진하였습니다 : 종백(宗伯)은 예조 판서를 말한다. 환재는 1865년(고종2) 4월 예조 판서에 임명되었다. 《高宗實錄 2年 4月 11日》

293 높은……것 : 원문은 '冥升'인데, 무턱대고 위로 올라가고 그칠 줄 모르는 것이다. 《주역》〈승괘(升卦) 상육(上六) 상(象)〉에, "올라가는 일에 눈이 어두워 위에 있으니, 사라지고 다시 더하지 못하도다.〔冥升在上, 消不富也.〕"라고 한 데서 나왔다.

연추 동문환에게 보내는 편지 3[294]
又

연추 존형 지기 합하께.

시우(是迂) 상서(尙書)와 석릉(石陵) 편수(編修)가 돌아와[295] 종유(從遊)한 즐거움을 말해주었습니다. 이어 형의 편지를 받아 펼쳐 읽었으니, 이날은 참으로 적막하지 않아서 이 몸이 마치 연수(煙樹)와 금대(金臺)[296] 사이로 가 있는 듯 황홀하였습니다.

그러나 형에게 그 사이 순령(荀令)의 슬픔이 있었음을 자세히 알았습니다.[297] '태상(太上)은 감정에 동요되지 않는다.〔太上忘情〕'[298]라는

---

294 연추……편지 3 : 평안도 관찰사로 부임한 지 한 달이 되었다는 언급으로 보아 1866년(고종3) 4월에 쓴 편지로 보인다. 당시 고종(高宗)의 가례(嘉禮)를 알리기 위한 주청 사행(奏請使行)이 있었으므로, 그 편에 보낸 것으로 보인다.

환재는 동문환의 상처(喪妻) 소식을 접하고 위로의 말을 전하는 한편, 일강기거주(日講起居注)로서의 직분에 충실할 것을 당부하였다. 또 심병성(沈秉成)이 친상을 당한 소식을 듣고 자세한 사정을 알려달라고 부탁하였다.

295 시우(是迂)……돌아와 : 시우는 이흥민(李興敏)의 호이고, 석릉은 김창희(金昌熙)의 호이다. 이흥민과 김창희의 연행에 대해서는 130쪽 주289 참조.

296 연수(煙樹)와 금대(金臺) : 북경을 상징하는 말이다. 연수는 계문연수(薊門煙樹), 즉 계문의 연기 어린 나무로 북경 팔경(八景)의 하나이다. 또 금대는 황금대(黃金臺)를 가리킨다. 황금대는 원래 전국 시대 연(燕)나라 소왕(昭王)이 천하의 현사(賢士)를 대접하기 위해 천금을 들여 세운 누대인데, 북경을 상징하는 말로 쓰인다.

297 형에게……알았습니다 : 순령(荀令)의 슬픔은 아내를 잃은 슬픔을 말한다. 순령은 삼국(三國) 시대 위(魏)나라의 순찬(荀粲)으로, 자는 봉천(奉倩)이며, 동한(東漢)의 명신 순욱(荀彧)의 아들이다. 벼슬이 상서 령(尙書令)에 이르렀으므로 이렇게 부른

말로 스스로를 위로할 수 있으신지요? 훌륭한 아들이 있어 《춘추전(春秋傳)》을 읽을 줄 안다고 하시니, 가문을 높이고 서향(書香)[299]을 이어 가기에 충분할 것입니다. 그러니 형께서 혹시 담박한 음식으로 수양하시며 이제부터 외물의 구속을 모두 없앤다면 이 또한 하나의 훌륭한 일이 될 것입니다만, 어찌 이렇게 할 수 있겠습니까. 우습습니다.

일강기주(日講記注)로서 임금 곁에서 이필(珥筆)하는 것[300]은 지극한 영광입니다. 자신의 직분을 다하는 것이 은혜에 보답하는 방법이니 어찌 더 면려할 필요가 있겠습니까. 생각건대 형께서 하늘로부터 받은 재능은 이 직임을 수행하기에 충분합니다.

저는 근래 평안도 관찰사(平安道觀察使)의 직함을 받아 부임한 지 이미 한 달이 되었습니다.[301] 임금의 은혜가 분에 넘치게 더해졌는데

다. 순찬은 부인을 끔찍이 사랑하였는데, 부인이 겨울에 열병(熱病)을 앓자 자신이 밖에 나가 몸을 차갑게 해서 들어와 자신의 몸으로 부인의 열을 식혀주었고, 부인이 죽고 난 뒤에는 지나치게 상심하다가 요절하였다는 고사가 전한다.《世說新語 惑溺》

동문환은 1865년 2월과 10월에 연이어 부인과 첩의 상을 당하였다고 한다.《李豫·崔永禧 輯校, 韓客詩存, 論董文渙與韓客詩存, 書目文獻出版社, 1996, 10쪽》

298 태상(太上)은……않는다 : 태상은 최고의 경지에 오른 사람으로 성인(聖人)을 가리킨다. 74쪽 주151 참조.

299 서향(書香) : 대대로 이어져 온 학문의 기풍을 말한다.

300 일강기주(日講記注)로서……것 : 측근에서 임금을 보필하는 것을 말한다. 일강기주는 청대(淸代)의 관직명인 일강기거주(日講起居注)를 말하는데, 황제의 곁에서 그 언행을 기록하고 실록을 편찬하는 등의 일을 맡았다. 동문환은 1865년에 일강기거주로 재직하였다. 이필은 붓을 관모 옆에 꽂고 다니는 것을 말하는데, 사관(史官)이 기록의 편의를 위해 그렇게 했던 데서 나온 말이다.

301 저는……되었습니다 : 환재는 1866년(고종3) 2월에 평안도 관찰사에 임명되었다.《高宗實錄 3年 2月 4日》

재주는 박하고 임무는 무거워 두려움과 부끄러움에 한가할 겨를이 없으니, 형께서는 무엇으로 저를 가르쳐 주시겠습니까?

중복(仲復 심병성) 지기(知己)가 친상(親喪)을 당해 타향에 우거한다는데 그곳이 어딘지요? 그 부친이 기양현(岐陽縣)[302]의 관소(官所)에 계셨다고 하던데 지금 왜 진성(晉省)[303]으로 갔다고 말씀하시는지요? 이 때문에 슬픔과 답답함을 금할 수 없으니, 자세히 알려주심이 어떻겠습니까. 장지(葬地)는 어디입니까? 여막(廬幕)에서 상제(喪制)를 마친다고 하던가요? 지금 보내는 편지를 부디 하거(霞擧 왕헌) 형과 의논해 전해주시기를 간절히 바랍니다.

때마침 사신의 행차[304]를 만났기에 대략 이렇게 안부만 전하며 급히 쓰느라 다 갖추지 못합니다. 돌아오는 인편에 좋은 소식 들려주시기를 바랍니다.

302 기양현(岐陽縣) : 오늘날의 섬서성(陝西省) 기산현(岐山縣) 지역이다.

303 진성(晉省) : 오늘날의 산서성(山西省)을 가리키는데, 이 지역 대부분이 춘추(春秋) 시대 진(晉)나라의 영토였으므로 이렇게 부른다.

304 사신의 행차 : 1866년(고종3) 4월에 고종(高宗)의 가례(嘉禮)를 알리기 위해 떠난 주청사(奏請使)를 말한다. 당시 주청사로 정사(正使) 유후조(柳厚祚, 1798~1876), 부사(副使) 서당보(徐堂輔, 1806~1883), 서장관(書狀官) 홍순학(洪淳學, 1842~1892)이 떠났다.《高宗實錄 3年 4月 9日》이 연행에서 홍순학이 남긴 〈병자연행가(丙子燕行歌)〉는 현전하는 국문가사 작품 중 사행가사로 널리 알려져 있다.

연추 동문환에게 보내는 편지 4[305]

又

연추 존형 지기 합하께.

중춘(仲春)에 답신을 받아 아직도 위로와 감사의 마음이 깊은데, 어느덧 또 1년이 지났습니다. 도체(道體)에 만복이 깃들었는지 모르겠습니다.

그때 사국(史局)에서 일을 완수하시어[306] 머지않아 은혜로운 선발이 있을 것이라고 하셨으니, 참으로 성대합니다. 그러나 저의 이 편지가 도착할 때 혹시 형께서 이미 외직으로 나가셨다면 어찌 섭섭하지 않겠

305 연추……편지 4 : 1867년(고종4) 10월에 쓴 편지로, 당시 환재는 평안도 관찰사로 재직하고 있었다.

서두에서는 동문환이 일강기거주(日講起居注)로 재직하며 올린 상소가 모두 황제의 윤허를 받아 시행되었음을 축하하고, 동문환이 상소한 글을 보고 싶다는 뜻도 전하였다. 또 지난번에 보내준 동문환의 편지에서 왕헌의 소식을 전해준 사실을 떠올리며, 낮은 관직에 묻혀 있는 왕헌에 대해 간접적인 위로를 전하였다. 환재는 설문학(說文學)에 공을 세운 여러 학자들이 허신(許愼)을 부축하고 가는 그림을 본 적이 있다고 하면서, 왕헌 역시 《설문》 공부에 매진한다면 허신을 부축하고 갈 정도의 능력이 될 것이라고 하였다. 환재가 보았다는 그림은 나빙(羅聘)이 그린 〈설문계통도(說文系統圖)〉로 추정된다. 또 왕헌이 낮은 관직에 머물러 있는 것은 후세에 전할 훌륭한 저서를 남기게 하기 위한 하늘의 배려라는 동문환의 말에 찬성하면서, 정초(鄭樵)·마단림(馬端臨)·두우(杜佑)·왕응린(王應麟) 등이 모두 낮은 관직에 거처하면서 수많은 저작을 남긴 사실을 언급하였다.

306 사국(史局)에서 일을 완수하시어 : 동문환이 《문종실록(文宗實錄)》의 편찬에 참여하여 그 일을 완수한 것을 말한다.

습니까. 저의 바람은 오마(五馬)의 영광[307]에 있지 않고, 오직 날마다 문계(文階)에서 임금을 모시고 이필(珥筆)하며[308] 직분을 다하는 것에 있을 뿐입니다.

저번에 조목조목 진술한 각각의 접주(摺奏)[309]가 모두 윤허를 받아 시행되었다고 하셨습니다. 품은 생각은 반드시 진달하고 말하는 것마다 시행되는 것은 신하의 지극한 영광이니, 흠모와 감탄을 이루 말할 수 없습니다. 이러한 문자는 모두 없어지지 않을[310] 글입니다. 그러나 제가 멀리서 저초(邸鈔)[311]를 볼 방법이 없어 형께서 고심하며 간절히 일을 논하신 글을 아직 보지 못했으니, 이것이 매우 한스럽습니다. 만약 숨기지 않고 보여주신다면 이 얼마나 감사하겠습니까.

상운(緗芸 황운혹)과 하거(霞擧 왕헌) 등 여러 형들은 평안하신지요? 중복(仲復 심병성)이 봄에 남쪽으로 돌아갔다고 하는데, 또 이미 도성으

307 오마(五馬)의 영광 : 태수(太守)가 되어 부임하는 것을 말한다. 오마는 태수의 별칭으로 쓰이는데, 한(漢)나라 때 태수의 수레를 다섯 필의 말이 끌었던 데서 온 말이다.

308 문계(文階)에서……이필(珥筆)하며 : 문계는 문신(文臣)의 관계(官階)로, 여기서는 조정을 의미하는 말로 쓰였다. 또 이필은 붓을 관모 옆에 꽂고 다니는 것을 말하는데, 사관(史官)이 기록의 편의를 위해 그렇게 했던 데서 나온 말이다.

309 접주(摺奏) : 천자에게 직접 진달하는 주문(奏文)을 말한다.

310 없어지지 않을 : 원문은 '不刊'인데, 옛날 죽간(竹簡)에 쓴 글자 중 잘못된 것이 있을 때 삭제하는 것을 간(刊)이라고 한다. 따라서 '불간'은 없어지지 않고 영원히 전해진다는 의미로 쓰인다.

311 저초(邸鈔) : 저초(邸抄) 또는 저보(邸報)라고도 한다. 한(漢)나라 때 제후가 경사(京師)에 저사(邸舍)를 두었고 당나라 때에 번진(藩鎭)이 또한 그렇게 하였는데, 저중(邸中)에서 조령(詔令)·장주(章奏)를 전초(傳抄)하여 번진에 알렸기 때문에 그것을 저보(邸報)라 하였다. 후세에는 정부관보(政府官報)를 일컫는 말이 되었다.

로 들어왔는지요? 이 형의 사정을 생각할 때마다 너무도 답답합니다.

고재(顧齋 왕헌)의 《설문(說文)》에 대한 공부는 요사이 어떻습니까? 지난번에 어떤 벗의 처소에 있는 그림 병풍을 보았습니다. 허숙중(許叔重)[312]이 수염과 머리가 하얗게 센 채 구부정하게 걸어가고, 이양빙(李陽冰)[313]과 서현(徐鉉)[314]과 서개(徐鍇)[315]로부터 《설문》에 공을 세운 자들이 모두 허노인(許老人)을 부축하여 좌우에서 보호하고 앞뒤에서 모시고 따르며 가는 그림이었는데,[316] 그 광경이 저를 포복절도하게 하였습니다. 지금 고재 형도 당연히 다시 가서 허군(許君)의 한쪽 팔을

312 허숙중(許叔重) : 허신(許愼, 58~147)으로, 숙중은 그의 자이다. 동한(東漢) 때의 경학가로, 일생의 정력을 기울여 한자의 구조와 의미를 논술한 《설문해자(說文解字)》를 저술하였는데, 후인들이 이 공로를 인정하여 '자성(字聖)'이라 부른다.

313 이양빙(李陽冰) : 자는 소온(少溫)이다. 당나라 때의 명필로 특히 소전(小篆)에 뛰어났다. 이백(李白)의 족숙(族叔)으로서 〈초당집서(草堂集序)〉를 써 주었다고 한다. 관직은 국자감 승(國子監丞)·집현전 학사(集賢殿學士)에까지 올랐다.

314 서현(徐鉉) : 916~991. 남당(南唐)의 서법가로, 자는 정신(鼎臣)이며, 벼슬은 산기상시(散騎常侍)에 이르렀다. 문자학(文字學) 및 전서(篆書)와 예서(隷書)에 밝았으며, 구중정(句中正) 등과 함께 《설문해자》를 교정하였다.

315 서개(徐鍇) : 920~974. 남당(南唐)의 훈고학자로, 자는 내신(鼐臣)·초금(楚金)이다. 서현(徐鉉)의 아우로 '소서(小徐)'라 불렸다. 집현전 학사와 내사사인(內史舍人)을 지냈다. 저서로 《설문해자계전(說文解字系傳)》《설문해자운보(說文解字韻譜)》 등이 있다.

316 설문에 공을……그림이었는데 : 〈설문계통도(說文系統圖)〉를 말하는 듯하다. 이 그림은 청나라 건륭(乾隆) 연간의 화가 나빙(羅聘, 1733~1799)이 그린 것으로, 청대 설문 사대가(說文四大家)의 한 사람인 계복(桂馥, 1736~1805)을 위해 그려준 것이라고 한다. 계복의 자는 미곡(未谷) 또는 동훼(東卉)이고, 호는 우문(雩門)이며, 소학(小學) 및 금석(金石)·전각(篆刻)에 정통하였으며, 저서로 《만학집(晩學集)》《설문의증(說文義證)》《무전분운(繆篆分韻)》 등이 있다.

부축해야 합니다만 노천(魯川 풍지기)에게 선착(先着)을 빼앗길까 걱정스러우니, 반드시 큰 걸음으로 바삐 달려가야 한 번 만나게 될 것입니다. 하하.

세상에 전해지는 학문은 낮은 관직에 묻힌 사람이 아니면 할 수 없으므로 하늘이 고재를 위해 그 자리를 만들어 준듯하다고 하셨으니, 진실로 형의 말씀과 같습니다. 이 일은 예나 지금이나 똑같으니, 단지 품은 능력이 있는데 매양 드러내 펼치지 못하다가 끝내는 더 스스로 감출 수가 없어서 공언(空言)[317]에 실어 후세에 드리우기 때문입니다.

정어중(鄭漁仲)[318]과 마귀여(馬貴與)[319]는 글을 지을 여가가 가장 많았고, 두군경(杜君卿)[320]과 왕백후(王伯厚)[321]는 비록 낮은 관직에 묻히

317 공언(空言) : 당대(當代)에 쓰이지 못한 말을 일컫는다. 공자가 "내가 공언을 남기는 것은, 실제 일어난 일 가운데 매우 절실한 것을 드러내어 분명히 밝히는 것만 못하다.〔我欲載之空言, 不如見之於行事之深切著明也.〕"라고 하고, 《춘추(春秋)》를 지었던 것에서 나온 말이다. 《史記 太史公自序》

318 정어중(鄭漁仲) : 남송(南宋) 고종(高宗) 때의 학자 정초(鄭樵, 1104~1162)로, 어중은 그의 자이고, 호는 협제(夾漈)·계서일민(溪西逸民)이다. 평생 과거에 응시하지 않고 30년 동안 각고의 노력으로 학문에 매진하여 경학·예학(禮學)·문헌학·사학 등에 뛰어난 업적을 남겼으며, 저서가 80여 종에 달한다. 현존하는 것으로는 《통지(通志)》《이아주(爾雅注)》《시변망(詩辨妄)》 등이 있다.

319 마귀여(馬貴與) : 송말(宋末) 원초(元初)의 학자 마단림(馬端臨, 1254~1323)으로, 귀여는 그의 자이고, 호는 죽주(竹洲)이다. 음보(蔭補)로 승사랑(承事郎)을 지냈고, 송나라가 망한 뒤 은거하여 학문에 매진하였다. 저서로 《문헌통고(文獻通考)》《대학집주(大學集注)》 등이 있다.

320 두군경(杜君卿) : 당나라 두우(杜佑, 735~812)로, 군경은 그의 자이다. 제남 참군(濟南參軍)·강남 절도사(江南節度使)를 역임하였으며, 덕종(德宗)·순종(順宗)·헌종(憲宗) 때 재상을 지냈다. 기국공(岐國公)에 봉해졌으며, 시호는 안간(安簡)이다.

지는 않았지만 그들의 평생을 추적해보면 또한 묻힌 것과 무엇이 다르겠습니까. 그러므로 수많은 저작을 남겼고 사람들에게 끼친 공리(功利)가 적지 않습니다. 고재가 혹시라도 옛 현인의 일을 이을 수 있다면 지금 낮은 관직에 묻힌 것을 근심할 것이 무어 있겠습니까.

이 말을 가지고 저 자신에게 비유해 보아도 되겠습니까? 저는 패성(浿城 평양)에 머물러 관청을 집으로 삼은 것이 지금 이미 두 해나 되었습니다만, 평소의 포부를 펼친 것도 없이 서류더미 속에서 헛되이 세월만 낭비하고 있으니, 고재 형에게 매우 부끄럽습니다.

이번에 가는 연공(年貢) 정사(正使) 김군(金君)[322]은 노성(老成)하고 낙이(樂易 화락하고 까다롭지 않음)한 사람입니다. 혹시 만나게 된다면 당연히 저의 쇠약하고 혼란스러운 근황을 말할 것입니다. 그가 돌아올 때 좋은 소식을 내려주시기를 바랍니다.

인편을 앞에 두고 급히 쓰느라 다 말씀드리지 못합니다. 모든 복이 날로 새로워지기를 기원합니다.

저서로《통전(通典)》《이도요결(理道要訣)》《관씨지략(管氏指略)》《빈좌기(賓佐記)》 등이 있다.

321 왕백후(王伯厚) : 왕응린(王應麟, 1223~1296)으로, 백후는 그의 자이고, 호는 심녕거사(深寧居士)·후재(厚齋)이다. 송나라 이종(理宗) 때 박학굉사과(博學宏詞科)에 급제하여 예부 상서 겸 급사중(禮部尙書兼給事中)에까지 올랐다. 저서로《곤학기문(困學記聞)》《옥해(玉海)》《삼자경(三字經)》《한예문지고증(漢藝文志考證)》 등이 있다.

322 김군(金君) : 김익문(金益文, 1806~?)을 말한다. 본관은 청풍(淸風), 자는 공회(公晦)이며,《연원직지(燕轅直指)》를 지은 김경선(金景善)의 아들이다. 1867년(고종4) 10월 24일 동지사의 정사로 연행을 떠났다. 당시 부사는 조성교(趙性教)이고 서장관은 홍대종(洪大鍾)이다.《高宗實錄 4年 10月 24日》

연추 동문환에게 보내는 편지 5[323]
又

연추 존형 합하께.

지난해 연말 헌서사(憲書使)[324]가 돌아오는 편에 답신과 자수사(慈壽寺)의 석각(石刻) 탁본 여러 장을 받고 〈구련화상을 다시 장정하고 지은 노래〔重裝九蓮畵像歌〕〉를 읽고는[325] 형께서 관심을 기울여 좋은

323 연추……편지 5 : 1868년(고종5) 윤4월에 쓴 편지로, 셰넌도어호 사건을 진주(陳奏)하기 위한 사행 편을 통해 보낸 것이다. 이 사행과 관련한 내용은 86쪽 주181 참조. 당시 환재는 평안도 관찰사로 재임하고 있었다.

서두에서 환재는 북경의 자수사(慈壽寺)에 봉안된 명나라 신종(神宗)의 생모 효정태후(孝定太后)의 영정 보수 사업을 끝내고 자수사의 석각(石刻) 탁본과 〈구련화상을 다시 장정하고 지은 노래〔重裝九蓮畵像歌〕〉를 지어 보내준 데 대해 감사의 마음을 전하는 한편 감숙성(甘肅省)으로 떠나게 된 동문환의 상황을 위로하였다. 이어 동문환이 편찬하고 있는 《한객시록(韓客詩錄)》이 20권이나 될 만큼 분량이 방대함에 놀라움을 표한 뒤 수록될 시의 선별에 대해 보다 신중을 기해줄 것을 부탁하였는데, 이는 조선 시인의 시가 선별을 거치지 않고 수록될 경우 중국인들에게 무시당할지도 모른다는 우려에서 나온 것이었다. 또 《목은집(牧隱集)》과 《하서집(河西集)》의 시를 선별하고 있으니 조금 기다려 달라는 부탁도 전하였다. 말미에는 셰넌도어호 사건이 있었음을 언급하여 서양과의 마찰로 우려하고 있는 마음을 전하였다.

324 헌서사(憲書使) : 새해의 역서(曆書)를 받으러 간 사신을 말한다.

325 자수사(慈壽寺)의……읽고는 : 자수사는 북경 부성문(阜成門) 밖 팔리장(八里庄)에 있는 절이다. 〈구련화상을 다시 장정하고 지은 노래〉는 동문환이 자수사에 있는 명나라 효정태후 화상을 보수하고 지은 시로, 《한객시존》에 〈구련보살 화상을 다시 장정하고 지은 노래〔重裝九蓮菩薩畵像歌〕〉라는 제목으로 수록되어 있으며, 지은 날짜는 동치 6년(1867) 5월 24일로 되어 있다.《李豫・崔永禧 輯校, 韓客詩存, 書目文獻出

일을 하셨음에 탄복하였습니다. 매우 감격한 것은 이 일을 처리하셨기 때문일 뿐만이 아니라 멀리 있는 이 벗의 부탁을 저버리지 않으셨기 때문입니다.

농서(隴西)로 가게 되었다고 하셔서[326] 제 마음이 깜짝 놀랐는데, 두 통의 편지가 또 연사(年使) 편에 도착하여 형께서 도성을 나갈 날이 정해졌음을 알았습니다. 양주(凉州)[327]는 저와의 거리가 또 만 리가 되어 이로부터 기러기가 아득해지고 물고기가 잠길 것이니[328], 멈춘 구름과 지는 달[329]을 보며 그리운 마음을 무엇으로 마음을 달랠까요. 고재(顧齋 왕헌)가 "분수(汾水)[330] 이서(以西) 지역은 그나마 남비(南匪

版社, 1996, 308쪽》 효정태후의 화상과 관련한 내용은 38쪽 주73 참조.

326 농서(隴西)로……하셔서 : 농서는 감숙성(甘肅省)의 별칭이다. 여기에 대해서는 84쪽 주176 참조.

327 양주(凉州) : 현재의 감숙성 서북쪽에 있는 무위(武威)의 옛 지명이다.

328 기러기가……것이니 : 원문은 '鴈渺魚沉'인데, 서신이 끊겨 소식이 단절될 것이라는 말이다. 기러기는 왕래하는 때가 일정하므로 비단을 기러기의 발에 매달아 멀리 서신을 전달했던 것에서 서신을 의미하는 말로 쓰인다. 물고기 역시 서신을 의미한다. 한(漢)나라 때의 악부(樂府)인 〈음마장성굴행(飮馬長城窟行)〉에 "나그네가 멀리서 찾아와 내게 잉어 한 쌍을 주고 가기에, 아이 불러 잉어를 삶게 했더니 뱃속에 한 자의 비단 편지가 있네.〔客從遠方來, 遺我雙鯉魚, 呼童烹鯉魚, 中有尺素書.〕"라고 한 데서 나왔다. 《文選註 卷27》

329 멈춘……달 : 멈춘 구름〔停雲〕은 벗을 그리워함을 상징한다. 도잠(陶潛)이 〈정운(停雲)〉시를 짓고 그 서문에서 "정운은 친구를 생각하여 지은 시이다."라고 한 데서 나왔다. 《陶淵明集 卷1》 또 지는 달〔落月〕은 벗을 그리는 정이 간절하여 스러지는 새벽 달빛에 벗의 얼굴을 보는 듯 착각한다는 뜻인데, 두보(杜甫)가 이백(李白)을 그리워하며 지은 시에 "지는 달빛이 용마루에 가득하니, 그대 얼굴 비치는 듯하네.〔落月滿屋樑, 猶疑照顏色.〕"라고 한 데서 나왔다. 《杜少陵詩集 卷7 夢李白》

330 분수(汾水) : 산서성(山西省) 서남쪽에 위치한 강이다.

태평천국군)의 소요를 면하였다."라고하기에 형의 집안을 위해 다행으로 여겼는데, 지금 형의 편지에서 "돌아가 농사지으려 해도 밭이 없으니 진퇴유곡(進退維谷)이다."라고 한 것은 무엇 때문입니까?

보내주신 두 편의 시는 모두 이해가 되지만 그 일은 어쩔 도리가 없으니 또한 내버려두고 다시 말하지 않습니다.[331] 한스러운 것은 술항아리 두드리며 길게 진성(秦聲)을 노래하여 강적(羌笛)으로 양류(楊柳)를 읊은 심사를 위로할 수 없다는 것입니다.[332] 아아! 연추는 나이가 젊고 기운이 왕성하니, 마음을 굳게 먹고 참을성을 길러 부족한 점을 보충하는 것[333]은 진실로 오늘에 달려 있습니다. 노력하십시오.

군자가 불우하여 길을 잃는 것이 예로부터 어찌 한정이 있겠습니까

331 보내주신……않습니다 : 무슨 일을 말하는지 미상(未詳)이다.

332 한스러운……것입니다 : 양주로 떠나는 동문환을 위해 전별연(餞別宴)을 베풀지 못함이 한스럽다는 말이다. 진성(秦聲)은 진나라의 노래로 고향과 고국을 생각하면서 부르는 슬픈 노래를 말한다. 전국(戰國) 시대 진진(陳軫)이 진(秦)나라에서 달아나 초나라에서 벼슬했는데, 초나라에서 진진을 진나라에 사신으로 보내자 진진이 혜왕을 만나 말하기를, "제가 비록 버림받고 쫓겨나 초나라로 갔지만 어찌 진나라 노래를 부르지 않을 수 있겠습니까.〔今臣雖棄逐之楚, 豈能無秦聲哉!〕"라고 한 데서 나온 말이다. 강적(羌笛)은 피리의 일종이다. 강적을 불며 읊는 악부(樂府)에 〈절양류(折楊柳)〉가 있는데, 버들가지 꺾으며 이별하는 아쉬운 정을 노래한 것이다. 또 당나라 왕지환(王之渙)의 〈양주사(涼州詞)〉에 "황하는 멀리 백운 사이로 오르고, 한 조각 외로운 성 만 길 산에 있네. 강적으로 어찌 양류가 피지 않음을 원망하랴, 봄빛은 옥문관을 넘지도 못하는데.〔黃河遠上白雲間, 一片孤城萬仞山. 羌笛何須怨楊柳, 春光不度玉門關.〕"라고 하였다. 여기서는 동문환이 감숙성의 양주로 간다는 점을 생각해 〈양주사〉의 구절을 인용한 것으로 보인다.

333 마음을……것 : 원문은 '動忍增益'인데, 여기서는 훗날 큰일을 이루기 위해 자신을 갈고 닦을 기회라는 말로 쓰였다. 84쪽 주177 참조.

마는 명절(名節)과 공적(功績)은 모두 이 과정에서 성취하였으니, 끝내 낭패스러운 일은 아닙니다.

출발에 임해 보내신 물건을 하나하나 받아서 수없이 어루만지자니 암담하여 넋이 나가는 듯합니다.

《한객시록(韓客詩錄)》[334]은 어찌 20권이나 될 만큼 많아졌습니까? 조선 사람의 시는 본래 성률(聲律)에 맞지 않습니다. 중고(中古) 시대의 지사(志士)와 기인(畸人)[335]의 작품은 그래도 그 시어(詩語)로 보아 취할 만하지만, 정(鄭)[336] 이하는 다시 말할 만한 작품이 없어 한갓 나무의 재앙만 될 뿐입니다. 부디 다시 더 산삭(刪削)하셔서 중원의 사부(士夫)들에게 우리나라 사람의 누추함을 전해 비웃게 만들지 말아 주신다면 이 또한 군자의 은혜가 될 것입니다. 《목은집(牧隱集)》과 《하서집(河西集)》은 권질이 매우 많으니, 제가 선록(選錄)해 보내드리기를 조금 기다려 주십시오.

제가 평양에서 시위소찬(尸位素餐)한 지 이미 세 해나 되었습니다. 봄에서 여름으로 넘어갈 즈음 또 서양 선박이 우리 국경을 엿보기에

334 한객시록(韓客詩錄) : 동문환의 미완성 편서로 조선의 한시를 소개한 책인데 현재 전하지 않는다. 자세한 내용은 89쪽 주188 참조.

335 기인(畸人) : 세상과 잘 어울리지 못한 채 홀로 외로이 살아가는 사람이라는 뜻이다. 《장자(莊子)》 〈대종사(大宗師)〉에, "기인이란 사람들과는 잘 어울리지 못해도 하늘과는 서로 짝이 되는 사람이다.〔畸人者, 畸於人而侔於天.〕"라고 하였다.

336 정(鄭) : 누구인지 정확하지 않은데, 정몽주(鄭夢周)를 가리키는 듯하다. 동문환이 채록한 조선 문인의 작품이 《한객시존(韓客詩存)》에 열거되어 있는데, 그 중 정씨는 정현덕(鄭顯德, 1810~1883)과 정몽주 두 사람이다. 《李豫・崔永禧 輯校, 韓客詩存, 書目文獻出版社, 1996, 10~12쪽》

방비하느라 꽤 고생하였고, 지금은 달아났지만 남은 근심이 아직 풀리지 않았습니다.[337] 지금 서울에서 이 일을 진주(陳奏)하기 위한 사신 행렬이 있다는 소식을 듣고, 그 인편에 편지를 적어 운방(雲舫 동린(董麟))과 고재(顧齋) 두 형에게 사람을 구해 부쳐달라고 부탁했는데, 언제쯤 보시게 될지 모르겠습니다.

하늘 끝 땅 모서리에 있어도 마음은 서로 통합니다. 오직 힘써 자신을 아끼시어 우뚝이 공을 세우시기를 끝없이 기원합니다. 만약 인편이 있다면 저에게 좋은 소식 들려주십시오.

편지지를 대하니 아득하여 소회를 다 말씀드리지 못합니다.

337 봄에서……않았습니다 : 1868년(고종5) 3월에 미국 군함 셰넌도어호가 내도하여 제너럴셔먼호 생존 선원 석방 문제에 대해 협상을 요구하다가 4월에 물러간 사건을 말한다. 86쪽 주181 참조.

연추 동문환에게 보내는 편지 6[338]
又

연추 인형 지기 합하께.

중하(仲夏)에 편지를 써서[339] 운방(雲舫 동린)과 고재(顧齋 왕헌)에게 부탁해 감량(甘凉)의 관서(官署)로 전해달라고 했는데, 이미 받아 보셨는지요? 부임하신 것은 언제이며, 그곳의 걱정거리는 근래에 안정되고 일처리가 정돈되어 자못 조리가 잡혔는지요?

생각건대 형은 나라에 몸을 바쳐 순탄하건 험난하건 앞을 향해 의연히 나아가 지기(志氣)를 한창 떨치고 계시니, 제가 도성 문에 나가 전별했더라도 어찌 손잡고 연연해하며 이별을 아쉬워하는 아녀자의 모습을 취했겠습니까. 만권의 책을 읽었으니 그것을 발휘할 때가 바로 지금입니다.

범노자(范老子)의 가슴 속에 갑병(甲兵)이 들어있었지만 어찌 도략

338 연추……편지 6 : 1868년(고종5) 11월에 쓴 편지로, 당시 환재는 평안도 관찰사로 재임하고 있었다.

앞 편지에 이어 감량 병비도(甘凉兵備道)로 가게 된 동문환의 상황을 위로하면서 범중엄(范仲淹, 989~1052)의 사례를 들어 문신(文臣)이지만 무신(武臣)의 직임을 충분히 잘 수행해내리라는 기대를 전하였다. 또 《한객시록(韓客詩錄)》에 수록할 이색(李穡)과 김인후(金麟厚) 시의 선록(選錄)이 끝나 한 책으로 만들었고 분서(汾西) 박미(朴瀰)의 시에 연암(燕巖) 박지원(朴趾源)의 시를 부록하여 함께 보낸다고 하였다. 환재는 이 책의 이름을 《동한제가시초(東韓諸家詩鈔)》와 《분서시초(汾西詩鈔)》로 명명하였다.

339 중하(仲夏)에 편지를 써서 : 〈연추 동문환에게 보내는 편지 5〉를 가리킨다.

(韜略)을 전공한 적이 있었습니까.[340] 사람들이 혹시 '재능에 맞지 않는 관직이다.'라고 하더라도 형은 결코 그 말에 현혹되지 않는 것이 어떻겠습니까. 한편의 세상 사람들은 늘 '서생(書生)은 관리의 행정에 능하지 못하고, 유가(儒家)는 군대의 일을 모른다.'라고 하며 싸잡아 '썩은 두건'[341]으로 치부하니 이것은 통탄할 만합니다. 관리의 일은 우선 제쳐두고 군대의 일로만 논하더라도, 예로부터 큰 공이 서생의 손에서 나온 일이 어찌 한량이 있겠습니까. 형께서 노력하여 우리를 위해 한번 기운을 내뿜으신다면 어찌 통쾌한 일이 아니겠습니까.

지난번에 형의 편지를 받아보니 답답하고 실망한 기색이 없지 않았기에 시간이 지날수록 형을 위해 마음이 불안했습니다. 이번 걸음이 혹 때를 만나지 못한 이유일지라도 진실로 무한한 공명을 성취할 방법이 될 것이니, 군자가 어찌 가슴 속에서 서글픈 마음을 떨치지 못해서야 되겠습니까. 형은 분명 이렇지는 않겠지만 마음으로 사랑하기 때문

340 범노자(范老子)의……있었습니까 : 문신으로서 병법(兵法)을 전공하지 않았지만 훌륭히 무신의 임무를 수행했다는 말이다. 동문환이 병비도(兵備道)의 직책을 맡았으므로 이렇게 말한 것이다. 범노자는 송나라 때의 재상 범중엄(范仲淹)을 가리키며, 도략(韜略)은 《육도(六韜)》와 《삼략(三略)》으로, 병법서를 말한다. 범중엄이 연주 지사(延州知事)가 되어 변방을 다스릴 때 병사들을 엄격히 단속하자, 오랑캐들이 범중엄을 용도노자(龍圖老子)라 일컬으며 "연주를 마음에 두어서는 안 된다. 지금 소범노자의 가슴속에는 절로 수만의 갑병이 들어 있으니, 우리가 속일 수 있는 대범노자에 비할 바가 아니다.〔毋以延州爲意, 今小范老子胸中, 自有數萬甲兵, 不比大范老子可欺也.〕" 라고 했다고 한다. 북송의 장군 범옹(范雍)을 대범(大范)이라 칭한 데 대하여 범중엄을 소범(小范)이라고 부른 것이었다.《宋名臣言行錄 前集 卷7》

341 썩은 두건 : 원문은 '腐頭巾'인데, 두건은 명청(明淸) 시대에 선비가 쓰도록 규정한 유건(儒巾)을 말한다.

에[342] 그저 이 말로 면려하는 것이니, 웃으며 받아들여 주십시오.

기억하건대, 함풍(咸豐) 신유년(1861, 철종12)에 제가 열하(熱河)로 갈 때 사람들은 모두 위험한 길을 헤쳐가야 한다고 여겨 매우 두려워하였습니다.[343] 제가 사신으로 뽑힌 것은 바로 이 때문이었습니다. 크게 웃으며 용감하게 나아갔으니 무엇을 생각하고 무엇을 염려했겠습니까.[344] 그리하여 마침내 여러 군자와 교분을 맺을 수 있었던 것입니다. 인생의 지극한 즐거움 중에 이것 또한 한 가지 일이니, 제가 얻은 것이 많고도 다행스럽지 않겠습니까. 이것이 작은 일이긴 하지만 비슷한 점을 유추할 만하기에 말씀드렸습니다.

저번에 이목은(李牧隱 이색(李穡))과 김하서(金河西 김인후(金麟厚))의 시집은 권질(卷帙)이 너무 방대하여 멀리 보내기에 합당하지 않았습니

342 마음으로 사랑하기 때문에 : 진정으로 사랑하기 때문에 말하지 않을 수 없다는 의미이다. 원문은 '心乎愛矣'인데, 《시경》 〈습상(隰桑)〉에 군자를 만난 즐거움을 노래하면서 "마음으로 사랑하니 어찌 말하지 않으리오. 마음속에 담고 있으니 어느 날인들 잊으리오.〔心乎愛矣, 遐不謂矣! 中心藏之, 何日忘之?〕"라고 한 구절이 있다.

343 기억하건대……두려워하였습니다 : 환재가 연행을 떠났을 당시는 북경사변(北京事變)과 태평천국운동으로 중국 전역이 소란할 때였다. 조선에서는 서양의 조선 침략설이 나돌면서 시골로 피난하는 소동이 일어났으며, 이러한 위기의식은 지방까지 확산되어 최제우(崔濟愚, 1824~1864)가 동학(東學)을 창도한 중대한 계기가 되었을 정도였다. 서유영(徐有英, 1801~1874)은 환재의 연행을 송별하는 시에서 "남비가 틈을 엿보고 다시 날뛰니, 사람들은 이번 사행이 진짜 위험하다고 말하네.〔南匪伺釁又猖狂, 人言此行眞危怖.〕"라고 한 바 있다. 《김명호, 환재 박규수 연구, 창비, 2008, 364~367쪽》《雲皐詩選 送瓛齋副行人赴熱河咸豐皇帝奔問之行》

344 무엇을 생각하고……염려했겠습니까 : 《주역》 〈계사전 하(繫辭傳下)〉에, "천하만사에 대해 무엇을 생각하고 무엇을 염려하랴. 천하만사는 귀결은 같은데 길이 다를 뿐이다.〔天下何思何慮? 天下同歸而殊塗.〕"라고 한 공자의 말이 있다.

다. 이번에 한 책으로 선록(選錄)하고 아울러 다른 몇 사람의 시를 부록(附錄)한 것을 보내니 다시 정선(精選)하여 《한객시록(韓客詩錄)》[345]에 넣기 바랍니다. 또 저의 선조 분서공(汾西公 박미(朴瀰))의 시초(詩鈔) 한 책에 왕부(王父) 연암공(燕巖公 박지원(朴趾源))의 시초를 부록하여 함께 올리니, 부디 거두어 살펴보시고 다시 가려 뽑으심이 어떻겠습니까.

왕부께서는 평소 시 읊기를 좋아하지 않아 이처럼 소략합니다만, 또한 지향이 어떠했는지는 알 수 있습니다. 분서공에 대해서는, 처한 시대와 지킨 지조[346]에 대해 그 시를 또 읽어보면 어떤 분인지 아실 것입니다. 이것도 고재와 운방 두 형에게 부탁하여 전해달라고 했는데, 언제쯤 전달될지 분실되지는 않을지 모르겠습니다. 부디 풍편(風便)[347]을 통해 반드시 답신해 주시기를 간절히 바랍니다.

저는 아직 평양(平壤)에 있는데 반드시 봄에 사직하고 고향으로 돌아가려 합니다.[348] 나머지는 자세히 말할 것이 없습니다.

형께서는 노력하여 훌륭한 계책을 수립하기에 힘써 해좌(海左)의

345 한객시록(韓客詩錄) : 동문환의 미완성 편서로 조선의 한시를 소개한 책인데 현재 전하지 않는다. 자세한 내용은 89쪽 주188 참조.

346 처한……지조 : 1613년(광해군5)에 인목왕후(仁穆王后)에 대한 폐모론(廢母論)이 일어났을 때, 그 정청(庭廳)에 끝까지 불참하여 김류(金瑬, 1571~1648) 등과 함께 '십사(十邪)'로 지목되어 관작을 삭탈당한 것을 말하는 듯하다.

347 풍편(風便) : 불확실한 인편을 일컫는 말로, 상대방 지역으로 가는 사람이 있으면 부탁해서 간접적으로 보내는 것을 말한다.

348 사직하고……합니다 : 원문은 '賦歸'인데, 공자가 진(陳)나라 땅에서 고향으로 돌아가기로 마음먹고 "돌아가자, 돌아가자〔歸與, 歸與!〕"라고 했던 데서 나온 말이다. 관직을 버리고 고향으로 돌아가는 것을 의미하는 말로 쓰인다. 《論語 公冶長》

벗으로 하여금 평소의 기대를 크게 위로받게 해 주심이 어떻겠습니까. 하고픈 말을 다 못하니 더욱 서글픕니다. 오직 음식 조절 잘하시고 때때로 좋은 소식 들려주시기 바랍니다. -무진년(1868, 고종5)-

별지

따로 《분서시초(汾西詩鈔)》 한 책과 《동한제가시초(東韓諸家詩鈔)》 한 책을 올립니다.

연추 동문환에게 보내는 편지 7[349]

又

동형(董兄) 연추 각하께.

진롱(秦隴)[350]의 소요(騷擾)는 근래 어떻습니까? 독서한 것을 발휘할 때는 진실로 반착(盤錯)[351]에 있습니다만, 늘 이 때문에 멀리서 마음

349 연추……편지 7 : 1872년(고종9) 9월에서 10월 사이에 북경에서 체류할 때 쓴 편지이다. 환재는 이해 4월 대원군(大院君)에게 직접 청원 편지를 올려 청나라 동치제(同治帝)의 혼인을 축하하기 위한 진하 겸 사은사(進賀兼謝恩使)의 정사로 임명되어 7월에 북경으로 출발하여 12월에 귀국하였다.

환재는 다시 방문한 북경에서 옛 벗들을 만나지 못한 아쉬움을 토로하고, 벗들의 소식을 물었다. 동문환의 아우인 동문찬(董文燦)과 처음 대면한 뒤 고염무(顧炎武)의 사당을 함께 참배하고 보수를 마친 자수사(慈壽寺)의 효정태후(孝定太后)의 화상(畫像)을 살펴보면서 동문환을 만나지 못한 아쉬움을 달랬노라고 하였다. 또 자수사의 중이 새로 장정한 화상을 벽에 걸어 벌써 먼지가 쌓였기에, 화상은 따로 잘 보관하고 탁본을 걸게 했다는 소식도 전하였다. 환재는 평안도 관찰사로 있을 때 중국의 지인들에게 백금 오십 냥을 보내 효정태후의 영정 보수 사업을 완수한 바 있다. 또 이 편지를 쓴 1872년 연행 당시 〈효정황태후의 화상을 다시 보수한 일에 대한 기문〔孝定皇太后畫像重繕恭記〕〉을 지어서 가지고 갔는데, 그 글은 《환재집》 권4에 수록되어 있다. 효정태후의 영정 보수 과정에 대해서는 38쪽 주73 참조.

350 진롱(秦隴) : 진령(秦嶺)과 농산(隴山)의 병칭으로, 지금의 섬서성(陝西省)과 감숙성(甘肅省) 일대이다.

351 반착(盤錯) : '반근착절(盤根錯節)'의 준말로, 뿌리가 뒤엉키고 가지가 어지러이 교차된 것을 말하는데, 처리하기 어려운 일을 비유한다. 주로 외직(外職)으로 나가 다스리기 어려운 고을을 맡았을 때 쓰는 표현이다. 후한(後漢)의 우후(虞詡)가 "반근착절의 상황을 만나지 않는다면 칼이 예리한지 무딘지 분간할 수가 없으니, 지금이 바로 내가 공을 세울 때이다.〔不遇盤根錯節, 無以別利器, 此乃吾立功之秋.〕"라고 말한 고사

이 놓이지 않습니다.

제가 다시 연경 도성 문에 들어왔지만 옛 벗들을 한 사람도 만나지 못했으니 그 외로움을 아실 것입니다. 형의 아우 운감(雲龕 동문찬(董文燦))과는 처음 만났지만 곧 오랜 벗과 다름없어 서로 어울려 왕래하니 그 덕분에 외롭지 않습니다. 함께 고염무(顧炎武)의 사당을 참배하고 또 자수사(慈壽寺)의 불상[352]을 살펴보았는데, 형과 고재(顧齋 왕헌)의 필적이 있어 의용(儀容)을 직접 뵙는 듯했습니다.

자수사의 중이 너무나 어리석어 탁본을 걸어두지 않고 도리어 새로 장정한 화상의 족자를 공양(供養)했기에, 얼마 지나지 않았는데도 이미 먼지와 그을음이 쌓여 있었습니다. 제가 화상을 직접 말아 상자 속에 보관하자, 운감이 묵본(墨本)이 하나 더 있으니 다시 중에게 주어 걸게 할 수 있다고 하였습니다. 이렇게 하면 오래되어도 염려가 없습니다.

사무가 번다하겠지만 시 읊기를 그만두지 않으셨는지요? 진롱에는 고적(古蹟)이 많으니 파로(坡老)의 〈봉상팔관(鳳翔八觀)〉[353] 같은 걸

에서 나왔다. 《後漢書 卷58 虞詡列傳》

352 자수사(慈壽寺)의 불상 : 명나라 효정태후(孝定太后) 화상을 말한다. 38쪽 주73 참조.

353 파로의 봉상팔관(鳳翔八觀) : 파로는 소식(蘇軾)을 말한다. 〈봉상팔관〉은 소식이 28세 때 처음 벼슬하여 봉상부(鳳翔府)의 첨서판관(簽書判官)이 되어 그곳의 유적을 읊은 시이다. 봉상부는 현재의 섬서성(陝西省) 서안(西安)이며, 〈봉상팔관〉 시는 〈석고(石鼓)〉 〈저초문(詛楚文)〉 〈왕유오도자화(王維吳道子畵)〉 〈유마상(維摩像)〉 〈동호(東湖)〉 〈진흥사각(眞興寺閣)〉 〈이씨원(李氏園)〉 〈진목공묘(秦穆公墓)〉 등이다. 《東坡全集 卷1》

작(傑作)이 있지 않겠습니까?

지난번에 고재가 태화산(太華山)을 유람했다는 소식을 들었는데[354] 아직 그때 쓴 시문을 보지 못했습니다. 이 형은 저렇게 여유로움을 누리면서 해상(海上)의 벗으로 하여금 연시(燕市 북경)에서 술 한 잔 마실 기회를 주지 않으니, 원망을 품지 않을 수 없습니다. 만약 형이라면 그러한 사정을 만나게 하지 않았을 것임이 분명합니다.

술에 취해 이렇게 써서[355] 형으로 하여금 벽에 두고 제 얼굴을 대하듯 하시게 하고자 합니다. 하고픈 말을 다하지 않습니다. -임신년(1872, 고종9)-

354 고재가……들었는데 : 고재는 왕헌(王軒)이고, 태화산(太華山)은 중국 오악(五嶽)의 하나인 화산(華山)으로, 섬서성(陝西省) 화양현(華陽縣) 남쪽에 있다. 〈하거 왕헌에게 보내는 편지 6〉에 왕헌이 태화산을 유람한 것에 대한 내용이 보인다.

355 이렇게 써서 : 큰 글씨를 써서 보낸다는 말로 보인다. 환재가 1872년 연행 때 북경에 체류하면서 재회하지 못한 벗에게 보낸 편지에 모두 이런 내용이 보인다. 〈상운 황운혹에게 보내는 편지 6〉과 〈하거 왕헌에게 보내는 편지 7〉 참조.

운감 동문찬에게 보내는 편지[356]

與董雲龕文燦

운감(雲龕) 인형(仁兄) 합하(閤下)께.

봄에 사신이 돌아오는 편에 형의 편지가 도착하였으니 지난겨울 서로 이별한 이후 첫 편지였습니다. 읽은 뒤의 기쁘고 위로되는 마음을 무엇으로 형언할 수 있겠습니까. 그런데 또 어느덧 1년의 세월이 흘렀으니, 그동안 도체가 편안하신지 모르겠습니다.

운방(雲舫 동린(董麟)) 영형(令兄)은 과연 이미 노친을 모시고 도성에 들어와 아침저녁으로 뜻을 받들며 형제간에도 화목하게 지내시는지

356 운감……편지 : 환재가 1872년(고종9) 연행을 마치고 귀국한 지 1년이 지난 시점인 1873년 10월에 쓴 편지이다. 동문찬(董文燦)에 대해서는 33쪽 주59 참조.

환재가 1872년 연행에서 동문찬과 처음 교유를 맺고, 함께 고염무의 사당을 참배하고 자수사의 불상을 돌아본 사실은 〈연추 동문환에게 보내는 편지 7〉에 보인다.

환재는 동문찬의 형제인 동린(董麟)과 동문환(董文煥), 또 왕헌・심병성・황운혹의 안부를 물은 뒤, 박선수가 편찬 중인 《설문해자익징(說文解字翼徵)》이 마무리 되면 북경에서 출간하고 싶다는 생각을 전하였다. 환재는 1872년 연행 때 박선수의 《설문해자익징》을 가지고 갔는데, 《환재집》 권8에 수록된 〈온경(溫卿)에게 주는 편지 34・35・36〉에서 연행의 목적 중 하나가 중국의 지인들에게 《설문해자익징》을 보여주는 것이고, 만약 간행이 성사된다면 책값으로 큰 이익을 볼 것이며, 실제로 동문찬에게 책을 보여준 뒤 평론을 붙여 돌려달라고 부탁했다는 내용이 보인다. 이처럼 환재가 《설문해자익징》을 반드시 중국에서 출간하고 싶어했던 이유는 책의 내용에 대한 상당한 자부심과 아울러 조선에서는 그 가치를 알아볼 사람이 없다는 판단 때문일 것이다. 그러나 당시 중국의 물가가 너무 올라 간행할 엄두를 내지 못했다. 하지만 환재는 귀국한 뒤에도 《설문해자익징》을 중국에서 간행할 희망을 버리지 않았던 것이다.

요? 연추(硏秋 동문환) 대인의 안부는 자주 들으시는지요? 진롱(秦隴)[357]의 소요는 그쳤는지요? 모든 것이 궁금하여 진실로 제 마음이 괴로우니 혹시 소식이 있으면 저에게 부쳐주어 부디 불안한 이 마음을 위로해 주시기 바랍니다.

고재(顧齋 왕헌)의 근황은 또한 어떻습니까? 임원(林園)에서 뜻대로 즐기며 저작(著作)을 많이 했다고 하던가요? 심형(沈兄 심병성)과 황형(黃兄 황운혹)은 혹시 회신을 보내왔는지요? 마음속의 생각을 어느 날인들 잊을 수 있겠습니까.

형께서 벼슬하는 여가에[358] 좋은 벗들과 모여 어떤 책으로 덕을 증진하고 학업을 닦으시는지요? 지난번 연경에서 무슨 일이 그리도 바빠 만남과 이별에 소홀했는지 모르겠으니, 지금까지도 후회스럽습니다. 다만 쇠잔한 꿈속에 아련히 남아 시간이 지날수록 마음을 가누기 어렵습니다.

제 아우의 《설문익징(說文翼徵)》[359]은 아직도 보완을 마치지 못한 부분이 있습니다. 게다가 제가 있는 곳은 책을 판각(板刻)하기 매우

357 진롱(秦隴) : 진령(秦嶺)과 농산(隴山)의 병칭으로, 지금의 섬서성(陝西省)와 감숙성(甘肅省) 일대이다. 동문찬의 형 동문환이 그곳에서 벼슬하고 있었다.

358 벼슬하는 여가에 : 원문은 '春明退食'으로 되어 있는데, 춘명은 당나라 장안(長安)의 춘명문(春明門)으로 도읍 또는 조정을 의미한다. 또 퇴식은 관청에서 퇴근하여 집에서 밥을 먹으며 쉰다는 의미로, 《시경》 〈고양(羔羊)〉에 "조정에서 물러 나와 밥을 먹나니, 그 모습 얼마나 차분하고 의젓한가.〔退食自公, 委蛇委蛇.〕"라고 한 데서 나온 말이다.

359 설문익징(說文翼徵) : 박선수의 《설문해자익징(說文解字翼徵)》을 말한다. 79쪽 주165 참조.

어렵고 원래 책방에서 책을 간행하는 것을 업으로 삼는 사람이 없습니다. 그래서 조만간 반드시 도하(都下 연경(燕京))의 훌륭한 기술자에게 맡겨야 하는데 또 비용이 너무 많이 들어 쉽지 않으니, 어쩌면 좋겠습니까. 이 책을 식자(識者)들이 취할지는 모르겠습니다만, 장독대 덮개가 되고 만다면 애석합니다. 만약 서고(書賈 책장수)가 가져다 판각한다면 면목을 일신하는데 해가 되지 않을 것이니, 이런 기호(嗜好)를 함께 하는 자들이 반드시 앞다투어 구하려 할 것입니다. 어떻게 생각하시는지 모르겠습니다. 제 아우가 완본(完本)을 정사(淨寫)하기를 기다려 이 책을 가지고 가서 고재 노우(老友)에게 질정하고자 합니다만, 이번에는 미처 그렇게 하지 못했습니다.

행인(行人 사신(使臣))이 출발하려 하여 바삐 쓰고 이만 줄입니다. 돌아오는 인편에 좋은 말씀 아끼지 마시기를 바랍니다.

아우 박규수가 아룁니다. -계유년(1873, 고종10)-

오교 장병염에게 보내는 편지[360]

與張午橋丙炎

오교(午橋) 인형(仁兄) 각하(閣下)께.

제가 하거(霞擧 왕헌)·연추(硏秋 동문환)·중복(仲復 심병성)·상운(翔雲 황운혹)과 해내(海內)의 지기(知己)라는 것은 선생께서도 아시는 바입니다. 유독 선생과는 교분을 맺지 못했는데 조선의 선비들이 연경에서 돌아올 때마다 선생의 문채(文采)와 풍류(風流)를 칭송하기에, 더욱 마음속에 깊은 한스러움을 금하지 못했습니다.

올봄에 조혜인(趙惠人)[361] 시랑(侍郞)이 선생께서 쓰신 영첩(楹帖

360 오교……편지 : 1870년(고종7) 윤10월에 쓴 편지로, 〈하거 왕헌에게 보내는 편지 6〉과 같은 때 보낸 편지이다.

장병염(張丙炎, 1826~1905)의 자는 오교·장군(張君)이고, 호는 죽산(竹山)·약농(藥農)·용원(榕園)이다. 1859년 진사 급제 후 한림 편수(翰林編修)·염주 지부(廉州知府)를 지냈으며, 전서(篆書)와 전각(篆刻)에 능했다. 저서로 《용원총서(榕園叢書)》가 있다.

환재는 장병염을 직접 만난 적이 없으나, 김영작(金永爵)이 1858년(철종9) 동지사의 부사로 연행하여 장병염을 만났고, 환재는 김영작을 통해 장병염의 존재를 알게 되었다. 또 장병염이 편찬하여 김영작에게 보내 준 《강의(講義)》를 읽은 적이 있었다. 《瓛齋集 卷4 題邵亭遺墨帖》 그런데 동지 부사(冬至副使) 조영하(趙寧夏)가 돌아오는 편에 장병염이 보낸 대련(對聯)을 선물 받았기에, 감사의 편지를 보내 장병염과 교유를 맺으려 한 것이다. 또 이미 낙향한 왕헌에게 보내는 편지를 전달해 달라고 부탁하기 위한 이유도 있었다.

361 조혜인(趙惠人) : 조영하(趙寧夏, 1845~1884)로, 본관은 풍양(豊壤), 자는 기삼(箕三)이며, 혜인은 그의 호이다. 1869년(고종6) 10월 22일 떠난 동지사의 정사는 이승보(李承輔), 부사는 조영하였고, 이들은 1870년 4월 귀국하여 복명하였다. 《高宗

대련(對聯)) 선물을 전달해주었기에, 비로소 선생께서도 저에게 관심을 기울인 지 오래임을 알았습니다. 천하의 오랜 벗 중에 또 한 분의 신교(神交)를 더하였으니, 지극한 즐거움입니다.

또 하거가 고향에서 멀리 부쳐준 서신을 받았는데, 봉투 겉면에 '장오교 선생에게 부탁해 전달한다.'는 등의 글자가 있었으니,[362] 이것은 하거도 존형께서 붕우의 지극한 정성이 있어 반드시 전달해주는 노고를 꺼리지 않을 것이라 여겨서일 것입니다. 연경에서 교분을 맺은 옛 벗들이 이리저리 별처럼 흩어졌으니 제가 지금 하거 형에게 답신을 보내려한다면 존형에게 전해주기를 부탁하지 않고 또 누구에게 부탁하겠습니까. 저의 현재 사정은 하거에게 보내는 편지에 자세히 적었으니, 존형께서 먼저 열어보고 전해주시기 바랍니다. 이것은 바로 우리들이 책상을 맞대고 셋이 이야기하는 것과 다름없으니 참으로 유쾌한 일입니다.

친교를 맺는 정중한 말은 이 편지에서 다 생략하고, 근래의 도체가 강건하신지만 여쭙습니다. 홍편(鴻便 인편)을 통해 좋은 소식 받들기를 바랍니다.

實錄 6年 10月 22日, 7年 4月 2日》

362 봉투……있었으니 : 〈하거 왕헌에게 보내는 편지 6〉의 내용 참조.

청경 오대징에게 보내는 편지[363]

與吳清卿大澂

363 청경……편지 : 1873년(고종10) 10월에 쓴 편지로, 환재는 1872년 연행 때 오대징(吳大澂, 1835~1902)과 교유를 맺었다.

오대징의 초명은 대순(大淳), 자는 청경(淸卿)·지경(止卿)이고, 호는 항헌(恒軒)·각재(愙齋)이며, 강소성(江蘇省) 소주(蘇州) 사람이다. 금석학에 조예가 있었고, 산수와 화훼 그림에 능하였으며 전서(篆書)에도 뛰어났다. 1868년 진사가 되었고, 광동 순무(廣東巡撫)·호남 순무(湖南巡撫) 등을 지냈다. 갑신정변(甲申政變)이 일어났을 때 이홍장(李鴻章, 1823~1901) 휘하의 군대를 이끌고 마산포(馬山浦)에 들어오기도 하였다. 청일전쟁 때 상군(湘軍)을 거느리고 출전했다가 산해관(山海關) 전투에서 패하여 벼슬에서 물러났다. 만년에는 용문서원(龍門書院)의 주강(主講)을 지냈다. 저서로 《설문고주보(說文古籒補)》《고옥도고(古玉圖考)》《권형탁량고(權衡度量考)》《각재집고록(愙齋集古錄)》《항헌소견소장길금록(恒軒所見所藏吉金錄)》 등이 있다.

편지의 내용으로 보아 연행 당시 오대징으로부터 《증문정문초(曾文正文鈔)》를 선물받은 듯한데, 환재는 증국번(曾國藩, 1811~1872)의 학술과 문장에 감탄하여 그의 전집(全集)을 구해보고 싶다는 뜻을 전하였다. 또 동문찬에게 보낸 편지와 마찬가지로 박선수의 《설문해자익징》을 중국에서 출간하고 싶다는 뜻을 전하였다. 말미에는 연행 당시 교유를 맺은 장지동(張之洞, 1837~1909)·왕의영(王懿榮, 1845~1900)·사유번(謝維藩, 1834~1878)·고조희(顧肇熙, 1841~1910)·이자명(李慈銘, 1830~1894)·오보서(吳寶恕, 1832~1880)의 안부를 물었다. 주목할 점은 이 편지의 수신자 및 환재가 안부를 물은 인물들이다. 이들은 조선의 개화사상과 밀접한 관련을 가진 것으로 알려져 왔다. 조선의 역관(譯官) 오경석(吳慶錫, 1831~1879)이 1858년(철종9) 또는 1863년(철종14) 북경에서 장지동·오대징·왕의영 등 양무파(洋務派) 개혁사상가를 만나 그 영향을 받아 개화사상을 형성하였으며 이런 이유로 우리나라의 첫 개화 사상가로 오경석을 꼽는다. 하지만 최근에는 오경석이 장지동 등을 만난 것은 환재를 수행해 북경에 갔던 1872년이므로, 기존의 연구가 사실과 다르다는 주장이 제기되었다. 《김명호, 실학과 개화사상, 한국사시민강좌 48집, 일조각, 2011》

청경(淸卿) 존형 각하(閣下)께.

이별한 지 한 해가 되어 단풍은 싸늘하고 국화는 시들었으니, 이것은 실로 연경에서 서로 만났을 때의 광경입니다. 이런 풍경을 대하고 어찌 그리운 감흥이 일지 않을 수 있겠습니까. 형께서도 똑같은 심정이리라 생각합니다.

모르겠습니다만, 요즘 동사(同社)[364] 여러 분과 술잔을 나누고 글을 논할 때 조선의 이 벗에 대해서도 이야기를 나누시는지요? 요사이 도체는 강건하신지요? 춘명문(春明門)[365]에서 관복과 말을 갖추고 출근하셨다가 물러나 여가가 있을 때 경전을 연구하고 역사를 음미하며 덕을 증진하고 학업을 닦아 날로 새로워지기를 끝없이 멀리서 기원합니다.

지난번에 주신 《증문정문초(曾文正文鈔)》[366]를 조선에 돌아와 읽으며 우러러 흠모하고 탄복하면서, 살아계실 때 그 문하에 나아가 천하의 대관(大觀)을 다 구경하지 못한 것을 한스러워하였습니다. 문장과 훈

364 동사(同社) : 뜻이 같은 사람의 모임을 말한다.

365 춘명문(春明門) : 당나라 서울 장안성(長安城) 동남쪽에 있는 성문의 하나인데, 도읍을 상징하는 말로 쓰인다.

366 증문정문초(曾文正文鈔) : 증국번(曾國藩, 1811～1872)의 문장을 가려 뽑아 엮은 책으로, 증국번이 세상을 떠난 해인 1872년에 제자 여서창(黎庶昌)과 장영(張瑛)이 처음 4권으로 편찬하여 소주(蘇州)에서 간행하였고, 1873년에 장수성(張樹聲)이 6책으로 증보하여 간행하였으며, 현재 몇 개의 판본이 존재하고 있다. 시기로 보아 환재가 본 것은 처음 간행된 책인 듯하다. 증국번의 자는 백함(伯涵), 호는 척생(滌生), 초명은 자성(子城)이고, 문정은 그의 시호이다. 청나라 말의 정치가로, 호남에서 상군(湘軍)을 조직하여 태평천국운동을 진압하는 데 큰 공을 세웠으며, 양강 총독(兩江總督)·직예 총독(直隸總督)·영무전 대학사(武英殿大學士) 등을 지냈다.

업(勳業), 학술과 경제(經濟)를 모두 겸비하였으니, 전대(前代)에서 찾아보아도 이보다 훌륭한 분은 없습니다. 하늘이 성대(聖代)에 이러한 위인을 낸 것은 유자(儒者)들이 원기(元氣)를 발산하라는 뜻입니다. 이 책은 문초(文鈔)일 뿐이니 전집(全集)을 판각(板刻)한 완본(完本)이 있는지 모르겠습니다. 한번 보면 좋겠는데 아마 얻기 쉽지 않을 듯합니다. 증공(曾公)은 임신년(1872)에 세상을 떠났는데, 태어난 해가 언제인지, 향년은 얼마인지 알려주시는 것이 어떻겠습니까.

온경(溫卿 박선수)의 《설문익징(說文翼徵)》[367]은 아직 보완을 마치지 못했습니다. 그런데 이곳에는 본래 책을 간행할 곳이 없어 언제쯤 목판에 올릴지 모르겠습니다. 끝내 장독대 덮개로 쓰이게 된다면 또한 애석하니, 도하(都下 연경)에서 아침에 저술하면 저녁에 이미 판각되는 것과 같지 않아 한스럽습니다.

저는 노쇠함과 나태함이 날로 심해져 문자를 짓는 일에 뜻을 둘 수 없습니다. 증공이 군무(軍務)가 번잡한 중에도 남을 위해 지은 비판(碑版 비지문자(碑誌文字))과 기(記)와 서(序)를 읽을 때마다 그 부지런함을 따라갈 수 없기에 탄복하였습니다. 이는 평소의 수양을 통해 그렇게 된 것이니, 매우 훌륭하고 매우 부끄럽습니다. 같은 시대에 태어나 살면서도 나라가 달라 이 걸출하고 위대한 분에게 직접 훈도 받을 수 없어 한스러우니, 저는 어떤 사람이란 말입니까.

형은 나이가 젊고 기력이 왕성하며 밝은 시대를 만났으니, 뜻을 지니고 매진하여 청운(青雲)의 만 리 길에 선철(先哲)을 힘써 따라 멀리

367 설문익징(說文翼徵) : 박선수의 《설문해자익징(說文解字翼徵)》을 말한다. 79쪽 주165 참조.

있는 벗의 기대를 저버리지 않음이 어떻겠습니까.

동호 제군자(諸君子) 향도(香濤)[368] · 인백(麟伯)[369] · 염생(廉生)[370] · 호민(皞民)[371] · 순객(蒓客)[372] · 자실(子實)[373]은 모두 평안하며, 함께

368 향도(香濤) : 장지동(張之洞, 1837~1909)의 호로, 자는 효달(孝達), 다른 호는 향암(香巖) · 호공(壺公) · 포빙노인(抱氷老人)이며, 시호는 문양(文襄)이다. 1863년 진사(進士)에 급제한 뒤 문연각 교리(文淵閣校理) · 국자감 사업(國子監司業) · 산서 순무(山西巡撫) · 양광 총독(兩廣總督) · 호광 총독(湖廣總督) · 체인각 대학사(體仁閣大學士) 등을 역임하였다. 청말 양무(洋武) 운동의 대표적 인물로, 증국번 · 이홍장(李鴻章) · 좌종당(左宗棠)과 함께 청말의 4대 명신으로 일컬어진다. 당초 대외 강경론자였으나 청불(淸佛) 전쟁 이후 서양기술의 채용에 중심을 둔 온건한 개혁론자로 변모하였다. 저서로 《장문양공시집(張文襄公詩集)》이 있다.

369 인백(麟伯) : 사유번(謝維藩, 1834~1878)의 호로, 자는 익천(翊天), 다른 호는 진사(振士)이다. 동치 원년(1862)에 진사가 되고 한림원 서길사(翰林院庶吉事)에 뽑혔다. 동치 12년(1873)에 산서 학정(山西學政)에 임명되어, 서원을 세우고 주희(朱熹)의 《소학(小學)》을 간행하여 제자를 가르쳤다고 한다. 저서에 《설청각집(雪靑閣集)》이 있다.

370 염생(廉生) : 왕의영(王懿榮, 1845~1900)의 자로, 다른 자는 정유(正儒)이다. 산동(山東) 복산(福山) 사람이다. 광서(光緖) 6년(1880)에 진사가 되고, 한림(翰林)으로 시독(侍讀)에 선발되었으며, 국자감 좨주(國子監祭酒)에 이르렀다. 금석학(金石學)에 조예가 깊었으며, 1899년에 하남성(河南省) 안양(安陽) 소둔촌(小屯村)에서 약재로 공급되던 용골(龍骨)에 새겨진 글씨를 발견하여 그것이 갑골문(甲骨文)임을 최초로 밝힌 것으로 알려져 있다. 《한석존목(漢石存目)》《남북조존석목(南北朝存石目)》《복산금석지(福山金石志)》 등을 편찬하였으며, 문집으로 《왕문민공유집(王文敏公遺集)》이 있다.

371 호민(皞民) : 고조희(顧肇熙, 1841~1910)의 자로, 호는 집정(緝庭)이다. 동치 3년(1864)에 진사가 되고, 광서(光緖) 6년(1880)에 이홍장의 추천을 받아 오대징(吳大澂)을 따라 길림(吉林)으로 파견되었다. 1882년에 길림 분순도(吉林分巡道)에 임명되자 숭문서원(崇文書院)을 세워 문풍을 진작시켰다. 이후 대만 병비도(臺灣兵備道)를 역임하였으며, 만년에는 고향인 소주(蘇州)에 머물며 후진 양성에 매진하였다. 저서로

모여 강론하며[374] 날마다 즐거운 일이 있으신지요? 한 분 한 분 안부를 여쭐 수 없으니 마음이 매우 서운합니다.

옛날의 교유를 돌이켜 보면 꿈속에서도 아련합니다만, 인편을 앞에 두고 붓을 잡으니 백에 하나도 쓰지 못합니다. 오직 철따라 더욱 복을 받으시고 홍편(鴻便 인편)을 통해 좋은 소식 들을 수 있기를 기원합니다. 아우 박모(朴某)가 아룁니다.

《길림일기(吉林日記)》가 있다.

372 순객(蒓客) : 이자명(李慈銘, 1830～1894)의 호로, 자는 애백(愛伯)이며, 실명(室名)은 월만당(越縵堂)이다. 초명은 모(模)이다. 광서(光緖) 6년(1880)에 진사가 되어 산서도 감찰어사(山西道監察御史)·독리가도(督理街道)를 역임하였다. 경학과 사학에 조예가 있었다. 저서로 《월만당일기(越縵堂日記)》《백화강수각시초집(白樺絳樹閣詩初集)》《중정주역소의(重訂周易小義)》《월만당경설(越縵堂經說)》《십삼경고금문의회정(十三經古今文義匯正)》 등이 있다.

373 자실(子實) : 오보서(吳寶恕, 1832～1880)의 자로, 다른 자는 한문(翰文)이고, 호는 혈재(絜齋)이며, 소주(蘇州) 사람이다. 오대징과 같은 해인 동치 7년(1868)에 진사가 되고, 한림 편수(翰林編修)·시독학사(侍讀學士)·광동 학정(廣東學政) 등을 역임하였다. 저서로 《여재노인고(絜齋老人稿)》가 있다. 유월(兪越)의 《춘재당잡문(春在堂雜文)》 육편(六編) 권3에 〈한림원시독학사 혈재 오군전(翰林院侍讀學士絜齋吳君傳)〉이 있다.

374 함께 모여 강론하며 : 원문은 '盍簪麗澤'이다. 합잠은 벗이 모여드는 것을 말하는데, 《주역(周易)》 〈예괘(豫卦) 구사(九四)〉에 "의심하지 않으면 벗이 모여들 것이다. 〔勿疑, 朋盍簪.〕"라고 한 데서 나왔다. 또 이택은 서로 붙어 있는 두 개의 연못이라는 뜻으로, 붕우 간에 서로 도움을 주며 학문을 토론하고 덕을 닦아 나아가는 것을 말한다. 《周易 兌卦 象》

작정 팽조현에게 보내는 편지[375]

與彭芍亭祖賢

작정(芍亭) 인형(仁兄) 지기(知己) 각하께.

교분을 맺자마자 곧 멀리 이별하였으니 이런 사정은 말로 표현하기 어렵습니다. 멈춘 구름과 지는 달[376]이 다만 몽상(夢想)만을 괴롭게 할 뿐이니 어쩌면 좋겠습니까. 계절의 모습이 완연히 연경에서 마주 앉아 술 마실 때의 광경과 흡사하니, 더욱 서글픔을 금하지 못하겠습니다.

도체는 왕성하시며 애포(艾圃)와 대림(岱霖)[377]과 함께 형제의 즐거

375 작정……편지 : 1873년(고종10) 10월에 쓴 편지로, 환재는 1872년 연행 때 팽조현(彭祖賢, 1819~1885)과 교유를 맺었다.

팽조현의 자는 난기(蘭耆), 호는 작정(芍亭)이다. 병부 상서를 지낸 팽온장(彭蘊章, 1792~1863)의 아들로, 1855년 거인(擧人)이 되었고 순천 부윤(順天府尹)·강서 포정사(江西布政使)·호북 순무(湖北巡撫) 등을 역임하였다.

환재는 연행 당시 팽온장의 문집을 선물로 받은 듯한데, 편지에서 팽온장의 문집을 읽고 감복하였음과 부친의 뜻을 잘 계승하기를 바란다는 뜻을 전하였다.

376 멈춘 구름과 지는 달 : 벗에 대한 그리움을 상징한다. 141쪽 주329 참조.

377 애포(艾圃)와 대림(岱霖) : 애포는 팽주고(彭柱高, 1827~1900)의 호로, 팽조현의 아우이며, 자는 수사(壽史)이다. 대림은 팽조윤(彭祖潤, 1845~?)의 자로, 1873년에 거인(擧人)이 되고, 절강 후보도(浙江候補道)를 지냈으며, 저서로《옥병산관시초(玉屛山館詩草)》가 있다. 팽조현의 부친 팽온장(彭蘊章)은 초취 서씨(徐氏)와의 사이에서 7남을 두었는데, 팽주고는 제7남이다. 또 후취 주씨(朱氏)와의 사이에서 1남을 두었는데, 팽조윤은 주씨 소생인 듯하다.《章芝, 彭翼仲年譜, 南昌大學人文學院中文系碩士論文, 2006, 6쪽》《歸樸龕叢稿 卷8 亡妻徐孺人墓志銘》《遜學齋文鈔 續鈔 卷2 彭岱

움을 누리시는지요? 대림이 멀리 향시(鄕試)를 보러 갔다고 들은 듯한데, 이미 급제하고 돌아왔는지요?[378] 그의 시는 매우 아름다우니 〈동류(冬柳)〉를 읊은 네 편의 시는 참으로 매우 뛰어난 시입니다. 그 시가 저의 글상자 속에 들어 있어 오래 지나도록 음미하며 읊기를 그치지 않고 있습니다. 그런데 이번에는 따로 편지를 갖추어 올리지 못하니 매우 안타깝습니다. 혹시 이미 도성에 들어왔다면 저의 이런 뜻을 전해주시기 바랍니다. 혹여 먼저 편지를 보내주신다면 그 기쁨이 어떻겠습니까만, 감히 바라지는 못하겠습니다.

저는 조선으로 돌아온 이래 어느덧 한 해가 지났는데, 더욱 쇠약하고 게을러져 글을 짓는 일에 뜻을 두지 못한 채 하는 일 없이 세월만 보내고 있습니다. 하지만 이것이 도리어 노년에 한가롭게 지내는 데는 해롭지 않습니다.

문경공(文敬公)의 문집[379]을 백번이나 받들어 읽었습니다. 경세제민(經世濟民)의 문장은 감히 함부로 논할 수 없어 다만 스스로 끝없이 흠모하고 감복할 뿐입니다. 나라와 백성을 걱정하고 충성으로 절개를 지킨 것이 문경공의 평생의 대업(大業)이니, 남은 복이 후손에게 전해져 반드시 끝없는 복택(福澤)이 있을 것입니다. 그 뜻과 사업을 잘 계승하시기를[380] 여러 형제분들에게 권면하니, 더욱 힘써 공을 세워

霖詩序》

378 대림이……돌아왔는지요? : 팽조윤은 1873년에 거인(擧人)이 되었다.

379 문경공(文敬公)의 문집 : 문경공은 팽조현의 부친 팽온장(彭蘊章)을 말하는데, 그의 시호가 문경이다. 자는 영아(詠莪)·종달(琮達)이다. 1835년 진사가 되었고, 관직은 병부 상서에 이르렀다. 저서로 《송풍각시초(松風閣詩鈔)》《귀박엄총고(歸樸龕叢稿)》《속고(續稿)》 등이 있다. 《正誼堂文集 卷7 彭文敬公傳》

멀리 있는 벗의 바람을 저버리지 마시기 바랍니다.

연사(年使)가 출발하려 하여 인편을 앞에 두고 급히 쓰자니 백에 하나도 말하지 못합니다. 인편을 통해 좋은 말씀 듣기를 바라며 이만 줄입니다. 아우 모가 아룁니다.

380 그……계승하시기를 : 원문은 '善繼善述'인데, 선계는 어버이의 뜻을 잘 계승하는 것을 말하며, 선술은 어버이의 사업을 잘 따라 행하는 것을 말한다. 공자가 말하기를 "효도란 것은 어버이의 뜻을 잘 계승하며, 어버이의 사업을 잘 따라 행하는 것일 뿐이다.〔夫孝者, 善繼人之志, 善述人之事者也.〕"라고 하였다. 《中庸章句 第19章》

용수 만청려에게 보내는 편지 1[381]

與萬庸叟青藜

용수(庸叟) 상서(尙書) 노제(老弟) 대인(大人) 각하(閣下)께.

저의 생일〔弧辰〕이 몇 달 앞선다 하여[382] 반드시 형제의 호칭으로 순서를 정하고자 하였으니, 태산처럼 무거운 의리는 옛날에도 거의 듣지 못한 것이었습니다. 감히 감당할 수 없다고 사양했으나, 성대한 뜻이 간절하여 감히 받들어 따르지 않을 수 없었습니다.

이별한 뒤로 한 해가 지나 가을이 가고 겨울이 오니, 단풍이 지고

381 용수……편지 1 : 1873년(고종10) 10월에 보낸 편지로, 환재는 1872년 연행 때 만청려(萬青藜, 1807~1883)와 교유를 맺었다.

만청려의 자는 문보(文甫), 호는 조재(照齋)・우령(藕舲)이며, 용수(庸叟)도 그의 호로 보인다. 도광(道光) 20년(1840)에 진사가 되었고, 한림원 편수(翰林院編修)・시강시독학사(侍講侍讀學士)를 거쳐 이부 상서에까지 올랐다. 시호는 문민(文敏)이다.

환재는 지촌(咫村)에서의 모임을 회상하며 그리운 마음을 전하는 한편, 연행 때 공식적인 일을 논하느라 학술이나 경제 등 사적인 얘기를 나누지 못했음에 대해 안타까운 마음을 표하였다. 편지 속에서 주목할 점은, 석파(石坡) 이하응(李昰應)에게 보낸 편지를 얻어 보고 지촌에서 즐거운 모임이 있었다는 얘기를 들었다고 하는 환재의 언급이다. 이는 만청려가 이하응에게 따로 편지를 보냈음을 의미하는데, 이를 통해 이하응이 연행단 편에 따로 청나라 예부 상서 만청려에게 편지를 전해 비공식적으로 중국과의 외교 교섭을 추진하고 있었음을 짐작케 한다.

382 저의……하여 : 현재 중국의 인명사전에는 만청려의 생년이 1821년으로 나와 있거나 미상으로 되어 있다. 그런데 환재의 이 언급으로 보면 환재와 동년인 1807년 생으로 보인다. 또 만청려의 몰년은 1883년인데, 만청려의 칠십을 축수하는 시가 남아 있는 것으로 보아 1821년생이라는 기록은 오류로 보인다. 칠십을 축수하는 시는 167쪽 주383 참조.

국화가 향기로워 완연히 지촌(咫村)[383]에서 대작(對酌)할 때의 경치와 같습니다. 그때를 돌아보면 감회가 일어나니 어찌 허전한 마음이 들지 않겠습니까. 아우께서도 이런 마음 저와 같으리라 생각합니다.

도체가 근래 더욱 강건하신지 모르겠습니다. 공을 세우기를 게을리 하지 않아 세상의 오랜 기대에 부응하셨다니 부럽습니다.

지촌의 작은 정자는 깊은 대숲과 깨끗한 연꽃의 정취를 누릴 만한데,[384] 바삐 세상을 다스리는 중에 정신과 마음을 편안히 하시는지요? 그곳 객좌(客座)에 비가 쏟아져 비를 피하고 술동이를 옮겼다고 하니 또 하나의 운치 있는 일인데, 직접 그 모임에 참여하지 못하고 다만 석파공(石坡公)에게 보내신 편지 속에서[385] 이 기이한 이야기를 듣게

383 지촌(咫村) : 만청려가 북경 인근에 만든 정원의 이름이다. 《여은산방시초(荔隱山房詩草)》 권47의 〈좌사 만우령 상서의 칠십을 축수하는 시〔座師萬藕舲尙書七十壽詩〕〉 두 번째 수 첫 구절에 "진공의 녹야처럼 당 하나 열었으니〔晉公綠野一堂開.〕"라는 구절이 있고, 그 주석에 "정원의 이름은 지촌이다.〔園名咫村.〕"라고 하였다. 제목의 좌사(座師)는 좌주(座主)와 같은 말로, 과거에 급제한 자가 자기를 뽑아 준 고시관(考試官)을 존칭해 부르는 말이다. 시에 나오는 진공은 당나라 헌종(憲宗) 때의 명재상으로 진국공(晉國公)에 봉해진 배도(裴度)를 말하고, 녹야는 배도가 은퇴한 뒤 낙양(洛陽) 근교에 마련한 별장인 녹야당(綠野堂)을 말한다. 배도는 녹야당에서 백거이(白居易), 유우석(劉禹錫) 등과 함께 밤낮으로 시와 술을 즐기면서 만년을 보냈다. 《新唐書 卷173 裴度列傳》

384 깊은……만한데 : 원문은 '竹深荷淨'인데, 두보(杜甫)의 시에 "대숲 깊숙하니 손님 머물게 하는 곳, 연꽃 깨끗하니 서늘한 기운을 느낄 때.〔竹深留客處, 荷淨納涼時.〕"라는 구절이 있다. 《杜詩詳註 卷3 陪諸貴公子丈八溝携妓納涼晩際遇雨》

385 석파공(石坡公)에게……속에서 : 석파공은 이하응(李昰應, 1820~1898)으로, 석파는 호이고, 자는 시백(時伯)이다. 고종(高宗)의 부친으로 흥선군(興宣君)에 봉해졌으며, 시호는 헌의(獻懿)이다. 만청려가 이하응에게 보낸 편지는 확인되지 않는다.

된 것이 한스럽습니다.

몸은 강호에 있지만 마음은 위궐(魏闕)에 매여 있는 것[386]은 신하의 지극한 마음이고, 낭묘(廊廟 조정)를 배회하면서 임원(林園)을 생각하는 것은 독서하는 이의 즐거움입니다. 산곡노인(山谷老人)이 채소 그림에 붙인 글에서 '사대부가 이 맛을 몰라서는 안 된다.'라고 한 말[387]을 저는 지촌의 작은 정자에 대해 또한 이렇게 말할 것인데, 어떻게 생각하실지 모르겠습니다.

저도 열수(洌水)의 아름다운 곳에 집 한 채를 마련하였습니다.[388]

다만 이하응이 중국의 문인들과 시문을 주고받은 흔적은 《한객시존(韓客詩存)》을 통해 확인된다. 황운혹(黃雲鵠)이 이하응에게 준 〈죽석을 그려 조선 이석파가 난초를 보내 준 것에 답하다〔寫竹石答朝鮮李石坡贈蘭〕〉라는 시가 있고, 또 이하응이 여기에 답한 〈상운이 죽석을 그려 내가 난초를 보낸 것에 답한 시에 화운하다〔和緗雲寫竹石答余贈蘭韻〕〉와 〈상운이 옥하관 연회에서 강개하여 읊은 장율에 화운하다〔和緗雲玉河館席中慨賦長律韻〕〉라는 두 편의 시가 수록되어 있다. 이 시들은 모두 동치 5년(1866)에 쓴 것으로 기록되어 있다. 《李豫・崔永禧 輯校, 韓客詩存, 書目文獻出版社, 1996, 237~240쪽》 이하응이 연행하는 사신 편에 선물과 시를 보내 중국 문인들과 교유했던 것으로 보인다.

386 몸은……것 : 《장자(莊子)》 〈양왕(讓王)〉에서, 중산공자(中山公子) 모(牟)가 첨자(瞻子)에게 말하기를, "몸은 강해 가에 있으나, 마음은 위궐 아래 있다.〔身在江海之上, 心居乎魏闕之下.〕"라고 한 구절이 있다. 위궐은 궁성(宮城)의 정문(正門)으로 법령을 게시하던 곳을 말하며, 조정의 의미로 쓰인다.

387 산곡노인(山谷老人)이……말 : 산곡노인은 송나라 황정견(黃庭堅, 1045~1105)으로 산곡은 그의 호이고, 자는 노직(魯直)이다. 소식(蘇軾)의 문인이다. 채소 그림은 서희(徐熙)가 그린 것인데, 황정견이 그 화제(畵題)에서 "사대부는 이 맛을 몰라서는 안 되며, 백성들에게는 이런 낯빛이 있게 해서는 안 된다.〔士大夫不可不知此味, 不可使斯民有此色.〕"라고 하였다. 《墨莊漫錄 卷2》 서희는 오대(五代) 남당(南唐) 사람으로, 자연의 생물을 잘 그린 것으로 이름난 화가이다.

강산의 승경(勝景)이 제법 넉넉하고 책상에 앉아 구름과 안개와 물고기와 새들을 아침저녁으로 대할 수 있는데, 무슨 이유로 얽매여 여태껏 한 번 가서 마음껏 누리지 못하는지 모르겠습니다. 이런 일은 예나 지금이나 똑같이 탄식하는 일입니다. 그러므로 지촌이 반걸음이면 갈 수 있음이 매우 부럽고, 또한 그대의 뜻이 구학(邱壑)에 있을까 매우 염려스럽습니다.[389]

이 형은 쇠약하고 지친 모습이 날로 더해가지만 다행히 큰 병은 없습니다. 서생(書生)의 망상으로는 세상 모든 일을 내가 할 수 있다고 여겼지만, 지금 이와 머리털과 지업(志業)이 모두 쇠했으니 무엇을 생각하고 무엇을 염려하겠습니까. 말씀드릴 만한 것이 아무 것도 없습니다.

지난번 연경에서 한두 번 사사로이 뵌 것에 불과했고 그 반은 사신의 일을 상의한 것이었습니다. 학술(學術)과 경제(經濟)에 대해 오래전부터 대아(大雅)[390]에게 질정하려고 했는데, 도리어 마음속의 생각을 다 쏟아내지 못한 채 돌아와 바다 모퉁이에 누워 있으니 더욱 답답합니다. 영서(靈犀)가 서로 비추듯이[391] 간담(肝膽)이 간격이 없듯이 하늘 끝을

388 열수(洌水)의……마련하였습니다 : 열수는 한강(漢江)의 별칭인데, 환재는 두릉(斗陵)에 있던 서유구(徐有榘, 1764~1845)의 옛 집을 구하여 만년을 보내려 하였다. 두릉은 현재의 남양주시에 속하는 곳이다. 102쪽 주232 참조.

389 그대의……염려스럽습니다 : 관직을 버리고 은거할까 걱정된다는 말이다. 구학은 깊은 산과 계곡으로 은자(隱者)의 거처를 형용하는 말이다.

390 대아(大雅) : 덕이 높고 재주가 뛰어난 사람을 말하는데, 편지글에서 나이가 비슷한 상대방을 높여 부르는 표현이다.

391 영서(靈犀)가 서로 비추듯이 : 영서는 영묘(靈妙)한 무소뿔을 말한다. 무소뿔은

가까운 이웃처럼 여기고 때때로 편지를 왕복한다면 이 마음에 위로가 될 것입니다.

성명(聖明) 시대의 밝은 운수로 중외(中外)가 함께 복을 누리지만 오히려 이처럼 시무(時務)에 어려움이 많고 우려가 그치지 않으니, 오활(迂闊)한 유생의 진부한 담론을 어찌 천려일득(千慮一得)[392]이라 하여 스스로 시험할 수 있다고 생각하겠습니까.

만년에 힘쓸 것은 자기 직분 안의 일을 자나 깨나 염두에 두는 것입니다. 바로 저 자신을 경계하던 이 말로 군자께 권면 드리는데, 무엇으로 저를 가르쳐 주실지 모르겠습니다.

사신이 출발하려 하여 인편을 앞에 두고 붓을 잡으니 백에 하나도 쓰지 못합니다. 철따라 음식 조절 잘하시어 더 건강해지시고, 인편이 돌아올 때 저에게 좋은 소식 들려주시기를 바랍니다.

우형(愚兄) 모(某)가 아룁니다.

한가운데에 구멍이 뚫려 있어 양방이 서로 관통하므로, 두 사람의 뜻이 투합함의 비유로 쓰인다.

392 천려일득(千慮一得) : 아무리 어리석은 사람도 많은 생각을 하면 그중에는 간혹 좋은 소견이 있다는 뜻이다.

용수 만청려에게 보내는 편지 2[393]
又

용수 노제 대인 각하께.

봄에 사신이 돌아오는 편에 보내주신 편지를 받아 지금까지 상자에 넣어두고 하루에도 몇 번씩 펼쳐 보고 있으니, 비록 산천이 우리 사이를 막고 있지만 그대와 나의 마음은 막힘이 없습니다.

도체가 근래에 더욱 강녕하신지, 덕을 증진하고 학업을 닦는 독실함이 늙어서도 쇠하지 않았는지 모르겠습니다. 우뚝이 공을 세워 멀리 있는 벗의 기대에 부응하시기를 기원합니다.

이 형은 노쇠함이 날로 심해져 말씀드릴 만한 일도 없는데, 특별히 선발되는 은혜를 입어 외람되이 중서(中書)에 있습니다.[394] 저력(樗

393 용수……편지 2 : 1874년(고종11) 6월 29에 쓴 편지로, 중국에서 보낸 비밀 자문(咨文)에 회답하기 위해 파견된 재자관(齎咨官) 편에 부친 것이다.

중국에서 보낸 비밀 자문은 1874년 6월에 이른바 '모란사 사건(牡丹社事件)'으로 위기에 몰린 청나라가, 일본이 조선으로 출병하려 하며 프랑스와 미국이 이에 가세하려 한다는 첩보를 알려주며 미국과 프랑스와 통상을 맺으라고 권고한 내용이었다. 이 자문을 받은 영의정 이유원(李裕元, 1814~1888)은 일본이 침략해 와도 물리칠 수 있으며 또 중국의 통상 권유는 잘못된 처사라고 불만을 표시하였고, 흥선대원군(興宣大院君)은 이런 내용으로 중국에 회답 자문을 보내게 하였다. 이를 지켜본 환재는 이 편지를 통해 이유원의 발언을 비판하면서, 만청려에게 사태의 원만한 해결을 주선해 줄 것을 부탁하였다. 한편 환재는 당시 서양의 과학기술을 소개하는 잡지인 《중서문견록(中西聞見錄)》을 보았고 그 내용에 부러워할 점이 있지만, 옛 선현들의 도학(道學) 정신을 진부한 것으로 치부한 것에 대해 개탄을 금치 못한다는 생각을 전하고 있다. 이 발언은 환재가 견지한 '동도서기론(東道西器論)'의 일면을 보여주는 것이라고 하겠다.

櫟)[395]처럼 쓰임에 적합하지 않은 재주로 자리만 채우며 녹봉을 먹는 것이 스스로 부끄럽습니다. 허물이 조금 적기는 하지만 일의 기회가 와도 알지 못하여, 아침저녁으로 걱정하고 두려워하며 어떻게 해야 할지 모르겠습니다. 노제(老弟)께서 무엇으로 이런 저를 깨우쳐 주실지 모르겠습니다.

요사이 예부(禮部)의 자문(咨文)이 우리나라에 도착했는데[396] 이 또한 국가의 우려에 관계된 일로 예사로운 것이 아니었습니다. 일찍이 지촌(咫村)[397]에서 대화할 때에도 이 점에 대해 염려했으니, 어찌 잠시라도 마음을 놓은 적이 있었겠습니까. 그런데 지금 그 조짐이 이미 움직였다고 할 수 있으니, 장차 어떤 방법으로 이 근심을 해소해야

394 특별히……있습니다 : 중서(中書)는 의정부(議政府)를 말한다. 환재는 1873년(고종10) 12월에 우의정(右議政)에 임명되어 당시까지 재임하고 있었다.

395 저력(樗櫟) : 가죽나무와 떡갈나무의 합칭으로 크기만 할 뿐 아무 쓸모가 없어서 어떤 목수도 돌아보지 않는 나무라는 뜻인데, 주로 자신의 겸사로 쓰인다. 《莊子 逍遙遊·人間世》

396 요사이……도착했는데 : 1871년(고종8)에 유구(琉球) 상인이 풍랑을 만나 대만(臺灣)에 표류했다가 54명이 피살된 사건이 발생하였는데, 일본은 이를 빌미로 1874년(고종11) 4월에 5천여 명의 병력을 동원하여 대만을 침략하였다. 이를 '모란사 사건(牡丹社事件)' 또는 '대만출병(臺灣出兵)'이라고 부른다. 그런데 1874년 6월에 청나라 예부(禮部)에서 조선에 비밀 자문을 보내, 일본이 장기(長崎)에 병사 5천 명을 주둔시켜놓고 대만에서 병사를 물린 뒤 조선으로 출병하려 하며 프랑스와 미국이 이에 가세하려 한다는 첩보를 알려주며 미국과 프랑스와 통상을 맺으라고 권고하였다. 일본이 조선을 침략할 경우 중국에 큰 타격이 되므로 이를 막기 위해 통상을 권고한 것이었다. 중국 예부에서 보낸 자문은 《동문휘고(同文彙考) 4》에 수록되어 있다. 조선 정부에서는 6월 24일에 청나라 예부에 회답하는 자문을 작성하였다. 《高宗實錄 11年 6月 24日》

397 지촌(咫村) : 만청려가 북경 인근에 만든 정원의 이름이다. 167쪽 주383 참조.

할지요?

우리 조선은 전쟁에 익숙하지 않은 데다 더군다나 태평 시대의 편안함을 누려왔으니 말해 무엇하겠습니까. 이른바 '갑옷을 수선하고 병기를 수리하였다.'는 것도 한갓 큰소리일 뿐입니다. 벌모(伐謀)와 소병(消兵)이 무슨 말인지 전혀 모르면서 단지 스스로 용기만 뽐내며 승리를 장담하니,[398] 이것이 어찌 지피지기(知彼知己)하는 것이겠습니까. 한번 생각할 때마다 마음이 타는 듯하지만, 또한 이른바 '걱정한들 내가 할 수 있는 것이 아니네.'[399]라는 격이니, 어쩔 도리가 없습니다.

398 이른바……장담하니 : 이 부분은 예부에서 보내온 자문을 받은 조선 정부의 태도에 대해 환재가 개탄하는 내용이다. 당시 영의정 이유원(李裕元)이 차대(次對)에서 아뢴 내용에, "만일 불의의 변고가 일어날 경우 최근에는 무기도 정예하고 포(砲)도 서로 바라볼 정도로 설치하였으며, 군량(軍糧)을 저축한 것도 몇 해 동안의 수요는 지출할 수 있습니다."라고 하였고, 또 "총리아문(摠理衙門)에서 우리나라에 알리고 싶은 일이 있으면 그저 그 일만 말하는 것으로 그쳐야 합니다. 무엇 때문에 통상(通商) 등의 얘기를 하며 마치 공갈을 치고 유혹하듯이 한단 말입니까?"라고 하여, 일본이 침략해 와도 막아낼 수 있으며, 또 중국의 통상 권유는 잘못된 처사라고 비난하였다. 《高宗實錄 11年 6月 25日》 번역문의 '갑옷을 수선하고 병기를 수리하였다.'에 해당하는 원문은 '繕甲治兵'으로 되어 있는데, 문맥을 고려하여 '선갑치병(繕甲治兵)'으로 바꾸어 번역하였다. 벌모(伐謀)는 적을 정벌하기 위한 계책을 말하는데, 일설에는 적의 계략을 정벌하는 것이라고도 한다. 《손자(孫子)》 〈모공(謀攻)〉에, "병법의 상책은 벌모이다.〔上兵伐謀.〕"라고 하였다. 소병은 전쟁을 그치게 하는 것을 말한다. 또 번역문의 '용기만 뽐내며 승리를 장담하니'의 원문은 '賈勇誇勝'인데, 춘추 시대 제(齊)나라 고고(高固)가 진(晉)나라 군진(軍陣)으로 돌입하여 혼자서 휘젓고 돌아온 뒤에 자기 군사의 용기를 북돋우기 위해, "용기가 필요하다면 나의 남은 용기를 팔아 주겠다.〔欲勇者, 賈余餘勇.〕"라고 소리쳤던 고사가 전한다. 《春秋左氏傳 成公2年》

399 걱정한들……아니네 : 한유(韓愈)의 〈야가(夜歌)〉 시에 "즐거워라, 무엇을 걱정하리오. 걱정해도 내 힘으로 할 수 없네.〔樂哉何所憂? 所憂非我力.〕"라고 하였다. 《韓

지금 이 몸이 갑자기 이런 때를 당했으니 이 한몸이야 불쌍할 것도 없지만, 500년 종묘사직(宗廟社稷)을 어찌하겠습니까. 몸을 던져 순절(殉節)하여 사전(史傳)에 한 구절 말을 남기는 것이 어찌 직분상 달게 여길 바이겠습니까.[400] 원통합니다.

어려움을 제거하고 분란을 해소하는 것은 중국 조정도 어찌할 수 없음을 본래 알고 있습니다. 그러나 전에 듣자하니, 일본(日本)이 약조한 내용 중에 '중국의 속국을 침범하지 않는다.'는 등의 말이 있었다고 합니다.[401] 지금 저들이 북경(北京)에 와서 관(館)을 세운 것이 있으니, 그렇다면 반드시 서양인들이 했던 것처럼 일을 주관할 사람을 두었을 것입니다. 일본의 약조에 근거해 그를 힐책하고 깨우쳐준다면 할 말이 없을 걱정은 없을 것이니, 중국 조정에서 만약 생각이 여기에 미친다면 실로 어려움을 제거하고 분란을 해소할 한 가지 방법이 될 것입니다. 이것은 노제(老弟)가 맡은 예부 당관(禮部堂官)[402]의 직임이 아닙니다

昌黎集 卷1》

400 몸을……바이겠습니까 : 순절하여 역사에 이름을 남기는 것은 직분을 맡은 사람이 할 일이 아니라는 의미로, 살아서 반드시 일을 수습해야 한다는 말이다.

401 일본(日本)이……합니다 : 1868년 명치유신(明治維新)을 단행한 일본은 중국과의 수호를 맺기 위해 1871년 7월 말 대장경(大藏卿) 이달종성(伊達宗城)을 전권대신(全權大臣)으로 삼아 청나라의 이홍장(李鴻章)과 청일수호조규(淸日修好條規) 18개조를 체결하였다. 이 조규에 "양국에 소속된 영토는 조금도 침범함이 있어서는 안 된다.〔兩國所屬邦土, 不可稍有侵越.〕"라는 내용이 있었는데, 이를 이르는 말로 보인다. 《李文忠公奏稿 卷18 日本約章繕呈底稿摺》《이현희, 정한론의 배경과 영향, 한국학술정보, 2006, 133~139쪽》

402 예부 당관(禮部堂官) : 여기서는 예부 상서(禮部尙書)를 말한다. 당관은 명청시대 각부 장관인 상서(尙書)와 시랑(侍郎) 등을 통칭하는 말이다.

만, 중국 조정의 여러 대인들을 위해 이 말을 전해주신다면 그 방법이 없지 않을 것입니다. 부디 유념해 주선하심이 어떻겠습니까.

저는 서생(書生)이니 오직 노생(老生)의 말[403]만 할 뿐입니다. 제가 천하의 대세를 살펴보니 예로부터 오늘처럼 위급한 때는 없었으니, 이것은 무엇 때문일까요?

이른바 《중서문견록(中西聞見錄)》[404]이라는 책이 우리나라로 흘러나왔습니다. 이 책이 중국 사람이 서양의 글을 번역한 것인지, 아니면 서양 사람이 지금 모두 한문(漢文)에 능통하여 이 책을 지은 것인지 모르겠습니다만, 아마 서양 사람이 한문에 능통하지는 않을 것이니 필시 중국 사람이 번역한 책일 것입니다.

정교함을 자랑하고 신기함을 뽐내는 것이 모두 흥미진진하여 읽는 이로 하여금 부러워하게 하지 않음이 없습니다. 저는 모든 내용이 허탄하다고 생각하지는 않습니다만, 한탄스러운 점은 만약 중국 사람이 날마다 저들에게 달려가 그들의 창도(倀導 염탐꾼)가 되고 그들의 하인이 되지 않았다면 어떻게 이런 문자가 있겠느냐 하는 것입니다. 중국

403 노생(老生)의 말 : 늙은 서생이 하는 말이라는 뜻으로, 시세에 어두운 말을 가리킨다.

404 중서문견록(中西聞見錄) : 1872년 8월에 북경에 거주하던 선교사(宣敎師) 윌리엄 마틴 등이 중문(中文)으로 간행한 월간 잡지로, 선교와 서구 과학기술의 전달을 목적으로 창간한 잡지 가운데 하나였다. 1875년 8월 정간할 때까지 총 36호를 발행하였다. 잡지의 형식을 취하면서 우화(寓話) 및 세계 각국의 시사(時事)를 비롯하여 정치・경제・자연과학 등에 관련된 외국인과 중국 지식인들의 논설 및 서구의 과학기술의 발전 상황을 게재하여 서구의 과학기술을 중국에 소개하는 역할을 수행했다. 정간된 이후 영국인 선교사 존 프라이어가 계간지인 《격치휘편(格致輝編)》으로 개명하여 1892년까지 상해(上海)에서 간행했다. 《奎章閣 中西聞見錄 解題》

사람들이 이 지경에 이른 이유는, 도술(道術 도학(道學))이 무너져 옛 현인들이 고심하며 노력하여 천리(天理)를 밝히고 인심(人心)을 바로 잡은 것을 모두 진부한 것으로 돌리고, 따로 문호를 열어 신기한 것만 다투어 힘쓰다가 이러한 말폐(末弊)가 결국 여기에 이른 것이 아니겠습니까. 이런 말은 한만(閑漫)하게 붓을 놀려서는 안 되는 것이지만, 오직 노제에게만은 일부러 숨기지 않았습니다. 아아! 어찌해야 하겠습니까?

자관(咨官)[405]이 떠날 때 마침 묘중(廟中)에서 재숙(齋宿)하고 있었기에 대략 이렇게 적고 하고 싶은 말을 다하지 못합니다.

음식을 조절하여 몸을 보위하고 더욱 자중하시어 나라를 위해 자신을 아끼시기를 기원합니다. 인편을 통해 좋은 소식 듣기를 간절히 기원합니다.

동치 갑술년(1874, 고종11) 6월 29일, 우형(愚兄) 박모(朴某)가 아뢥니다.

405 자관(咨官) : 중국 조정에 자문(咨文)을 가지고 가던 사신으로, 재자관(齎咨官)이라고도 한다.

용수 만청려에게 보내는 편지 3[406]
又

용수 노제 종백(宗伯)[407] 대인 합하께.

자관(咨官)[408]이 답신을 가지고 돌아왔는데 끝없이 이어진 천백 마디 말씀에 정의(情意)가 간절하고 돈독하니 감격스러운 마음 어찌 끝이 있겠습니까.

또 이생(李生)[409]의 말을 들으니, 각하께서 저의 근황을 물으며 '어찌 관직을 그만두고 물러나지 않는가?'라고 하셨다니, 참으로 지기(知己)라고 할 만합니다. '절개가 돌처럼 단단하니 어찌 하루가 다하기를 기다리겠는가.〔介如石焉 寧用終日〕'[410]라는 말처럼, 이생이 돌아와 압록

406 용수……편지 3 : 1874년(고종11) 10월 동지사 편에 보낸 편지이다.

당시 환재는 우의정에서 물러났을 때였는데, 만청려에게 자신의 근황을 전하고 정공수의 소식을 물었다. 또 만청려의 저술을 보고 싶다는 뜻을 전하였다. 이어 박선수의 《설문해자익징》을 중국에서 간행하고 싶다는 뜻과 그 책의 내용과 성과를 언급하였는데, 《설문해자익징》에 대한 환재의 애착과 자부심을 다시 한 번 확인할 수 있다. 또 조선에는 문자학에 대한 안목을 지닌 이가 없으며, 관심을 가진 이가 있다고 해도 완물상지(玩物喪志)의 수준을 벗어나지 못한다고 하였다.

407 종백(宗伯) : 예부 상서(禮部尚書)의 별칭이다.

408 자관(咨官) : 중국 조정에 자문(咨文)을 가지고 가던 사신으로, 재자관(齎咨官)이라고도 한다.

409 이생(李生) : 당시의 재자관(齎咨官)을 가리키는 듯한데, 누구인지 미상이다.

410 절개가……기다리겠는가 : 《주역(周易)》 〈계사전 하(繫辭傳下)〉에, "군자는 기미를 보고 떠나면서 하루가 다하기를 기다리지 않는다. 〈예괘(豫卦) 육이(六二)〉에 '돌처럼 견고해서 하루가 다하기를 기다리지 않으니 정하고 길하다.'라고 하였다. 절조

강(鴨綠江)에 도착한 날이 바로 제가 관직에서 물러난 날입니다.[411] 현제(賢弟)께서 이 소식을 들으시면 응당 술 한잔 드실 것이니, 이것이 이른바 "같은 소리끼리 서로 호응하고 같은 기운끼리 서로 찾는다.〔聲氣應求〕",[412] "천리 밖에서도 호응한다.〔千里應之〕"[413]라는 것이 아니겠습니까.

저는 본래 산야(山野)를 좋아하는 성품이라 이런 속박을 견딜 수 없고, 배운 것과 익힌 것이 모두 노생(老生)의 진부함이라 세상의 쓰임에 보탬이 될 만하지 않습니다. 다만 임금께서 버리지 않는 은혜에 감격하여 염치없이 벼슬에 나왔다가 이미 공허하여 실체가 없음이 드러났으니 또 어찌 오랫동안 자리를 차지할 수 있겠습니까. 이 때문에 해직을 요청하여 허락받으니, 그 즉시 맑고 초탈한 마음이 들어 묵은 병이 몸에서 떠나간 듯합니다.

지촌(咫村)[414]에 화초를 심어 난초 밭과 혜초(蕙草) 이랑을 마련하여

가 돌과 같으니 어찌 하루가 다하기를 기다리겠는가. 이를 통해서 군자가 결단하는 것을 알 수 있다.〔君子見幾而作, 不俟終日. 易曰 介于石, 不終日, 貞吉. 介如石焉, 寧用終日, 斷可識矣.〕"라는 말이 나온다. 여기서는 벼슬에서 물러났다는 의미로 쓰였다.

411 제가……날입니다 : 환재는 1874년(고종11) 9월 26일 사직 상소를 올려 우의정에서 해임되었다. 《高宗實錄 11年 9月 26日》

412 같은 소리끼리……찾는다 : 《주역》 〈건괘(乾卦) 문언전(文言傳)〉에 "같은 소리끼리 서로 호응하고 같은 기운끼리 서로 찾는다.〔同聲相應, 同氣相求.〕"라고 한 말을 축약한 것이다.

413 천리 밖에서도 호응한다 : 《주역》 〈계사전 상(繫辭傳上)〉에 "군자가 평소에 방에 앉아 말을 하더라도 그 말이 선하면 천리 밖에서도 호응한다.〔君子居其室出其言, 善則千里之外應之.〕"라고 한 말이 있다.

414 지촌(咫村) : 만청려가 북경 인근에 만든 정원의 이름이다. 167쪽 주383 참조.

가지런히 정돈하였는지요? 국화를 대하며 술잔을 들던 때를 추억하면 꿈속에서도 아련하니, 인간 세상의 지극한 즐거움을 어느 날인들 잊을 수 있겠습니까.

저번 편지를 주고받을 때는 피차간에 모두 어찌할 수 없는 상황에 있었습니다만,[415] 지금부터는 그냥 내버려두고 더이상 우리 두 사람의 마음을 흔들지 말았으면 합니다. 그저 인편이 있어 편지를 부칠 수 있을 때 가장 맑고 한가로운 말을 써서 서로 늙은 회포를 위로하면 좋을 듯한데, 어떻게 생각하실지 모르겠습니다.

정용백(程容伯)[416]은 다시 도성 문으로 들어왔는지요? 그가 고향으로 떠날 때 본래 가족을 다 데리고 가지 않았으니, 잠시 갔다가 이내 왔는지요? 뜻밖의 병[417]이 생겼다고 하니, 또 걱정과 탄식을 그칠 수가 없습니다.

헤아려보건대 합하께서 의당 저술한 시문(詩文)이 있고 아마 간행한 본(本)이 있을 것이라 생각되니, 숨기지 않고 한 질을 보내주신다면 쓸쓸한 저의 심정에 위로가 될 것입니다. 또 해좌(海左)의 인사(人士)들로 하여금 중국의 노유(老儒) 가운데 이렇게 뛰어난 명가(名家)가 있다는 것을 알게 한다면 어찌 유쾌하지 않겠습니까. 부디 생각해 주십시오. '지촌(咫邨) 학구(學究)의 문장'[418]이라고 하니, 아마 공연히 이

415 저번……있었습니다만 : 중국에서 보낸 비밀 자문을 받고 만청려에게 잘 주선해 처리해 주기를 바란 내용을 말한다. 〈용수 만청려에게 보내는 편지 2〉 참조.

416 정용백(程容伯) : 정공수(程恭壽, 1804～?)로, 용백은 그의 자이다.

417 뜻밖의 병 : 원문은 '無妄之疾'인데, 잘못한 일이 없이 생긴 병을 말한다. 《주역》 〈무망괘(无妄卦) 구오(九五)〉에 "잘못한 일이 없는 병이니, 약을 쓰지 않아도 나을 것이다.〔无妄之疾, 勿藥, 有喜.〕"라고 하였다.

런 호칭을 받지는 않았을 것이기에 당돌하게 구하는 것입니다. 매우 우습습니다.

저는 필묵을 폐기한 지 오래되었습니다. 저의 아우는 이름이 선수(瑄壽)인데, 자가 온경(溫卿)이라 호를 온재(溫齋)라고 합니다. 관직은 이부 우시랑(吏部右侍郎 이조 좌랑(吏曹佐郎))을 지냈고 나이는 54세입니다. 일찍부터 분전(墳典 옛 서적)에 마음을 다하여 저서로 《설문익징(說文翼徵)》 10여 권이 있습니다. 이 책은 종정(鐘鼎)에 새겨진 고문(古文)으로 《설문(說文)》의 소전(小篆)을 증명해 그 잘못을 밝혀낸 것이 많고 매우 근거가 있으니[419] 반드시 후세에 전해질 것임은 염려하지 않습니다.

다만 동방에는 육서(六書)와 소학(小學 문자학(文字學))을 공부한 사람이 적으니 만약 중국의 안목을 갖춘 사람이 아니라면 아마 장독대 덮개가 되고 말 것입니다. 그래서 반드시 책방에서 간행하고자 하는데 비용이 얼마나 들지 모르겠습니다. 이런 일은 관심 있는 사람이 주관하지 않는다면 어찌 의도한 대로 정밀하고 훌륭하게 만들 수 있겠습니까.

원서(原書)가 아직 탈고되지 않아 이번에는 여러 대아(大雅)[420] 군자

418 지촌(咫邨) 학구(學究)의 문장 : 당시 사람들이 만청려의 문장 솜씨를 칭찬한 말로 보인다. 학구는 학문에 빠져 세상일을 모르는 사람을 일컫는 말이다.

419 저서로……있으니 : 《설문익징(說文翼徵)》은 박선수의 《설문해자익징(說文解字翼徵)》을 말한다. 《설문(說文)》의 소전(小篆)이란 허신(許愼)의 《설문해자(說文解字)》가 이사(李斯)가 정리했다고 알려진 소전(小篆)을 표제어로 내세워 한자의 뜻을 해설한 것을 말한다. 《설문해자익징》에 대해서는 79쪽 주165 참조.

420 대아(大雅) : 덕이 높고 재주가 뛰어난 사람을 말하는데, 편지글에서 나이가 비슷한 상대방을 높여 부르는 표현이다.

들에게 질정하지 못합니다만, 부디 자세히 살펴보시고 소원을 이룰 수 있을지 없을지를 알려주심이 어떻겠습니까.

육서(六書)에 대한 학문은 또한 궁리(窮理)와 격물(格物)의 첫 번째 일이지만 지금까지 이것을 전공한 사람들은 자잘하게 완물상지(玩物喪志)[421]함을 면치 못했으니, 이것이 한스럽습니다. 각하께서는 어떻게 생각하시는지 모르겠으니, 또한 고명(高明)의 논의를 듣고 싶습니다.

연공사(年貢使)[422]가 떠나려하기에 그 편에 간략히 저의 간절한 마음을 말씀드렸습니다. 도체가 강녕하시며 인편을 통해 좋은 말씀 듣기를 바랍니다.

경형(庚兄)[423] 박모(朴某)가 아룁니다. -갑술년[424](1874년, 고종11)-

421 완물상지(玩物喪志) : 작은 기예에 탐닉한 나머지 마음속의 원대한 뜻을 잃는 것을 말한다. 《서경(書經)》〈여오(旅獒)〉에, "사람을 함부로 대하고 하찮게 여기면 덕을 잃고, 좋아하는 사물에 빠지면 뜻을 잃는다.〔玩人喪德, 玩物喪志.〕"라고 하였다.

422 연공사(年貢使) : 1874년(고종11)에 동지사로 떠난 사람은 정사(正使) 이회정(李會正, 1818~1883), 부사(副使) 심이택(沈履澤, 1832~?), 서장관(書狀官) 이건창(李建昌, 1852~1898)이다.《高宗實錄 11年 10月 28日》

423 경형(庚兄) : 나이가 같은 사람 사이에 서로 존칭해서 부르는 말이다.

424 갑술년 : 원문은 '甲亥'로 되어 있는데, 편지의 내용을 참고하여 수정하였다.

용수 만청려에게 보내는 편지 4[425]

又

용수 대인 노제 합하께.

선제(先帝)께서 빈천(賓天)하시어[426] 슬픔이 해내에 두루 미치고, 사황(嗣皇)[427]이 용처럼 날아오르니 경사가 천하에 넘칩니다. 이즈음에 전례(典禮)에 관한 일이 매우 번다하리라 생각되는데, 기쁨과 슬픔이 교차할 것이니 어떻게 처리하고 계신지요? 근래에 도체가 더욱 강건하신지요? 간절히 염려하는 마음 스스로 금할 수 없습니다.

지난겨울 사신 편에 한 통의 편지를 부쳤는데, 받아보시고 답신을 주셨는지요? 돌아오는 사신이 아직 도착하지 않았기에 간절히 고대하

425 용수……편지 4 : 편지의 내용 중에 '지난해 동지사가 아직 돌아오지 않았다'는 말과 동치제(同治帝)의 승하(昇遐)를 위로하는 말로 보아, 1875년(고종12) 1월에 파견된 진위 겸 진향사(陳慰兼進香使) 또는 세자책봉 주청사(世子冊奏請使) 편에 부친 것으로 보인다. 진위 겸 진향사의 정사는 강난형(姜蘭馨, 1813~?)이었고, 세자책봉 주청사의 정사는 이유원(李裕元)이었다. 《高宗實錄 12年 1月 5日 · 7日》 당시 환재는 판중추부사(判中樞府事)의 직임을 맡고 있었다.

환재는 만청려의 안부를 묻고 시운(時運)의 어려움을 한탄하였다. 구체적인 언급은 없지만 편지를 쓸 무렵 일본에서 보낸 서계(書契)의 접수 문제로 흥선대원군(興宣大院君)을 설득하는 편지를 올리고, 또 좌의정 이최응(李最應, 1815~1882)과 계속 편지를 주고받는 등 서계 접수 문제를 해결하기 위해 노력하던 중이었다. 서계 접수와 관련하여 흥선대원군과 이최응에게 보낸 편지들은 《환재집》 권11에 수록되어 있다.

426 선제(先帝)께서 빈천(賓天)하시어 : 빈천은 황제의 죽음을 뜻하는 말인데, 여기서는 1874년 12월에 동치제(同治帝)가 세상을 떠난 것을 말한다.

427 사황(嗣皇) : 뒤를 이은 황제라는 말로, 여기서는 광서제(光緖帝)를 지칭한다.

면서도, 일이 바빠 혹 답신을 못 쓰신 것은 아닐까 걱정되기도 합니다.

저는 요사이 부쩍 쇠약해짐을 느끼는데 칠순이 가까우니 이런 것이 당연하겠지요. 합하께서는 저와 비교해 어떠신지 궁금합니다. 저의 상황으로 헤아리자면 별로 나은 형편은 아니리라 짐작되는데, 다시 어쩌겠습니까. 문을 닫고 병을 다스림은 제 뜻대로 하지만 강호에 있으나 위궐(魏闕)에 있으나 걱정과 근심은 마찬가지입니다.[428] 감히 저를 전현(前賢)에 비교하는 것이 아니지만 스스로 그렇게 하지 않을 수 없다는 것을 현제(賢弟)께서는 응당 환히 아실 것입니다.[429]

천보(天步 시운(時運))의 어려움이 지금 같은 적이 없었으니, 멀리서 그리워함을 어느 때고 잊을 수 있겠습니까. 인편을 통해 대략 저의 안부를 전하니, 회신이 있기를 바라며 이만 줄입니다. 음식 조절 잘하시고 몸을 보전하시기를 바랍니다. -을해년(1875, 고종12)-

428 강호에……마찬가지입니다 : 위궐은 궁성(宮城)의 정문(正門)으로 법령을 게시하던 곳을 말하며, 조정의 의미로 쓰인다. 168쪽 주386 참조.

429 환히 아실 것입니다 : 원문은 '犀照'인데, 서조는 '서조우저(犀照牛渚)'의 준말로, 은미한 내용을 통찰하는 것을 의미한다. 진(晉)나라의 온교(溫嶠)가 우저기(牛渚磯)에 이르렀다가 물의 깊이를 알 수 없어, 무소의 뿔에 불을 붙여 자세히 비추어보고 건너갔다는 고사에서 나온 말이다. 《晉書 卷67 溫嶠列傳》

박산 숭실에게 보내는 편지 1[430]

與崇樸山實

박산(樸山) 인제(仁弟) 대인(大人) 합하께.

봄에 사신이 돌아오는 편에 답신과 〈반묘원기(半畝園記)〉[431]를 받아

430 박산……편지 1 : 내용으로 보아 1873년(고종10) 동지사 편에 부친 편지로 보인다. 숭실(崇實, 1820~1876)은 청나라의 대신으로 본명은 완안숭실(完顔崇實)이고, 자는 박산(樸山)·자화(子華), 호는 적재(適齋), 실명(室名)은 반묘원(半畝園)이며, 시호는 문근(文勤)이다. 도광(道光) 30년(1850)에 진사가 되고, 좌찬선(左贊善)·시강학사(侍講學士)·성도 장군(成都將軍)을 역임하였으며, 태평천국운동을 진압하는 데 큰 공을 세웠다. 1876년 서성경 장군(署盛京將軍)을 지내다가 그곳에서 세상을 떠났다. 성경은 지금의 심양(瀋陽)이다.

환재는 1872년 연행 때, 1870년(고종7) 겨울 천진 흠차대신(天津欽差大臣)으로 프랑스에 다녀온 숭후(崇厚, 1826~1893)를 만나 세계정세에 대해 듣고 싶어했다. 숭후는 숭실의 아우이다. 숭실의 문객(門客) 복문섬(濮文暹, 1830~1909)이 환재의 제자 서상우(徐相雨, 1831~1903)와 친분이 있었고, 서상우의 편지를 받은 복문섬이 환재를 찾아와 반묘원에서의 모임을 약속함으로써 마침내 숭실과의 만남이 이루어졌다. 이에 숭실을 통해 숭후가 프랑스에 다녀 온 상황을 전해 듣게 되었다. 이 과정은 《환재집》 권8에 수록된 〈온경에게 주는 편지 38〉의 별지에 자세히 기록되어 있다. 환재는 이 편지에서 자신보다 먼저 서신과 선물까지 보내 준 것에 감사를 표하고, 반묘원에 있는 장서각(藏書閣)인 낭환묘경(嫏嬛妙境)을 떠올리며 그리운 마음을 전하였다.

431 반묘원기(半畝園記) : 반묘원(半畝園)은 청나라 초기 병부 상서를 지낸 가한복(賈漢復, 1605~1677)의 정원으로, 도광(道光) 초에 숭실(崇實)의 부친인 숭인경(崇麟慶, 1791~1846)이 소유하였다. 현재 북경 자금성(紫禁城) 동북쪽에 그 유허가 남아 있다. 숭인경의 자는 백여(伯餘)·진상(振祥)이고, 호는 견정(見亭)이며, 원래 성씨는 완안(完顔)으로 금(金)나라 세종(世宗)의 24대 후손이다. 저서로 《홍설인연도기(鴻雪因緣圖記)》가 있다. 여기서 말하는 〈반묘원기〉는 숭인경이 지은 〈반묘영원(半畝營

읽었고 단선(團扇)에 손수 그리고 쓴 필적까지 선물로 받았으니, 뛸 듯한 기쁨과 즐거움을 어떻게 말로 다 하겠습니까. 더군다나 지난겨울 돌아와[432] 아직 편지를 쓰지 못했는데 이처럼 먼저 보내주신 편지를 받았으니, 성대하게 마음 써 주심에 깊이 감격해 마지않습니다.

듣건대 성주(聖主)께서 노신(老臣)을 염려하여 과분하게도 금성(禁城 대궐)에서 말을 타도록 하는 은명(恩命)을 내리셨다고 하니, 이 끝없는 영광과 축복을 장차 어떻게 보답하시겠습니까? 참으로 마음이 놓이지 않습니다.

예로부터 충효를 지킨 신하로서 국가와 휴척(休戚)을 함께하는 이는 반드시 교목고가(喬木故家)[433]에 있는 법입니다. 먼 나그네인 제가 문을 두드려 찾아뵈었던 뜻이 실로 여기에 있었고, 지금까지도 합하의 덕에 흠뻑 젖어 있습니다. 명공(明公)께서는 부디 힘쓰고 힘쓰십시오.

아드님인 독산 한림(犢山翰林)[434]은 기국이 중후(重厚)하여 장래에

園)〉을 말하는 듯한데, 반묘원의 수리 과정과 내력, 반묘원 내에 있는 당실(堂室)의 명칭과 그 의미 등이 자세히 기록되어 있다.《崔建利・王云, 江南河道總督麟慶考論, 淮陽工學院學報, 第19卷 4期, 2010》

432 지난겨울 돌아와 : 환재가 1872년(고종9) 청나라 동치제(同治帝)의 혼인 축하 사절로 연행을 마치고 귀국한 것을 말한다.

433 교목고가(喬木故家) : 여러 대에 걸쳐 중요한 지위에 있으면서 나라를 다스려온 집안을 말한다. 교목은 몇 대에 걸쳐서 크게 자란 나무라는 뜻으로, 《맹자》〈양혜왕하(梁惠王下)〉의 "이른바 고국이란 대대로 커서 높이 치솟은 나무가 있다는 말이 아니요, 대대로 신하를 배출한 오래된 집안이 있다는 것을 의미한다.〔所謂故國者, 非謂有喬木之謂也, 有世臣之謂也.〕"라는 말에서 전용된 것이다.

434 독산 한림(犢山翰林) : 숭신(嵩申, 1841~1891)을 말한다. 자는 백병(伯屛)이고, 독산은 그의 호이다. 동치(同治) 7년(1868)에 진사(進士)가 되고, 한림원 검토(翰

원대한 곳에 도달하기를 기대할 만하니, 이것은 큰 복입니다. 더욱 그리운 마음 끝이 없습니다만 이번에는 따로 편지를 부치지 못해 매우 아쉽습니다.

단풍이 지고 국화가 시들어 완연히 지난해 서로 술잔을 나눌 때의 풍광이니, 어찌 이 풍광을 대하여 마음이 어지럽지 않겠습니까. 요즈음 체후(體候)가 건강하시고 온 부서가 두루 평안한지, 연못과 누대를 배회하시다가 가끔 저에 대해서도 생각하시는지 모르겠습니다.

저는 올해 67세로 이번 겨울이 지나면 점점 칠순에 가까워지니 몸이 쇠약해짐은 이상한 일이 아닙니다. 하지만 이상하게도 너무나 게을러져 매사에 의욕이 없고 몽상(夢想)만 무성하여 낭현묘경(嫏嬛妙境)[435]에 있을 때가 많으니, 이것은 평소의 버릇을 끝내 없애지 못했기 때문일 것입니다.

사신의 수레가 출발하려 하기에 인편을 앞에 두고 대략 이렇게 안부를 전하니, 돌아오는 인편을 통해 좋은 소식 들려주시기 바랍니다. 하고픈 말을 다하지 않습니다. 우형(愚兄) 모(某)가 아룁니다.

林院檢討)를 거쳐 환재가 이 편지를 쓸 무렵인 1873년에는 한림원 시강(翰林院侍講)을 맡고 있었다. 이후 형부 상서・양백기한군도총(鑲白旗漢軍都統) 등을 지냈다. 시호는 문각(文恪)이다. 환재는 1872년 연행 때 숭신을 통해 숭실과 만난 바 있다.《瓛齋集 卷8 與溫卿書38》

435 낭현묘경(嫏嬛妙境) : 반묘원 가장 뒤편에 위치한 장서(藏書)를 보관하던 곳으로, 총 8만 5천여 권의 책이 있었다고 한다.《崔建利・王云, 江南河道總督麟慶考論, 淮陽工學院學報, 第19卷 4期, 2010》 낭현은 원래 선경(仙境)으로 천제(天帝)가 책을 보관하는 곳이라고 한다.

박산 숭실에게 보내는 편지 2[436]

又

박산 대인 노제(老弟) 합하께.

도성 문에서 한 번 이별한 뒤 어느덧 네 번의 성상(星霜)이 바뀌었습니다. 반묘원(半畝園)[437]에서 연회를 펼치고 금원(金源)[438]으로 거슬러 올라가 교분은 동잠(同岑)과 같고[439] 의리는 형제와 같았으니, 참으로

436 박산……편지 2 : 내용으로 보아 1876년(고종13) 동지사 편에 보낸 편지이다. 환재는 1872년 연행 당시 반묘원(半畝園)에서 연회하며 교분을 맺을 때를 떠올려 그리운 마음을 전하였다. 또 태평천국운동을 진압하는 데 큰 공을 세운 것을 축하하고 심양(瀋陽)으로 부임한 뒤 더 큰 공을 세울 것을 기원하였다. 또 편지의 내용으로 보아 《환재집》에는 수록되어 있지 않지만 1875년에도 서로 편지를 주고받았던 듯한데, 당시 숭실의 편지가 대필(代筆)로 쓴 것임을 아쉬워하며 이번 편지의 답장은 반드시 친필로 써서 보내달라고 청하였다. 그런데 숭실은 1876년 9월에 이미 세상을 떠났고, 환재가 편지를 부탁한 동지사 일행은 1876년 10월 27에 고종의 소견(召見)을 받았으므로, 이 편지는 숭실의 죽음을 모른 채 쓴 것으로 보인다. 당시 동지사는 정사(正使) 심승택(沈承澤, 1811~?), 부사(副使) 이용학(李容學, 1818~?), 서장관(書狀官) 윤승구(尹升求, 1825~?)였다. 《藝風堂文集 卷1 盛京將軍兼奉天總督旗民地方軍務完顏文勤公神道碑》《高宗實錄 13年 10月 27日》 이 편지는 《환재집》에 수록된 중국 인사에게 보낸 마지막 편지이다.

437 반묘원(半畝園) : 184쪽 주431 참조.

438 금원(金源) : 어디인지 정확하지는 않으나, 현재 북경 자금성 서북쪽 해정구(海淀區)에 그 지명이 남아 있다.

439 교분은 동잠(同岑)과 같고 : 동잠은 취향이 같은 벗을 일컫는 말이다. 곽박(郭璞)의 〈온교에게 주다〔贈溫嶠〕〉라는 시에 "그대와 나의 냄새와 맛은, 이끼는 다르지만 산은 같은 격이네.〔及爾臭味, 異苔同岑.〕"라고 한 데서 나온 말이다. 《古詩紀 卷41》

세상에 드문 기이한 인연입니다. 한번 추억할 때마다 꿈속에서도 생각이 아련합니다.

지난해에 인편을 통해 편지를 주고받은 일이 있지만 어떤 사람이 대필(代筆)한 것이라 합하의 친필을 보지 못했으니 매우 한스러웠습니다. 우리는 마음으로 통하는 사이니 어찌 남의 손을 빌려 문자를 다듬게 할 필요가 있겠습니까. 부디 격식에 얽매이지 마시기를 바라고 또 바랍니다.

근래에 영예롭게 특명(特命)을 받아 배경(陪京)에 머물러 다스리신다고 하니 그 음성과 모습이 아주 가까워져 맑은 모습을 모시는 듯하여[440] 근심하던 이 마음에 더욱 위로가 되었습니다. 더군다나 다시 남비(南匪 태평천국군)를 물리치고 변방을 안정시켜 위엄과 명망이 더욱 높아지셨으니 제가 마음으로 흠모하고 칭송함이 다시 어떻겠습니까. 부디 웅대한 계략을 세움에 더욱 힘써 환부(萑苻)[441]를 소탕하여 중외(中外)가 대인의 덕에 힘입어 편안함을 누리게 하시어, 위로는 나라의 은혜에 보답하고 아래로는 멀리 있는 저의 기대에 부응하시기를 바라마지않습니다.

저는 종전의 벼슬 이력에 외람되이 황비(黃扉)까지 더해졌으나,[442]

440 배경(陪京)에……듯하여 : 숭실이 서성경 장군(署盛京將軍)에 임명되어 조선과의 거리가 가까워졌다는 말이다. 배경은 국도(國都) 이외에 따로 정한 서울로 여기서는 성경(盛京) 즉 심양(瀋陽)을 가리킨다.

441 환부(萑苻) : 춘추 시대 정(鄭)나라의 도적들이 출몰했던 늪지대로, 도둑의 소굴이라는 뜻으로 쓰인다. 《春秋左氏傳 昭公20年》

442 황비(黃扉)까지 더해졌으나 : 우의정(右議政)에 임명되었음을 말한다. 황비는 황색으로 칠한 문인데, 옛날 승상(丞相)이나 삼공(三公) 등의 집무실의 문을 황색으로

스스로 그 직책을 감당할 수 없다는 것을 알고서 마침내 곧 벼슬에서 벗어나 한가로이 지내며 수양하고 있으니, 이 모두 성상의 은혜가 아님이 없습니다. 그러나 칠순의 나이가 지금 눈앞에 닥쳐 몸과 정신이 쇠약하여 아무것도 할 수 없으니, 강호에 있으나 위궐(魏闕)에 있으나 그저 간절한 걱정만 맺힐 뿐입니다.[443]

사신의 수레가 심양(瀋陽)을 지나가기에 삼가 짧은 편지를 적어 마음을 표하며, 도체에 만복이 깃들기를 바랍니다. 돌아오는 인편에 부디 좋은 소식 들려주시기를 바라니, 반드시 친필의 필적을 보내 주시어 하늘 끝에서 편지로나마 만나 뵐 수 있기를 간절히 기원합니다. 이만 줄입니다.

칠했으므로 이렇게 표현한 것이다. 환재는 1873년(고종10) 12월에 우의정에 임명되었다가 1874년 해직 상소를 올려 해임되었다.

443 강호에……뿐입니다 : 위궐은 궁성(宮城)의 정문(正門)으로 법령을 게시하던 곳을 말하며, 조정의 의미로 쓰인다. 168쪽 주386 참조.

환재집

제11권

書서 牘독 雜잡 文문

반남(潘南) 박규수(朴珪壽) 환경(瓛卿) 저(著)
제(弟) 선수(瑄壽) 온경(溫卿) 교정(校正)
문인(門人) 청풍(淸風) 김윤식(金允植) 편집(編輯)

서독書牘

대원군께 답해 올리는 편지 1[1] 갑술년(1874, 고종11)

1 대원군께…편지 1 : 이 편지는 1874년(고종11) 8월에, 일본의 대마주(對馬主) 평의달(平義達)이 보내온 서계(書契)의 접수를 반대하는 흥선대원군(興宣大院君) 이하응(李昰應)을 설득하기 위해 보낸 것이다. 당시 흥선대원군은 이미 정계에서 물러난 상황이었고, 환재는 우의정으로 재직하고 있었다.

조선 정부는 일본의 서계에서 평의달이 '좌근위소장(左近衛少將)'이라는 직임을 쓴 점, '황실(皇室)'이나 '칙(勅)' 등의 자구를 쓴 점, 조선에서 만들어 준 도서(圖書)를 쓰지 않고 새로운 인장을 만들어 쓴 점 등을 문제로 삼았다. 이 편지에서 환재는 조선이 문제로 삼은 일본 서계에 대한 정부의 대응을 하나하나 지적하고, 일본에서 보낸 서계의 내용을 크게 문제삼을 것이 없으니 서계를 접수할 것, 왜학훈도(倭學訓導) 안동준(安東晙)을 처벌하여 일본의 서계 접수를 거절한 것이 안동준의 농간임을 확인시켜 일본과의 관계를 개선할 것을 청하였다.

《환재집》 권11에 수록된 〈대원군에게 답한 편지〉는 총 5편인데 모두 일본의 서계 접수 문제와 관련된 것이므로, 일본의 서계 접수와 관련된 당시의 상황을 간략히 정리해 둔다. 편의상 이 편지를 쓴 1874년 8월까지의 상황을 우선 정리하고, 나머지 과정은 해당 편지의 제목에 주석을 붙여 정리하겠다.

명치유신(明治維新)을 단행한 일본이 1868년(고종5) 12월 왕정복고(王政復古)를 알리는 내용의 서계를 보내왔는데, 발신자는 대마주 평의달이었다. 12월 18일에 이 서계를 접수한 동래부(東萊府)의 왜학훈도 안동준은 서계의 형식과 자구(字句) 등이 종전의 격식에서 벗어났다는 이유로 접수를 거부하였고, 다음날 일본의 대수대차사(大修大差使)가 도착하자 즉시 귀환할 것을 요구하였다. 이 사실을 보고받은 조선 조정에서는 1년 간의 협의 끝에 1869년 12월에, 서계를 수정해 올리도록 책유(責諭)하고 접수를 거부하라고 지시했다. 이후 일본은 대마도주의 대조선 외교의 직임을 회수하고 외무

答上大院君 甲戌

소생이 패성(浿城 평양(平壤))에 있을 때 뜻하지 않게 동래 왜관(東萊倭館)의 일을 들었습니다.[2] 방우서(方禹叙)[3]가 한 본(本)을 등사해 보여주었었는데, 이를 휴지 속에 넣어 두었다가 며칠 전 찾아내느라 많은 힘을 허비하였습니다. 그 당시에 서계(書契)[4]를 받지 않은 곡절

성을 통한 직접 외교에 나서게 되었다. 그리하여 1872년(고종9) 1월 일본이 삼산무(森山茂) 등을 파견해 외무대승(外務大丞) 명의의 서계를 보냈는데 안동준이 다시 접수를 거부하자, 5월 20일 일본 관원들이 왜관(倭館)을 난출(攔出)하여 동래 부사(東萊府使) 정현덕(鄭顯德)에게 직접 교섭할 것을 요청했다. 정현덕은 이들을 문책하여 왜관으로 돌려보냈고, 일본에서는 삼산무 등 외무성 관원들을 왜관에서 모두 철수시켰으며, 이 일로 인해 양국 간의 교린이 일시 중단되었다. 그런데 환재가 이 편지를 쓰기 직전인 1874년 6월에 청나라 예부(禮部)에서 비밀 자문(咨文)을 보내 일본이 조선으로 출병하려 하며, 프랑스와 미국이 이에 가세하려 한다는 첩보를 알려왔다. 위기의식을 느낀 조선 조정은 6월 29일 대책을 논의하였는데, 이 과정에서 환재는 사태의 원인을 제공한 안동준의 처벌을 강력히 요구하였다. 《손승철, 조선시대 한일관계사 연구, 경인문화사, 2006, 280~290쪽》《손형부, 박규수의 개화사상연구, 일조각, 1997, 148~152쪽》《高宗實錄 11年 6月 29日》《瓛齋集 卷10 與萬庸叟青藜 2》

2 소생이……들었습니다 : 동래 왜관(東萊倭館)의 일은, 1868년(고종5) 12월에 일본에서 보낸 서계를 동래부(東萊府)의 왜학훈도 안동준이 접수를 거부한 일을 말한다. 당시 환재는 평안도 관찰사로 재임하고 있었다.

3 방우서(方禹叙) : 1789~?. 중국어 역관(譯官)으로 본관은 온양(溫陽), 자는 낙서(洛書)이다. 1807년(순조7) 역과(譯科)에 급제한 뒤 여러 차례 중국을 다녀왔고, 《동문고략(同文考略)》을 편찬할 때 교정 역관(校正譯官)으로 참여하였다. 한학 교수(漢學敎授)·연천 현감(漣川縣監)·통진 부사(通津府使) 등을 지냈으며, 숭록대부(崇祿大夫)에 올랐다.

4 서계(書契) : 예조(禮曹)의 관원과 일본의 외교 담당자 사이에 주고받는 외교문서

에 대해 소생(小生)이 헤아려 본 바를 아래에 기록합니다.

첫째, 종전에는 서계를 주고받을 때 피차간에 격식을 엄격히 지켜 만약 격식에 어긋나는 것이 있으면 한 글자 한 획이라도 반드시 따져 물으며 받지 않았다. 일본 사람이 매우 까다롭게 굴었으므로 우리나라도 그렇게 하여 서로 양보하지 않았으니, 이것이 전해 내려오던 철칙(鐵則)이다. 그런데 이번에 보내온 서계에 '대마주 태수(對馬州太守)'라고 하지 않고 직함을 덧붙여 '좌근위소장 대마수 평의달(左近衛小將對馬守平義達)'이라고 썼으니, 이것이 격식을 어긴 것이다.[5]

를 일컫는 말이다. 조선 후기에는 조선 전기와 달리 대부분의 외교 관계가 최고 통치자 간에 이루어지기보다는 조선의 예조 관원, 동래 부사, 부산 첨사(釜山僉使)와 일본의 대마도주(對馬島主) 및 각종 통교자(通交者)의 명의로 이루어졌기 때문에 조선 후기 한일 간에 주고받았던 외교문서는 거의 대부분 서계라고 할 수 있다. 《장순순, 조선후기 일본의 서계 위식 실태와 조선의 대응, 한일관계사연구 제1집, 한일관계사학회, 1993, 82쪽》

5 이번에……것이다 : 일본이 보낸 서계에 사용된 대마도주의 자칭은 '일본국 대마주 태수 평모(日本國對馬州太守平某)'·'일본국 대마주 태수 습유시중 평모(日本國對馬州太守拾遺侍中平某)'·'일본국 대마주 태수 습유 평모(日本國對馬州太守拾遺平某)' 등 세 가지 형태가 있다. 이 가운데 '일본국 대마주 태수 습유 평모'라는 호칭은 1623년 처음 사용된 이래 덕천(德川) 막부(幕府)와의 통교가 지속되었던 1868년까지 대마번주(對馬藩主)의 외교 칭호로서는 가장 오랫동안 사용되었다. 명치유신 이후 구대마번(舊對馬藩)이 명치 정부의 대조선 외교를 대행하는 시기인 1868년에서 1872년 사이에는 '일본국 좌근위소장 대마수 평모(日本國左近衛小將對馬守平某)'라는 호칭이 사용되었다. 이 호칭은 기존에 사용되던 '대마주 태수'를 '대마수(對馬守)'로 기재하였고, 여기에 '좌근위소장'이란 직함을 덧붙여 종래의 규례에서 어긋났다. 《이훈, 외교문서로 본 근세 한일 간의 상호인식 : 일본측 서계의 위식(違式) 사례를 중심으로, 일본학 제28집, 동국대 일본학연구소, 2009, 88~92쪽》

둘째, '황실(皇室)'이라 하며 한 글자 높여 썼고, '칙(勅)'이니 '경사(京師)'니 하는 등의 말을 썼다.

셋째, '황실'은 한 글자 높여 쓰고 '귀국(貴國)'은 '황실'에 비해 한 글자 낮추어 썼다.[6]

넷째, 우리가 만들어 준 도서(圖書)[7]를 찍지 않고 갑자기 제 나라에서 만들어 준 인장을 찍었다.

이것이 모두 동래부에서 서계를 받지 않은 근본 이유입니다.

그들이 보낸 서계에, '황실(皇室)'·'황상(皇上)' 등의 말은 과연 한 글자를 올려 썼고,[8] '일본국(日本國)'·'조선국(朝鮮國)'·'본방(本邦)'·'귀국(貴國)'·'조정(朝廷)'·'칙(勅)'·'경사(京師)'·'예의(睿意)' 등의 글자는 똑같이 모두 평항(平行)으로 다른 글자보다 한 글자 높여 썼습

6 황실은……썼다 : 서계는 일정하게 자(字)와 항(行)을 정하여 쓰는데 이것을 배자(排字)·배항(排行)이라고 하며, 배자와 배항을 어떻게 배치했는가하는 것은 상대방에 대한 인식 태도를 보여준다.《장순순, 조선후기 일본의 서계 위식실태와 조선의 대응, 한일관계사연구 제1집, 한일관계사학회, 1993, 93쪽》

7 도서(圖書) : 일종의 도항(渡航) 증명으로, 일본 사신이 가지고 오는 서계와 별폭에 찍는 동(銅)으로 만든 인장을 말한다. 조선이 도서를 만들어 일본에 주었는데 이 도서를 받은 사람을 수도서인(受圖書人)이라고 하며, 부산에 올 때 반드시 도서인(圖書印)이 있어야 했다. 만약 도서가 없다면 위사(僞使)로 간주되어 접대를 받을 수가 없었다.《장순순, 조선후기 일본의 서계 위식실태와 조선의 대응, 한일관계사연구 제1집, 한일관계사학회, 1993, 99쪽》

8 그들이……썼고 : 한 글자를 올려 썼다는 것은 뒤에 나오는 '일본국' 등의 글자보다 한 글자를 올려 썼다는 의미이다. '일본국' 등의 글자가 본문의 첫 글자보다 한 글자 올려 썼기 때문에 본문을 기준으로 하면 두 글자를 올린 셈이 된다.

니다.

그런데 '황실'과 '황상'에만 한 글자를 높인 예로 볼 때, 만약 우리나라의 지존(至尊)을 언급할 일이 있었다면 반드시 '황(皇)' 자와 같이 평항으로 올려 썼을 것입니다.[9] 그러나 우리의 지존을 언급한 바가 없어 서계에서 아직 이런 곳을 보지 못하였습니다. 지금 만약 우리 스스로 반드시 저들의 '황' 자보다 낮추었을 것이라고 지레짐작한다면 이것은 곧 실체가 없는 일을 가지고 스스로 모멸을 취하는 것입니다. 어찌 이렇게 할 필요가 있겠습니까.

서계에서 직함을 덧붙여 쓴 것은 제 스스로 제 나라의 정령(政令)이 일신되어 임금에게 특별한 상을 받았음을 자랑한 것일 뿐입니다. 그 서계에서 '작위를 높여 주었다.〔進爵〕'고 말한 것[10]이 우리나라의 경중

9 그런데……것입니다 : '황' 자를 본문의 글자보다 두 글자만 올렸고, 만약 조선의 국왕을 언급하는 일이 있었으면 두 글자를 올려 적었을 것이라는 의미이다. 이 부분이 환재가 일본 서계 수용론을 주장하는 중요한 근거이다. 이전의 서계에서는 강호(江戶) 막부(幕府)의 장군(將軍)을 의미하는 '대군(大君)'과 조선의 국왕을 표현하는 '성상(聖上)'은 모두 두 글자를 올려 적어 서로 대등함을 나타냈다. 반면에 조선과 청나라 사이의 외교문서인 자문(咨文)에서는 청 황실과 관계된 용어는 석 자 이상으로 올려 종주국과 속국의 관계를 나타냈다. 외교문서에 밝은 환재는, 새로 작성된 일본의 서계가 '황상(皇上)' 등의 새로운 글자를 사용했지만 이 글자를 두 자만 올렸기 때문에 조선을 신하의 나라로 취급하려는 의도가 아니라고 판단했던 것이다.

10 작위를……것 : 1868년 일본에서 보내온 서계의 내용에 따르면, 대마수 평의달이 칙명(勅命)으로 경도(京都)에 갔을 때, 일본 조정에서 특별히 그의 옛 공훈을 포상하여 관위(官位)를 '좌근위소장'으로 높여 주었다고 하였다. 일본에서 보내온 서계의 구체적인 내용에 대해서는《김흥수, 한일관계의 근대적 개편과정, 서울대학교출판문화원, 2009, 154~159쪽》을 참고하기 바란다.

(輕重)과 무슨 관계가 있겠습니까. 이것을 두고 이전의 격식과 다르다고 하여 힐책하고 받지 않았으니, 이것이 담당 역관〔任譯〕[11]의 견해라면 괴이할 것이 없지만, 어찌 조정에서 이 점에 대해 꼬치꼬치 따질 필요가 있겠습니까. 한번 웃어넘겨도 괜찮습니다.

저들이 '천황(天皇)'이라 자칭한 것은 수천 년이나 되었습니다. 저들이 제 나라에서 스스로 일컫고 스스로 높이는 것이 타국과 무슨 상관이 있겠습니까. 당나라 고종(高宗)의 성대한 시대에 왜국(倭國) 사신이 경사(京師)에 이르러 '해 뜨는 곳의 천자가 해 지는 곳의 천자에게 국서를 전한다.〔日出處天子 致書日沒處天子〕'라고 했지만,[12] 당나라 조정의 군신(君臣)은 받지 않고 거절한 적이 없었고, 단지 연회를 베풀고 의복을 하사하며 잘 대접해 보냈습니다. 예로부터 원인(遠人)을 대접하는 것이 이와 같을 뿐이었으니,[13] 지금 어찌 그들과 호칭을 따져서야 되겠습니까. 또 훗날에 만약 거만한 말이 있으면 그때 가서 책망하여 거절해도 늦지 않습니다.

11 담당 역관 : 여기서는 서계의 접수를 거부한 왜학훈도 안동준을 지칭한다.

12 당나라……했지만 : 기록상으로는 수(隋)나라 양제(煬帝) 때인 대업(大業) 3년(607)에 일본의 왕 다리사북고(多利思北孤)가 수나라에 보낸 국서에 나오는 말로 되어 있다. 《隋書 卷81 倭國列傳》

13 원인(遠人)을……뿐이었으니 : 원인은 먼 지방 사람 또는 타국 사람을 일컫는다. 《논어》 〈계씨(季氏)〉에, "먼 지방 사람이 복종하지 않으면 문덕을 닦아서 그들을 오게 하고, 이미 오게 했으면 편안하게 해 준다.〔遠人不服, 則修文德以來之, 旣來之, 則安之.〕"라는 구절이 보인다.

우리가 만들어 준 도서(圖書)를 찍지 않고 자신들의 새 인장(印章)을 찍은 일로 말하면, 우리의 도서라는 것은 본래 쓸데없는 형식으로 가소로운 것입니다. 이 도서를 만들어 준 것이 저들이 우리에게 신하로 복종한 것입니까? 우리가 저들을 봉건(封建)해 준 것입니까? 영남(嶺南) 절반 지역의 고혈을 긁어 저들에게 주고 도서 하나를 만들어 준 것으로 능사를 삼으니[14] 천하의 가소로운 일 중에 이보다 심한 것이 어디에 있겠습니까.

지금 저들이 우리가 준 도서를 쓰지 않고 새 인장을 사용했지만, 저들 또한 약조를 변경한 것으로 인해 부끄러운 기색이 서계 중에 나타나 있습니다.[15] 만일 우리의 옛 약조를 확립하고자 한다면, 서폭과 봉투

14 영남(嶺南)……삼으니 : 왜인의 접대와 무역의 비용에 들어가는 베와 쌀을 영남의 40여 고을에서 부담한 것을 말한다. 조선 초기 왜구 통제책의 일환으로 왜인들이 정박하는 곳을 제한하는 한편 도서(圖書)를 발급함으로써 공식적인 통교자의 지위를 부여하였다. 그러나 조선에 들어올 자격을 지닌 왜인들은 조공무역(朝貢貿易)을 행하고 있었기 때문에, 조선 정부는 그들이 입항해서 귀환할 때까지의 비용을 부담하였다. 게다가 가지고 온 물건을 판매하지 못하였다는 등의 이유로 왜인들이 포구에 오랫동안 머무르는 폐단이 발생하자 그들의 접대 비용을 줄이기 위해 가지고 온 물품을 대신 매매해 주었는데, 이는 조선 정부의 막대한 재정적 부담을 초래하였다.《한문종, 조선전기 왜인통제책과 통교위반자의 처리, 일본사상 제7호, 2004, 56~58쪽》

15 약조를……있습니다 : 1868년 일본에서 보내온 서계의 마지막 부분에 다음과 같은 내용이 보인다. "이번 별사가 가지고 가는 서한에 새로운 인장을 찍어 조정의 성의를 표하였으니, 귀국 역시 받아들일 것으로 생각합니다. 종전에 도서를 받은 일은 그 이유가 모두 돈독한 정의에서 나온 것이므로 쉽게 바꾸어서는 안 되는 것입니다. 그렇지만 이것은 조정의 특명에 의한 것입니다. 어찌 사적인 마음으로 공무를 해칠 리가 있겠습니까. 저의 사정이 이러하니 귀조에서 부디 이해해 주기를 깊이 바랍니다.〔今般別使書翰押新印, 以表朝廷誠意, 貴國亦宜領可. 舊來受圖書事, 其原由全出厚誼所存, 則不可容易改者. 雖然, 卽是係朝廷特命, 豈有以私害公之理耶? 不佞情實在此, 貴朝幸垂體諒,

에 저들의 인장과 우리가 만들어 준 도서를 겸용하게 해야 합니다. 그렇게 하면 저들도 우리의 명령을 따를 것입니다. 이것이 무슨 대수로운 일이겠습니까.

무릇 사람들이 편지를 주고받는 것은 본래 사이좋게 지내기 위함입니다. 그런데 갑자기 거절하여 서계를 받지 않은 지 여러 해가 되었으니, 저들이 노여워하는 것은 필연적인 형세입니다. 더구나 저들이 서양과 한편임을 분명히 들어 알고 있으면서 무엇 때문에 우호를 잃고 적국을 하나 더 만들려 하십니까.

지난 정묘년(1867, 고종4)과 병인년(1866) 사이에 어떤 신문지(新聞紙)가 북자(北咨)와 함께 나왔습니다.[16] 그 당시는 일본과 우호가 단절되지 않았을 때이지만 그들의 맹랑하기 짝이 없던 말을 각하께서는 기억하실 것입니다. 지금에 이르러 일본이 원한을 품은 것이 서양만 못지않을 것이니 어찌 난감한 일이 아니겠습니까.

지금 안동준(安東晙)[17]의 일에 대해, 효자와 충신이 한결같은 마음

所深望也.]" 서계의 원문은《김흥수, 한일관계의 근대적 개편과정, 서울대학교출판문화원, 2009, 154~159쪽》에서 재인용하였다.

16 정묘년과……나왔습니다 : 북자(北咨)는 청나라에서 보낸 자문(咨文)을 말한다. 1867년 청나라에서 자문과 함께 일본의 조선침략 계획설이 실린 신문을 조선에 보내왔다. 신문에는 팔호순숙(八戶順叔)이라는 일본인이 1867년 중국 광동(廣東)에서 발행된 중외신문(中外新聞)에 기고한 내용이 실렸는데, 일본의 국정이 향후 대대적으로 혁신될 것임과 화륜선을 제조한다는 소식, 조선이 오래도록 일본에 조공(朝貢)하지 않았기 때문에 일본이 조선을 토벌할 뜻을 가지고 있다는 것 등이었다. 조선 조정에서는 당시 대마도주에게 서계를 보내 이런 내용이 사실인지 물었다.《손형부, 박규수의 개화사상연구, 일조각, 1997, 149쪽》《高宗實錄 4年 3月 7日》

17 안동준(安東晙) : ?~1875. 흥선대원군의 심복으로서, 1867년(고종4) 왜학훈도

으로 국가와 공무(公務)만을 안 것이라고 하겠습니까. 예로부터 왜역(倭譯)의 일은 역원(譯員) 중에서도 모두 헤아릴 수 없는 것들이었습니다.[18] 하물며 이미 각하의 보살핌이 있음에야 말해 무엇하겠습니까. 이들이 총애를 믿고 겁없이 멋대로 방자하니, 그가 결코 그렇지 않을 줄을 누가 알겠습니까. 온 세상이 시끄럽게 떠들고 있으니, 비록 그 이면(裏面)의 이야기를 모르는 것이 많다고 해도 반드시 하나의 잘못도 전혀 없지는 않을 것입니다. 지금에 와서, 논란이 일어나고 그 뒤로 여러 해 동안 서계를 받지 않은 것이 안동준의 소행임을 일본인에게 알게 하여 옛 우호를 되찾는다면 거의 하나의 적국을 없애는 방법이 될 것입니다.

도해(渡海)에 관한 일은 지난번 김 역관(金譯官)의 말이 옳을 듯합니다.[19] 도해하지 않더라도 새로 가는 훈도(訓導)[20]를 시켜 왜관(倭館)

로서 동래 부사 정현덕(鄭顯德)과 함께 대일외교의 임무를 담당하였다. 1868년 대마도주(對馬島主)가 보내 온 서계가 이전의 격식과 다르다는 이유로 접수를 거부하였다. 1873년(고종10) 흥선대원군이 실각하자 이듬해 정현덕과 함께 공금유용 혐의로 파직당하고 동래부에 유배되었다. 유배 중에도 홍순목(洪淳穆)·강로(姜渃) 등 중신들에게 글을 올려 민비(閔妃) 측의 세자책봉 문제를 비난하고 비밀외교를 반박하며 그 실정을 통론(痛論)했다가 1875년 참수형에 처해졌다.

18 왜역(倭譯)의……것들이었습니다 : 조선 후기 부산 지역의 왜역들이 방자하게 행동하며 폐단을 만들어 내었고, 일본의 조선에 대한 외교권을 위임받은 대마도주와 결탁하여 양국 간의 외교문서를 위조하기도 하고 무역에 농간을 부리기도 하였다. 이에 조선 정부에서는 '간역당률(奸譯當律)'을 제정하여 당사자들을 엄벌에 처하였으나, 왜역들이 대마도주와 결탁하여 농간을 부리는 것은 명치유신 이후 일본 정부가 조선에 대한 통교 무역권을 대마도주로부터 회수할 때까지 근절되지 않았다고 한다. 《한국민족문화대백과사전 奸譯交蔽》

19 도해(渡海)에……듯합니다 : 도해는 왜역(倭譯)을 대마도로 파견할 때 쓰는 말이

에 머문 왜인을 힐문하게만 하더라도 잘 처리하는 하나의 방도가 될 것입니다.

원래 서계에 있는 말은 패만(悖慢)한 말이 아닌데 강력히 거절함이 이에 이르렀으니, 소생은 이해할 수가 없습니다. 등본을 이번에 보내 올리니 살펴보시고 깊이 헤아리심이 어떻겠습니까.

다. 당시 영의정 이유원(李裕元)이, 안동준의 비리를 심문하고 일본의 동태 파악을 위해 별정 도해관(別定渡海官)을 파견할 것을 주청하여 윤허를 받은 일이 있는데, 이를 말한다.《高宗實錄 11年 6月 29日》김 역관은 안동준 이전에 동래에서 왜학훈도를 역임하고 1875년 6월에 별견관(別遣官)으로 왜관에 파견되는 김계운(金繼運)이다.

20 새로 가는 훈도(訓導) : 훈도는 정9품 관직으로 여기서는 왜학훈도를 말하는데, 안동준의 후임인 현석운(玄昔運)을 가리킨다.

대원군께 답해 올리는 편지 2[21] 을해년(1875, 고종12) 정월. 일본에서 서계가 올 예정이었는데, 받아들여서는 안 된다는 뜻으로 운현궁(雲峴宮) 합하[22]의 편지가 있었기에 답해 올린 것이다.

又 乙亥正月 日本書契將來 而受之不可之意 有雲閣書 故上答

하교(下敎)에서 "왜설(倭說)이 낭자하다."고 하셨는데, 시끄럽게 와전되는 것들은 반드시 이와 같을 뿐이니 염려할 만한 것이 아닙니다. 하지만 서계(書契)를 어떻게 처리할 것인지에 대해서는 실로 관계됨이 매우 중대하니, 소생이 어찌 제 소견만 고집하여 제 주장만 세우

21 대원군께……편지 2 : 1875년(고종12) 1월에 쓴 편지이다.
1874년 8월에 동래 부사 박제관(朴齊寬)과 훈도 현석운(玄昔運)이 일본 외무성 삼산무(森山茂)와 교섭을 가졌고, 일본 외무경(外務卿)이 조선의 예조 판서에게, 외무대승(外務大丞)이 예조 참판에게 서계를 작성해 보내기로 합의하였다. 이에 따라 1875년 2월에 일본의 서계가 도착할 예정이었는데, 홍선대원군이 환재에게 편지를 보내 미리 서계를 접수하지 않겠다는 뜻을 전했다. 홍선대원군이 이런 방침을 세운 것은 이를 기회로 정계 복귀를 노린 것이라는 견해가 있다. 홍선대원군은 1874년 11월 병조 판서 민승호(閔升鎬)의 폭사(爆死)와 유생들의 대원군 봉환 상소에 힘입어 자신의 지론인 서계 배척론을 더욱 강하게 밀고 나간 것으로 이해되기 때문이다.《김흥수, 1875년 朝日交涉의 실패 요인, 한일관계사연구 제45집, 한일관계사학회, 2013, 292~296쪽》 그러나 환재는 편지에서, 일본과 서양이 한편이기 때문에 서계로 인해 전쟁의 빌미를 제공해서는 안 되며, 서계를 수정해 왔는데도 접수하지 않는 것은 변란을 자초하는 일이라고 반박하였다. 또 서계를 동래 부사에게 직접 전달하겠다는 삼산무의 요구를 들어줄 수 없다는 홍선대원군의 태도에 대해, 동래 부사가 왜관에서 일본 사절을 접견하는 것은 관례이므로 문제될 것이 없다는 견해를 피력하였다.

22 운현궁(雲峴宮) 합하 : 홍선대원군을 지칭하는 말이다. 운현궁은 홍선대원군의 사저(私邸)이다.

려 하겠습니까.

대저 처음부터 지금까지 각하께서 깊이 우려하신 점은 오로지 일본과 서양이 한편이 되는 것과 오로지 이 서계를 받아들이는 것이 저들에게 약함을 보이는 것이라는 데 있었습니다. 소생이 깊이 우려하는 것도 일본과 서양이 한편이 되는 것에 있으므로 또한 우리 쪽에서 그 빌미를 만들어 주어서는 안 된다고 생각합니다. 또한 우려하는 것이 저들에게 약함을 보이는 데 있으므로 서계를 받지 않아서는 안 된다고 생각합니다. 왜 이렇게 말씀드리는 것일까요?

저들이 이미 서양과 한편이 되었으니 쌓인 분노가 폭발하면 반드시 전쟁을 일으킬 것이며, 여러 해 동안 우리나라를 엿보던 서양이 어찌 합세해 일어나지 않겠습니까.

우리가 서계를 거절한 이유는 실로 들어주기 어려운 요구가 계속될 것이라는 우려 때문이니,[23] 그렇다면 저들이 이러한 생각을 엿보고서 우리가 겁을 먹었다고 어찌 속으로 웃지 않겠습니까. 만약 이와 같다면 서계를 받지 않은 것이 과연 저들에게 강함을 보이는 것이겠습니까, 약함을 보이는 것이겠습니까. 강함과 약함은 서계를 받느냐 받지 않느냐에 달린 것이 아니지만, 저들이 꼬투리를 잡아 군대를 일으킬 명분으

23 우리가……때문이니 : 이 당시에 서계를 접수하자는 주장은 우리 쪽에서 트집 잡힐 구실을 주어서는 안 된다는 것이고, 서계를 거절하자는 주장은 격식에 어긋난 서계를 접수하면 들어주기 어려운 요구가 계속 이어질 것이라는 우려에서 나온 것이었다. 이와 관련된 내용은, 1875년 2월에 일본에서 보내온 서계에 회답하는 문제로 5월 10일에 시임과 원임 대신 및 의정부 당상(議政府堂上)이 모여 회의하는 자리에서 나온 영부사(領府事) 이유원(李裕元), 판중추부사(判中樞府事) 홍순목(洪淳穆)과 환재의 발언을 통해 확인된다. 《承政院日記 高宗 12年 5月 10日》《高宗實錄 12年 5月 10日》

로 삼기에는 충분합니다.

대개 강약의 형세는 사리(事理)의 옳고 그름에 달려 있을 뿐입니다. 우리가 일을 처리하고 사람을 접촉할 때 예(禮)가 있고 도리가 바르다면, 아무리 약하다고 해도 반드시 강해 보일 것입니다. 우리가 일을 처리하고 사람을 접촉할 때 예가 없고 도리가 바르지 않으면 아무리 강하다고 해도 반드시 약해 보일 것입니다.

지금 만약 서계를 수정해서 왔는데 또 다시 거절하여 받지 않는다면[24] 저들은 분명 '우리는 성의를 다했는데 어찌 이렇게도 모욕을 준단 말인가.'라고 할 것입니다. 이것이 어찌 우리가 변란을 자아내는 일이 아니겠습니까.

저들은 몇 년 동안 서계 접수를 거절당한 것에 대해 담당 역관〔任譯〕에게 그 책임을 돌렸기 때문에, 저들이 반드시 동래 부사(東萊府使)를 만나 직접 전달하려는 것입니다.[25] 종전에 동래 부사가 주연을 열어

24 지금……않는다면 : 실제로 조선 조정은 1875년(고종12) 2월 삼산무(森山茂)가 가지고 온 외무성의 서계에 대해 여러 가지 문제점을 지적하였고, 일본은 이것을 기회로 삼아 군함을 파견하여 무력시위를 벌이게 되었으며, 결국 8월에 운양호(雲揚號) 사건으로 이어졌다.

25 저들이……것입니다 : 담당 역관은 안동준(安東晙)을 가리킨다. 환재 역시 〈대원군께 답해 올리는 편지 1〉에서, 안동준을 처벌하여 일본의 서계 접수를 거절한 것이 그의 농간임을 확인시켜 일본과의 관계를 개선할 것을 청한 바 있다. 한편, 1874년 8월 삼산무(森山茂)가 동래 부사 박제관(朴齊寬)과 교섭할 때 동래 부사를 만나 서계를 직접 전달하게 해 줄 것을 요청하였는데, 동래 부사는 정부의 품의를 거쳐 답변하겠다고 하였다. 《김흥수, 1875년 朝日交涉의 실패 요인, 한일관계사연구 제45집, 한일관계사학회, 2013, 292～296쪽》 대원군이 환재에게 보낸 편지에서 일본 측이 동래 부사를 만나 서계를 직접 전달하는 것은 불가하다는 뜻을 전했기에, 환재가 이런 말을 한 것이다.

그들을 접견하지 않은 적이 한 번도 없었는데, 지금에 와서는 왜 서로 만나지 않는단 말입니까. 한 번 동래 부사를 만나고 나면 점차 감영(監營 관찰사가 있는 곳)에 가기를 요구하고 조정에 가기를 요구할 것이라고 하셨는데, 이것은 모두 지레짐작입니다. 일본인이 서울에 와서 조현(朝見)한 것은 선조(宣祖) 때에도 있었지만, 임진년(1592, 선조25)의 난리가 어찌 이로 인해 일어난 것이겠습니까. 저들이 만약 군사를 동원하여 우리 국경을 한 발짝이라도 넘어온다면, 오늘날 천하의 대세를 믿고서 두려워하지 않는 자들에게 무슨 좋은 계책이 있을지 모르겠습니다.

혹자는 "예로부터 나라를 그르친 것은 '화친〔和〕'이다."라고 하는데, 소생은 이 말이 어느 글에서 나왔는지 모르겠습니다. 옛 시대를 두루 살펴보더라도 화친으로 나라를 그르친 경우는 오직 진회(秦檜)[26]가 송(宋)나라를 그르친 경우뿐이니, 이것은 인용하여 증거로 삼을 만한 일이 아닙니다. 송나라가 원수를 잊고 금(金)나라와 화친한 것은 만고에 없었던 일인데, 이것을 어찌 이웃나라와 화친하는 일에 곧장 끌어다 비유로 삼아서야 되겠습니까.

26 진회(秦檜) : 1090~1155. 남송 초기 강녕(江寧) 사람으로 자는 회지(會之)이다. 소흥(紹興) 12년(1142)에 회하(淮河)와 진령산맥(秦嶺山脈)을 잇는 선을 국경으로 하여, 금나라와 남송이 중국을 남북으로 나누어 점유하기로 합의하여 그 조건으로 송나라는 금나라에 대하여 신하의 예를 취하고 세폐(歲幣)를 바치게 되었다. 정권 유지를 위해 반대파를 억압하였기 때문에 후대에 많은 비난을 받았다. 그의 손에 옥사한 악비(岳飛, 1103~1142)가 민족의 영웅으로 존경받는 데 반해, 그에게는 간신이라는 낙인이 찍혀 있다. 죽은 뒤 신왕(申王)에 추증되었고, 시호는 충헌(忠獻)이다. 영종(寧宗) 개희(開禧) 2년(1206)에 왕작을 추탈당하고 시호도 유추(謬醜)로 고쳐졌다.

소생이 국가의 대계(大計)에 대해 감히 함부로 논의하는 것이 아니라, 구구한 근심을 실로 풀 수가 없기에 이처럼 장황하게 말씀드린 것입니다. 부디 너그럽게 용서해 주시고 깊이 헤아려 주시기 바랍니다. 어떻게 생각하십니까?

소생이 어찌 감히 '그 지위에 있지 않으면 그 정사를 도모하지 않는다.〔不在其爲 不謀其政〕'[27]라는 등의 말을 핑계로 편안하게 있을 수 있겠습니까. 말이 여기에 이르니 답답한 마음 참으로 금할 수 없습니다.

27 그 지위에……않는다 : 《논어》〈태백〉에 나온다.

대원군께 답해 올리는 편지 3[28] 을해년(1875, 고종12) 5월

28 대원군께……편지 3 : 1875년(고종12) 5월 11일에 보낸 편지이다.

1874년 8월에 이루어진 교섭에 의거해 1875년 1월 19일에 삼산무(森山茂)가 외무성의 서계를 지니고 만주환호(滿珠丸號)를 타고 와 왜관에 도착했다. 삼산무는 훈도(訓導)와 면대한 자리에서 동래 부사를 만나 직접 서계를 전달하겠노라고 하면서 왜관을 나가 동래부로 가겠다고 하였다. 새로 임명된 동래 부사 황정연(黃正淵)은 장계(狀啓)를 올려 삼산무가 화륜선(火輪船)을 타고 왔고, 서계를 담당 역관에게 보여주지 않았으며 왜관 난출을 꾀하고 있는 것에 대해 보고했다. 조정에서는 2월 5일 어전회의를 거쳐, 삼산무의 동래부 입부(入府)는 인정하지 않고 동래 부사로 하여금 왜관에 가서 연향을 베풀고 서계를 검토하여 격식을 어긴 곳이 있으면 사리에 의거해 물리치며, 고쳐서 가져오면 즉시 받아들여서 우호를 회복하라고 지시했다. 이에 동래부에서 연향을 베풀겠다는 뜻을 전하자 삼산무는 양복(洋服)을 입고 참석하겠다고 했으며, 조정에서는 이 사실을 보고 받고 3월 4일에 옛 법식대로 시행하라는 지시와 함께 동래부에 정배(定配)한 전 훈도 안동준을 효수하도록 명하였다. 연향 때의 양복 착용 문제로 대립이 계속되자 일본은 이해 4월과 5월에 이른바 포함외교(砲艦外交)를 펼치며 군함 운양호(雲揚號)와 제2정묘호(第二丁卯號)를 차례로 부산에 입항시켜 무력시위를 벌였다. 이를 보고받은 고종은 5월 10일 시임 및 원임 대신과 당상관을 불러 서계의 접수 여부를 물었는데, 환재와 이최응(李最應) 등 4인이 접수를, 김병국(金炳國) 등 7인이 거절을 주장하였고, 나머지 24명은 대답을 보류하였다. 이날 조정에서는 서계의 접수 거부를 최종 결정짓게 되었는데, 서계가 대마도를 통하지 않고 외무성에서 보내온 것, 교린의 문자에 겸공(謙恭)함이 없고 스스로 존대한 점, 연향을 베푸는 것은 먼 나라 사람을 대접하는 의리에서 나온 것인데 의식 절차를 이전의 규칙과 다르게 바꾸려 한다는 점이 그 이유였다. 한편, 조정은 강경한 태도와 함께 교섭 타개책으로 이날 별견역관(別遣譯官)을 파견하기로 결정하였다. 연향의 복식 문제로 인한 절차를 회피하고 삼산무와 직접 교섭을 시도한 것이었다. 당시 일본에서 보내 온 서계 접수 문제는 조선과 일본이 국교 재개를 평화적으로 해결할 수 있는 마지막 기회였으나 결국 실패로 돌아가고 말았다.《承政院日記 高宗 12年 2月 5日·3月 4日·5月 10日》《김흥수, 1875년 朝日交涉의 실패 요인, 한일관계사연구 제45집, 한일관계사학회, 2013, 307~325쪽》《손형부, 박규수의 개화사상연구, 일조각, 1997, 148~152쪽》

又 乙亥五月

모내기에 알맞은 비가 때맞춰 내려 농민의 기대를 크게 위로하였습니다. 정양(靜養)하시는 체후(體候)가 이러한 때에 맑고 왕성하신지 몰라 더욱 간절히 사모하고 송축합니다.

어제 빈대(賓對)에 원임(原任) 대신들도 함께 참석하라는 하교가 있었고, 서계와 관련된 일을 하문하셨습니다.[29] 경연(經筵)에서 토론한 이야기는 이미 보셨을 것으로 생각되는데, 소생이 아뢴 바를 여기에 기록해 올립니다.

변방의 중요한 사안에 대해 이미 많은 시간이 흘렀으니 하문하신 조치가 오히려 늦은 감이 있습니다. 저의 마음을 남김없이 진술할 수 있기를 바랐지만, 무더위 속에 반나절이나 빈청(賓廳)에 납신 나머지 숨이 가쁘고 기갈(飢渴)을 느끼셨기에 지루하고 장황한 말로 성총(聖聽)을 번거롭게 해서는 곤란할 듯했습니다. 그래서 간략히 대략만을 들어 거론한 뒤, 상께서 의문점을 조목조목 하문하시면 자세히 분석하

환재의 편지는 바로 이 결정이 있던 다음날 보낸 것이다. 환재는 운양호의 출현으로 위기감이 고조된 것에 우려를 표시하면서, 전쟁에 이르기 전에 빨리 서계를 수용하여 빌미를 주지 말자는 뜻으로 흥선대원군을 설득하였다.

29 어제……하문하셨습니다 : 일본 외무성(外務省) 명의로 보내온 서계의 접수 여부를 결정하기 위해 1875년(고종12) 5월 10일, 고종이 시임과 원임 대신 및 의정부 당상을 인견한 것을 말한다. 208쪽 주28 참조. 빈대(賓對)는 매달 여섯 번씩 의정(議政), 비변사 당상(備邊司堂上), 대간(臺諫), 옥당(玉堂) 등이 입시하여 중요한 정무(政務)를 임금께 아뢰는 일을 말한다.

여 대답해 올려 성상의 재결(裁決)과 처분을 기다리겠다고 요청하였습니다. 그런데 요청한 뒤에도 여전히 하문과 처분이 없고 제가 아뢴 말은 이처럼 간략하기만 했으니, 도리어 부끄럽고 한스러운 마음을 스스로 견디지 못하겠습니다.

대신과 여러 재상(宰相)의 뜻을 가만히 살펴보면, 내심 서계를 받아 본 뒤에 조처하려는 뜻이 있지만 감히 발설하지 못하고 입을 다문 채 모두 두려워하며 얼버무리고 마니, 이것은 왜 그런 것입니까?

지금 저들이 화륜선(火輪船)에 군사를 싣고 왔으니[30] 비록 제 사신을 보호하기 위함이라고 말하지만, 우리를 위협하려는 의도임을 명백히 알 수 있습니다. 그렇다면 이것은 전란의 기미가 이미 움직였다고 할 수 있습니다. 저들이 아직 위협하는 말을 하지 않고 사신의 행차를 호위한다고 핑계를 대니, 우리는 그 말을 믿고 의심하지 않는 체하며 지금 무사히 해결해야지 시기를 놓쳐서는 안 됩니다.

만약 저들이 포(砲)를 한 번 쏘고 나면 서계를 받고자 해도 그것이 나라의 치욕이 됨은 다시 여지가 없으니, 그때가 되면 결코 서계를 받을 방법이 없을 것입니다. 상황이 이와 같은데도 지금 또 별도로 역관을 파견하여 하나하나 바로잡자는 뜻으로 회계(回啓)한 것[31]은 무슨 의미입니까?

30 화륜선(火輪船)에……왔으니 : 1875년(고종12) 4월에 운양호가 부산 앞바다에서 무력시위를 벌인 것을 말한다.《김흥수, 1875년 朝日交涉의 실패 요인, 한일관계사연구 제45집, 한일관계사학회, 2013, 316쪽》

31 상황이……것 : 1875년 5월 10일 의정부에서 아뢰기를, "따로 일을 잘 아는 역관(譯官)을 보내 조목조목 바로잡고 속히 등문(登聞)한 다음 다시 품처(稟處)하는 것이 어떻겠습니까?"라고 하자, 고종이 이를 윤허하였다.《高宗實錄 12年 5月 10日》

저들도 제 나라의 사신이므로 다른 나라에 사신으로 가서 군주의 명을 욕되게 하지 않는 법이니, 저들 역시 스스로 이러한 의리를 지킬 것입니다. 그렇다면 지금에 이르러 또 어찌 서계를 고칠 리가 있겠으며, 또 어찌 제 나라에 감히 말할 수 있겠습니까. 저들의 사정도 지극히 궁색하고 고민스럽다고 할 만합니다. 그렇다면 그들이 제 나라에 보고할 때 반드시 조선이 무례하고 오만하다고 허다히 말할 것이니, 그 나라의 신하들이 어찌 일제히 화를 내며 함께 분노하지 않겠습니까. 이렇게 되면 사태의 변화가 어떨지는 다시 논할 필요도 없습니다. 진흙 속의 지렁이도 밟으면 꿈틀하는데, 하물며 나라와 군대를 갖추고 해상(海上)에서 횡행하는 자들이야 말할 것이 있겠습니까.

소생이 왜 이처럼 장황한 말을 하겠습니까. 진실로 차마 눈뜨고 보지 못할 점이 있기 때문입니다. 애당초 이 일은 본래 담소하며 처리할 일인데 여러 해를 끌다가 도리어 이 지경에 이르렀으니 이는 무슨 까닭입니까?

소생의 주장이 매번 합하(閤下)의 고명한 견해와 일치하지 않는데 소생은 실로 그 까닭을 모르겠습니다. 지금에 이르러 걱정과 근심이 마음을 얽어매니, 이에 여쭙는 바입니다. 저들의 서계를 결코 받을 수 없는 곡절과 의리를 부디 하나하나 알려주시어, 미혹과 잘못을 인도하고 깨우쳐 주심이 어떻겠습니까.

만약 합하께서 세상일이 귓가에 들리기를 바라지 않는다 하더라도 이 일은 국가의 존망과 안위가 크게 관계된 것입니다. 한 번 실수하면 후회해도 어쩔 수 없으니, 지금 급히 말을 몰아 도성으로 들어와 방략을 지도하신 뒤 다시 산으로 돌아가셔도 안 될 것이 없습니다.[32] 지금이 어찌 느긋하게 좌시할 때이겠습니까.

말이 여기에 이르니 걱정스럽고 답답한 마음 금할 수 없어, 황송(惶悚)하다는 등의 말을 생각할 겨를이 없습니다. 격식을 갖추지 못하고 아룁니다.

32 지금……없습니다 : 당시 홍선대원군은 명성황후(明成皇后)의 세력에 밀려 경기도 양주(楊州)의 직곡(直谷)에 있는 산장으로 물러나 있었다. 직곡은 양주군 직동(直洞)으로 지금의 의정부시 가능동에 속해 있다. 옛날부터 마을길이 곧게 뻗어 있어 '곧은골'이라고 불렸다.

대원군께 답해 올리는 편지 4[33]
又

지난번 직곡(直谷)[34]에서 뵈었을 때 살펴 헤아리시며 '황(皇)' 자를 극항(極行)에 쓰고 '귀국(貴國)'은 한 글자 낮춰 쓴 점이 서계를 받을 수 없는 가장 큰 이유라고 하셨습니다만,[35] 이것은 그렇지 않은 점이

33 대원군께……편지 4 : 편지를 보낸 정확한 날짜를 알기 어려우나, 내용과 수록 순서로 보아 앞 편지를 보낸 1875년(고종12) 5월 11일 이후 흥선대원군을 찾아가 만나 본 뒤에 보낸 것으로 보인다. 이전 편지와 마찬가지로 서계 접수를 거부하는 흥선대원군을 설득하는 내용이다.

이 편지에서 환재가 반박하고 있는 흥선대원군의 생각은 《용호한록(龍湖閒錄) 4》에 〈대원위의 기록-직곡에서 왜정을 살펴 헤아려 조목조목 분변하다-〔大院位錄記 直谷閒商倭情條辨〕〉라는 내용으로 수록되어 있다. 또 1875년 당시 일본이 보내온 서계는 《일본외교문서 한국편 1, 태동문화사, 1980, 601~608쪽》에 수록되어 있다.

환재는 일본에서 보내 온 서계의 형식과 내용을 문제삼는 대원군의 논리를 하나하나 반박하고, 나아가 교린(交隣)은 국가로서 반드시 갖추어야 할 대사(大事)임을 강조하였다. 또 일본과 국교가 단절될 경우 삼면이 바다인 조선의 상황에서 바다에 표류하는 백성이 생길 경우 그들의 안전을 보장할 수 없으며 이는 '보민(保民)'이라는 왕도정치(王道政治)의 핵심을 외면하는 것이라고 주장하였다.

34 직곡(直谷) : 흥선대원군(興宣大院君)의 산장이 있던 양주군 직동(直洞)이다. 212쪽 주32 참조.

35 '황(皇)' 자를……하셨습니다만 : 흥선대원군은 "더군다나 또 칙(勅)자를 덧붙여 황(皇)자와 항상 극항에 두고 우리나라는 한 글자 낮추어 썼다.〔況又添一敕字, 而與皇字, 常在極行, 我國低一字書之.〕"라고 하였다. 《龍湖閒錄 4, 大院位錄記 直谷閒商倭情條辨》 극항(極行)은 평항(平行)보다 두 글자 높게 쓰는 것을 말하는데, 서계 본문 첫 행 첫 글자의 높이를 기준으로 삼아 이를 '평항'이라 하고, 평항보다 두 글자 높게 쓰는

있습니다.

그들의 서계를 보면 '일본국(日本國)' · '조선국(朝鮮國)' · '본방(本邦)' · '귀국(貴國)' 등의 글자는 하나같이 동등하게 한 글자 높여서 썼고 '황(皇)' 자만 극항에 썼습니다. 서계 내용 중에 별도로 우리나라의 지존(至尊)을 언급한 구절이 없으므로 '황' 자와 똑같이 높이고 있는 것은 아직 보지 못했습니다만, 만약 언급할 부분이 있었다면 반드시 '황' 자와 똑같이 높여 썼을 것입니다.[36] 국호를 평등하게 높여 썼으니, '황' 자와 '왕(王)' 자도 똑같이 극항에 높여 썼을 것임은 그 서계를 보면 저절로 곧 분별할 수 있습니다.

'대(大)' 자는 이제까지 쓰지 않던 것인데 이번에 갑자기 썼습니다만,[37] 요즈음 해양(海洋)의 여러 나라가 앞다투어 중국을 본받아 모두 '대' 자를 쓰고 있으니, 이러한 일을 어찌 의리로 간주하여 고집스레 다투겠습니까.

서계에 쓰인 '칙(勅)' 자는 곧 신하가 임금의 명을 받들고 왔음을 말하는 것입니다. 그들이 스스로 제 임금의 칙명을 받들고 왔다는 것이니, 이 글자가 어찌 우리를 능멸하는 것이겠습니까. 또 어찌 꼭 금지하도록 쟁론하며 따질 필요가 있겠습니까.

것을 '극항(極行)'이라고 한다.

36 만약……것입니다 : '황' 자를 본문의 글자보다 두 글자만 올렸고, 만약 조선의 국왕을 언급하는 일이 있었으면 두 글자를 올려 적었을 것이라는 의미이다. 197쪽 주9 참조.

37 대(大)자는……썼습니다만 : 1875년 2월에 삼산무(森山茂)가 지니고 온 외무성의 서계 첫머리에 "대일본국 외무대승 종중정(宗重正)이 서한을 조선국 예조 참판 각하에게 올립니다.〔大日本國外務大丞宗重正呈書朝鮮國禮曹參判某閣下.〕"라고 썼다. 《일본외교문서 한국편 1, 태동문화사, 1980, 603쪽》

서양인들을 싣고 와 이르는 곳마다 시장을 열고 뭍에 내려 멋대로 행동할 것이라는 설은 앞으로 닥칠 일을 염려한 것입니다만, 지금 그들의 서계 내용 중에 어찌 반 구절이라도 이런 말이 있었습니까. 만약 이런 폐단이 생긴다면 그때 가서 엄히 꾸짖어 거절하면 될 것이니, 우리가 할말이 없을까 근심할 것은 없습니다. 지금 서계를 거절할 힘은 있고 그때 가서 그들의 요청을 물리칠 말은 없다는 것입니까. 이것이 전혀 이해할 수 없는 점입니다.

춘추(春秋) 시대 240여 년 동안 교빙(交聘)과 회맹(會盟)[38]은 열국(列國)의 대사(大事)였고, 예를 거행한 일이 아님이 없었습니다. 예를 잃으면 전쟁이 일어났으니, 교린(交隣)할 때에는 오직 예로써 교제해야 할 뿐입니다.

현재 일본이 우리와 교린한 지 2, 3백 년이 되었고, 저들이 이미 수호(修好)하자고 말하고 있습니다. 그렇다면 저들 속마음에 속임수가 있다고 할지라도 우리는 예로써 상대해 저들로 하여금 트집을 잡을 말과 노릴 만한 틈을 없게 하여 앞으로 어떻게 될까를 살피는 것이 옳습니다. 그런데 지금 우리가 꼬투리 잡힐 단서를 많이 만들어서 거꾸로 칼자루를 저들에게 내준 꼴이니, 잘못된 계책이 어찌 이 지경에 이르렀는지 모르겠습니다.

나라가 있고 집이 있으면 이웃 없는 집과 이웃 없는 나라가 없음은 고금 천하가 똑같습니다. 천하를 통일한 한(漢)나라와 당(唐)나라의 전성기에도 모두 교린의 도리로 오랑캐를 대우하였습니다. 오랑캐가

38 교빙(交聘)과 회맹(會盟) : 교빙은 양국 간에 사신을 왕래하여 우호를 맺는 것이고, 회맹은 제후국 간에 맹약을 맺는 모임을 말한다.

오만한 국서를 보낸 적이 있었지만, 예로부터 중국에서 받지 않고 먼저 물리친 적은 없었습니다. 반드시 받아 본 뒤에 문책하거나 성토하거나 포용하여 각각 마땅하게 처리했습니다. 한(漢)나라부터 명(明)나라에 이르기까지 그러한 증거가 한두 가지가 아닙니다.

우리나라의 경우로 보더라도, 임진년 난리가 일어나기 전에 일본이 오만한 국서를 보내왔는데 그 속에 '중국으로 날아 들어가겠다.〔飛入中國〕'는 말이 있었습니다. 그 당시에도 국서를 받아 보았기 때문에 명나라 조정에 아뢴 일이 있었던 것이니, 언제 일찍이 물리치고 받지 않았다는 말을 들은 적이 있었습니까.

왕자(王者)의 정치는 백성을 보호하는 것〔保民〕일 뿐입니다.[39] 삼면이 바다로 둘러싸인 나라이기에 장사하고 고기 잡는 백성들이 날마다 바다로 나갔다가 저들 나라에 표류하는 것이 해마다 수십 번을 밑돌지 않으며, 일본 선박이 우리 백성을 구조해 돌려보냈다는 장계(狀啓)를 늘 보게 됩니다. 교린은 신의(信義)가 있어야 한다는 것을 여기서도 알 수 있습니다. 그런데 지금 만약 저들과 영원히 절교해 버린다면 이들 백성의 목숨을 어디에 버리는 것이 되겠습니까.

39 왕자(王者)의……뿐입니다 : 제(齊)나라 선왕(宣王)이 맹자에게 "덕이 어떠하면 왕 노릇 할 수 있습니까?〔曰德何如, 則可以王矣?〕"라고 묻자, 맹자가 답하기를 "백성을 보호하고 왕 노릇하면 막을 자가 없습니다.〔保民而王, 莫之能禦也.〕"라고 하였다. 《孟子 梁惠王上》

대원군께 답해 올리는 편지 5[40]
又

무진년(1868, 고종5) 이래 전후로 저들의 서계를 거절하며 늘 '약조에 없는 것이다.'라는 말로 힐책하였습니다.[41] 대마주 태수(對馬州太守)가 자신의 '소장(少將)'이란 직함을 쓴 것에 대해 약조에 없는 것

40 대원군께……편지 5 : 편지를 보낸 정확한 날짜를 알기 어려우나, 내용과 수록 순서로 보아 앞 편지를 보낸 1875년(고종12) 5월 11일 이후에 보낸 것으로 보인다.
환재는 흥선대원군의 서계 접수 거부 이유인 '이전의 약조에 없던 것'이라는 논리를 하나하나 반박하면서, 임진왜란 이후 조선과 일본이 국교를 재개할 때 맺은 이전의 약조는 당시의 상황에서 나온 것이며 지금은 상황이 변했으므로 그에 상응하는 변화된 대처가 필요하다고 하였다. 특히 일본 사절단이 화륜선을 타고 온 점에 대해, 천하 각국이 화륜선을 다 이용하고 있는 상황인데 조선만 이를 모른 채 문제삼는 것은 시골 사람들이 고관(高官)의 수레를 보고 놀라 구경하는 격이라고 하였다. 또 별지에서는 임진왜란 이후 일본과 국교를 재개할 때 조선의 국왕이 일본의 관백(關伯)과 대등한 관계를 맺은 것 자체가 잘못이며, 당시 우리가 보낸 국서에서 저들 관백에 대해 '일본국왕전하(日本國王殿下)' 또는 '대군전하(大君殿下)'라는 표현을 쓴 것에 대해 원통함을 드러내었다. 이는 이전의 약조 자체에 큰 의미를 둘 필요가 없다는 것을 보여주기 위한 발언이었다. 또 현재는 일본의 왕정(王政)이 복고되었으므로 우리가 보내는 문서에서 일본에 대해 '폐하(陛下)'라는 칭호만 쓰지 않으면 되며, 이는 단지 교린의 한 방법일 뿐이라는 뜻을 전했다.

41 무진년……힐책하였습니다 : 여기에서 말하는 약조는 임진왜란으로 단절된 조선과 일본이 1607년(선조40)에 회답 겸 쇄환사(回答兼刷還使)를 파견하여 양국의 국교가 회복된 이후, 1609년(광해군1)에 체결된 기유약조(己酉約條)를 말한다. 기유약조는 13개 조항으로 구성되어 있다. 기유약조의 구체적인 내용과 의미에 대해서는《손승철, 조선시대 한일관계사 연구, 경인문화사, 2006, 126~130쪽》《김흥수, 한일관계의 근대적 개편과정, 서울대학교출판문화원, 2009, 25~27쪽》에 자세히 정리되어 있다.

이라고 힐책하였고, 서계에 '황(皇)' 자를 쓴 것도 약조에 없는 것이라고 힐책하였으며, 대마주를 없애고 외무성(外務省)을 통해 서계를 보낸 것[42]에 대해서도 약조에 없는 것이라고 힐책하였습니다. 허다한 사안에 대해 모두 약조에 없는 것이라는 이유로 거절하였고, 심지어 화륜선을 타고 온 것[43]까지도 약조에 없는 것이라고 크게 힐책하였습니다.

이러한 말을 볼 때마다 답답한 마음에 참으로 포복절도를 금하지 못하였습니다. 우리나라의 일이어서 오직 우리가 재단(裁斷)해야 하는 것도 수시로 변통하며 그렇게 처리하지 않을 수 없는 경우가 있는데, 하물며 우리가 조종할 수 없는 다른 나라의 일이겠습니까.

옛날 강화(講和)를 맺고 약조를 정하던 날에 어찌 오늘날 저 나라가 국가 제도를 고칠 것까지 생각하여 미리 약조를 정하면서 '천년만세토록 우리와의 교린 절차에서 감히 대마주 태수를 폐하지 말 것, 감히

42 대마주를……것 : 1607년(선조40) 일본과의 국교가 재개된 이후 일본의 대조선 외교문서는 모두 대마도주의 명의로 전달되었다. 또 명치유신을 단행한 일본이 1868년(고종5) 12월 왕정복고(王政復古)를 알리는 내용의 서계를 보내왔는데, 발신자는 역시 대마주 평의달이었다. 그러나 이 서계의 접수가 거부되자 일본은 대마도주의 대조선 외교의 직임을 회수하고 외무성을 통한 직접 외교에 나서게 되었다. 그리하여 1872년(고종9년) 1월 이후 보내온 서계는 모두 외무대승(外務大丞) 명의로 되어 있다. 그러나 조선에서는 이를 인정하지 않았던 것이다. 《고종실록》 12년 5월 10일자 기사에, "대마도를 통하지 않고 외무성에서 서계를 보내온 것은 300년 동안 없던 일이므로 접수해서는 안 된다."는 의정부의 보고가 보인다. 또 〈대원군께 답해 올리는 편지 1〉의 주1 참조.

43 화륜선을……것 : 1875년(고종12) 2월 삼산무(森山茂)가 외무성의 서계를 지니고 왔을 때 만주환호(滿珠丸號)를 타고 온 것을 말한다.《김흥수, 1875년 朝日交涉의 실패 요인, 한일관계사연구 제45집, 한일관계사학회, 2013, 307쪽》

외무성을 통해 서계를 보내지 말 것, 감히 화륜선으로 왕래하지 말 것'이라고 이처럼 분명하게 변치 않을 항목을 세울 수 있었겠습니까. 번번이 '약조에 없는 일'이라고 했으니 저들이 조급한 성질이라면 반드시 발을 구르며 미친 듯 날뛰었을 것입니다. 그런데 그렇게 하지 않고 8년 동안 견디며 우리의 말에 따라 응대하고 있습니다. 이로 보자면 천하에 숙녹비(熟鹿皮)[44]처럼 부드러운 성질로는 일본인만 한 이가 없습니다.

저들이 만약 3백 년 동안 통호(通好)하다가 갑자기 소식을 알리지 않았거나 국가의 제도를 변경하여 대마주를 철폐한 뒤에도 계속 우리에게 통보하지 않았다면, 이것은 맹약을 어긴 것이고,-혹자의 말에 매번 '저들 스스로 맹약을 어겼다.'라고 하므로 이른 말이다.- 약조에 없는 것이라고 할 수 있습니다.

그런데 지금 저들은 예전처럼 통호하려는 뜻으로 저들 외무성으로부터 서계를 전하기를 청하고 있으니, 이것이 어찌 저들이 맹약을 어긴 것이겠습니까. 영원히 이웃과 우호를 맺어 서로 아무 일 없이 편히 지내는 것이 약조의 큰 원칙이니, 이것이 어찌 약조에 없는 것이겠습니까.

화륜선은 현재 천하 각국이 널리 이용하며, 중국 역시 곳곳에서 이용하고 있습니다. 강과 바다를 통행하는 상선(商船)과 조운선(漕運船)에도 모두 편리하게 이용하며, 병선(兵船)으로만 이용하는 것은 아닙니다. 이번에 저들이 처음 올 때 병사를 싣고 오지 않았습니다. 그런데 우리는 꾸짖고 물리쳐 우리 국경 가까이 정박하지 못하게 하였고, 그

44 숙녹비(熟鹿皮) : 부드럽게 만든 사슴 가죽을 말한다.

배에서 헤아리지 못할 신기(神機)가 나올 듯이 여겨 감히 똑바로 쳐다 보지도 못했으니, 어찌 저들이 크게 웃을 일이 아니겠습니까.

좋은 말을 타고 가벼운 수레에 앉은 자가 큰길을 지나 고관(高官)의 집으로 들어가도 길가는 사람이나 노복들은 대수롭지 않게 볼 뿐, 어찌 좋은 말과 높은 수레를 괴이하게 여긴 적이 있었습니까. 그런데 만약 이것을 타고 서너 집 있는 시골에 가면, 사내와 아낙이 모이고 아이들이 내달리며 구경하는 모습이 그지없이 어지러우니, 이는 가여운 일입니다.

지금 이 화륜선을 이처럼 소리치며 막았으니, 저 시골의 경우와 무엇이 다르겠습니까. 이런 일이 모두 모욕을 당하고 약함을 보이는 단서가 된다는 것은 다 말할 겨를도 없습니다. 맹약을 어긴 단서가 우리에게 있고 저들에게 있지 않으므로, 제가 가슴이 답답하여 소란이 일어나기 전에 잘 타결되기를 바라는 것입니다.

'기와 정을 변환해야 한다.〔變幻奇正〕'라는 가르침[45]에 대해서는, 소생 역시 저의 견해로도 기와 정을 변환함을 시험하는 것이 마땅하다고 생각합니다. 그러나 저들의 동정을 두루 살피건대 끝내 어찌할 방법이 없으니, 홀로 천장만 바라보며 탄식할 뿐입니다.

이번 일에서 가장 의심스럽고 염려되는 점은 전적으로 서양인을 종용(慫慂)하여 함께 들어오는 것에 있으니, 이 점을 깊이 우려하는 것은 사람마다 다 그렇습니다. 그러나 일어나기도 전에 후환을 염려하여 먼저 눈앞의 재앙을 북돋우는 것이 어찌 좋은 계책이겠습니까. 우리가

45 기와……가르침 : 일본과의 외교에는 정상적 방법과 변칙을 두루 통용해야 한다는 의미인데, 홍선대원군이 환재에게 보낸 편지에서 했던 말로 보인다.

처한 상황으로 천하의 대세를 참작해 보면, 마음을 넓게 가져 깊고 멀리 생각해 보더라도 끝내 또한 어찌할 수 없습니다. 생각이 여기에 미치자 거두어 마음에 담아두고자 해도 그럴 수가 없으니, 크게 한탄하며 통곡할 뿐입니다.

별지 1

이른바 '관백(關白)'이란 곧 저 나라의 대장군(大將軍)이지 왕의 칭호를 가진 자가 아닙니다. 당초에 우리가 강화(講和)할 때 관백과 서로 대등한 예를 갖춘 것이 이미 실계(失計) 중의 실계요, 실체(失體 표준에 맞지 않음) 중의 실체입니다. 당당한 한 나라의 군왕이 어찌 이웃 나라의 신하와 대등한 예로 교제했단 말입니까. '일본국왕전하(日本國王殿下)'로 일컫기도 하고 '대군전하(大君殿下)'로 일컫기도 하였으니,[46] 그 원통함을 어찌 이루

46 이른바……하였으니 : 관백은 일본에서 성인이 된 천황(天皇)의 최고 보좌관 또는 섭정을 일컫는 말로, 천황을 내세워 실질적인 정권을 잡았던 막부(幕府)의 우두머리를 가리킨다. 임진왜란으로 단절된 조선과 일본의 강화 교섭은 1607년(선조40)에 회답 겸 쇄환사(回答兼刷還使)를 파견함으로써 시작되어 양국의 국교가 회복되었다. 당시 정사 여우길(呂祐吉, 1567~1632)이 지니고 간 덕천(德川) 막부에게 보내는 조선 국왕의 국서 첫머리에 "조선 국왕 이연은 일본 국왕 전하에게 답서를 올린다.〔朝鮮國王李昖, 奉復日本國王殿下.〕"라고 썼다. 이후 1609년(광해군1)·1617년(광해군9)·1624년(인조2) 등 3차례의 회답 겸 쇄환사를 파견할 때에도 '일본국왕전하'라는 표현을 사용하였다. 그런데 1635년(인조13) 일본에서 이른바 '국서개작(國書改作)'을 폭로한 사건이 발생했다. 이에 양국 간에 국서의 서식 개정이 합의되어 1636년 '통신사(通信使)'라는 명칭을 처음 사용하게 되었으며, 이때부터 일본 막부에 보내는 국서에 '일본국대군전하(日本國大君殿下)'라는 표현을 사용하게 되었다. 여기에 대해서는 《손승철, 조선시대 한일관계사 연구, 경인문화사, 2006, 103~192쪽》《유재춘, 壬亂後 韓日國交 再開와

다 말할 수 있겠습니까.

그런데 지금은 관백을 없애고 저들의 임금〔皇〕이 조정에 나와 앉았으니, 그렇다면 우리가 통보하는 서계에 '왕(王)' 자로 저들의 '황(皇)' 자와 대등하게 쓰는 것이 안 될 것이 없습니다. 이는 단지 교린의 방법일 뿐 그 호칭의 존비(尊卑)를 논할 것이 아닙니다. 그런데 모두 이것을 의심하는 것은 실로 고금의 역사에 밝지 못하기 때문입니다.

게다가 왜관에 있는 저들의 사신도 우리가 존비의 등분(等分 등급과 명분)에 구애받고 있음을 알고 있습니다. 그러므로 이미 '서로 통신(通信)할 때 국서(國書)는 보내지 말자.'는 말을 하였고, 그 말을 훈도(訓導)에게 일렀다고 합니다.[47] 그렇다면 평범한 서계의 경우, 저들 외무경(外務卿)은 우리의 예조 판서에게 보내고, 저들 대승(大丞)은 우리의 예조 참판에게 보내며, 저들 소승(少丞)은 우리의 예조 참의에게 보낼 것이니, 통신하는 서계는 우리의 의정(議政)이 저들이 말하는 태정관(太政官)[48]에게

國書改作에 關한 硏究, 강원대 석사학위논문, 1987》 등을 참고하기 바란다.

47 그러므로……합니다 : 1874년(고종11) 8월에 동래 부사 박제관(朴齊寬)과 훈도 현석운(玄昔運)이 일본 외무성 삼산무(森山茂)와 별인 교섭에서, 일본 외무경(外務卿)이 조선의 예조 판서에게, 외무대승(外務大丞)이 예조 참판에게 서계를 작성해 보내기로 합의하였다. 또 일본에서 조선 측에 국서를 지닌 국왕사(國王使)의 파견을 요구하지 않고, 예조 판서의 서계를 휴대한 회보사(回報使)의 파견을 요구하기로 합의하였다. 1636년(인조14) 이후 조선 국왕이 일본 막부 장군에게 파견하는 사절을 '통신사(通信使)'라고 했으며, 예조 참의 명의로 대마도주에게 파견하는 사절을 '위문행(慰問行)'이라고 하였다. 《김흥수, 1875년 朝日交涉의 실패 요인, 한일관계사연구 제45집, 한일관계사학회, 2013, 193쪽·296~303쪽》

48 태정관(太政官) : 일본에서 나라〔奈良〕 시대부터 헤이안〔平安〕 시대까지인 710년

보내도 안 될 것이 없습니다. 사세(事勢)와 절차가 응당 이와 같습니다.

비록 그렇게 하지 않는다 하더라도, 양국 군주 간에 서로 통신하는 경우에는 '모(某) 국왕이 일본국 황제에게 국서를 전한다.'라고만 쓰고, 대(大)자를 쓰지 않으면 됩니다. 저들의 자칭(自稱)을 따라 써 주는 것은 또한 괜찮지만, 다만 '폐하(陛下)'라고 칭해서는 안 됩니다. 폐하라고 칭하지 않더라도 저들 역시 괴이하게 여기지 않을 것입니다. 저들이 중국과 주고받은 국서를 보아도 양측 모두 '폐하'라는 글자가 없으니, 그렇다면 필시 우리가 이렇게 칭하기를 바라지 않을 것입니다. 저들은 단지 이웃나라로서 우리와 예전처럼 우호하기를 바랄 뿐이니, 필시 여러 문제를 만들어낼 다른 말이 없을 것임은 분명합니다.

별지 2

혹자가 '저들이 서계에 저들의 연호를 사용한 것은 고려 때부터 그러했으니 지금 따질 것은 없다.'고 한 말을 들은 듯합니다. 그렇다면 저들 스스로 '황(皇)'이라 일컬은 것은 이미 주(周)나라와 한(漢)나라 때부터 그런 것인데, 지금 무엇 때문에 이토록 따지는 것입니까. 게다가 일본이 우리나라에 서계를 보낼 때 반드시 명나라의 연호를 썼다는 것은 《동문휘고(同文彙考)》에 분

에서 857년까지 천황(天皇)의 조정에서 국무를 총괄한 관청이다. 그 후 막부(幕府)시대에 없어졌다가 1868년 명치유신으로 천황의 권력이 회복된 뒤, 새 정부의 내각을 고대의 최고 관청인 이 이름을 따서 불렀다. 여기서는 태정관의 장관인 태정대신(太政大臣)을 뜻하는 말로 보인다.

명히 실려 있고, 숭정(崇禎) 9년(1636, 인조14) 이후부터 저들이 비로소 제 나라의 연호를 쓰기 시작했다는 것도 모두 《동문휘고》에 있습니다.[49]

49 게다가……있습니다 : 《동문휘고(同文彙考)》는 1644년(인조22)에서 1881년(고종18)에 이르기까지 조선이 청(淸)・일(日)과 주고받은 외교문서를 모은 책이다. 총 165권 96책의 방대한 분량으로, 1788년(정조12) 12월 처음 간행되었고 그 뒤 필요에 따라 증보되었다. 이 책은 간행 시기에 따라 크게 두 부분으로 나눌 수 있는데, 첫 부분은 1788에 간행된 것으로 원편(原編)・별편(別編)・보편(補編)・부편(附編)으로 구성되어 있다. 원편・별편・보편은 청나라와 주고받은 문서가 수록되었으며, 부편은 일본과 주고받은 문서로 이루어져 있다. 또 속편(續編)은 초편 간행 이후 1881년까지의 문서를 모아 놓았다. 1978년 국사편찬위원회(國史編纂委員會)가 한국사료총서(韓國史料叢書)의 일부로 영인하여 간행하였다. 《동문휘고》를 검토한 기존 연구에 의하면, 1635년까지 대마도주가 보낸 서계에는 명나라의 연호가 기재되었으며, 모든 서계에 일본 연호를 기재하는 것은 1636년 12월 이후부터로 추정된다고 하였다. 《이훈, 외교문서로 본 조선과 일본의 의사소통, 경인문화사, 2011, 105~108쪽》

좌의정에게 답해 올리는 편지 1[50] 흥인군 이최응[51]이다. 을해년(1875, 고종12) 2월에 일본의 서계가 동래의 왜관에 도착했을 때 보낸 편지이다.

答上左相 興寅君李最應 乙亥二月 日本書契來到萊館時

소생의 견해로 볼 때, 훈역(訓譯)[52]이 법에 따라 힐난한 것은 그럴 수밖에 없는 일이라고 해도 그 글의 내용은 꾸짖어 욕한 것과 다름없으

50 좌의정에게……편지 1 : 편지의 원주(原註)에서 보이는 대로, 삼산무(森山茂)가 가지고 온 서계에 대한 동래 부사의 장계(狀啓)가 조정에 도달한 1875년(고종12) 2월 초에 보낸 편지이다. 당시 환재는 우의정을 사직한 상태였다. 1875년 일본이 서계를 보내오는 과정과 이후 사건의 전개 과정은 본 〈대원군께 답해 올리는 편지 1・2・3〉의 주1・21・28 참조.

환재의 이 편지는 당시 일본에서 보낸 서계의 원본을 확인하지 못한 채 동래 부사가 올린 장계(狀啓)의 내용에 의거해 논한 것이다. 환재는 왜관에 도착한 삼산무를 대하는 왜학훈도 현석운(玄昔運)의 태도를 비판하고, 교린 사절을 대우하는 예를 갖추도록 명할 것을 부탁하였다.

51 이최응(李最應, 1815~1882) : 본관은 전주(全州), 자는 양백(良伯), 호는 산향(山響)이다. 남연군(南延君) 구(球)의 아들이고, 흥선대원군 이하응(李昰應)의 형으로 흥인군(興寅君)에 봉해졌다. 흥선대원군의 통상 수교 거부정책에 반대하여 흥선대원군과 반목했으며, 1873년 흥선대원군이 실각한 뒤 같은 해 12월에 좌의정, 1878년(고종15)에 영의정이 되었다. 통리기무아문(統理機務衙門) 총리대신(總理大臣)으로 개화 정책을 추진했으나, 유림(儒林)의 반대로 사직했다. 미국과의 조약 체결 때에도 큰 역할을 하였으며 임오군란(壬午軍亂) 때 살해당하였다. 주화(主和)・척화(斥和)・개국(開國) 등에 관해 뚜렷한 주관이 없이 모두 옳다고만 하여 당시 사람들로부터 '유유정승(唯唯政丞)'으로 불렸다고 한다.

52 훈역(訓譯) : 여기서는 왜학훈도 현석운(玄昔運)을 지칭한다.

니, 너무 지나친 듯합니다. 저들의 답사(答辭)가 비록 고집스레 우리의 요구를 따르지는 않았지만, 그 언사가 언제 패만(悖慢)한 적이 있었습니까. 저들이 고집을 부리며 반드시 직접 동래 부사를 만나 전하려 하면서 스스로 "사신의 일을 중시하는 것이다."라고 한 것[53]도 체모(體貌)를 잃은 말은 아닙니다.

교린(交隣)의 방법은 비록 그들이 따로 간교한 생각을 품고 있음을 염려하더라도 겉으로는 먼저 체면을 생각하여 예(禮)로 상대하지 않아서는 안 됩니다. 그런데 지금 이렇게 완강히 거절하여 쟁론하니, 결국 어떻게 결말이 날지 모르겠습니다. 저들이 만약 끝내 왜관을 뛰쳐나오게 된다면 이것은 우리 쪽에서 모욕을 당하고 법규를 무너뜨리는 수치를 취하는 것입니다.

저의 생각으로는, 우선 동래부로 와서 서계를 바치려는 그들의 청을 들어준 뒤에 그들로 하여금 왜관으로 물러나 조정의 처분을 기다리게 하는 것이 가장 적당한 도리인 듯합니다. 하지만 여러 분들의 의향이 어떤지 모르니, 어찌 감히 억측해 대답하겠습니까. 이것은 국가의 큰 이해와 관련되어 있으므로 감히 이처럼 저의 견해를 진술했습니다만, 식견 있는 군자에게 죄를 얻지나 않을지 몰라 매우 송구하고 송구합니다.

이른바 '대(大)' 자와 '황(皇)' 자에 대해서는 세세히 따질 필요가

53 저들이……것 : 삼산무가 동래에 도착해 훈도와 만나 서계를 보여주지 않고 동래부로 가려고 하면서, "우리들이 동래부에 서계를 바치려고 하는 것은 감히 일부러 경계를 침범하려는 것이 아니라 일이 경장(更張)에 관련된 것이라 사신의 일을 중시하는 뜻이다.〔俺等之欲爲呈書萊府, 非敢故爲犯越, 事係更張, 爲重使事之意也.〕"라고 하였다. 《龍湖閒錄 4, 日本書契 乙亥, 한국사료총서 제25집, 국사편찬위원회 한국사데이터베이스》

없습니다만, '천자(天子)'라는 글자를 고치게 하는 것이 가장 중대한 일로서 당연히 고치게 해야 할 것이었습니다. 저들도 분명 호칭을 참람하게 써서는 안 된다는 것을 알기 때문에 고친 것입니다.[54] 저들이 인간의 도리를 아는 것이 이와 같습니다.

54 천자(天子)라는……것입니다 : 삼산무는 1875년(고종12) 서계를 지니고 와서 훈도와 만나, 폐번치현(廢藩置縣)과 그에 따른 대마도주의 조선외교권 파면을 알린 1872년(고종9) 서계에 썼던 '천자(天子)'라는 두 글자를 수정했지만 '대일본(大日本)'의 '대' 자와 '황상(皇上)'의 '황' 자는 신하의 도리상 변통할 수 없었노라고 주장하였다. 그리고 이런 내용을 동래 부사가 장계로 조정에 알렸다. 《龍湖閒錄 4, 日本書契 乙亥, 한국사료총서 25집, 국사편찬위원회 한국사데이터베이스》《承政院日記 高宗 12年 2月 5日》

좌의정에게 답해 올리는 편지 2[55]

又

어제 훈도(訓導)의 편지를 보니 '화륜선은 모두 돌아가고 삼왜(森倭)만 홀로 남았다.'고 하였습니다.[56] 그 의도는 필시 별견관(別遣官)이

55 좌의정에게……편지 2 : 화륜선이 돌아가고 삼산무만 남았다는 언급으로 보아, 1875년(고종12) 6월경에 보낸 것으로 보인다.

서계 접수의 거절을 천명한 조선 조정의 방침이 전해지자 삼산무는 진퇴를 품신(稟申)하기 위해 6월 1일에 부관인 광진홍신(廣津弘信)과 수행원 오의제(奧義制)를 만주환호 편으로 동경(東京)으로 보냈다. 삼산무는 별견관을 만나기 위해 대기하였으며 6월 17일에 별견관 김계운을 면담하였다.

환재는 당시 이미 서계를 접수할 시기를 놓쳤다고 판단했고, 또 조정에서 끝내 서계 접수를 거부하기로 마음을 굳혔다면 서계 접수를 거부한 이유를 일본에 명확히 해명해야 함을 역설하였다. 그리고 일본에 해명하는 글의 초안을 만들어 보낸다고 하였다. 현재 그 글이 남아 있지 않아 정확한 내용을 알 수 없다. 다만, 환재는 1867년(고종4)에 팔호순숙(八戶順叔)이라는 일본인이 중국 광동(廣東)에서 발행된 중외신문(中外新聞)에 기고한 내용을 문제삼아, 그동안 서계를 받지 않은 이유가 일본 측의 잘못에 있음을 확인시켜 사과를 받아낸 뒤 서계를 접수하려는 생각을 갖고 있었다. 팔호순숙이 기고한 내용은 200쪽 주16 참조. 또 뒤에 나오는 〈좌의정에게 답해 올리는 편지 8〉에서도 이런 생각을 전하고 있다. 한편, 강화도조약 체결 직전인 1876년(고종13) 1월 19일에 일본 변리대신(辨理大臣)이 그간 일본의 서계를 접수하지 않은 이유를 묻자, 조선 측 접견대관이 1867년 팔호순숙의 신문지 기고 내용을 그 이유로 거론한 것은 환재의 이 주장을 따른 것이다. 《高宗實錄 13年 1月 19日》

56 어제……하였습니다 : 화륜선은 1875년 2월 삼산무가 타고 왔던 만주환호와 시위에 동원된 운양호와 제2정묘호를 가리킨다. 삼왜(森倭)는 삼산무(森山茂)로, 당시 조선과의 외교 교섭을 주도한 인물이다. 1875년 1월 일본의 서계를 지니고 왜관에 와서 교섭에 어려움을 겪자 군함의 무력시위를 일본에 요청하였고, 운양호 사건에도 깊이

내려오기를 기다린 뒤에 떠나려는 것이니, 이는 서계를 접수해 주기를 바라는 것이 아닙니다. 일이 순조롭게 이루어지지 않을 줄 분명히 알면서도 오히려 머물러 기다리는 것은 분명히 결말을 보고 가려는 것입니다.

저들이 이 일에 대처함이 이러한데, 우리는 서계를 물리치느냐 받느냐의 사이에서 한결같이 분명하게 결단하지 못하고 서로 대립만 일삼고 있습니다. 이런 태도는 모두 저들에게 약함을 보이고 모욕을 당하며 경시를 당하게 되는 것입니다.

지금에 이르러서는 더이상 서계의 접수를 허락할 형세는 없고 사달과 변란의 발생은 조석 간에 임박했습니다. 사달과 변란이 생긴다면 다시 생각할 여유가 없을 것이니, 이미 서계를 물리치기로 주장을 세웠다면 물리치는 이유도 분명히 결말을 짓는 것이 옳습니다.

제 생각으로는 즉시 연품(筵稟 임금 앞에서 품의함)하거나 초기(草記)를 올려 삼현령(三懸鈴)[57]으로 공문을 보내는 것이 좋을 듯하므로, 초기 한 편을 감히 기록해 올립니다.[58] 바라건대 더 자세히 헤아려 보심이 어떻겠습니까.

관여하였다. 또 1876년 강화도조약 체결에 앞선 예비회담 때 우리 측 대표인 신헌(申櫶) 등을 강경하게 압박하여 교섭의 난항을 초래하였으나 이후 양국의 대신들이 그를 배척하여 강화도조약을 순조롭게 체결할 수 있었다.

57 삼현령(三懸鈴) : 급한 공문을 보낼 때 가죽 주머니에 방울 세 개를 다는 것을 말한다. 방울의 숫자가 많을수록 급한 공문임을 나타낸다.

58 초기(草記)……올립니다 : 조선이 서계 접수를 거부한 이유를 일본에 해명하는 글을 환재가 지어 올린 것으로 보인다. 228쪽 주55 참조.

좌의정에게 답해 올리는 편지 3[59]

又

석 장의 종이를 돌려 드립니다.[60] 간직해 두면 쓸 곳이 있을 것이라는 말씀은 우습기 그지없으니, 바로 지금 시일이 급할 때 쓰지 않고 언제 어디에 쓰려 하십니까.

삼왜(森倭)[61]가 한 번 떠나고 나면 더이상 말할 곳이 없는데, 만약 병선(兵船)이 와서 힐문할 때를 기다린다면 이러한 말은 백번을 해도 무익합니다. 지금 혹 싹트지 않았을 때에는 전란을 없앨 방도가 있지만, 저 때가 되면 이미 움직인 군대가 이 말을 듣고 물러가겠습니까.

종전부터 그저 물리친다는 말만 하고 있는데, 이처럼 꺼리는 의도에 대해 저들 역시 우리의 사정을 헤아리지 못한 적이 없습니다. 그런데도 배척하는 말에, 단지 '전례에 없던 바이다.〔前例所無〕'라는 말만 고집스레 반복할 뿐, 언제 한 번이라도 분명하게 이야기해 준 적이 있었습니까. 그저 이 사람으로 하여금 번민하게 할 뿐입니다.

59 좌의정에게……편지 3 : 1875년(고종12) 7월 초에 보낸 것으로 보이는 뒤의 편지에서 이 편지를 언급한 것으로 보아, 뒤의 편지와 거의 같은 때인 1875년 7월 초에 보낸 것으로 보인다. 조정의 방침이 서계 접수 거부로 정해졌다면 모호한 태도를 취하지 말고 그 이유를 명확히 해명하여, 삼산무가 떠나기 전에 전해줄 것을 촉구한 것이다.

60 석 장의……드립니다 : 무엇을 의미하는지 정확하지 않으나 바로 이어지는 글의 내용으로 보아, 앞 편지에서 환재가 일본의 서계를 접수하지 않은 이유에 대해 초안을 잡아 올린 글을 이최응이 되돌려 보내자 이를 환재가 다시 보낸 것으로 보인다.

61 삼왜(森倭) : 삼산무(森山茂)를 말한다. 228쪽 주56 참조.

좌의정에게 답해 올리는 편지 4[62]

又

소생은 이 일에 대해 처음에는 서계를 받은 뒤 저들의 행동을 살펴 처리하자는 뜻으로 주장하였습니다. 그런데 별견관(別遣官)을 내려

62 좌의정에게……편지 4 : 별견역관 김계운(金繼運)의 파견 결과에 대해 논하는 것으로 보아, 1875년(고종12) 7월 9일 어전회의가 열리기 얼마 전에 보낸 편지로 보인다.

1875년 5월 10일의 어전회의에서 서계의 접수를 거부하기로 결정한 뒤, 일본과의 교섭 타개책으로 별견역관을 파견하기로 하였다. 이 과정에 대해서는 208쪽 〈대원군께 답해 올리는 편지 3〉의 주28 참조. 별견역관으로 파견된 김계운은 6월 17일 왜관에 나아가 삼산무에게 평상복으로 만날 것을 청하지만, 이를 거부당한다. 일본은 1872년(명치5) 태정관 제339호로 문관 대례복과 통상 예복을 공식적으로 제정하였고 그에 따라 모든 행례(行禮) 절차가 변경된 상황이었다.《이경미, 19세기말 서구식 대례복 제도에 대한 조선의 최초 시각 : 서계 접수 문제를 통해, 한국의류학회지 제33권 제5호, 통권187호, 한국의류학회, 2009, 735~739》

양복 착용 문제로 다시 일본과의 교섭이 교착에 빠지자, 환재는 일본의 예복이 양복으로 바뀌었으니 우리 측에서 문제삼을 필요가 없다는 뜻을 전하였고, 별지(別紙)를 통해서도 "저들이 개가죽을 덮어쓰든 소가죽을 덮어쓰든 저들의 일인데, 우리가 왜 꼬투리를 잡아 그 옳고 그름을 따지겠습니까."라고 하였다. 또 도해관(渡海官)을 파견하여 서계의 접수 문제를 다시 논의하겠다는 이최응의 견해에 대해, 환재는 일본이 폐번치현(廢藩置縣)한 상태에서 대마도에 도해관을 파견하는 것은 의미가 없는 일이라고 반박하였다. 이에 7월 9일 의정부에서 시임과 원임 대신들이 모여 대책을 논의하여 삼산무의 복장을 문제삼지 않고 동래 부사가 연향을 베푸는 것으로 방침을 정하고 이를 고종에게 보고하였다.《高宗實錄 12年 7月 9日》 이 편지는 7월 9일 의정부 회의 직전에 좌의정 이최응의 요청에 따라 환재가 자신의 의견을 개진한 것으로 보이며, 따라서 7월 9일 회의에서 삼산무의 복장을 문제삼지 않기로 한 것은 환재의 주장이 관철된 것이라 할 수 있다.

보냈을 때에 이르러[63] 서계를 접수할 방법이 없고 삼왜(森倭)[64]가 행장을 꾸려 앉아있다는 것을 알았습니다. 우리가 서계를 물리치는 데에는 의리에 의거하여 분명히 설명해 주는 말이 없어서는 안 되므로 지난번에 말씀드렸던 것인데,[65] 또한 끝내 시행되지 않았습니다.

지금의 상황으로 논하자면 소생은 이미 서계를 받을 수도 없고 또 물리칠 수도 없는 사람이니,[66] 이 일에 대해 어느 쪽도 해당 없는 사람이라고 할 것입니다. 그렇다면 이제부터는 더이상 번거롭게 참여해 말해서는 안 됩니다만, 하문을 받았기에 또 부득이 말씀드리는 것일 뿐입니다.

저들이 말하는 예복(禮服)은 양복(洋服)인데, 그것을 예복이라 하는 것이 매우 가소롭습니다. 하지만 저들은 이를 예복이라 부르고 별견관을 접견할 때는 예복을 입는 것이 마땅하다고 하는 것일 뿐이니, 저들 스스로는 별견관을 예우(禮遇)하기 위해 예복을 입는다는 것입니다.[67] 그런데 우리는 이를 이유로 즉시 접견(接見)하지 않고 양복을

63 별견관(別遣官)을……이르러 : 별견역관으로 김계운이 선발되었다.

64 삼왜(森倭) : 삼산무(森山茂)를 말한다. 228쪽 주56 참조.

65 우리가……것인데 : 228쪽 〈좌의정에게 답해 올리는 편지 2〉의 주55 참조.

66 지금의……사람이니 : 환재가 벼슬에서 물러나 있는 상황이었으므로 이렇게 말한 것이다.

67 하지만……것입니다 : 별견역관으로 파견된 김계운은 왜관에 나아가 삼산무에게 평상복으로 만날 것을 요청하였다. 하지만 삼산무는 "국왕 전하가 친히 와도 예가 아니라면 결코 허접(許接)할 수 없다."라고 하였고, "차견관(差遣官)은 귀 조정에서 임명한 관리이니 예우하는 도리에 있어 예복을 갖추고 상접(相接)해야 할 것이며, 서계를 바치는 것도 본부(本府)에서 연향하는 날에 할 것이다."라고 하며, 양복을 입겠다는 뜻을 굽히지 않았다.《김흥수, 1875년 朝日交涉의 실패 요인, 한일관계사연구 제45집, 한일

입는 것에 대해 예를 잃은 것이라 하여 꼬투리를 잡으니, 어떻게 저들의 마음을 복종시키겠습니까.

서계를 전달하기 위한 사신이 와서 여러 해를 체류하도록 접견하지 않았으니 이것은 예를 잃은 것이 아닙니까. 이를 두고 예로써 저들을 대우했다고 할 수 있겠습니까. 지금 삼산무가 별견관을 즉시 접견하지 않는 것을 가지고, '예로써 우리를 대우하지 않는다.'고 하고, '예를 잃었다.'고 하는데, 7, 8년 동안 저들 사신을 헛되이 머물게 하고 완강히 거절하며 서계를 받지도 만나 주지도 않았으니, 이것은 과연 예에 맞는 것이며 예로서 사람을 대우한 것입니까. 이것은 사리에 맞지 않는 말입니다. 도리어 저들에게 꼬투리를 잡혀 분노를 일으키는 일을 무엇 때문에 한단 말입니까.

"바다를 건너가 헤아려 결정하겠다.〔渡海講定〕"고 하신 것으로 말하면,[68] 헤아려 결정할 일이 무슨 일인지 모르겠습니다. 도해관(渡海官)이 바다를 건너면 어느 곳으로 갑니까? 대마도(對馬島)입니까? 대마도는 지금 태수(太守)가 없는데,[69] 누구와 무슨 일을 헤아려 결정할

관계사학회, 2013, 323쪽)《高宗實錄 12年 7月 9日》

68 바다를……말하면 : 1874년(고종11) 6월 청나라 예부에서 비밀 자문(咨文)을 보내 와 일본이 조선으로 출병하려 하며 프랑스와 미국이 이에 가세하려 한다는 첩보를 알려왔을 때, 조선 조정은 6월 29일 대책을 논의하여 도해관을 파견해 일본의 정세를 탐문하기로 결정하였다.《承政院日記 高宗 11年 6月 29日》 그런데 이 논의가 당시까지 계속 이어지고 있었고, 좌의정 이최응이 도해관을 파견하여 서계 문제를 다시 논의하겠다는 뜻을 환재에게 전한 듯하다.

69 대마도는……없는데 : 일본은 1871년 7월 이른바 폐번치현(廢藩置縣)의 단행으로 대마도주의 직임이 일본 정부로 회수되었다. 여기서 태수는 대마도주를 가리킨다. 환재는 폐번치현한 상태에서 대마도에 도해관을 파견하는 것은 의미가 없는 것이라고 판단

것입니까? 강호(江戶 지금의 동경(東京))로 갈 것입니까? 그곳은 바로 외무성(外務省)이 있는 곳인데, 외무경(外務卿)을 만나려는 것입니까? 외무경을 만난다면 헤아려 결정할 일이 무슨 일입니까?

저들이[70] 만약 번잡한 경비를 꺼려 도해관을 보내기를 바라지 않고 시일을 끈다면, 일본에서 저절로 난(亂)이 일어나 관백(關白)이 다시 서고 대마주(對馬主)가 다시 설치되어 일마다 우리 뜻대로 되겠습니까. 지금 이렇게 시일을 끌고 느긋하게 세월만 보내려고 생각하고 있으니, 또 무엇 때문에 그런지 모르겠습니다.

별지

저들이 양복을 입고 연회에 참석하든, 양복을 입고 별견관을 만나든 우리가 꺼릴 것이 무슨 일입니까. 개가죽을 덮어쓰든 소가죽을 덮어쓰든 저들의 일인데, 우리가 왜 꼬투리를 잡아 그 옳고 그름을 따지겠습니까. 저들 말에 "서양인이라도 일본 옷만 입는다면 구애받지 않고 만나줄 것인가?"라고 한 말은 명언이라 할 만합니다. 공연히 이런 하찮고 자잘한 일에 구애되어 갈수록 갈등만 만들고 있으니, 무엇 때문에 이렇게 하시는지 모르겠습니다.

게다가 지난번 별견관을 보낼 때 "초기(草記)하여 공문(公文)을 보내라."고 하였는데, 저는 지금까지도 그것이 무슨 말인지 모르겠으며, "배척할 것은 배척하고 허락할 것은 허락하라."고

한 것이다.

70 저들이 : 여기서는 대마도를 말한다.

하신 것도 아직 무슨 말인지 모르겠습니다.

저들의 서계는 단지 제 나라의 제도를 변통하고 나서 이제부터는 외무성을 통해 서계를 보내며 우호를 맺겠다는 뜻일 뿐 애초에 어떤 일에 대해 조목을 나열한 것이 없는데, 배척해야 할 것은 무슨 일이고 허락해야 할 것은 무슨 일인지 모르겠습니다.

설령 배척하고 허락해야 할 일이 있더라도 이른바 별견관은 한 사람의 담당 역관〔任譯〕일 뿐입니다. 교린(交隣)처럼 중대한 일을 일개 역관에게 맡겨 배척과 허락을 일임하였으니, 이것이 무슨 말입니까. 스스로 우리 조정의 사체(事體)를 생각할 때 이처럼 경솔해서는 안 되니, 저들을 대함이 어떤지는 논할 것도 없이 스스로를 모욕하고 경시함이 이보다 심한 것은 없습니다.

또 "동래 부사가 받아 보고 답해 보내라."고 한 것은 무슨 말입니까? 저들이 외무경 명의로 우리의 예조 판서에게 보낸 서계를 한 변신(邊臣)인 동래 부사가 임의대로 답하여 보낸다면 저들을 대하는 도리가 아닌데, 저들이 과연 머리 숙여 공손히 받아가겠습니까.

공연히 별견관을 보내 또 하나의 문제를 만들었으니, 이것이 모두 시일을 지연시키려는 계책입니까? 아무리 생각해 보아도 끝내 이해할 수 없으며, 이와 같다면 모욕을 당하고 약함을 보이며 경시를 당하게 될 것임은 이미 더 말할 나위가 없습니다. 저들도 국가인데 어찌 신자(臣子)와 군민(軍民)이 없겠습니까. 더군다나 서양과 한편이 된 지 오래이니 그들이 분명히 이 일을 빌미로 사달을 만들리라는 것은 훤히 알 수 있습니다.

우리가 아무리 병사가 정예롭고 양식이 넉넉하다 하더라도 전쟁을 하는 것은 전쟁이 없는 것만 못한데, 하물며 지금의 모든 일에 무엇을 믿고 반드시 변란을 일으키고야 말려는 것입니까. 이것이 제가 밤낮으로 걱정하며 크게 탄식하는 것입니다.

모든 일은 반드시 의론이 하나로 귀결된 뒤에야 할 수 있습니다. 하물며 이러한 국가 대사를 어찌 합하(閤下)의 독단적 견해로 행해서야 되겠습니까. 반드시 위로는 성상의 허가를 얻어야 하고, 또 대원군 합하〔院閤〕의 자세하고 깊은 헤아림을 얻은 뒤에야 결정할 수 있습니다. 이것은 소생의 계책으로는 미칠 수 있는 것이 아니니, 어찌 감히 많은 말을 하겠습니까.

좌의정에게 답해 올리는 편지 5[71]
又

무진년(1868, 고종5)에 서계가 온 이래로 '황(皇)' 자 등을 가지고 꼬투리를 잡은 것은 우리나라에서의 논의였을 뿐이고, 저들과 말한 거부의 이유는 단지 '전례에 없던 바이다.〔前例所無〕'라는 말뿐이었습니다.

신미년(1871, 고종8) 이후에[72] 이르러서는 오로지 거절하는 것에만 뜻을 두었고, 또 '그들의 진술을 듣겠다.〔聽其陳述〕'고 하며 저들이 서양인을 끼고 와 교역하지는 않을까 염려하면서도, 또 한 번도 명확히 '황(皇)' 자를 거론해 말한 적은 없었습니다.

몇 년 전부터 비로소 호칭의 참람함을 문제삼았지만, 이 또한 엄한 말로 통렬히 질책한 적 없이 단지 '전례가 없다.〔無前例〕'는 말뿐이었습니다. 그러니 지금에 와서 비록 호칭의 참람함을 엄히 질책한다고 해도 저들이 "이것이 조선과 무슨 상관인가?"라고 말할 것이니, 그렇다면 이 말로 저들의 마음을 복종시킬 리 만무하고 단지 약한 나라가 두려워

71 좌의정에게……편지 5 : 내용으로 보아 앞의 편지와 비슷한 시기인 1875년(고종12) 7월 초에 보낸 편지로 보인다. 서계를 받지 않은 이유로 '황(皇)' 자와 '칙(勅)' 자의 용어 문제를 거론할 것이 아니라 팔호순숙(八戶順叔)이 중국 광동(廣東)에서 발행된 중외신문(中外新聞)에 기고한 내용을 활용하라고 주문하고 있다. 팔호순숙이 기고한 내용에 대해서는 200쪽 주16 참조.

72 신미년 이후에 : 일본이 신미년(1871) 7월 폐번치현(廢藩置縣)을 단행하여 대마도주의 직임을 회수하고 대조선 외교 사무를 외무성에서 직접 담당한 이후를 말한다.

하는 모습만 보일 뿐입니다.

8년이 아닙니다. 신문지(新聞紙)가 중국으로부터 온 것이 바로 정묘년(1867, 고종4)이니 지금까지 9년입니다.[73] 9년 동안 왜 따지지 않고 조용히 있다가 이제야 비로소 거론하는 것입니까. 결국 일본인이 이런 말을 한 것을 염려했기 때문에 이 초기(草記) 중에 필설(筆舌)을 더럽혀가며 한 번도 거론한 적 없던 말을 하게 된 것입니다.

이른바 '신문지'라는 것이 비록 서양인이 불분명한 전문(傳聞)을 잡다하게 기록한 것이기는 하지만, 만약 일본인에게 듣지 않았다면 그들이 무슨 이유로 이런 말을 했겠습니까. 신문지를 난잡한 기록이라고 하여 소홀히 여겨서는 안 됩니다. 중국인이 보고 여러 나라의 서양인들도 보았으니 이것이 어찌 작은 일이겠으며, 어찌 난잡한 기록이라고 하여 소홀히 여겨서야 되겠습니까.

말해도 소용이 없으니 함구하는 것이 좋겠습니다. 어찌 하겠습니까.

73 신문지(新聞紙)가……9년입니다 : 1867년(고종4)에 청나라에서 자문(咨文)과 함께 일본의 조선침략 계획설이 실린 신문을 조선에 보내온 것을 말한다. 팔호순숙의 정한론(征韓論)은 조선침략 그 자체보다 정한의 근거로 내세운 '조공 미시행'이 이후의 서계에 적힌 '황' 자와 '칙' 자의 글자와 연계되어 조선의 의구심을 증폭시켰다. 팔호순숙이 기고한 내용에 대해서는 200쪽 주16 참조.

좌의정에게 답해 올리는 편지 6[74]
又

내일 회의하려는 것은 다른 것이 아니라, 반드시 서울에서 관원을 보내 접견하여 저들의 터무니없는 말을 엄히 힐책해 그들의 굴복을 받아낸 뒤에 서계의 접수를 허락해 처리하는 일 때문입니다.[75]

이것은 국가 대사에 관계되니, 어찌 이처럼 급히 서둘러서야 되겠습니까. 여러 해 동안 서로 버티다가 지금에 와서 어찌 이처럼 급히 서둘러서야 되겠습니까.

소생은 지금껏 서계의 접수를 주장한 사람이니, 지금에 와서 이전의 견해를 바꾸는 것이 아닙니다. 어찌 헤아리지 않으심이 이와 같습니까. 바라건대 조금 더 참작해 헤아리심이 어떻겠습니까.

74 좌의정에게……편지 6 : 내용으로 보아 어전 회의가 열린 1875년(고종12) 7월 9일의 전날인 7월 8일에 작성한 편지로 보인다.

75 서울에서…… 때문입니다 : 서울에서 관원을 보내자는 것은 경접위관(京接慰官)을 파견하자는 말이다. 예조 참판 앞으로의 서계를 지참한 대차왜(大差倭)가 파견될 때 서울에서 문관을 파견하여 접대하는데 이를 경접위관이라 하고, 예조 참의 앞으로의 서계를 지참한 소차왜(小差倭)가 파견되면 동래부 주위의 지방관이 접대하는데 이를 향접위관(鄕接慰官)이라 한다. 또 '저들의 터무니없는 말'은 1867년 일본인 팔호순숙(八戶順叔)이 광동(廣東)에서 발행된 중외신문(中外新聞)에 기고한 내용을 말한다. 팔호순숙이 기고한 내용에 대해서는 200쪽 주16 참조. 환재는 별견역관 김계운의 파견이 실효를 거두지 못하자, 경접위관을 파견하여 조선이 일본의 서계를 접수하지 않은 이유가 팔호순숙의 발언에 있음을 분명히 밝힌 뒤 서계를 접수해야 한다고 주장한 것이다.

좌의정에게 답해 올리는 편지 7[76]

又

접위관(接慰官)[77]을 보내는 것이 안 될 것이 무엇이기에 어렵게 여기십니까. 저들이 오래도록 체류하고 있는데 우리가 파견한 사람은 별견역관(別遣譯官)에 불과하니, 저들은 결코 만나 주지 않을 것입니다. 저들의 마음은 반드시 예우가 박하다 하여 승복하지 않는 것이니, 지금 접위관을 보낸다면 저들은 반드시 머물러 기다리며 움직이지 않을 것입니다.

접위관 일행의 경비를 또 어찌 따질 필요가 있겠습니까. 저는 이 점에 대해 답답함을 금치 못하겠습니다. 결국 전쟁이 일어나고 만다면 그 비용이 어떻겠습니까. 비용으로 논하더라도 또한 같이 비교할 수 없음을 알 수 있는데, 무엇 때문에 이렇게 한 번 접위관을 보내는 것에 인색하신 것입니까.

76 좌의정에게……편지 7 : 앞 편지의 경접위관(京接慰官) 파견 주장에 이최응이 미온적 태도를 보이자 다시 보낸 편지로 보인다.

이최응은 접위관으로 양반을 파견하는 것은 격에 맞지 않다는 점, 접위관 파견에 많은 경비가 든다는 점 등을 이유로 경접위관 파견을 반대한 것으로 보이며, 이에 환재는 백성을 위한 일이라면 중국에서는 흠차대신(欽差大臣)의 파견도 꺼리지 않는다는 점 등을 거론하며 적극적 대응을 주문하였다. 그러나 환재의 경접위관 파견론은 수용되지 않았고, 1875년(고종12) 7월 9일의 어전회의에서는 삼산무가 서양복을 입고 동래부사가 베푸는 연향에 참여하되, 서계의 '황상(皇上)'이나 '칙(勅)' 등의 글자를 수정해 오도록 요구하는 것으로 결정하였다.

77 접위관(接慰官) : 239쪽 주75 참조.

당당한 양반이기 때문에 저들과 만날 수 없다는 것입니까. 만일 일이 생긴다면 도체찰사(都體察使)가 나가더라도 어찌 손댈 방법이 있겠습니까. 변방을 안정시키고 백성을 위무하는 등의 일은 중국에서는 흠차대신(欽差大臣)이 어느 곳이든 갑니다. 지금 소생을 보낸다고 해도 이 또한 사양하지 않겠습니다.

좌의정에게 답해 올리는 편지 8[78]

又

말씀하신 뜻은 자세히 알았습니다.

소생의 논의는 처음부터 서계를 받자는 주장이었습니다만, 지금 저들이 제멋대로 기세를 부린 뒤에 받는 것은 그 수치스러움을 다시 말할 수 없습니다. 그러므로 반드시 관리를 보내 정묘년(1867, 고종4) 신문지에 있는 놀랍고 원통한 터무니없는 말을 크게 꾸짖으시기를 바라는 것입니다.[79] -정묘년에 일본의 팔호순숙(八戶順叔)이 신문지에 기고한 글 가운데 우리나라를 무고하는 말이 많았다. 선생의 의도는 이것을 문제삼아 그동안 서계를 받지

78 좌의정에게……편지 8 : '저들이 제멋대로 기세를 부린 뒤'라는 표현을 볼 때, 이 편지는 운양호 사건 이후인 1875년(고종12) 9월경에 보낸 것으로 보인다.

1875년 6월 별견역관 김계운을 동래로 파견하여 일본과의 교섭을 진행하려했던 조정의 계획이 양복 착용 문제로 진전을 보지 못하자, 결국 7월 9일 어전회의에서 복제 문제를 일본에 양보하기로 최종 결정하였다.《承政院日記 高宗 12年 7月 9日》그러나 또 이번에는 일본 내부에서 좌대신(左大臣) 도진구광(島津久光)이 복제의 복구를 요구한 상황과 맞물림으로써 일본은 양복을 착용하라는 지시를 내리지 못하였고, 결국 조선과 일본 양측의 평화적 타협은 이루어지지 못했다. 이에 무력시위에 의존하게 된 일본이 운양호 사건을 일으키게 된다. 운양호는 1875년 8월 21일 강화도로 들어왔고, 8월 23일 영종성(永宗城)을 공격하여 방화한 뒤에 돌아갔다.《김흥수, 한일관계의 근대적 개편과정, 서울대학교출판문화원, 2009, 387~388쪽》

환재는 1867년 팔호순숙(八戶順叔)이 신문지에 기고한 내용을 거론하여 서계 접수를 거부한 원인이 일본 측에 있음을 밝혀 조선 조정의 체면을 세운 뒤에 서계를 접수하기를 요구하고 있다.

79 정묘년……것입니다 : 1867년 일본인 팔호순숙(八戶順叔)이 중국 광동(廣東)에서 발행된 중외신문(中外新聞)에 기고한 내용을 말한다. 200쪽 주16 참조.

않은 이유를 밝히려 한 것이다.- 저들이 반드시 겸손히 사죄한 뒤에 서계를 받는다면 그래도 체면을 잃지 않을 수 있습니다.

소생의 말은 이런 것일 뿐입니다. 그런데 지금 이 말을 가지고 소생이 입장을 바꾼 것으로 여기신다면 진실로 난감하니, 하량해 주심이 어떻겠습니까.

말해도 이로울 게 없으니 이제부터 입을 다물고 감히 더이상 세상일에 대해 말하지 않겠습니다. 오직 국가의 태평과 백성의 안락만을 축원할 뿐입니다.

좌의정에게 답해 올리는 편지 9[80]

又

합하(閤下)의 입론(立論)과 다르다는 점을 생각지 않고 "서계를 받는 것이 마땅하다."고 고집스레 극력으로 주장한 것이 어찌 소생이 이기기 위해 그런 것이었겠습니까. 그런데 그대로 시일만 끌다 마침내 오늘에 이르렀으니, 이미 소생이 아무리 말하더라도 도움이 못 되는 상황이 되었습니다.

그러나 소생은 미리 헤아려 본 바가 있었습니다. 저들이 방자하게 기세를 부려 우리가 마침내 서계를 받을 날이 올 것이며, 만일 그렇게 된다면 국가의 치욕은 더욱 크리라는 것이었습니다. 그러므로 정묘년(1867, 고종4)의 터무니없는 말[81]을 크게 꾸짖어 저들의 마음을 굴복시키고 사죄를 받은 뒤에 서계를 받는다면, 그사이 8, 9년 동안 서계를

80 좌의정에게……편지 9 : 서계의 접수를 허락하였다는 구절을 볼 때 1875년(고종12) 11월 15일과 11월 20일 사이에 보낸 것으로 보인다.

좌의정 이최응은 11월 15일에 일본 서계에 쓰인 '황상(皇上)'·'칙(勅)' 등의 문구를 문제삼지 말고 받아들일 것을 건의하였고, 11월 20일에는 영의정으로 제수되었다.《高宗實錄 12年 11月 15日·20日》 이최응의 서계 수용론은 결과적으로 환재의 주장이 관철된 것이지만, 환재가 원하는 형태의 서계 수용 방식은 아니었다. 처음에 환재는 조건 없는 서계 수용론을 주장했고, 서계에 사용된 용어 문제와 일본의 무력시위로 서계 접수가 지체되자 팔호순숙(八戶順叔)이 신문에 기고한 내용을 들어 서계 접수의 지체 사유를 일본 측에 명백히 해명한 다음 서계를 받아들일 것을 주장하였던 것이다.

81 정묘년의 터무니없는 말 : 1867년 일본인 팔호순숙(八戶順叔)이 중국 광동(廣東)에서 발행된 중외신문(中外新聞)에 기고한 내용을 말한다. 200쪽 주16 참조.

받지 않은 데 대한 분노도 다시는 드러내지 못할 것이며 따르기 어려운 요청도 감히 가벼이 발설하지 못하리라는 것이었습니다.

이런 내용으로 계책을 올렸지만 끝내 받아들여지지 않았고 마침내 아무 일도 없었다는 듯이 서계의 접수를 허락하였으니, 이것은 겁내는 모습이 아니겠습니까. 이 때문에 탄식이 끊이지 않아 저의 뜻을 말씀드렸던 것인데, 끝내 헤아려 주시지 않았고 단지 전후로 주장을 바꾸었다는 비난만 받게 되었습니다. 이에 말을 해도 소용이 없다는 것을 분명히 알았습니다.

이렇게 서계를 받는 것은 소생의 뜻이 아닙니다. 향후에 저들이 우리를 더 심하게 업신여겨 변경을 침범해 온다면, 그때는 서계를 받자고 주장한 사람에게 허물이 돌아올 것이 분명하니, 어찌 원통하지 않겠습니까. 이렇든 저렇든 간에 말을 해도 도움이 없다면 말을 하지 않는 것이 나으니, 이것이 감히 다시는 천하의 일을 말하지 않겠다는 이유입니다.

그런데 합하의 말씀이 이처럼 간절하니 사람이 목석이 아닌 이상 어찌 감명 받지 않겠습니까. 하지만 지금의 상황은 그저 묵묵히 기다려야지 다시 입을 놀려서는 안 되니, 저절로 깨달으시기를 기다릴 뿐입니다.

그러나 끝내 잊을 수 없는 것은 저 왜국(倭國)이 우리나라를 어떻게 여기느냐 하는 것입니다. 혹자는 "정묘년의 터무니없는 말은 잡기(雜記)나 야설(野說)에 불과해 시끄럽게 꾸짖을 것이 못 된다. 서계에 '황(皇)' 자와 '칙(勅)' 자를 쓴 것을 더 중요한 문제로 여기는 것만 못하다."라고 합니다.

저는 그렇게 생각하지 않습니다. 저들이 이미 터무니없는 말을 만들어 낸 뒤에 서양인에게 퍼뜨리고 신문지에 기재하였고, 중국에 유입되어 마침내 예부(禮部)에서 자문(咨文)을 보내는 데 이르렀으니, 그렇다면 이 일의 놀랍고 억울함이 어찌 역사서에 기재(記載)된 것과 다르겠습니까.

사리로 말하면 그때 즉시 서계(書契)를 보내 일본을 꾸짖는 일을 그만두어서는 안 되었는데[82] 지금까지 거행조차 하지 않았으니, 실로 잘못된 계책입니다. 우리나라가 무함을 받은 것이 저들 스스로 제 임금을 '황(皇)' 자와 '칙(勅)' 자로 높인 것과 비교한다면 과연 어떠합니까. 저것을 중시하여 의리로 여기고 이것을 경시하여 분별할 것도 없다고 하니, 소생은 진실로 이해할 수 없습니다.

이제는 이미 어쩔 수 없는 지난 일이니 말해도 소용이 없습니다. 하지만 이처럼 좋은 명분과 좋은 기회를 잃었는데, 만약 서계를 받겠다는 답서에서 비로소 이 일을 꾸짖는다면 쓸데없는 말이 되어 끝내 타결될 날이 없을 것이니, 소생은 또 옳은 일인지 모르겠습니다. 단지 번민하며 천지(天地)와 조종(祖宗)의 도움을 묵묵히 바랄 뿐입니다.

82 즉시……되었는데 : 당시에 서계를 보내지 않은 것은 아니었다. 조선에서는 팔호순숙(八戶順叔)의 정한론(征韓論)을 거짓으로 날조한 황당한 이야기로 규정하고 이에 대한 해명을 요구하였다. 다만 환재는 '고대로부터 일본에 조공하였고, 조선이 5년마다 조공을 해왔는데 이를 지키지 않아 공격하려 한다.'는 팔호순숙의 주장을 명백하게 반박하지 않고 넘어간 것을 문제삼은 것이다. 《김흥수, 한일관계의 근대적 개편과정, 서울대학교출판문화원, 2009, 110~112쪽》

잡문雜文

인가에 소장된 송나라 고종의 서축에 대해 변증한 글[83]
辨人家所藏宋高宗書軸

송나라 고종(高宗)의 어서(御書) 〈계첩(禊帖)〉[84] 말미에 붙은 마화지(馬和之)의 〈난정수계도(蘭亭修禊圖)〉[85]에 순희(淳熙) 4년(1177) 덕

83 인가에……글 : 환재의 서화 감식안을 살펴볼 수 있는 글로, 언제 지은 것인지는 알 수 없다. 하지만 《환재집》의 작품 배열이 대체로 시대 순으로 된 점, 이 글 바로 뒤에 나오는 〈연경에 들어가는 이에게 준 서문〉이 1832년(순조32)에 지어진 것이 밝혀져 있는 점 등을 감안하면, 환재의 26세 이전 작품으로 추정된다.

환재는 송나라 고종의 서축(書軸)에 찍힌 낙관(落款)을 근거로 인물들의 행적을 추적하여 이들이 동시에 연회를 펼치는 것은 시기상 불가능함을 밝혀, 위조된 작품임을 증명하였다. 또 중국 소주(蘇州) 지역에서 위조된 작품이 많이 유통되지만 그 수준이 졸렬하여 판별하기 어렵지 않다는 언급을 통해 환재의 수준 높은 서화 감식안을 짐작해 볼 수 있다.

84 송나라……계첩(禊帖) : 송나라 고종이 임서(臨書)한 왕희지(王羲之)의 〈난정서(蘭亭序)〉를 말하는데, 〈계첩〉은 〈난정서〉의 별명이다. 송나라 고종은 글씨에 뛰어났고 특히 행서와 초서에는 일가의 풍격을 이루었다. 저서로 《한묵지(翰墨志)》가 있으며 유묵(遺墨)으로 〈초서낙신부(草書洛神賦)〉 등이 전한다. 고종의 서체에 가장 큰 영향을 미친 것이 왕희지의 〈난정서〉라고 한다. 《莫家良, 蘭亭序與宋高宗, 華人德・白謙愼 主編, 蘭亭論集, 蘇州大學出版社, 2000》

수궁(德壽宮)에서[86] 시연(侍宴)한 여러 신하의 서명이 있는데, '좌복야(左僕射) 진준경(陳俊卿)[87]·우복야(右僕射) 우윤문(虞允文)[88]·지각(知閣) 장륜(張掄)[89]·보모각 학사(寶謨閣學士) 양만리(楊萬里)[90]. 남헌 선생(南軒先生)[91]이 우문전 수찬(友文殿修撰)으로 참여하였다.' 라고 되어 있다. 글씨와 그림이 자못 정밀하고 또 여러 공의 관기(款記 낙관(落款))가 있어 덕수궁의 진적(眞跡)인 듯하니, 진귀한 완상물이라고 할 만하다.

85 마화지(馬和之)의 난정수계도(蘭亭修禊圖) : 마화지는 남송 때의 궁정 화가로 전당(錢塘) 사람이다. 고종 소흥(紹興) 연간에 과거에 급제하였고 병부 시랑을 지냈다는 설이 있다. 대표적인 작품으로는《모시(毛詩)》300편을 한 편에 한 폭씩 그린 〈모시도(毛詩圖)〉가 있다. 그의 작품에서 〈난정수계도〉는 확인하지 못했다.

86 순희(淳熙) 4년 덕수궁(德壽宮)에서 : 순희는 송나라 효종(孝宗)의 연호이다. 덕수궁은 원래 송나라 고종이 진회(秦檜)에게 내린 저택인데, 뒤에 덕수궁으로 개칭하였으며 고종이 퇴위한 뒤 이곳에 거처했다고 한다. 지금의 절강성(浙江省) 항주(杭州)에 그 유허가 남아 있다.

87 진준경(陳俊卿) : 1113~1186. 자는 응구(應求)이고, 시호는 정헌(正獻)이다. 송나라 효종 때 상서 우복야(尙書右僕射)를 지냈고 승상에 올랐다. 인재 등용과 군비(軍備) 강화에 힘쓴 충신이다. 주희(朱熹)가 행장을 지었다.

88 우윤문(虞允文) : 1110~1174. 자는 빈보(彬父)이고, 시호는 충숙(忠肅)이다. 송나라 고종(高宗) 때 중서사인(中書舍人) 등을 지내고 효종(孝宗) 때 태평 지주(太平知州) 등 여러 관직을 거쳐 좌승상(左丞相)에 오르고 옹국공(雍國公)에 봉해졌다.

89 장륜(張掄) : 자는 재보(才甫), 호는 연사거사(蓮社居士)이다.

90 양만리(楊萬里) : 1127~1206. 송나라 효종 때의 관인이자 시인으로, 자는 정수(廷秀), 호는 성재(誠齋)이다. 저서로《성재역전(誠齋易傳)》《성재집(誠齋集)》이 있다.

91 남헌 선생(南軒先生) : 장식(張栻, 1133~1180)으로 남헌은 그의 호이고, 자는 경부(敬夫)·흠부(欽夫)·낙재(樂齋)이다. 저서에《논어해(論語解)》《맹자해(孟子解)》《남헌역설(南軒易說)》등이 있다.

그런데 알 수 없는 것은 진준경과 우윤문 두 공이 나란히 복야로 재직한 것은 건도(乾道) 5년(1169)이라는 사실이다. 그 이듬해 진공(陳公)은 먼저 파직되었다가 몇 년 지나지 않아 상서 좌우복야(尙書左右僕射)로 개차(改差)되고 좌우 승상(丞相)이 되었으며, 우공(虞公) 역시 파직되어 사천 선무사(四川宣撫使)가 되었다가 순희(淳熙) 원년(1174)에 사천에서 세상을 떠났다.

이 그림에 기록된 덕수궁의 연회는 바로 순희 4년의 일이니, 그렇다면 두 공 중 한 사람은 파직되고 한 사람은 세상을 떠난 지 각각 8년과 4년이나 지난 때이고 관명 역시 이미 바뀌었으니, 어찌 좌우복야로 일컬으며 연회에 참석해 서명할 수 있겠는가.

처음과 끝에 어서인(御書印)이 둘이고 소흥(紹興) 연호를 쓴 소인(小印)이 둘이며 태상황제보(太上皇帝寶)가 하나이다.

금창(金閶)의 교묘한 재주꾼들에게 이런 가짜 작품이 많이 있지만[92] 많아지면 질수록 그 졸렬함을 숨길 수가 없으니, 사람의 눈을 현혹시키기에 부족하다.

92 금창(金閶)의……있지만 : 금창은 소주(蘇州)의 별칭인데, 이 지역에서 서화(書畫)의 위조품이 많이 생산되었다고 한다. 《연암집(燕巖集)》 권3 〈필세설(筆洗說)〉에도 우리나라 사람들이 수장한 서화에 금창의 위조품이 많다고 한 내용이 보인다.

연경에 들어가는 이에게 준 서문[93] 임신년(1832, 순조32)

贈人入燕序 壬辰

선비가 이별할 때 권면의 말을 해주는 것은 옛날의 도이다. 그 말은 꾸밀 필요 없이 실상에 맞게 할 뿐이며, 그 글은 과장할 필요 없이 뜻을 통하게 할 뿐이다. 그런데 그대의 이번 걸음에 대해 나는 아직 그대가 지닌 뜻의 실상을 자세히 알지 못하기에 말을 해줄 수 없다.

큰 도시에서 많은 사람의 행동을 관찰해보면, 단칠(丹漆)과 교각(膠角)[94]을 만나 살펴보는 사람은 반드시 좋은 활장이이고, 감수(鑑燧)와 오금(五金)의 배합[95]을 살펴보는 자는 반드시 좋은 대장장이이며, 주

93 연경에……서문 : 1832년(순조32)에 연행을 떠나는 사람에게 지어준 작품으로 당시 환재의 나이는 26세였다. 누구를 대상으로 지은 작품인지는 알 수 없다.

환재는 모든 사람은 평소 자신이 익힌 일에 관심을 가지게 된다는 전제하에, 제왕의 도읍과 천하의 사대부들이 모인 곳을 둘러보며 식견과 안목을 넓혀서 돌아와 자신에게 이야기 해 줄 것을 당부하였다. 또 그 이야기를 통해 연행을 앞두고 만면에 희색을 띤 이유를 확인해 보겠노라고 하였다.

94 단칠(丹漆)과 교각(膠角) : 단칠은 붉은 빛을 띠는 옻나무를 말하고, 교각은 아교로 사용하는 뿔을 말한다. 둘 다 활을 만들 때 사용되는 물건이다.

95 감수(鑑燧)와 오금(五金)의 배합 : 감수는 일종의 부싯돌로 주석(朱錫)과 쇠의 비율을 1 : 1로 합해서 만든 것이다. 오금은 다섯 가지의 금속으로 금・은・동・철・주석을 말한다. 배합으로 번역한 부분의 원문은 '齊'인데, 제는 합금을 만드는 육제(六齊)를 의미하며, 주석과 쇠의 합금 비율에 따라 주조하는 기물을 6개로 분류한 것이다. 주석과 쇠의 비율이 1 : 6인 것은 종과 솥을 만드는 종정제(鍾鼎齊), 1 : 5인 것은 도끼를 만드는 부근제(斧斤齊), 1 : 4인 것은 창을 만드는 과극제(戈戟齊), 1 : 3인 것은 칼을 만드는 대인제(大刃齊), 2 : 5인 것은 화살을 만드는 삭살시제(削殺矢齊), 1 : 1인

기(珠璣)와 금계(錦罽)와 우취(羽翠)와 문병(文屛)[96]을 살펴보는 자는 반드시 괴상한 복장을 꾸며 스스로 좋아하는 자이다.

이는 다른 이유가 아니라 익힌 일과 전념하는 뜻과 좋아하는 성품이 각각 다르기 때문이다. 백공(百工)이 물건을 쌓아 두는 것도 이와 같고, 문장을 짓기 위해 책 속에서 소재를 취하는 것도 이와 같으며, 널리 보고 멀리 유람하여 산천과 인물을 논하는 것도 이와 같다. 동류끼리 모이고 무리로 나뉘어져 그 취향이 만 가지로 다르니, 소리와 기운에 감응하여 자신과 같은 것을 찾는다.[97]

떠나려 하는 그대의 얼굴빛을 보건대 뛸 듯이 스스로 이기지 못하는 희색(喜色)이 있으니, 나는 이것이 의무려산(醫巫閭山)의 순우기(珣玗琪)[98]를 구하려는 것인지, 유주(幽州)와 병주(幷州)의 예리한 칼과 활과 수레[99]를 구하려는 것인지 모르기에 말을 할 수 없다.

것은 부싯돌을 만드는 감수제(鑒燧齊)라고 한다.《周禮 冬官考工記 築氏, 冶氏》

96 주기(珠璣)와……문병(文屛) : 주기는 주옥(珠玉), 금계는 비단이다. 또 우취는 취우(翠羽) 즉 비취새의 깃털을 말하는 듯하며, 문병은 아름답게 장식된 휘장을 말한 것으로 보인다.

97 소리와……찾는다 : 《주역》 〈건괘(乾卦) 문언전(文言傳)〉에 "같은 소리끼리 서로 호응하고 같은 기운끼리 서로 찾는다.〔同聲相應, 同氣相求.〕"라고 한 말을 원용한 표현이다.

98 의무려산(醫巫閭山)의 순우기(珣玗琪) : 의무려산은 만주(滿洲) 요령성(遼寧省) 북진현(北鎭縣) 서쪽에 있는 산이다. 순우기는 옥돌의 이름인데, 《설문해자(說文解字)》 〈옥부(玉部)〉에 "의무려산에서 나오는 순우기라는 옥돌은 《주서(周書)》에서 말한 이옥(夷玉)이다."라고 하였으며, 《서경》 〈고명(顧命)〉의 주에 "이옥(夷玉)은 동방의 순우기이다."라고 하였다.

99 유주(幽州)와……수레 : 유주와 병주는 춘추(春秋) 시대 연(燕)나라와 조(趙)나라 지역에 해당한다. 이 지역에는 예로부터 기절을 숭상하고 유협(遊俠)을 일삼았으므

군자는 방에 앉아 말을 해도 천리 밖에서 호응하는데,[100] 하물며 그대는 제왕의 도읍과 천하의 사대부들이 모인 곳을 둘러볼 것이니 말해 무엇하겠는가.

나는 그대가 눈을 붙이고 마음을 내달릴 것이 어떤 것인지, 어울려 만날 자들이 어떤 이들인지 아직 모른다. 그대가 돌아오기를 기다려 자세히 물으려하니, 우선 빈말로 권면하지 않는다.

로 이렇게 표현한 것이다.

100 군자는……호응하는데 : 《주역》 〈계사전 상(繫辭傳上)〉에 "군자가 평소에 방에 앉아 말을 하더라도 그 말이 선하면 천리 밖에서도 호응한다.〔君子居其室出其言, 善則千里之外應之.〕"라는 구절이 있다.

《도선암시고》의 발문[101]

逃禪菴詩稿跋

전군 문조(全君文祖)가 그의 왕부(王父) 도선암(逃禪菴)의 시고를 모아 가지고 와서 나에게 보여주며 한 마디 말로 뒤에 발문을 써 달라고 부탁하였다.

나는 진시관풍(陳詩觀風)[102]의 정사가 폐기되어 정치와 교화의 잘잘

101 도선암시고의 발문 : 영조(英祖) 때 활동한 여항(閭巷) 시인 전홍서(全弘敘)의 시집에 써 준 발문으로, 여항 문학에 대한 환재의 관심과 이해 수준을 보여준다. 작품을 지은 시기는 분명하지 않지만, 침계(梣溪) 윤정현(尹定鉉, 1793~1874)이 지은 〈도선암시고의 서문〔逃禪菴詩藁序〕〉이 1850년대 말에서 1860년대 초에 지어진 것으로 추정되므로, 환재의 이 글 역시 비슷한 시기에 지어진 것으로 보인다.

도선암(逃禪菴)은 전홍서의 호로, 본관은 옥천(沃川), 자는 천여(天與)이다. 영조(英祖) 때 활동한 여항 시인이다. 《이향견문록(異鄕見聞錄)》에 그의 시 〈원일문신계(元日聞晨鷄)〉와 〈전가락(田家樂)〉이 소개되어 있는데, 이름이 김홍서(金弘敘)로 잘못 기재되어 있다. 《풍요삼선(風謠三選)》과 《대동시선(大東詩選)》에도 작품이 수록되어 있다. 손자 전문조(全文祖)가 그의 시집을 간행하면서 환재에게 발문을 청하였다. 환재는 '진시관풍(陳詩觀風)'의 전통은 사라졌지만 정치의 득실과 민생의 고락을 표현한 《시경(詩經)》의 정신이 후대에도 면면히 계승되었다고 하면서, 누항(陋巷)의 가난한 선비들이 울분을 표출한 시를 보면 《시경》의 시와 마찬가지로 그 사람됨을 알 수 있고, 그 시대상을 논할 수 있다고 하였다. 이어 환재는 유가의 정통적 문학론에 입각하여 신분 제한에 따른 불평불만을 절도 있게 표현한 점에서 전홍서의 시를 높이 평가하였다. 환재의 이런 태도는 여항한시를 《시경》의 전통 속으로 끌어들임으로써 여항한시에 잠재해 있는 체제비판적 성향을 순화하고자 한 것이라고 볼 수 있다. 《梣溪遺稿 卷4 逃禪菴詩藁序》《김명호, 환재 박규수 연구, 창비, 2008, 617~619쪽》

102 진시관풍(陳詩觀風) : 주(周)나라 때 채시관(采詩官)을 파견하여 각 제후국의 시를 채집한 뒤 진헌(進獻)하게 하고 시의 내용을 통해 풍속을 살핀 것을 말한다. 《예기

못과 민생의 고락(苦樂)을 상고할 수 없게 되었다고 생각한다. 그렇지만 시(詩)의 법도는 폐기된 적이 없었기에 한(漢)나라와 위(魏)나라 이후 여러 작자들은 자신이 만난 시대와 처한 상황 및 지닌 뜻과 느낀 감정을 왕왕 진술할 수 있었다. 그리고 궁색한 집과 누추한 여항에 살며 마음에 맺힌 바를 언어로 표현한 선비가 있어 그 근심, 기쁨, 원망과 풍자〔怨刺〕, 풍간과 찬미〔諷美〕를 통해 사람을 살피고 세상을 논할 만한 것이 있었다. 그런데 도리어 잘린 문장이나 몇 권의 책마저도 간혹 인멸되어 전하지 않으니 참으로 애석하다.

나는 본래 시에 능하지 못하고 또 성률(聲律)에도 익숙지 않아 고금 사람들의 시집을 읽을 때마다 깊이 이해하지는 못하지만, 또한 경운(慶雲)과 격양(擊壤)의 노래[103]에 고무되고 북풍(北風)과 우설(雨雪)의 심사[104]에 처연하지 않은 적이 없었으니, 시의 도가 뜻을 감발시키고

(禮記)》〈왕제(王制)〉에 "태사에게 시를 진헌하게 하여 백성의 풍속을 살핀다.〔命大師陳詩, 以觀民風.〕"라고 하였다.

103 경운(慶雲)과 격양(擊壤)의 노래 : 태평 시대를 읊은 시를 말한다. 경운(慶雲)은 경운(卿雲)과 통용되는 말로 상서로운 구름을 뜻하는데, 순 임금이 우(禹)에게 선위(禪位)할 때 백관들이 함께 불렀다는 〈경운가(卿雲歌)〉를 말한다. 그 노래에 "상서로운 구름 찬란함이여, 서로 얽혀 느리게 흘러가도다.〔卿雲爛兮, 糺縵縵兮.〕"라고 하였다. 《尙書大傳 卷1》 격양(擊壤)은 요 임금 때 어떤 노인이 지었다는 〈격양가(擊壤歌)〉로, "해가 뜨면 일어나고 해가 지면 쉬면서, 샘 파서 물 마시고 밭 갈아서 밥 먹나니, 임금님의 힘이 나에게 무슨 상관이랴.〔日出而作, 日入而息, 鑿井而飮, 耕田而食, 帝力於我何有哉!〕"라는 내용이다. 《藝文類聚 卷11》

104 북풍(北風)과 우설(雨雪)의 심사 : 망해 가는 나라와 변방에 수자리를 살러 가는 사람들의 심사를 읊은 시를 말한다. 《시경》〈북풍(北風)〉은 나라가 망하려고 하자 조정의 신하들이 서둘러 떠나는 것을 읊은 시인데, 그 시에 "북풍이 싸늘히 불더니 눈이 펄펄 날리네. 사랑스럽게 나를 좋아하는 이와 손잡고 함께 가리라. 여유 부리며

득실을 살필 수 있게 하는 것[105]은 고금의 차이가 없기 때문이다.

지금 저 도선옹이 지은 시 또한 궁색한 집과 누추한 여항에 살며 마음에 맺힌 바를 언어로 표현한 것이다. 그렇지만 온후(溫厚)하고 화평(和平)하여 초췌하거나 처량한 말이 없고, 넉넉하고 아름다워 날카롭고 괴이한 말이 없다. 이와 같은 것은 어찌 만난 시대가 태평하고 민정(民情)이 화락하여 이목이 듣고 보는 것과 심지(心志)가 감발하는 것이 기약하지 않고도 절로 그렇게 되어서가 아니겠는가. 또 일신의 영욕이 생길 때마다 기뻐하거나 슬퍼한 적이 없었으니, 그렇다면 또한 작자의 성정을 살피기에 충분하다.

이 시고가 전해질지 아닐지는 내 진실로 알지 못하지만, 만약 다행히 전해진다면 후세의 이 시고를 보는 사람들은 옹이 간직한 뜻과 살았던 세상이 과연 어떠했는지를 거의 알 수 있을 것이다.

시고는 모두 4권인데, 잡문(雜文) 약간 편을 붙여 도합 5권으로 만들었다.

문조(文祖)는 연로하도록 《주역(周易)》을 좋아하여 연구를 게을리

천천히 할 수 있겠는가, 일이 이미 다급해졌는데.〔北風其涼, 雨雪其雱. 惠而好我, 攜手同行. 其虛其邪? 旣亟只且.〕"라고 하였다. 또 《시경》 〈채미(采薇)〉에 "예전에 내가 출정할 적엔 버들이 늘어졌는데, 지금 내가 돌아올 때에는 함박눈이 펑펑 내리네.〔昔我往矣, 楊柳依依, 今我來思, 雨雪霏霏.〕"라고 하였는데, 이것은 수자리 살러 가는 사람들을 떠나보낼 때 그들을 위로하며 부른 노래로 마지막 구절에서 제목을 취해 우설가(雨雪歌)라고 부른다.

105 시의……것 : 공자가 제자들에게 시의 효용을 말하면서, "너희들은 어찌 시를 배우지 않느냐? 시는 뜻을 감발시킬 수 있고, 득실을 살필 수 있으며, 무리와 어울릴 수 있으며, 원망할 수 있다.〔小子何莫學夫詩? 詩, 可以興, 可以觀, 可以群, 可以怨.〕"라고 하였다. 《論語 陽貨》

하지 않는 데다 선조의 원고를 수습한 것이 또 이와 같으니, 아마도 이 시고가 후세에 전해질 것임은 의심할 것이 없다.

안주 백상루의 중수기[106] 남을 대신해 짓다

安州百祥樓重修記 代人作

절도사(節度使) 평강(平康) 채공(蔡公)이 관서(關西)의 병마(兵馬)를 다스리며 안주(安州) 군영에 주둔한 이듬해에,[107] 병기를 수선하

106 안주 백상루의 중수기 : 1871년(고종8) 5월 이후 어느 시점에 영유 현령(永柔縣令) 이경로(李敬老)를 대신하여 지은 글로 보이는데, 환재가 평안도 관찰사에서 해임된 이후였다.

이경로를 대신해 글을 짓게 된 이유는 환재에게 평안도 안주의 백상루가 남다른 의미를 가진 곳이기 때문인 것으로 보인다. 환재가 1861년(철종12) 열하 문안사(熱河問安使)로 북경에 가는 도중 아우 박선수(朴瑄壽)에게 보낸 편지에서, "내일은 안주에 도착할 것이니, 백상루에 올라 북해공(北海公)을 회고할 것이네."라고 한 바 있다. 북해공은 조종영(趙鍾永, 1771~1829)으로, 본관은 풍양(豊壤), 자는 원경(元卿)이고, 북해는 그의 호이다. 환재의 재능을 알아보고 많은 나이 차이에도 불구하고 망년지교(忘年之交)를 맺었던 인물로, 1810년(순조10) 11월부터 1811년까지 안주 목사로 재임하였으며, 환재는 조종영의 제문을 짓기도 하였다. 이런 인연으로 백상루를 중수하자 이에 기문을 대신 지었던 것으로 보인다. 《瓛齋集 卷8 與溫卿 10》

글의 서두에서 채동건(蔡東健)과 김석근(金奭根)이 백상루를 중수한 과정을 간략히 서술하고, 정치적 안정과 경제적 여유가 있어야만 누각을 중수할 수 있다는 점을 들어 평안도를 다스리는 두 사람의 치적을 칭찬하였다. 이어 안주(安州)의 지리적 중요성을 언급한 뒤, 백상루에 올라 맞이하게 될 여러 상황을 나열하였다. 특히 장군과 수령에게 백상루에 올라 변방 병졸들의 고생과 가난한 백성들을 염려하고 자신에게 임무를 맡긴 임금을 생각하여, 단순히 음풍농월하는 장소로 만들지 않기를 당부하였다.

107 절도사(節度使)……이듬해에 : 절도사는 채동건(蔡東健, 1809~1880)을 가리키는데, 평강은 그의 본관이고, 자는 순여(順汝)이다. 음보로 무관에 등용되었고, 경상우도 병마절도사(慶尙右道兵馬節度使)・개성부 안무사(開城府按撫使)를 거쳐 형조 판서에까지 올랐다. 1869년(고종6)에 평안도 병마절도사로 임명되었는데, 평안도 병마절

고 군실(軍實 병기와 군량)을 모아 군수(軍需)를 넉넉히 갖추니 성루가 더욱 빛이 났다.

그리고 마침내 안주 목사 김후 석근(金侯奭根)[108]과 상의하기를, "백상루(百祥樓)는 고려 시대의 유적이자 서주(西州 평안도)의 명승인데 높고 훌륭한 건축과 대단한 구경거리가 시간이 갈수록 기울고 무너져 위태로우니, 중수하지 않아서는 안 됩니다."라고 하였다.

이에 목재를 모으고 장인(匠人)을 갖추어 넉넉한지 부족한지를 헤아렸다. 또 그 이듬해인 신미년(1871, 고종8) 초봄에 공사를 시작하여 5개월 만에 옛 모습을 다 회복하였으니, 날개를 펼친 것은 날아갈 듯한 추녀와 높이 솟은 서까래요, 광채가 나는 것은 붉은 기둥과 채색 난간이다.

모월 모일에 빈료(賓僚)를 모아 술자리를 마련하고 낙성식(落成式)을 거행하니, 영유 현령(永柔縣令) 이모(李某)[109]는 예법으로 보아 마땅히 축하하는 말이 있어야 할 것이다. 더구나 이 사실을 기록한 글을 절도공(節度公)에게 부탁 받기까지 하였음에랴.

일찍이 듣건대 누대와 정자가 완성되고 무너짐은 또한 정술(政術)과 치리(治理)의 성쇠나 잘잘못과 관련이 있다고 한다. 진실로 지극히 충분해야 아름답게 꾸미는 일을 거행할 수 있고 여유가 있은 뒤에야

도사의 병영(兵營)이 안주에 있었다. 《高宗實錄 6年 4月 3日》

108 김후 석근(金侯奭根) : 1820~?. 본관은 안동, 자는 보여(保汝)이다. 1844년(헌종10)에 진사시에 급제하였고, 청도 군수(淸道郡守)·상주 목사(尙州牧使) 등을 거쳐 1870년(고종7)에 안주 목사에 임명되었다.

109 영유 현령(永柔縣令) 이모(李某) : 이경로(李敬老)를 가리키는데, 1868년(고종5)에 부임하였다. 《外案考 卷7 平安道 永柔縣令》

한가롭게 즐기는 즐거움을 누릴 수 있기 때문이다.

무릇 백성과 국가, 공사(公私) 간에 이처럼 지극히 만족스러움에 이른 것은 필시 올바른 도가 있어서이고, 이처럼 여유로움에 이른 것은 반드시 올바른 정사가 있어서이다. 그렇다면 누대와 정자의 완성과 무너짐으로써 정치의 성쇠와 잘잘못을 논하는 것이 또한 마땅하지 않겠는가.

아아! 이 백상루가 거의 부서졌다가 다시 일어서고 허물어졌다가 재차 온전해진 것은 어찌 오늘을 기다려서가 아니겠는가. 그런데도 내가 감히 과장해 서술하지 않는 것은 과장과 아첨을 싫어해서이고 대수(大帥)와 명부(明府)[110]가 그런 말을 듣기 좋아하지 않기 때문이다.

발해(渤海)를 내려다보고 말갈(靺鞨)과 닿으며, 요동(遼東)・계주(薊州)와 통하고 산수(滻水)・패수(浿水)를 차지하여 이 때문에 요충지가 된 것, 이것이 안주의 형승(形勝)이다. 백년 동안 태평하여 봉화대(熢火臺)가 오래도록 싸늘하니 누각에 올라 사방을 둘러보며 반드시 깊이 시를 읊으며 생각하는 자가 있을 것이다.

들판이 묵혀졌는지 개간되었는지를 살펴보고 마을[閭井][111]이 모여 있는지 흩어져 있는지를 분별할 것인데, 배와 수레의 운행, 돈과 곡식의 유통, 농・공・상・고(農工商賈)가 생업을 즐기며 일하는 것, 도시의 남녀들이 가무로 즐겁게 노니는 것의 번화함과 쇠잔함은 때에 따라

110 대수(大帥)와 명부(明府) : 대수는 군대를 통솔하는 대장군을 말하는데 여기서는 병마절도사 채동건을 가리킨다. 명부는 지방 장관의 별칭으로 여기서는 안주 목사 김석근을 가리킨다.

111 마을 : 원문에는 '閭幷'으로 되어 있으나, 문맥을 고려해 수정하여 번역하였다. 여정은 동네, 마을을 뜻한다.

간혹 다르니, 누각에 올라 사방을 둘러보며 반드시 깨닫고서 헤아리는 사람이 있을 것이다.

간혹 별과 달이 맑고 깨끗해 성 주변에서 서리를 노래하고[112] 돌아가는 기러기와 떨어지는 잎이 사람의 마음을 흔들어 장군이 잠 못 들고 태수가 뒤척일 때, 또 간혹 삭풍(朔風)이 솜을 꺾고[113] 큰 눈이 땅에 가득하여 얼음 산과 은빛 바다에 사람이 끊어지며 원문(轅門 군문(軍門))에 딱따기가 고요하고 촌락(村落)에 밥 짓는 연기가 쓸쓸할 때, 이런 때에 누각에 올라 사방을 돌아보면, 염소 고기와 맛난 술로 담비 옷 입은 여인을 끼고서 칼을 매만지던 가슴을 씻고 술항아리 두드리는 노래〔擊壺之歌〕[114]를 도움이 없지 않을 것이다.

오직 변방의 수자리 서는 병졸 가운데 추워도 옷을 입지 못하는 자가 몇이나 되고 가난한 집 곤궁한 백성 중에 굶주리며 밥을 먹지 못하는

112 성……노래하고 : 원문은 '城角吟霜'인데, 주희(朱熹)의 〈연평의 수남에 있는 천경관에서 밤에 짓다〔延平水南天慶觀夜作〕〉라는 시에 "성 주변에서 서리를 노래하니 밤새도록 맑구나.〔城角吟霜永夜淸.〕"라는 구절이 있다. 《晦庵集 卷9》

113 삭풍(朔風)이 솜을 꺾고 : 모진 추위를 의미한다. 솜을 꺾는다는 것은 강추위에 솜옷이 얼어붙어 부딪치면 꺾이기 때문에 생긴 말이다. 삼국 시대 위(魏)나라 완적(阮籍)의 〈대인선생가(大人先生歌)〉에 "따스한 양기 미약하고 음기가 극도로 심하니, 바다가 얼어 흐르지 않고 옷 솜이 꺾이네.〔陽和微弱陰氣竭, 海凍不流綿絮折.〕"라고 한 데서 나왔다. 《漁隱叢話 後集 卷32》

114 술항아리 두드리는 노래 : 술병을 두드리며 호방하게 부르는 노래를 말한다. 진(晉)나라 왕돈(王敦)이 항상 술을 마신 후 조조(曹操)의 "늙은 말 마구간에 엎드렸지만 천리 달릴 뜻 여전하네. 열사는 나이가 많아도, 장대한 뜻 끝이 없네.〔老驥伏櫪, 志在千里. 烈士暮年, 壯心不已.〕"라는 시구를 노래하며 침 뱉는 병을 두들겨 박자를 맞추니 그 병이 온통 흠집투성이가 되었다고 한다. 《晉書 卷98 王敦列傳》

자가 몇이나 될까 개탄스런 생각에 일어나 방황하면서, 찬란하게 빛나는 북두성(北斗星)을 우러러 보며 옥 같은 누각에 부모가 매우 가까이 계심을 생각한다면,[115] 비로소 장수와 목사와 수령으로 이 누각에 오르는 것은 또한 소인(騷人)과 묵객(墨客)이 마음껏 구경하며 가슴 씻음을 즐겁게 여기는 것과 다름을 알 것이다.

크고 아름답고 시원스레 툭 트인 누각과 계절에 따라 천변만화하는 경물과 맞이하고 보내는 수레와 거마에 대해서는 여기에 자세히 서술하지 않는다.

구전(舊傳)에 따르면 누각은 고려 충숙왕(忠肅王) 때 건립되었다고 한다. 누각 이름을 '백상(百祥)'이라 한 것은 복을 내려달라고 기원하는 말일 것이니, 또한 이른바 '선을 행하면 하늘이 온갖 복을 내려준다.'[116]는 것이리라.

115 옥……생각한다면 : 지방관으로서 임금을 생각한다는 의미인 듯하다. 원문은 '瓊樓玉宇父母孔邇'이다. 경루옥우는 원래 달 속에 있다는 선궁(仙宮)인데 황제의 궁전을 가리키는 말로 쓰인다. 소식(蘇軾)의 〈수조가두(水調歌頭)〉에, "내가 바람 타고 돌아가고 싶나니, 경루옥우 높은 곳이 추위를 이기지 못할까 또 걱정일세.〔我欲乘風歸去, 又恐瓊樓玉宇高處不勝寒.〕"라고 하였다. 《東坡詞》 또 부모공이는 임금이 매우 가까이 있다는 말로, 《시경》 〈여분(汝墳)〉에 "방어의 꼬리가 붉거늘, 왕실이 불타는 듯하도다. 비록 불타는 듯하지만, 부모가 매우 가까이 계시니라.〔魴魚赬尾, 王室如燬. 雖則如燬, 父母孔邇.〕"라고 한 데서 나온 말이다.

116 선을……내려준다 : 《서경》 〈이훈(伊訓)〉에 "상제의 거취는 일정하지가 않아 선을 행하면 온갖 복을 내려 주고 불선을 행하면 온갖 재앙을 내린다.〔上帝不常, 作善, 降之百祥, 作不善, 降之百殃.〕"라고 하였다.

〈고사음복도〉에 쓴 글[117]

題顧祠飮福圖

두루마리에 그려진 사람 가운데 종이를 펴고 책상에 앉아 붓을 잡고 글을 쓰려는 사람은 호부 낭중(戶部郎中) 소학(少鶴) 왕증(王拯)[118]이다. 승불(蠅拂 파리채)을 쥐고 중얼거리며 생각에 잠긴 사람은 병부 낭중(兵部郎中) 상운(緗雲) 황운혹(黃雲鵠)[119]이다. 서서 우두커니

117 고사음복도에 쓴 글 : 〈고사음복도(顧祠飮福圖)〉는 환재가 1861년(철종12) 열하 문안사(熱河問安使)로 연행했을 때 북경에서 교유를 맺은 인물들과 고염무(顧炎武)의 사당을 참배한 뒤 자인사(慈仁寺)에 모여 음복(飮福)한 광경을, 귀국 후 화공을 시켜 그리게 한 것이다. 환재가 1863년(철종14)에 심병성(沈秉成)에게 보낸 편지에서 〈고사음복도〉를 그려 보내니 수정해 되돌려 보내 줄 것을 부탁한 점으로 미루어, 이 글 역시 1863년에 지은 것으로 생각된다. 《瓛齋集 卷10 與沈仲復秉成 5》

환재는 글의 서두에서 그림에 그려진 인물들을 간략히 소개한 뒤, 도주(道州) 사람 하소기(何紹基)가 고염무 사당의 건립을 처음 주도한 사실을 밝혔다. 또 평소 사모하던 고염무의 사당을 참배한 감회와 그곳에서 벗들과 벌인 학문적 토론에 대해서도 추억하였다. 마지막으로 환재의 구술(口述)에 따라 화공(畫工)이 그린 그림이라 실제 모습에 부합하지 않으므로, 중국에 보내 수정한 뒤 돌려받고 싶다는 뜻을 붙였다.

118 왕증(王拯) : 1815~1876. 초명은 석진(錫振), 자는 정보(定甫), 호는 소학(少鶴)이고 다른 호는 용벽산인(龍壁山人)이다. 호부 낭중·대리시 소경(大理寺少卿)·태상시 경(太常寺卿)을 지냈다. 시와 그림에 뛰어났다. 저서로 《용벽산인시문집》 《귀방평점사기합필(歸方評點史記合筆)》 등이 있다. 《환재집》 권10에 왕증에게 보낸 편지가 1통 수록되어 있다.

119 황운혹(黃雲鵠) : 1818~1897. 자는 상운(緗雲)·상운(翔雲)·상인(祥人)이고, 호는 양운(驤雲)이다. 북송 황정견(黃庭堅)의 17대손이다. 1853년 진사 급제 후 형부 주사(刑部主事)·병부 낭중·마관 감독(馬館監督)을 거쳐 아주 태수(雅州太

응시하는 사람은 한림 검토(翰林檢討) 연초(研樵) 동문환(董文煥)[120]이다. 부채를 쥐고 자리에 비스듬히 기대 있는 사람은 여주 지부(廬州知府) 노천(魯川) 풍지기(馮志沂)[121]이다. 노천의 오른쪽에 앉은 사람은 한림 편수(翰林編修) 중복(仲復) 심병성(沈秉成)[122]이다. 노천과 마주보고 앉은 사람은 병부 주사(兵部主事) 하거(霞擧) 왕헌(王

守)・사천 안찰사(四川按察使) 등을 역임하였는데, 청렴한 관직 생활로 칭찬을 받아 '황청천(黃青天)'으로 불렸다고 한다. 저서로 《실기문재전집(實其文齋全集)》《귀전시초(歸田詩鈔)》《학역천설(學易淺說)》 등이 있다. 《환재집》 권10에 황운혹에게 보낸 편지 6통이 수록되어 있다.

120 동문환(董文煥) : 1833~1877. 자는 요장(堯章)・세장(世章), 호는 연초(研樵)・연추(研秋)이다. 한림검토 등을 거쳐 외직으로 감숙성(甘肅省)의 감량 병비도(甘凉兵備道) 등을 지냈다. 저서로 《연초산방시집(硯樵山房詩集)》《연초산방문존(硯樵山房文存)》 등이 있다. 대개 '동문환(董文渙)'으로 쓰는데, '문환(文煥)'은 그의 초명이다. 《환재집》에는 모두 동문환(董文煥)으로 기록되어 있으므로 이를 따라 표기하였다. 환재는 연행 당시 송균암(松筠菴)에서 펼친 연회를 그린 〈회인도(懷人圖)〉를 전해주기도 하였다. 124쪽 주274 참조. 《환재집》 권10에 동문환에게 보낸 편지 7통이 수록되어 있다.

121 풍지기(馮志沂) : 1814~1867. 자는 노천(魯川)・술중(述仲)이고, 호는 미상재(微尙齋)・적적재(適適齋)이다. 도광(道光) 때 진사 급제 후, 형부 주사・병부 낭중을 거쳐, 여주 지부(廬州知府)・휘녕지태광도(徽寧池太廣道) 등 지방관을 지냈다. 저서로 《미상재시문집》《적적재문집》 등이 있다. 《환재집》 권10에 풍지기에게 보낸 편지 1통이 수록되어 있다.

122 심병성(沈秉成) : 1823~1895. 자는 중복(仲復), 호는 우원(耦園)이다. 한림 편수・시강(侍講)・시독(侍讀)을 거쳐 광서 순무(廣西巡撫)・안휘 순무(安徽巡撫)・양강 총독(兩江總督) 등을 역임하였다. 금석(金石)과 서화(書畵)를 애호하여 고기(古器)와 고서를 많이 수장했으며, 만년의 안휘 순무 시절에는 경고서원(經古書院)을 창설하여 고증학풍의 진작에도 힘썼다. 《환재집》 권10에 심병성에게 보낸 편지 7통이 수록되어 있다.

軒)[123]이다. 책상에 앉아 몸을 구부리고 미소 짓는 사람은 조선의 부사(副使) 환경(瓛卿) 박규수이다. 노천은 이때 열하(熱河)로 가서 돌아오지 않았으므로, 보충해서 그려 넣었다.

옛날에 정림(亭林) 선생[124]이 북쪽을 유람하다가 연경에 이르렀을 때 도성 서쪽의 자인사(慈仁寺)에 머문 적이 있었다. 후학들이 선생의 유적을 사모하여 도광(道光) 계묘년(1843)에 자인사의 서남쪽 모퉁이에 사당을 세워 선생을 제사하였는데, 도주(道州) 사람 하군 자정(何君子貞)[125]이 이 일을 처음 시작했다고 한다.

나는 일찍부터 정림 선생의 학문을 사모했는데, 함풍(咸豐) 신유년

123 왕헌(王軒) : 1823~1887. 자는 하거(霞擧), 호는 고재(顧齋)이다. 병부 주사를 역임했고, 굉운서원(宏雲書院)·진양서원(晉陽書院) 등의 주강(主講)을 지냈다. 시문에 뛰어났고 문자학(文字學)과 수학(數學)에 밝았다. 저서로 《고재시록(顧齋詩錄)》 등이 있다. 《환재집》 권10에 왕헌에게 보낸 편지 7통이 수록되어 있다.

124 정림(亭林) 선생 : 고염무(顧炎武, 1613~1682)로, 자는 영인(寧人), 정림(亭林)은 그의 호이다. 명말의 대학자로, 당시의 양명학(陽明學)이 공리공론을 일삼는 것을 비판하며 경세치용(經世致用)의 학문에 뜻을 두었다. 명나라가 망한 후 만주족의 침략에 저항하는 의용군에 참가했으나 패한 뒤로, 죽을 때까지 청나라를 섬기지 않았다. 경학(經學)·사학(史學)·문학 등 다양한 분야에 걸쳐 뛰어난 업적을 이루어 내었으며, 저술로 《일지록(日知錄)》《천하군국이병서(天下郡國利病書)》《음학오서(音學五書)》 등이 있다.

125 하군 자정(何君子貞) : 하소기(何紹基, 1799~1873)로, 자정은 그의 자이고, 호는 동주거사(東洲居士)·원수(蝯叟)이다. 진사에 급제한 뒤 한림원 편수(翰林院編修) 등을 지냈다. 송나라 소식(蘇軾)과 황정견(黃庭堅)의 시를 좋아하였고, 글씨에도 능하였다. 그의 아우인 하소업(何紹業)·하소기(何紹祺)·하소경(何紹京)도 모두 글씨에 뛰어나 '하씨 사걸(何氏四傑)'로 불렸다고 한다. 저서에 《설문단주박정(說文段注駁定)》이 있다.

(1861)에 사명을 받들고 연경에 들어가 다행히도 여러 군자들을 따라 경건히 선생의 사당을 참배하고 특별히 한 번의 제사를 올렸다. 그리고 물러나 선방(禪房)[126]에서 음복하며 고음(古音)의 정와(正訛)와 경학(經學)의 흥쇠를 함께 논하였으니,[127] 깊은 생각으로 감개한 마음이 일었고 즐거움 또한 이루 다 말할 수 없었다.

조선으로 돌아와 여러 군자를 다시 못 본 지 이미 3년이 되었지만, 지난날의 연회와 담소를 추억하니 그들의 수염과 눈썹과 의관이 꿈속에도 떠오르기에, 마침내 화사(畵史 화공(畵工))에게 명하여 《고사음복도》를 그리게 하였다.

그림 속 그들의 모습은 모두 내 마음의 기억을 입으로 말해 준 것이라 살찌고 마르고 모나고 둥근 외모도 오히려 닮지 않았는데, 하물며 전신(傳神)[128]에 대해 논할 수 있겠는가. 얼굴을 보며 그린 내 모습도 오히려 닮지 않았는데, 하물며 멀리 천리 밖에 떨어진 사람임에랴. 만약 내가 그림에 재주가 있었더라면 이 그림을 그리는 데 반드시 방법이 있었겠지만, 애석하게도 나는 그림에 능하지 못하다.

126 선방(禪房) : 여기서는 자인사를 가리킨다.

127 고음(古音)의……논하였으니 : 고염무는 《음학오서(音學五書)》라는 책을 통해 한자 음운(音韻)의 변천을 밝혔고, 《하학지남(下學指南)》이라는 책을 통해 당시 학자들이 선학(禪學)에 물들어 어록(語錄)의 저술에 힘쓰던 풍조를 비판하고, '하학(下學)'을 중시한 주희(朱熹)의 학문관을 되살리기 위해 노력하였는데, 이러한 고염무의 학문에 대해 토론했다는 말로 보인다.

128 전신(傳神) : 그림 속에 표현된 살아 있는 정신을 말한다. 진(晉)나라의 화가 고개지(顧愷之)가 초상화를 그리면서 몇 년 동안 눈동자를 찍지 않았다. 그 이유를 물으니 대답하기를, "정신을 불어넣어 진실하게 묘사하는 것은 바로 눈동자에 있기 때문이다.〔傳神寫照, 正在阿堵中.〕"라고 한 데서 나온 말이다. 《晉書 卷92 顧愷之列傳》

아아! 모이고 흩어짐과 헤어지고 만남은 이치상 본래 그런 것이지만, 심성(心性)으로 말하면 산과 바다 건너 떨어져 있어도 다름이 없을 것이니, 붕우에게 돈독한 이들은 모두 이를 알 것이다.

여러 군자가 혹시 재주 있는 화공을 구해 각자 그 모습을 닮게 그려 다시 이 그림을 보내준다면,[129] 어찌 하늘 끝에 있는 벗의 기대에 큰 위로가 되지 않겠는가.

129 여러……보내준다면 : 환재는 이 그림을 그린 뒤 1863년(철종14)에 심병성에게 편지와 함께 그림을 보내, 화공을 시켜 그림을 수정해 되돌려 줄 것을 부탁하였다. 《瓛齋集 卷10 與沈仲復秉成 5》

능호의 그림 족자에 쓴 글[130]

題凌壺畫幀

능호 처사(凌壺處士)[131]는 깨끗한 지조와 고상한 절개로 당시의 사우(士友)들에게 추중을 받았고 교유한 사람들은 모두 존귀한 이와 이름난 유자(儒者)였으니, 한 시대의 풍기(風氣)는 거의 동경(東京)의 여

130 능호의……글 : 능호관(凌壺觀) 이인상(李麟祥, 1710~1760)의 그림에 붙여 이인상의 인품과 작품의 품격을 논한 글이다. 글을 지은 시기는 정확하지 않다. 다만, 《환재집》의 작품 배열이 시대 순인 점을 감안할 때, 앞의 〈고사음복도에 쓴 글〉이 1863년, 뒤의 〈유요선이 소장한 추사의 유묵에 쓴 글〉이 1873년 작품으로 추정되므로, 그 사이 어느 시기에 지은 것으로 보인다.

환재는 깨끗한 지조와 고상한 절개를 지닌 이인상의 인품이 작품에 그대로 드러나 '신운(神韻)'을 느낄 수 있다고 평하였는데, 그림과 글씨의 기교를 넘어 화가의 '사의(寫意)' 정신이 지닌 미학적 가치를 높이 평가한 것으로 볼 수 있다. 《유홍준, 박규수의 서화론, 태동고전연구 제10집, 7~8쪽》 또 이인상의 글씨는 안진경(顔眞卿)의 필체를 배웠고 전서(篆書)가 가장 고아하며 화법(畵法)은 모두 전서의 필세(筆勢)를 지녔다는 평가를 통해, 환재의 서화 감식안을 확인할 수 있는 자료이다.

131 능호처사(凌壺處士) : 이인상의 호로, 본관은 전주(全州), 자는 원령(元靈), 다른 호는 능호관(凌壺觀)·보산자(寶山子)이다. 3대에 걸쳐 대제학(大提學)을 낳은 명문 출신으로 1735년(영조11) 진사에 급제하였다. 그러나 증조부 이민계(李敏啓)가 서자였기 때문에 본과에 이르지 못하였다. 음보로 북부 참봉(北部參奉)이 되고, 사근역 찰방(沙斤驛察訪)·음죽 현감(陰竹縣監) 등을 지냈다. 서화에 뛰어났는데, 그의 그림은 곧은 지조와 강개한 성격이 그대로 반영되어 담백하면서도 투명한 색감과 깔끔한 멋과 함께 단엄한 분위기를 띠었다. 소나무와 바위라는 문인적 소재를 즐겨 그렸다. 저서로 《능호집》이 있고, 유작으로는 〈송하독좌(松下獨坐)〉〈수석도(樹石圖)〉〈설송도(雪松圖)〉〈수하한담도(樹下閑談圖)〉〈송하수업도(松下授業圖)〉〈옥류동(玉流洞)〉〈은선대(隱仙臺)〉 등이 있다.

러 군자와 선진(先進)과 후진(後進)이 된 듯하였다.[132]

서화(書畵)와 한묵(翰墨 시문(詩文))은 다만 여사(餘事)일 뿐이었고, 지금 세상에 남아 있는 것도 매우 드물다. 곧 부채에 그린 작은 풍경과 화첩 끝에 붙인 만필(漫筆) 등 우연히 지은 것에 불과하니, 깊이 마음 쓰지 않은 것이다. 그러나 여기에서 신운(神韻)[133]을 상상하고 품은 생각을 이해할 수 있는 것이 있다.

능호 처사는 평소에 단양(丹陽)의 산수를 좋아하여 한 번 노닐고 다시 노닐었으니 그곳에 집을 지어 평생을 지낼 뜻이 있었다. 그러므로 늘 험준한 바위와 기괴한 돌, 기이한 고목(古木)을 많이 그렸는데, 물이 깊고 소슬하여 인간 세상의 정경이 아니었다.

지금 이 화폭 역시 처사의 품은 생각을 볼 수 있으니, 단지 그림과 글씨의 고아(古雅)함만을 논하는 것이 아니다. 처사의 글씨는 노공(魯公)[134]을 배웠고 전서(篆書)가 또 가장 고아한데, 그 화법(畵法)은 또 모두 전서의 필세(筆勢)이다.

132 동경(東京)의……듯하였다 : 강직한 성품으로 권귀(權貴)들과 타협하거나 뜻을 굽히지 않았다는 말이다. 동경은 동한(東漢)의 수도인 낙양(洛陽)을 가리키는데, 동한의 별칭으로 쓰인다. 동경의 여러 군자란 이른바 '당고(黨錮)의 화'를 당한 선비들을 말한다. 동한 말엽인 환제(桓帝) 때 정권을 장악한 환관(宦官)들에 대항하여 진번(陳蕃)·이응(李膺) 등이 이들을 공박하다가 도리어 당인(黨人)으로 지목되어 종신토록 금고를 당하였다. 이인상은 음죽 현감으로 있을 때 권귀들의 비위를 맞추지 않다가 관찰사와 불화가 생기자 관직을 버리고 단양(丹陽)에 은거하여 여생을 보냈다.《江漢集 卷17 李元靈墓誌銘》

133 신운(神韻) : 예술 작품 속에 표현된 작가의 정신과 운치를 말한다.

134 노공(魯公) : 당나라의 명필 안진경(顏眞卿, 709~785)을 말하는데, 노국공(魯國公)에 봉해졌으므로 이렇게 일컫는다.

이 화폭은 창산(倉山) 시랑(侍郞)[135]이 소장한 것이다.

135 창산(倉山) 시랑(侍郞) : 김기수(金綺秀, 1832~1894)로, 본관은 연안(延安), 자는 계지(季芝)이고, 창산은 그의 호이다. 1875년(고종12)에 문과에 급제하였고, 1876년 예조 참의로 수신사(修信使)에 임명되어 근대 대일 교섭의 첫 사절이 되었으며, 일본견문록인 《일동기유(日東記游)》《수신사일기(修信使日記)》를 남겼다. 그 후 홍주 목사(洪州牧使)·성균관 대사성·이조 참판을 지냈다. 시랑은 참판(參判)을 일컫는다.

유요선이 소장한 추사의 유묵에 쓴 글[136]

題兪堯仙所藏秋史遺墨

청해(青海 북청(北靑))의 유요선(兪堯仙)[137]이 완당(阮堂)의 유묵 두 연

136 유요선이……글 : 유요선(兪堯仙)이 추사(秋史) 김정희(金正喜, 1786~1856)의 유묵을 잃어버렸다가 18년 만에 되찾아 북청(北靑)으로 돌아갈 때 지어준 글이다. 유요선은 김정희가 북청에 유배되었을 때 제자로 삼은 인물로 추정된다. 옥수(玉樹) 조면호(趙冕鎬, 1804~1887) 역시 북청으로 돌아가는 유요선을 전송하면서 〈유요선과 헤어지며 주다〔贈別兪堯仙〕〉라는 시를 지었는데, 계유년(1873, 고종10)에 지은 작품에 포함되어 있다. 《玉垂集 卷17 贈別兪堯仙幷小識》 그러므로 환재의 이 글 역시 1873년에 지은 것으로 보인다.

환재는 서두에서 18년 만에 잃어버렸던 김정희의 유묵을 되찾은 기이한 사실을 기록하고, 유묵이 김정희가 죽기 직전에 쓴 글씨이지만 '정신이 왕성하고 기운이 펼쳐져 있다'고 평하였다. 이어 김정희 서법의 변화 과정을 간략히 정리하였다. 젊은 시절에는 동기창(董其昌), 중년에는 옹방강(翁方綱)·소식(蘇軾)·미불(米芾)·이옹(李邕)을 거쳐 구양순(歐陽詢)의 진수를 얻었으며, 제주도 유배에서 해배된 이후에는 어떠한 서법에도 구애받지 않고 이른바 '추사체(秋史體)'를 완성했다고 논하였다. 또 추사체를 '근엄함의 극치'라고 평가하였다. 아울러 김정희의 글씨는 조맹부(趙孟頫)로부터 그 힘을 얻은 것이라는 견해를 피력하였다. 길지 않은 글이지만 김정희의 서법의 변화 과정을 간명하게 제시하고 그에 대해 품평한 이 글은 추사체에 대한 가장 뛰어난 비평문의 하나로 평가받는다는 점에서, 환재의 서화 감식안을 이해하는 데 중요한 자료이다. 《유홍준, 박규수의 서화론, 태동고전연구 제10집, 9쪽》

137 유요선(兪堯仙) : 김정희가 북청(北靑) 유배 시절에 제자로 삼은 인물로 추정된다. 자세한 행적은 알 수 없는데, 김정희의 생질(甥姪) 사위인 옥수(玉樹) 조면호(趙冕鎬)가 유요선과 헤어질 때 지어준 〈유요선과 헤어지며 주다〔贈別兪堯仙〕〉라는 시의 서문에, "청해 유요선은 기계(杞溪)의 망족(望族)으로 변방에서 떠도는 사람이다."라고 한 기록을 통해 본관이 기계임을 확인할 수 있다. 《玉垂集 卷17 贈別兪堯仙幷小識》 《완당전집(阮堂全集)》에 유요선과 수창한 시 4수가 실려 있으며, 2005년 11월 과천문

구(聯句)를 얻었다가 잃어버린 지 18년 만에 다시 어사부(御史府 사헌부(司憲府))의 회랑(回廊) 벽 사이에서 되찾았으니, 그 일이 참으로 기이하여 위사(韋史) 상서(尙書)가 그 자세한 내막을 기록하였다.[138]

요선이 그 연구를 가져와 나에게 보여주었는데, 완옹(阮翁)의 이 글씨는 세상을 떠나기 며칠 전에 쓴 것이니 절필(絶筆)인 셈이다. 정신이 왕성하고 기운이 펼쳐져 진실로 그가 스스로 쓴 말과 같으니[139] 이미 보배로 여겨 중시할 만한데, 잃어버렸다가 도로 찾았으니 마치 조물주가 도운 듯하다. 요선이 글씨를 가지고 청해로 돌아갈 때면 반드시 미가(米家)의 배에서 달을 꿰는 무지개의 빛〔米家船貫月虹光〕이 있었던 것과 같은 광경이 있을 것이다.[140]

완옹의 글씨는 젊어서부터 노년에 이르기까지 그 서법이 여러 차례

화원이 주최하고 과천향토사연구회가 주관한 '추사의 작은 글씨전'에 〈답요선(答堯仙)〉이라는 편지가 전시되기도 하였다.

138 위사(韋史)……기록하였다 : 위사는 신석희(申錫禧, 1808~1873)의 호로, 자는 사수(士綏)이며, 환재의 평생 지기였다. 1848년(헌종14)에 문과에 급제하였고 형조·이조·예조의 판서와 수원 유수(水原留守) 등을 지냈다. 시호는 효문(孝文)이다. 신석희가 기록한 글은 현재 그의 산문이 남아 있지 않아 확인하기 어렵다. 신석희의 시는 《위사시고》로 전한다.

139 정신이……같으니 : 원문은 '神王氣暢'인데, 유요선이 되찾은 김정희의 유묵에 이런 말이 있었던 듯하다.

140 미가(米家)의……것이다 : 김정희의 글씨를 배에 싣고 돌아가면 하늘까지 광채가 빛날 것이라는 말이다. 북송(北宋)의 서화가 미불(米芾)이 항상 자신의 배에 서화를 싣고 강호를 유람했는데, 이를 '미가선(米家船)'이라고 하였다. 황정견(黃庭堅)의 〈장난삼아 미원장에게 주다〔戲贈米元章〕〉라는 시에 "창강에 밤새도록 무지개가 달을 꿰니, 진실로 미가의 서화 실은 배이리라.〔滄江盡夜虹貫月, 定是米家書畫船.〕"라는 구절이 있다. 《山谷集 卷9》

변하였다. 젊은 시절에는 오로지 동현재(董玄宰)[141]의 글씨에 전심하였고, 중세(中歲)에는 담계(覃溪)와 종유하며 힘을 다해 그의 글씨를 본받았기에 필획이 짙고 굵어〔濃厚〕 골기(骨氣)가 적은 흠이 있었다.[142] 얼마 뒤에는 소식(蘇軾)과 미불(米芾)을 거쳐 이북해(李北海)[143]의 글씨로 바뀌면서 더욱 웅혼하고 굳세어져 마침내 솔경(率更)[144]의

141 동현재(董玄宰) : 동기창(董其昌, 1555~1636)으로, 현재는 그의 자이고, 호는 사백(思白)이며, 다른 호는 향광거사(香光居士)이다. 명나라 말의 서화가로 글씨는 물론 그림에도 뛰어났다. 중국의 회화를 북종화(北宗畫)와 남종화(南宗畫)로 나누고 이를 분석한 이론이 유명하다.

142 담계(覃溪)와……있었다 : 담계는 옹방강(翁方綱, 1733~1818)의 호로, 자는 정삼(正三)이고 다른 호는 소재(蘇齋)이며, 실명(室名)은 보소(寶蘇)이다. 청나라 고종 때 진사에 급제한 뒤 내각 학사(內閣學士)에 이르렀다. 금석(金石)·보록(譜錄)·서화·사장(詞章)의 학에 정진하였으며, 특히 그의 서법은 당시 천하제일이었다고 한다. 주요 저작으로는 《양한금석기(兩漢金石記)》《한석경잔자고(漢石經殘字考)》《초산정명고(焦山鼎銘考)》《소미재난정고(蘇米齋蘭亭考)》《복초재문집(復初齋文集)》《석주시화(石洲詩話)》 등이 있다. 김정희는 24세 때인 1809년(순조9)에 동지 겸 사은부사(冬至兼謝恩副使)에 임명된 부친 김노경(金魯敬, 1766~1837)을 따라 자제군관(子弟軍官)의 자격으로 연경에 가서 완원(阮元)·옹방강 등 당대의 석학을 만나 교유하였다. 골기(骨氣)는 필세에 드러나는 굳세고 힘찬 기운이라고 이해할 수 있다. 옹방강의 글씨는 소해(小楷)에 가장 뛰어났으며, 행서(行書)로 쓴 대련(對聯) 글씨는 글자마다 획이 굵고 둥글둥글하며 풍만한 특징이 있다고 한다.《朱樂朋, 乾嘉學者書法研究, 首都師范大學博士學位論文, 2007, 177~179쪽》

143 이북해(李北海) : 이옹(李邕, 678~747)으로 당나라 현종(玄宗) 때 북해 태수를 지냈으므로 이렇게 부른다. 행서(行書)로 비문을 잘 써 '서중선수(書中仙手)'로 일컬어졌다.

144 솔경(率更) : 당나라의 구양순(歐陽詢, 557~641)을 일컫는 말이다. 구양순이 태자솔경령(太子率更令)을 지낸 적이 있으므로 그의 서체를 솔경체라고 하는데, 굳세고 험하다는 평을 얻었다.

진수(眞髓)를 얻게 되었다.

만년에 바다를 건너갔다가 돌아온 이후[145]에는 더이상 추종하는 데 얽매임 없이 여러 대가의 장점을 모아 스스로 자신만의 서법을 완성하여 정신과 기운의 발현이 바다나 조수(潮水)와 같았으니, 단지 문장가들만 그러할 뿐이 아니었다.[146]

그런데 모르는 사람들은 간혹 호방하고 방자하다고 여기고, 그것이 지극히 근엄하다는 것을 전혀 모른다. 이 때문에 내가 일찍이 후생(後生)과 소년들은 완옹의 글씨를 쉽게 여겨 배워서는 안 된다고 말한 적이 있고, 또 완옹의 글씨는 진실로 송설(松雪 조맹부(趙孟頫))로부터 그 힘을 얻었다고 말한 적이 있는데,[147] 내 말을 들은 자들은 모두 그렇지 않다고 여겼다.

요선이 돌아가기에 적어서 준다.

145 만년에……이후 : 제주도에 유배되었다가 풀려났다는 말이다. 1830년(순조30) 김정희의 생부인 김노경이 윤상도(尹尙度)의 옥사에 관련된 혐의로 고금도(古今島)에 유배되었다가 순종(純宗)의 배려로 풀려난 일이 있었는데, 10년 뒤인 1840년(헌종6)에 김정희 역시 윤상도의 옥사에 연루되어 제주도의 대정현(大靜縣)에 위리안치되었다가 1848년에 풀려나 돌아왔다.

146 단지……아니었다 : 문장을 짓는 사람들이 대가의 장점을 모아 자신만의 문장을 만드는 것처럼, 김정희 역시 글씨에서 그런 경지에 올랐다는 말이다.

147 후생(後生)과……있는데 : 환재가 윤종의(尹宗儀, 1805~1886)에게 보낸 편지에서 이런 생각을 확인할 수 있다. 환재는 윤종의의 아들의 필법이 훌륭하지만 세간의 필법에 물들었으며 그 이유가 김정희의 필법을 단순히 모방했기 때문이라고 지적하였다. 이어 김정희의 필법은 여러 사람의 장점을 모아 자신만의 서법을 이룬 것인데 당시 사람들이 김정희가 학습한 과정을 거치지 않고 찌꺼기만 모방하려는 태도를 비판하였으며, 조맹부의 서체를 우선 학습시키도록 윤종의에게 권유한 바 있다.《瓛齋集 卷9 與尹士淵 20》

《상고도》에 붙인 안설 열 조목[148] 선수가 살피건대, 《상고도》는 선형이 약관 때 지은 책의 이름이다. 의례는 서한 이래 인물의 사실을 채록하고 의론을 덧붙였으며, 부와 목은 왕엄주의 《상영람승도》[149]를

148 상고도에……조목 : 《상고도》는 환재의 첫 저작으로 원제는 《상고도회문의례(尙古圖會文義例)》이다. 총 16권 16책으로 이루어져 있으며, 1826년(순조26) 여름부터 1827년 초에 걸쳐 완성된 것으로 보인다. 역대 중국의 뛰어난 인물들에 관한 기록을 널리 발췌하고, 이 글에 의거하여 벗들과 함께 놀이 삼아 의고문(擬古文)을 짓기 위한 목적으로 편찬한 저술이다. 원래는 명나라 왕세정(王世貞)의 《상영람승삼재만변지도(觴咏攬勝三才萬變之圖)》를 보고 이를 모방하여 지은 것인데, 《상영람승삼재만변지도》가 패관잡기(稗官雜記)에서 글제를 따온 데에 불만을 느껴 이 저술에 착수했다고 한다. 《상고도회문의례》의 체제를 살펴보면, 각 문헌에서 발췌한 글들을 총 80부(部)로 나눈 뒤 각 부에 다시 내용별로 은(隱)ㆍ문(文)ㆍ무(武)ㆍ절(節)ㆍ직(直)ㆍ사(詞)의 6목(目)을 두어 총 480개 항목으로 정리했다. 은은 은일(隱逸), 문은 문치(文治), 무는 무략(武略), 절은 절의(節義), 직은 정직(正直), 사는 사조(詞藻)로 유명한 인물에 관한 글이라는 뜻이다. 또 480개 항목마다 직접 고유한 표제를 만들어 붙이고, 다시 그 밑에는 이를 제목으로 하여 지을 의고문의 양식을 지정해 두었다. 예컨대, 《상고도회문의례》 제1권에 수록된 제1부 은목(隱目)을 보면, 《삼국지(三國志)》 〈제갈량전(諸葛亮傳)〉에서 발췌한 글을 싣고, 〈제갈자가 초당에서 한가하게 거처하다〔諸葛子草堂閑居〕〉라는 표제를 붙였으며, 표제 바로 밑에는 '1과 2가 나오면 사언(四言), 3과 4가 나오면 오언(五言), 5와 6이 나오면 금조(琴操)'라고 적어 놓았다. 금조는 거문고곡 가사를 말한다. 또 마지막에는 '규수왈(珪壽曰)' 또는 '환재왈(瓛齋曰)' 등으로 안설(按說)을 붙였는데, 지금 《환재집》에 수록한 내용은 환재의 안설 중 10개를 뽑아 옮겨 놓은 것이다. 《상고도회문의례》는 그 전모가 알려지지 않다가 1966년 대동문화연구원에서 간행한 《환재총서(瓛齋叢書)》에 수록됨으로써 학계에 공개되었다. 《김명호, 환재 박규수 연구, 창비, 2008, 135~180쪽》에 자세히 정리되어 있다.

149 왕엄주(王弇州)의 상영람승도(觴咏攬勝圖) : 왕엄주는 명나라 왕세정(王世貞, 1526~1590)으로, 엄주는 그의 호이고, 자는 원미(元美)이다. 원문은 '莽洲'로 되어 있으나, 왕세정의 호에 의거하여 '弇州'로 수정하였다. 또 《상영람승도》의 원제는 《상영람승삼재만변지도(觴咏攬勝三才萬變之圖)》인데, 천하의 명승지를 취해 지도를 제작

모방하였기에, 《상고도》라 이름 붙였다. 모두 80부로 구성되었고 부마다 6개의 목으로 나뉘었으니, 총 480목이다. 지금 그 열 조목을 취하여 문집 말미에 부기한다.

尙古圖按說十則 瑄壽按尙古圖者 先兄弱冠時所著書名也 義例採西漢以來人物事實而附以議論 部目仿王弇州觴咏攬勝圖 故命名尙古圖 凡八十部 每部六目 總四百有八十目 今取十則 附之集末

제갈자가 초당에서 한가로이 거처하다〔諸葛子草堂閑居〕[150]

논한다.

무엇으로 선비를 살필 것인가? '출(出)'과 '처(處)'일 뿐이다. 무엇으로 출처를 살필 것인가? '의(義)'와 '리(利)'일 뿐이다.

만약 올바름을 얻어 벼슬에 나아간다면, 자신의 임금을 요순(堯舜)의 지위에 이르게 하지 못하고서는 그만두지 않을 것이며, 자신의 백성

한 뒤 주사위를 던져 술 마시고 시 짓는 것으로써 승부 내기를 하는 놀이 도구이다. 원문에는 '覽勝'으로 되어 있으나 원제의 의거하여 '攬勝'으로 수정하였다.

150 제갈자가……거처하다 : 《상고도회문의례》 권1 〈제1부 은(隱)〉에 수록된 환재의 안설(按說)이다. 이 안설은 《삼국지(三國志)》 권35 〈촉서(蜀書) 제갈량전(諸葛亮傳)〉중, 서서(徐庶)에게 와룡(臥龍)인 제갈량(諸葛亮)을 추천받은 유비(劉備)가 제갈량을 만나기 위해 삼고초려(三顧草廬)한 내용을 발췌하여 축약해 수록한 다음 붙인 것이다. 환재는 선비를 평가하는 가장 중요한 기준으로 '출처(出處)'를 들었으며, 선비가 의(義)를 바탕에 두고 '출처'를 행한다면 자신의 임금을 요순(堯舜)의 경지로 이끌기 위해 노력해마지 않을 것이라고 하였다. 또 이러한 선비를 초빙하기 위해 반드시 임금이 노력해야 함을 강조하였다. 그리고 그 예로 탕(湯) 임금과 이윤(伊尹)의 경우를 덧붙였다.

을 요순의 백성에 이르게 하지 못하고서는 그만두지 않을 것이다.

만약 그렇게 할 수 없다면, 몇 이랑의 집에 한 그루 뽕나무를 심고 일 전(廛)의 땅[151]에서 한 말의 곡식을 경작하며 편안한 마음으로 자신의 즐거움을 바꿀 만한 것이 없을 것이다.

탕(湯) 임금이 세 번이나 사람을 보내 초빙하자 이윤(伊尹)이 비로소 마음을 바꾸어 일어났으니,[152] 그의 뜻은 마음을 바꾸려하면서도 감히 자중(自重)하지 않을 수 없었던 것이다.

제갈공(諸葛公)은 위인(偉人)이니, 반드시 평소에 품은 뜻이 있었을 것이다.

염재(念齋)가 평하기를, "책 첫머리에서 가장 중요한 것으로 곧 선비의 출처(出處)를 논하였으니, 옛 성현들이 저서에서 올바르게 시작한〔正始〕 뜻을 깊이 얻었다."라고 하였다.[153]

151 일 전(廛)의 땅 : 전(廛)은 집터를 말하며, 일 전의 땅은 평민의 삶을 의미한다. 《맹자(孟子)》 〈등문공 상(滕文公上)〉에, 허행(許行)이 등문공을 찾아와 "일 전을 받아 백성이 되기를 원합니다.〔願受一廛而爲氓.〕"라는 대목이 있다. 주희(朱熹)는 《집주(集註)》에서, "전은 백성이 사는 곳이다.〔廛, 民所居也.〕"라고 하였다.

152 탕(湯)……일어났으니 : 《맹자》 〈만장 상(萬章上)〉에 "탕 임금이 세 번이나 사람을 보내어 초빙하자, 이윽고 마음을 바꾸어 생각하기를 '내가 밭이랑 가운데 살며 이대로 요순의 도를 즐기는 것이, 어찌 내가 이 군주를 요순과 같은 군주로 만드는 것만 하겠으며, 어찌 내가 이 백성을 요순의 백성이 되게 하는 것만 하겠는가.〔湯三使往聘之, 旣而幡然改曰: "與我處畎畝之中, 由是以樂堯舜之道, 吾豈若使是君爲堯舜之君哉, 吾豈若使是民爲堯舜之民哉!〕"라는 구절이 있다.

153 염재(念齋)가……하였다 : 이 부분은 환재의 안설에 대한 논평으로, 《상고도회문의례》의 두주(頭註)에 기록된 내용을 옮겨 놓은 것이다. 이하 모든 체제가 이와 같은

논한다.

급암(汲黯)은 무제(武帝)에게, 위징(魏徵)은 문황(文皇)에게 모두 정직하고 바른 말로써 조정에 서서 임금에게 공경의 예를 받았던 사람들이다.[155] 그러나 회양(淮陽)의 소명(召命)은 이르지 않았고[156] 소릉

데, 《상고도회문의례》에 실린 논평과 비교하면 내용이 축약되기도 하고 글자의 출입이 있는 경우도 있다.

염재는 이정관(李正觀, 1792~1854)의 호로, 자는 치서(稚瑞)·관여(盥如)이다. 다른 호는 치창(癡蒼)·치원(痴園)·잠실산인(潛室山人) 등이다. 환재의 척숙(戚叔)이며, 연암(燕巖) 박지원(朴趾源, 1737~1805)의 처남이자 지기(知己)였던 이재성(李在誠, 1751~1809)의 둘째 아들이다. 이정리의 논평 중 올바르게 시작한다는 것은, 〈모시서(毛詩序)〉에서 《시경》의 첫머리인 주남(周南)과 소남(召南)에 대해 "주남과 소남은 올바르게 시작하는 도리요, 제왕의 교화의 기초이다.〔周南召南, 正始之道, 王化之基.〕"라고 한 데서 나온 말이다. 《文選 卷23》

154 이정공 연영전에서 물러나오다 : 《상고도회문의례》 권2 〈제7부 직(直)〉에 실린 안설이다. 이정은 이강(李絳)으로, 정은 그의 시호이며, 자는 심지(深之)이다. 강직한 성품과 거침없는 직언으로 당나라 헌종(憲宗)의 총애를 받았다. 이 안설은 《신당서(新唐書)》 권152 〈이강열전(李絳列傳)〉의 내용을 발췌 수록한 뒤 붙인 것이다. 발췌한 내용은, 당 헌종이 이강을 재상으로 삼고 함께 연영전(延英殿)에 앉아 치도(治道)를 논하다가 날씨가 너무 더워 옷이 땀에 젖자 이강이 물러가기를 청하니, 헌종이 이강에게 "천하의 일을 논하는 것이 즐거워 전혀 피곤한 줄 모르겠다."라고 말한 대목이다.

환재는 이 안설을 통해 직언하는 신하와 이를 진심으로 수용하는 군주 간의 이상적 모습을 당 헌종과 이강의 경우에서 찾았다. 또 직언으로 이름난 한나라의 급암(汲黯)과 당나라의 위징(魏徵)이 결국 한 무제(漢武帝)와 당 태종(唐太宗)에게 버림받은 것은, 임금이 직언을 용납한다는 명성만 좋아할 뿐 진정으로 직언을 받아들이고 실천할 의지가 없었기 때문이라고 지적하였다.

155 급암(汲黯)은……사람들이다 : 급암은 한 무제의 신하이다. 구경(九卿)으로 있

(昭陵)의 비석은 끝내 넘어지고 말았다.[157] 이는 당시의 임금들이 단지 충언을 받아들이고 직언을 용납했다는 명성이 아름다운 줄만 알고 충언과 직언의 이로움이 백성에게 미치고 나라에 시행되는 것에 대해 한 번도 깊이 연구한 적이 없었기 때문이다.

이정공(李貞公)이 헌종(憲宗)에 대한 경우로 말하자면, 시종 올바른 도로써 나아가고 물러났으며, 고상한 말과 간절한 간언으로 임금이 싫어하는데도 귀에 거슬린 말을 한 것도 여러 번이었다. 그러나 봉래지(蓬萊池)에서 사냥하려던 생각을 되돌렸고,[158] 토돌(吐突)을 외직에 보

으며 임금의 면전에서 거침없이 바른말을 하였는데, 무제가 겉으로는 경외(敬畏)하였으나 마음속으로는 좋아하지 않았다. 결국 뒤에 외직으로 쫓겨나 회양 태수(淮陽太守)로 있다가 죽었다. 또 위징(魏徵)은 당나라의 명신으로 당 태종을 향한 거침없는 직간으로 유명하였다. 《史記 卷120 汲黯列傳》《新唐書 卷97 魏徵列傳》 문황은 당 태종을 일컫는 말로, 태종의 시호가 '문무대성황제(文武大聖皇帝)'이므로 이렇게 부른다.

156 회양(淮陽)의……않았고 : 급암이 직언을 하다 파직된 뒤 다시 회양 태수에 임명되자 이를 거절하다가, 무제의 간곡한 권유를 이기지 못해 부임하기로 하였다. 부임하기에 앞서 무제를 알현하니, 무제가 말하기를 "그대는 회양 태수를 하찮게 여기는가? 회양이 멀리 바닷가에 있어 교화가 잘 베풀어지지 않고 백성과 관리가 서로 맞지 않기 때문에 명망이 높은 그대로 하여금 다스리게 하는 것이다. 내 곧 그대를 다시 부를 것이다."라고 하였다. 그 후 급암은 10년 동안 회양 태수로 선정을 펼쳤으나 끝내 부름을 받지 못하고 임소(任所)에서 죽었다. 《史記 卷120 汲黯列傳》

157 소릉(昭陵)의……말았다 : 소릉은 당 태종과 그 비인 문덕황후(文德皇后)의 능으로, 문덕황후가 죽자 조성되었으며 후일에 태종도 함께 묻혔다. 소릉의 비석은 사후 소릉에 배향(配享)된 위징의 비석을 말한다. 위징의 병이 심해지자 직접 문병을 간 태종은 위징의 아들과 형산 공주(衡山公主)의 혼인을 약속했으며, 위징이 죽자 어제(御製) 비문을 내리고 비석을 세워주었다. 그러나 위징이 죽은 뒤 간신들의 참소를 믿은 태종은 형산 공주와 위징의 아들의 혼인을 중지시키고, 위징의 비석을 허물게 하였다. 《新唐書 卷97 魏徵列傳》

임하며,[159] 신하와 군주의 융성한 만남이 한 번도 쇠한 적이 없었다. 어쩌면 그렇게도 성대하단 말인가. 아니면 헌종의 권장하고 용납하는 도량이 남보다 크게 뛰어난 점이 있어서인가.

《주역(周易)》에 이르기를, "맺음을 들이되 통한 곳으로부터 하면 끝내 허물이 없으리라.〔納約自牖 无咎〕"라고 하였으니,[160] 이정공과 같은 이가 그에 가까울 것이다.

염재(念齋)는 다음과 같이 평하였다.[161]

158 봉래지(蓬萊池)에서……되돌렸고 : 헌종(憲宗)이 대궐 근처에서 사냥하기 위해 배를 타고 봉래지에 이르렀다가 이강이 틀림없이 간언할 것이라 생각하여 그만두었다는 고사가 전한다. 봉래지는 장안(長安)의 대명궁(大明宮) 봉래전(蓬萊殿) 부근에 있는 연못이다.《資治通鑑 卷238 唐紀54》

159 토돌(吐突)을 외직에 보임하며 : 토돌은 당나라의 환관(宦官) 토돌승최(吐突承崔)로 자는 인정(仁貞)이다. 헌종의 총애를 받아 내상시(內常侍)를 지냈고, 형국공(薊國公)에 봉해졌다. 이강이 권력을 남용하는 토돌승최의 잘못을 여러 번 간언하자, 헌종은 직언을 서슴지 않는 이강의 강직함을 높이 사 재상감으로 여겨 중서시랑 동중서문하평장사(中書侍郎同中書門下平章事)에 임명하였다. 그리고 이강을 임명하기 하루 전날에 토돌승최를 회남 감군(淮南監軍)에 보임하였다.《舊唐書 卷164 李絳列傳》

160 주역(周易)에……하였으니 :《주역》〈감괘(坎卦) 육사(六四)〉에 "맺음을 들이되 통한 곳으로부터 하면 끝내 허물이 없으리라.〔納約自牖, 終无咎.〕"라고 하였는데, 이에 대한 전(傳)에 이르기를, "납약은 임금에게 나아가 맺는 도를 말하고, 유(牖)는 개통(開通)의 뜻이다. 사람의 마음은 가려진 바가 있고 통한 바가 있는데, 가려진 바는 어두운 곳이고 통한 바는 밝게 아는 곳이다. 그러니 임금이 밝게 아는 곳에 나아가 아뢰어서 임금이 믿기를 구하면 쉽게 깨우칠 수 있다."라고 하였다. 곧 이는 신하가 군주를 깨우칠 때에 극진한 충성과 옳은 방법으로 군주의 마음을 유도하되, 반드시 군주가 잘 알 수 있는 것부터 시작해야 한다는 뜻이다.

161 염재(念齋)는……평하였다 : 이정관의 이 평어는《상고도회문의례》의 두주(頭

황제께서 걸상 옮겨 자주 불러 만나니	九重移榻數召見
협성에 해 높아도 궁전에서 물러나지 못했네	夾城日高未下殿
뛰어난 계책 비밀스런 말, 남들은 모르니	英謀秘語人不知
좌우는 단지 지존의 감탄만 들을 뿐이었네	左右惟聞至尊羨

이것은 이헌길(李獻吉)이 유대하(劉大夏)에게 준 시이다.[162] 전대(前代)와 후대(後代)에 명군(明君)과 양신(良臣)이 서로 만나 신하와 군주가 함께 영광을 누린 성대함은 '밝고 밝게 빛나서 우주를 환히 비춘다.〔炳炳麟麟 榮鏡宇宙〕'[163]고 이를 만하다.

註)에 보이지 않는다.

162 황제께서……시이다 : 이헌길(李獻吉)은 명나라의 이몽양(李夢陽, 1473~1530)으로, 헌길은 그의 자이고, 호는 공동자(空同子)이다. 시와 문장에 뛰어났고 하경명(何景明, 1483~1521)과 함께 명나라의 복고적 문풍을 주도한 '전칠자(前七者)'의 한 사람이다. 유대하(劉大夏, 1436~1516)의 자는 시옹(時雍), 호는 동산(東山)으로, 병부상서를 지냈고 왕서(王恕)·마문승(馬文升)과 함께 '홍치 삼군자(弘治三君子)'로 일컬어진다. 명종(明宗)의 질문에 늘 훌륭한 계책을 진언하여 총애를 얻었는데, 조회가 끝나면 항상 불려가 오랫동안 명종과 이야기를 나누었다고 한다. 《明史 卷182 劉大夏列傳》《元明事類鈔 卷4 馭臣》 이몽양이 유대하에게 준 시는 〈대사마 유공이 동산의 초당으로 돌아감을 전송하는 노래〔奉送大司馬劉公歸東山草堂歌〕〉라는 시이다. 위에 인용된 것은 그 일부이며 《공동집(空同集)》 권20에 수록되어 있는데, 《공동집》 원문에는 시 마지막 구절의 '惟'가 '微'로 되어 있다. 시의 내용 중 걸상을 옮긴다는 것은 특별히 예우함을 말한다. 또 협성(夾城)은 내성(內城)을 에워싼 외성을 말한다.

163 밝고……비춘다 : 원문의 '炳炳麟麟'은 환하게 빛난다는 뜻이다. 양웅(揚雄)의 〈진나라를 배척하고 신나라를 아름답게 여기다〔劇秦美新〕〉라는 글에 "빠졌던 황제의 법도 이미 채웠고, 해이했던 황제의 기강 이미 펼쳐져, 환히 빛나고 빛나니, 어찌 아름답지 않겠나.〔帝典闕者已補, 王綱弛者已張, 炳炳麟麟, 豈不懿哉!〕"라고 한 용례가 보인다. 《文選 卷48》 또 원문의 '榮鏡宇宙'는 우주를 환히 비춘다는 뜻으로, 《후한서(後漢

범희문이 학교를 일으키고 인재선발 제도를 깨끗이 할 것을 청하다 〔范希文請興學校清選擧〕[164]

논한다.

書》 권70하 〈반고열전(班固列傳)〉에 그 용례가 보인다.

164 범희문이……청하다 : 《상고도회문의례》 권2 〈제8부 문(文)〉에 실려 있는 안설이다. 범희문은 송나라 인종(仁宗) 때의 명신 범중엄(范仲淹, 989~1052)으로, 희문은 그의 자이며, 시호는 문정(文正)이다. 이 안설은, 《송사(宋史)》 권11 〈인종본기(仁宗本紀)〉 중 범중엄이 재상이 되어 학교의 건립과 인재선발 제도의 개혁을 건의한 부분을 발췌하여 요약한 뒤 붙인 것이다. 요약한 내용은 54글자에 불과하지만, 안설은 2천 자가 넘는 장문으로 도도한 '사론(士論)'이 펼쳐져 있다.

환재는 학교를 설치하는 이유가 '사(士)'의 양성에 있다는 전제하에, 사민(四民)의 하나로 '사'의 근원을 밝혔는데, 당시의 통념과 달리 '사'를 이른바 사민 중의 특별한 존재로 보지 않았다. '인민의 대본'이며 '효제(孝悌)와 충순(忠純)의 덕'을 지닌 사람은 모두 사라는 주장을 펼쳤다. 이렇게 본다면 사민의 하나인 농(農)·공(工)·상(商)도 직업만 다를 뿐 그 신분은 사이고, 미천한 필부로부터 고귀한 천자에 이르기까지 그 근본 바탕은 모두 사라는 것이다. 환재의 이 안설이 조부 박지원(朴趾源)의 선비론인 〈원사(原士)〉에 드러난 주장을 계승하고 있다는 점은 특기할 필요가 있다. 안설의 끝에 붙은 이정관의 논평에, "큰 의론과 큰 글이라서 읽을 수는 있어도 평할 수는 없다. 연암(燕巖) 선생의 상자 속 원고 중에 〈원사〉편이 있는데 그 대지(大旨)는 사(士)가 생민의 근본임을 위주로 하였다. 지금 이 글을 읽고 그 연원이 가문에 있음을 알았으니, 더욱 존경할 만하다."라고 한 말은, 이 안설에 대한 극찬임과 동시에 안설의 연원이 어디에 있는지를 밝힌 말이라고 하겠다. 또 안설의 말미에서 환재는 "무릇 사는 무엇을 하는 자인가?"라는 물음으로 논지를 전환하여, '예악(禮樂)'을 닦는 것이 사의 본분임을 설명하였는데, 이 부분은 박지원이 〈원사〉에서 '독서'를 사의 본분으로 설정했던 것과는 차이를 보이고 있다. 《김명호, 환재 박규수 연구, 창비, 2008, 151~154쪽》《김용태, 실학과 사의식, 연암 박지원 연구, 사람의 무늬, 2012, 352~358쪽》 등을 참고하기 바란다.

학교를 일으키려면 어떻게 해야 하는가.

숙(塾)·상(庠)·서(序)·학(學)의 제도[165]를 세우고, 변지(辨志)와 경업(敬業)[166]의 과목을 설치하면 학교가 일어났다고 말할 수 있는가. 이것을 '학교의 성대한 제도'라고 하는 것은 괜찮지만 그 근본은 아니다.

미름(米廩)과 고종(瞽宗)의 제사[167]를 높이고 향사(饗食)와 면언(丐

165 숙(塾)……제도 : 《예기(禮記)》〈학기(學記)〉에, "옛날의 교육기관으로 가(家)에는 숙(塾)을 두고, 당(黨)에는 상(庠)을 두고, 술(術)에는 서(序)를 두고, 국(國)에는 학(學)을 두었다.〔古之敎者, 家有塾, 黨有庠, 術有序, 國有學.〕"라고 하였다. 가는 25가를, 당은 500가를 말한다. 또 술(術)은 수(遂)의 오자(誤字)인데, 수는 12,500가를 말하며 원교(遠郊)의 밖에 있는 지역을 의미한다.《禮記注疏 卷36》

166 변지(辨志)와 경업(敬業) : 변지는 지향을 분명히 밝히는 것이며, 경업은 학업을 중시하는 것을 말한다.《예기》〈학기〉에, "매년 학교에 들어가 학업을 익히고 격년으로 성적을 점검하는데, 첫 해에는 경서의 구두를 떼는 능력과 지향을 밝힌 것을 살피며, 3년째에는 학업을 중시하는지 동학과 화락한지를, 5년째에는 널리 익히는지 스승을 친애하는지를 살피며, 7년째에는 학문을 논하고 벗을 취함을 살피니, 이를 소성(小成)이라고 한다.〔比年入學, 中年考校, 一年視離經辨志, 三年視敬業樂群, 五年視博習親師, 七年視論學取友, 謂之小成.〕"라고 하였다. 이 구절은 주165에 인용한《예기》원문의 바로 다음에 이어지는 구절이다.

167 미름(米廩)과 고종(瞽宗)의 제사 : 미름은 순(舜) 임금 때의 학교 이름이다. 노(魯)나라에서도 이를 계승하였는데, 선조에게 제사지내는 쌀을 이곳에 보관해 두고 제사를 올렸다. 고종은 은(殷)나라 때의 학교 이름인데, 이곳에서 현자를 제사하였다고 한다.《예기》〈명당위(明堂位)〉에 "미름은 유우씨 때의 상이고, 서는 하후씨 때의 서이고, 고종은 은나라 때의 학이고, 반궁은 주나라 때의 학이다.〔米廩, 有虞氏之庠也. 序, 夏后氏之序也. 瞽宗, 殷學也. 頖宮, 周學也.〕"라고 하였다. 또《주례(周禮)》〈춘관 종백 하(春官宗伯下) 대사악(大司樂)〉에, "도가 있고 덕이 있는 사람에게 가르치게 하고 그가 죽으면 악조로 삼아 고종에서 제사지낸다.〔凡有道者, 有德者, 使敎焉. 死則以爲樂祖, 祭於瞽宗.〕"라고 하였다. 악조는 예악(禮樂)을 주관했던 선현이라는 뜻이다.

言)의 예[168]를 거행한다면 학교가 일어났다고 말할 수 있는가. 이것을 '학교의 성대한 예법'이라고 하는 것은 괜찮지만, 그 근본은 아니다.

그렇다면 어떻게 해야 하는가. 또한 그 근본을 밝힐 뿐이다.

무릇 사(士)는 무엇을 하는 자인가. 사는 생민(生民)의 큰 근본이자 도(道)를 아는 자의 미칭(美稱)이다. 왜 '생민의 큰 근본'이라고 하고, 왜 '도를 아는 자의 미칭'이라고 말하는가. 오직 그 명의(名義)를 명확히 분변하지 않기 때문에 스스로 포기하고 아까워하지 않으며, 오직 그 큰 근본을 일찍 살피지 않기 때문에 근본을 지키며 잃어버리지 않는 자가 드물다.

아아! 사람이 세상에 태어난 지 오래되었으니, 당우(唐虞) 때는 '백성(百姓)'·'여민(黎民)'·'증민(烝民)'이라 하였고,[169] 하(夏)나라 때는 '조민(兆民)'이라 하였고,[170] 은(殷)나라 때는 '만민(萬民)'·'서민(庶民)'이라 하였고,[171] 주(周)나라 때는 '만성(萬姓)'·'생민(生民)'이

168 향사(饗食)와 면언(丏言)의 예 : 향사는 음식을 대접하는 것이고, 면언은 조언을 구하는 것이다. 천자가 태학(太學)을 시찰할 때 삼로(三老)와 오경(五更)의 자리를 마련하여 조언을 구하고 음식을 대접했다고 한다. 삼로와 오경은 고대 중국의 천자가 설립하여 부형(父兄)의 예로써 봉양했다는 직위이다. 《예기》 〈문왕세자(文王世子)〉와 〈악기(樂記)〉에 관련 내용이 나온다.

169 당우(唐虞)……하였고 : 당우는 요순(堯舜)을 지칭한다. 《서경(書經)》 〈요전(堯典)〉에, "백성을 평등하게 다스린다.〔平章百姓.〕", "여민이 아! 변하여 이에 화목해졌다.〔黎民, 於變, 時雍.〕"라고 하였고, 《서경》 〈익직(益稷)〉에, "증민이 이에 곡식을 먹어서 만방이 다스려졌다.〔烝民乃粒, 萬邦作乂.〕"라고 한 구절이 있다.

170 하(夏)나라……하였고 : 《서경》 〈오자지가(五子之歌)〉에 "내가 조민에게 임하는 것이 마치 썩은 새끼줄로 여섯 말을 모는 것처럼 조심스럽다.〔予臨兆民, 凜乎若朽索之馭六馬.〕"라고 한 구절이 있다.

라 하였고,[172] 진(秦)나라 때는 검수(黔首)라 하였고,[173] 한(漢)나라 때는 원원(元元)이라 하여,[174] 대대로 각각 그 이름을 보태고 그 호칭을 달리하였다. 하지만 사의 경우, 호칭은 예전 것에 더 보탠 적이 없고 명칭은 이전과 달라진 적이 없다. 이것이 어찌 사를 천시해서 이겠는가. 사가 생민의 큰 근본이므로 그 호칭을 보태거나 줄일 수 없기 때문이다.

효제(孝悌)와 충순(忠純)의 덕을 지닌 사람이라면 누구도 사가 아님이 없다. 사 가운데 100묘(畝)의 땅을 자신의 걱정거리로 삼아 부지런히 노력하여 곡물〔地財〕을 기르는 자를 '농(農)'이라고 한다.[175] 사 가운

171 은(殷)나라……하였고 : 《서경》 〈반경(盤庚)〉에 "너희 만민이 생업에 종사하여 즐겁게 살아가지 못하니〔汝萬民, 乃不生生.〕"라고 하였고, 〈홍범(洪範)〉에 "이 오복을 거두어 서민에게 베풀어준다.〔斂是五福, 用敷錫厥庶民.〕"라고 한 구절이 있다. 그런데 〈홍범〉은 〈주서(周書)〉에 속하므로, 은나라에서 서민이라고 하였다는 환재의 말과는 맞지 않다.

172 주(周)나라……하였고 : 《서경》 〈태서 상(泰誓上)〉에, "궁실과 누대와 연못과 사치스런 의복으로 너희 만성을 해쳤다.〔宮室臺榭陂池侈服, 以殘害于爾萬姓.〕"라는 구절이 있으며, 〈무성(武成)〉과 〈입정(立政)〉에도 '만성(萬姓)'이라는 표현이 보인다. 또 《서경》 〈여오(旅獒)〉에 "생민이 거처할 곳을 보전하다.〔生民保厥居.〕"라고 하였고, 〈필명(畢命)〉에도 '생민'이라는 표현이 보인다.

173 진(秦)나라……하였고 : 《사기(史記)》 권6 〈진시황본기(秦始皇本紀)〉에 "민의 명칭을 바꾸어 검수라고 하였다.〔更民名曰黔首.〕"라는 구절이 있다.

174 한(漢)나라……하여 : 《후한서(後漢書)》 〈광무제기 상(光武帝紀上)〉에 "위로는 천지의 마음을 담당하고 아래로는 원원이 따르는 바가 된다.〔上當天地之心, 下爲元元所歸.〕"라고 한 구절이 있다.

175 부지런히……한다 : 《주례(周禮)》 〈동관고공기 서(冬官考工記序)〉에, "힘을 써서 곡물을 기르는 이를 농부라고 한다.〔飭力以長地財, 謂之農夫.〕"라고 하였다.

데 오재(五材)를 잘 다스려 백성들이 쓸 기물을 갖추며 이용후생(利用厚生)할 물건을 개발하는 자를 '공(工)'이라고 한다.[176] 사 가운데 있고 없는 것을 교역하고 사방의 진기한 물품을 유통하여 밑천으로 삼는 자를 '상(商)'이라고 한다.[177] 그들의 신분은 사이고, 그들의 직업은 농과 공과 상의 일이다.

옛날에 대순(大舜)이 부름을 받아 등용되기 전에 역산(歷山)에서 밭을 간 적이 있었고[178] 황하(黃河) 물가에서 질그릇을 구우니 질그릇이 이지러지지 않았다.[179] 이윤(伊尹)이 탕(湯) 임금에게 나아가지 않았을 때 밭이랑에서 요순의 도를 즐기면서 마치 그대로 생을 마치려는

176 오재(五材)를……한다 : 오재는 다섯 가지 물질로 금(金)·목(木)·피(皮)·옥(玉)·토(土)를 말한다. 《주례》 〈동관고공기〉에, "곡직과 방면과 형세를 자세히 살펴 오재를 잘 다스려서 백성이 쓸 기물을 갖추는 자를 백공이라 한다.〔審曲面勢, 以飭五材, 以辨民器, 謂之百工.〕"라고 하였다.

177 사방의……한다 : 《주례》 〈동관고공기〉에, "사방의 진기한 물품을 유통시켜 그것을 밑천으로 삼는 자를 상려라고 한다.〔通四方之珍異以資之, 謂之商旅.〕"라고 하였다. 상려는 상인(商人)을 말한다.

178 대순(大舜)이……있었고 : 《서경》 〈대우모(大禹謨)〉에 "순 임금이 처음 역산에서 농사지을 때 밭에 가서 날마다 하늘과 부모에게 울부짖어 죄를 떠맡고 악을 자신에게 돌렸다.〔帝初于歷山, 往于田, 日號泣于旻天于父母, 負罪引慝.〕"라고 하였다.

179 황하(黃河)……않았다 : 《맹자》 〈공손추 상(公孫丑上)〉에 "순임금은 밭 갈고 곡식 심으며 질그릇 굽고 고기 잡을 때부터 황제가 될 때까지 남에게서 취한 것 아님이 없으셨다.〔自耕稼陶漁, 以至爲帝, 無非取於人者.〕"라고 하였고, 주희는 《집주(集註)》에서 "순 임금이 미천하실 때……황하 물가에서 질그릇을 구웠다.〔舜之側微……陶于河濱.〕"라고 하였다. 또 《한비자(韓非子)》 〈난 일(難一)〉에 "동이가 만든 질그릇은 그릇이 이지러졌는데, 순 임금이 가서 질그릇을 구우니 1년 만에 그릇이 튼튼해졌다.〔東夷之陶者, 器苦窳, 舜往陶焉, 期年而器牢.〕"라고 하였다.

듯하였다. 부열(傅說)은 재상이 되기 전에 부암(傅巖) 아래에서 담장을 쌓았고,[180] 후직씨(后稷氏)는 있고 없는 것을 교역하게 하였으며,[181] 단목사(端木賜)는 재산을 늘리고 생각을 하면 자주 맞았지만,[182] 모두 사의 도에서 한 번도 벗어난 적이 없었다. 그러므로 하는 일은 달랐지만 그 도는 다름이 없었고, 명칭은 비록 네 가지로 나열되지만 사라는 점에서는 똑같다.

사 가운데 직분을 받아 관직에 있으며 일어나 행하는 자를 사대부(士大夫)라고 한다.[183] 사 가운데 즐겁고 너그러이 백성을 용납하고 대중을 기르며, 도를 논하고 나라를 경영하며 음양(陰陽)을 조화하여 다스리는 이를 삼공(三公)이라고 한다.[184] 사 가운데 신기(神祇)에게 제사

180 부열(傅說)은……쌓았고 : 은(殷)나라 고종(高宗)이 꿈에 성인을 보고 그와 똑같이 생긴 사람을 수소문하여 부암(傅巖) 들판에서 일하는 부열(傅說)을 얻은 고사가 있다. 《書經 說命上》《史記 卷3 殷本紀》

181 후직씨(后稷氏)는……하였으며 : 《서경》〈익직(益稷)〉에, 우(禹)가 순 임금에게 말하기를 "후직과 함께 파종하여 여러 곡식과 생선을 제공하고, 힘써 있고 없는 물품을 교역하게 하였습니다.〔暨稷播, 奏庶艱食鮮食, 懋遷有無.〕"라고 한 대목이 있다.

182 단목사(端木賜)는……맞았지만 : 《논어》〈선진(先進)〉에, "단목사는 천명을 받아들이지 않고 재산을 늘렸으나, 생각을 하면 자주 들어맞았다.〔賜, 不受命而貨殖焉, 億則屢中.〕"라고 하였다. 단목사는 자공(子貢)의 이름이다.

183 일어나……한다 : 《주례》〈동관고공기〉에 "앉아서 도를 논하는 자를 왕공이라 하고, 일어나 행하는 자를 사대부라고 한다.〔坐而論道, 謂之王公, 作而行之, 謂之士大夫.〕"라고 하였다.

184 즐겁고……한다 : 《주역》〈사괘(師卦) 상전(象)〉에, "땅속에 물이 있는 것이 사이니, 군자가 보고서 백성을 용납하고 무리를 기른다.〔地中有水師, 君子以, 容民畜衆.〕"라고 하였다. 또 《서경》〈주관(周官)〉에 "태사와 태부와 태보를 세우니 이가 삼공이다. 도를 논하고 나라를 다스리며 음양을 조화하여 다스린다.〔立太師太傅太保, 玆惟

지내고 종묘(宗廟)의 위차와 제사를 순행(順行)하며 감히 예악과 제도를 바꾸지 못하며 띠풀을 나누고 봉토를 받아 백성에게 공덕을 베푸는 자를 제후(諸侯)라고 한다.[185] 사 가운데 방위를 변별하여 바로잡고 도성과 교외의 경계를 구획하며 관직을 설치하여 직책을 나누어 백성의 표준이 되게 하며, 천제(天帝)의 명을 받아 몸가짐을 경건히 하고 남면〔恭己南面〕한 이를 천자(天子)라고 한다.[186] 그 신분은 사이고 그 작위는 천자이다. 천자의 아들이 계승하여 즉위하면 또한 천자이다. 《의례(儀禮)》〈사관례(士冠禮)〉에, "천자의 원자도 사와 같으니, 천하에는 태어나면서부터 귀한 자는 없다.〔天子之元子猶士也 天下無生而貴

三公. 論道經邦, 燮理陰陽.〕"라고 하였다.

185 신기(神祇)에게……한다 : 《예기》〈왕제(王制)〉에 천자(天子)가 5년에 한 번 순행하여 제후의 정치를 살피는 내용을 설명하면서, "산천의 신기(神祇)에게 제사지내지 않는 것은 불경이니, 불경한 자는 군주의 영지를 삭탈한다. 종묘의 소목(昭穆)과 제사의 시기를 따르지 않는 것은 불효이니, 불효한 자는 군주의 작위를 강등한다. 예악을 변화시키고 바꾸는 것은 불복종이 되니, 불복종한 자는 군주를 유형(流刑)에 처한다. 제도와 의복을 변혁하는 것은 반역이 되니, 반역한 자는 군주를 토죄한다. 백성에게 공덕이 있는 자는 봉토를 더해주고 작위의 등급을 높여준다.〔山川神祇有不擧者, 爲不敬, 不敬者, 君削以地. 宗廟有不順者, 爲不孝, 不孝者, 君絀以爵. 變禮易樂者, 爲不從, 不從者, 君流. 革制度衣服者, 爲畔, 畔者, 君討. 有功德於民者, 加地進律.〕"라고 하였다. 또 띠풀을 나누고 봉토를 받는다〔分茅錫土〕는 것은 천자가 제후에게 봉토를 내리는 것을 말하는데, 천자가 제후를 봉할 때에 그 땅의 방위에 걸맞은 색깔의 흙을 띠풀〔茅〕에 담아 하사했던 데서 나온 말이다. 《書經 禹貢 註》

186 방위를……한다 : 《주례》〈천관총재(天官冢宰)〉에, "제왕이 국도를 건설할 때에 방위를 분별하여 바르게 하며, 도성과 교외의 경계를 구획하며, 관직을 설치하고 구분하여 백성의 표준이 되게 한다.〔惟王建國, 辨方正位, 體國經野, 設官分職, 以爲民極.〕"라고 하였다. 또 몸가짐을 공손히 하여 남면한다〔恭己南面〕는 것은 《논어》〈위령공(衛靈公)〉에서 순 임금의 정치를 형용한 말이다.

者也〕"라고 하였다. 그러므로 작위가 천하면 필부(匹夫)이고 작위가 귀하면 천자이지만, 모두 사이다. 이 때문에 일명지사(一命之士)[187]를 '사'라고 한 것은 그가 사로부터 시작하여 왕공(王公)에 이르게 됨을 밝힌 것이니, 귀하게 되어도 그 근본을 잊지 않을 수 있게 한 것이다.

무릇 근본이라는 것은 사물의 목숨이니, 나무가 근본을 잃으면 말라 죽고, 물이 근본을 잃으면 말라버린다. 그러므로 사와 서인(庶人)이 사라는 신분을 잊는다면 재앙이 몸에 이르며, 경(卿)과 대부(大夫)가 사라는 신분을 잊는다면 자신의 집안을 망치며, 제후가 사라는 신분을 잊는다면 종묘를 전복시키고, 천자가 사라는 신분을 잊는다면 이 큰 천하에 자신의 몸을 둘 곳이 없어진다. 그러므로 사는 국가의 원기(元氣)이다.

《시경(詩經)》에 이르기를, "수없이 많은 사여, 문왕이 이들로 인해 편안하도다.〔濟濟多士 文王以寧〕"라고 하였다.[188] 문왕(文王) 같은 성인(聖人)도 사에 힘입어 편안하였으니, 어찌 나라의 원기가 아니겠는가.

〈열명(說命)〉에 이르기를, "팔다리가 있어야 사람이 되고, 훌륭한 신하가 있어야 성군이 된다.〔股肱惟人 良臣惟聖〕"라고 하였다.[189] 아무리 성인이라도 훌륭한 신하에 의지하여야 성군(聖君)이 되니, 이 어찌 나라의 원기가 아니겠는가.

《맹자(孟子)》에 이르기를, "두 노인은 천하의 대로이다. 천하의 아

187 일명지사(一命之士) : 맨 처음 벼슬에 임명된 사람을 일컫는 말이다. 주나라 때 관작은 일명부터 구명(九命)까지로 구분되었다.

188 시경(詩經)에……하였다 : 《시경》 〈문왕(文王)〉에 나온다.

189 열명(說命)에……하였다 : 《서경》 〈열명 하〉에 나온다.

버지가 문왕에게 귀의하였으니, 그 자제들이 어디로 가겠는가.〔二老者 天下之大老也 天下之父歸之 其子焉往〕"라고 하였다.[190] 저 백이(伯夷)와 태공(太公)은 천하의 큰 사이고, 천하의 큰 사가 문왕에게 귀의하자 천하가 복종하였으니, 원기가 아니고서야 이와 같이 할 수 있겠는가.

그러므로 세금으로 걷힌 곡식과 비단, 쌓여 있는 금과 동이 그 부유함을 믿기에 부족하지 않으며, 날카로운 무기와 많은 거마(車馬)가 그 강성함을 믿기에 부족하지 않으며, 험준한 산하와 견고한 성곽이 그 튼튼함을 믿기에 부족하지 않더라도, 오직 사가 있은 뒤에야 그들을 믿고서 나라를 다스릴 수 있다.

《서경》에 이르기를, "훌륭한 말이 숨겨짐이 없고 들에 버려진 현자가 없어서 만방이 다 편안하다.〔嘉言罔攸伏 野無遺賢 萬國咸寧〕"라고 하였다.[191] 반드시 들에 버려진 현자가 없어야 나라가 다 편안할 수 있으니, 이 어찌 믿을 만하지 않겠는가.

《서경》에 이르기를, "수는 억조의 이인을 신하로 두었으나 마음이 이반하고 덕이 이반되었다. 나는 난신 10명이 있는데 마음이 같고 덕이 같다.〔受有臣億兆夷人 離心離德 予有亂臣十人 同心同德〕"라고 하였다.[192] 저 마음이 같고 덕이 같은 자들이 어찌 모든 주나라의 사가 아니

190 맹자(孟子)에……하였다 : 《맹자》〈이루 하(離婁下)〉에 "두 노인은 천하의 대로인데 문왕에게 귀의하였으니, 이는 천하의 아버지가 문왕에게 귀의한 것이다. 천하의 아버지가 문왕에게 귀의하였으니, 그 자제들이 어디로 가겠는가.〔二老者, 天下之大老也, 而歸之, 是天下之父歸之也. 天下之父歸之, 其子焉往?〕"라고 하였다. 두 노인은 백이(伯夷)와 태공(太公)을 말한다.

191 서경에……하였다 : 《서경》〈대우모(大禹謨)〉에 나온다.

192 서경에……하였다 : 《서경》〈태서 중(泰誓中)〉에 나오는데, 위 인용문 원문의

었겠는가.

《주역》에 "나라의 빛을 봄이니, 왕에게 나아가 손님이 됨이 이롭다.〔觀國之光 利用賓于王〕"라고 하였고,[193] 《시경》에 "즐거워라 군자여, 나라의 빛이로다.〔樂只君子 邦家之光〕"라고 하였다.[194] 저 왕에게 나아가 손님이 됨이 이로운 것이 진실로 나라의 빛이니,[195] 다른 것이야 더 볼 것이 뭐가 있겠는가.

〈열명(說命)〉에 이르기를, "저 부열(傅說)이 공경히 받들어서 준예들을 널리 불러 여러 지위에 나열하게 하겠습니다.〔惟說式克欽承 旁招俊乂 列于庶位〕"라고 하였다.[196] 당시는 은나라의 도가 중간에 쇠약해졌을 때니 부열이 어찌 자신의 마음을 쓸 곳이 없었겠는가. 그런데도 또한 준예들을 관직에 임명하는 것을 급선무로 삼았으니, 어찌 다스림의 근본을 안 사람이 아니겠는가.

《주역》에 이르기를, "띠풀의 뿌리를 뽑듯 동류들과 함께 감이니, 길하다.〔拔茅茹 以其彙征 吉〕"라고 하였으니,[197] 한 사람이 조정에 나아

"受有臣"에서 '臣' 자가 없다. 수(受)는 주왕(紂王)을, 이인(夷人)은 평범한 사람을 가리킨다. 난신은 난을 다스리는 신하를 말한다.

193 주역에……하였고 : 《주역》〈관괘(觀卦) 육사(六四)〉에 나오는 말인데, 그 전(傳)에 "옛날에 현덕을 지닌 사람이 있으면 임금이 손님으로 예우하였으므로, 사가 조정에서 벼슬하는 것을 빈이라 한다.〔古者有賢德之人, 則人君賓禮之, 故士之仕進於王朝, 則謂之賓.〕"라고 하였다.

194 시경에……하였다 : 《시경》〈남산유대(南山有臺)〉에 나온다.

195 왕에게……빛이니 : 《주역》의 '국지광(國之光)'과 《시경》의 '방가지광(邦家之光)'을 같은 의미로 보았으므로, '나라의 빛'은 군자를 뜻하는 말이다.

196 열명(說命)에……하였다 : 《서경》〈열명 하〉에 나온다.

197 주역에……하였으니 : 《주역》〈태괘(泰卦) 초구(初九)〉에 나오는데, 뜻을 같이

가면 그 이로움이 광대해진다.

《주역》에 "천지가 닫히면 현인이 은둔한다.〔天地閉 賢人隱〕"라고 하였고,[198] 《시경》에 "인물이 없어지니 나라가 시들었네.〔人之云亡 邦國殄瘁〕"라고 하였다.[199] 한 사람이 은둔하면 저 큰 천지가 그로 인해 닫히고, 한 사람이 없어지면 저 중대한 국가가 그로 인해 시들어버리니, 어찌 크게 두려워해야하지 않겠는가.

《시경》에 이르기를, "즐거워라 군자여, 국가의 터전이로다.〔樂只君子 邦家之基〕"라고 하였고, 또 《시경》에 "화락한 군자를, 사방의 기강으로 삼네.〔豈弟君子 四方爲綱〕"라고 하였다.[200] 이미 터전으로 삼고 또 기강으로 삼았으니, 기강과 터전을 믿지 않고 또 어디에서 구하겠는가.

그러므로 옥 술잔과 아로새긴 담장[201]은 국가를 패망시키기에 부족하며, 전쟁을 좋아하고 여색을 좋아함이 나라를 잃게 할 수 없는 것은

하는 현자들이 때를 만나 한꺼번에 나아감을 말한다.

198 주역에……하였고 : 《주역》〈곤괘(坤卦) 문언(文言)〉에 나온다. 천지가 닫힌다는 것은 세상이 어지러워진다는 말이다.

199 시경에……하였다 : 《시경》〈첨앙(瞻仰)〉에 나온다.

200 시경에 이르기를……하였다 : 《시경》〈남산유대〉와 〈권아(卷阿)〉에 나온다.

201 옥……담장 : 원문은 '玉杯雕牆'인데, 나라를 망하게 할 만큼 사치스러운 생활을 형용한 말이다. 은나라 주왕(紂王)이 사치하여 상아 젓가락을 만드니 기자(箕子)가 탄식하기를, "저 사람이 상아 젓가락을 만들었으니 장차 반드시 옥 술잔을 만들 것이다.〔彼爲象箸, 必爲玉桮.〕"라고 하였다. 《史記 卷38 宋微子世家》 또 《서경》〈오자지가(五子之歌)〉에 "안으로 여색에 빠지거나……궁실을 높이고 담장을 아로새기는 등 이 중에 한 가지 일만 있어도 망하지 않는 경우는 없다.〔內作色荒……峻宇雕牆, 有一於此, 未或不亡.〕"라고 하였다.

오직 그 나라에 선사(善士)가 있기 때문이다.

그러므로 공자(孔子)께서 위령공(衛靈公)의 무도(無道)함을 말씀하시자, 강자(康子)가 "저 사람이 이처럼 무도한데도 어찌 지위를 잃지 않습니까?"라고 물었다. 공자께서 "중숙어(仲叔圉)가 외교의 일을 다스리고 축타(祝鮀)가 종묘의 일을 다스리고, 왕손가(王孫賈)가 군대의 일을 다스리지요. 저 사람이 인재를 쓴 것이 이와 같으니 어찌 그가 지위를 잃겠소."라고 하였다.[202] 맹자가 말하기를 "주왕(紂王)은 무정(武丁)과의 연대(年代)가 오래되지 않아서 고가(故家)와 유속(遺俗)과 유풍(流風)과 선정(善政)이 아직도 남은 것이 있었으며, 또 미자(微子)와 미중(微仲)과 왕자 비간(比干)과 기자(箕子)와 교격(膠鬲)이 있었는데, 다 현인이었다. 이들이 함께 주왕을 보좌하였으므로 오랜 뒤에야 나라를 잃었다."라고 하였다.[203] 사가 국가에서 중요한 존재인 것이 이와 같다.

저 사는 무엇을 하는 자인가. 어떠하면 그를 사라고 할 수 있는가.

사는 귀하여 천자가 되더라도 지나치다고 여기지 않고,[204] 부유하여 구우(九宇 천하)를 소유하더라도 분에 넘치는 일을 하지 않으며, 낭묘(廊廟)에서 종종걸음 치며 계책을 진언하고 화란(和鑾)을 울리고 금신(錦紳)을 끌며[205] 훌륭한 문망(聞望)이 사방에 이르더라도 영광스럽게

202 공자께서 위령공(衛靈公)의……하였다 : 《논어》 〈헌문(憲問)〉에 나온다.

203 맹자가……하였다 : 《맹자》 〈공손추 상(公孫丑上)〉에 나온다.

204 귀하여……않고 : 《맹자》 〈등문공 상(滕文公上)〉에, "순 임금은 요 임금의 천하를 받고도 지나치다고 여기지 않았다.〔舜受堯之天下, 不以爲泰.〕"라는 구절이 보인다.

205 화란(和鑾)을……끌며 : 임금을 모시고 벼슬함을 형용한 말이다. 화란은 황제의 마차에 달려 있는 방울이며, 금신(錦紳)은 비단으로 장식한 허리띠로 관복을 의미한다.

여기지 않는다. 밭이랑 속에 있으면서 목석(木石)과 함께 살고 사슴과 멧돼지와 벗하며[206] 육체를 굶주리게 하고 몸을 궁핍하게 하여 하는 일마다 이루지 못하더라도[207] 곤궁하다거나 치욕스럽다고 여기지 않는다.

황제(黃帝)와 요순, 우탕(禹湯)과 문무(文武), 이윤과 부열과 주공(周公)은 사 가운데 지위를 가지고 자신의 도를 행한 사람들이다. 중니(仲尼)와 안연(顏淵)과 자사(子思)와 자여(子輿 맹자)는 사 가운데 지위를 가지지 못하고 자신의 도를 보존한 이들이다.

아아! 학교의 정책이 사라지고 사도(師道)가 무너진 지 오래되었으니, 장차 어떻게 뛰어난 사를 일으키고 명군(明君)과 양신(良臣)을 등용할 것인가.

사람이라면 누군들 명예를 좋아하지 않겠는가. 옛사람들은 효제(孝悌)와 충신(忠信)으로 명예를 얻었는데, 뒷사람들은 인(仁)과 의(義)의 이름을 빌려[208] 명예를 얻었다. 옛사람들은 인과 의의 이름을 빌려

206 밭이랑……벗하며 : 《맹자》 〈진심 상(盡心上)〉에 "순 임금이 깊은 산중에 거처할 적에 나무와 돌과 함께 거처하시며, 사슴과 멧돼지와 함께 노시니, 깊은 산속의 야인(野人)과 다른 것이 별로 없으셨다.〔舜之居深山之中, 與木石居, 與鹿豕遊, 其所以異於深山之野人者幾希.〕"라고 한 대목이 있다.

207 육체를……못하더라도 : 《맹자》 〈고자 하(告子下)〉에 "하늘이 어떤 이에게 장차 큰 임무를 이 사람에게 내리려 하면……그의 육체를 굶주리게 하며 그의 몸을 빈궁하게 하여, 그가 하는 일마다 어긋나 이루지 못하게 한다.〔天將降大任於是人也……餓其體膚, 空乏其身, 行拂亂其所爲.〕"라고 한 대목이 있다.

208 인(仁)과……빌려 : 《맹자》 〈진심 상(盡心上)에, "요순(堯舜)은 본성대로 하였고, 탕무(湯武)는 본성을 실천하였고, 오패는 인의(仁義)의 이름을 빌렸다.〔堯舜, 性之也. 湯武, 身之也. 五霸, 假之也.〕"라고 하였고, 주희(朱熹)는 《집주(集註)》에서 "오패

명예를 얻었는데, 뒷사람들은 재물을 경시하고 어려움을 구제하는 것으로 명예를 얻었다. 옛사람들은 재물을 경시하고 어려움을 구제하는 것으로 명예를 얻었는데, 뒷사람들은 말만 숭상하고 억지로 변론하는 것으로 명예를 얻었다. 옛사람들은 말만 숭상하고 억지로 변론하는 것으로 명예를 얻었는데, 뒷사람들은 말을 교묘하게 하고 얼굴빛을 좋게 꾸미는 것으로 명예를 얻었다.

사람이라면 누군들 편안히 살기를 좋아하지 않겠는가. 옛사람들은 승추(繩樞)와 옹유(瓮牖)[209]에서 편안히 살았는데, 뒷사람들은 침실과 중문(重門)을 만들어 편안히 살았다. 옛사람들은 침실과 중문을 만들어 편안히 살았는데, 뒷사람들은 높은 누대와 넓은 집에서 편안히 살았다. 옛사람들은 높은 누대와 넓은 집에서 편안히 살았는데, 뒷사람들은 깊은 방과 이중으로 된 벽을 만들어 편안히 살았다.

사람이라면 누군들 아름다운 장식을 좋아하지 않겠는가. 옛사람들은 보불(黼黻)과 황거(璜琚)[210]로 장식하였는데, 뒷사람들은 넓은 띠와 높은 관[211]으로 장식하였다. 옛사람들은 넓은 띠와 높은 관으로 장식하였는데, 뒷사람들은 가벼운 갖옷과 옥가(玉珂)[212]로 장식하였다. 옛사

는 인의의 이름을 빌려 사사로운 탐욕을 이루기를 구하였다.〔五霸則假借仁義之名, 以求濟其貪欲之私耳.〕"라고 하였다.

209 승추(繩樞)와 옹유(瓮牖) : 승추는 노끈으로 허술하게 문지도리를 묶은 것을 말하고, 옹유는 깨진 항아리를 벽 사이에 넣어 창문을 낸 것을 말한다. 모두 가난한 집의 모습을 형용한 말이다.

210 보불(黼黻)과 황거(璜琚) : 보불은 예복에 수놓은 무늬로, 보(黼)는 도끼의 형상이고 불(黻)은 아(亞)자의 모습니다. 황과 거는 모두 옥의 일종이다.

211 넓은……관 : 원문은 '博帶峩冠'인데, 사대부의 정장 혹은 조복(朝服)을 의미한다.

람들은 가벼운 갖옷과 옥가로 장식하였는데, 뒷사람들은 여의(如意)와 승불(蠅拂)[213]로 장식하였다.

사람이라면 누군들 문장(文章)을 좋아하지 않겠는가. 옛사람들은 현가(絃歌)와 집례(執禮)[214]를 문장으로 여겼는데, 뒷사람들은 고문(高文)과 전책(典冊)[215]을 문장으로 여겼다. 옛사람들은 고문과 전책을 문장으로 여겼는데, 뒷사람들은 변려(騈儷)와 조궤(藻繢)[216]를 문장으로 여겼다. 옛사람들은 변려와 조궤를 문장으로 여겼는데, 뒷사람들은 희본(戱本)과 전곡(塡曲)[217]을 문장으로 여겼다.

212 옥가(玉珂) : 옥으로 만든 말굴레의 장식을 말한다.

213 여의(如意)와 승불(蠅拂) : 여의는 중이 설법(說法)이나 법회(法會)를 할 때 위엄을 나타내기 위해 지니는 막대 모양의 것으로, 모든 것을 뜻대로 행할 수 있다는 데서 그 이름이 유래되었다. 원래 뿔이나 대나무 등을 사람의 손 모양으로 만들어 신체의 가려운 부분을 긁는 데 사용했던 도구였다. 승불은 파리채를 말한다.

214 현가(絃歌)와 집례(執禮) : 현가는 옛날 《시경》을 배울 때 거문고와 비파 등 현악기에 맞추어 노래로 부른 것을 말하는데, 예악으로 교화함을 상징하는 말로 쓰인다. 공자의 제자 자유(子游)가 무성(武城)의 읍재로 있을 때 그 마을에 현가 소리가 들렸다고 한다. 《論語 陽貨》 집례는 예를 지키는 것을 말하는데, 공자가 평소 늘 말씀하시는 내용 중에 집례가 있었다고 한다. 《論語 述而》

215 고문(高文)과 전책(典冊) : 고문은 교서나 법령처럼 중대한 국가의 문서를 말하고, 전책은 전장(典章)과 제도를 기록한 중요한 서책을 말한다.

216 변려(騈儷)와 조궤(藻繢) : 변려는 사륙변려문(四六騈儷文)을 말하는데, 넉 자와 여섯 자의 구절을 번갈아 배열해 짝을 맞추고 화려하게 수식한 글을 말한다. 조궤는 조회(藻繪)와 같은 말로 아름다운 문양을 말하는데, 화려하게 수식한 문장을 일컫는다.

217 희본(戱本)과 전곡(塡曲) : 희본은 희곡 대본을 말한다. 《열하일기(熱河日記)》 〈산장잡기(山莊雜記)〉에 실린 〈희본명목기(戱本名目記)〉에 "희본은 모두 조정의 신하들이 황제에게 바친 시와 부(賦)와 사(詞)를 연극 대본으로 꾸민 것이다."라는 내용이 보인다. 전곡은 사(詞)를 말하는데, 악보(樂譜)의 곡조에 합치되도록 적당한 자구(字

그러므로 옛날에 성왕(聖王)이 예악(禮樂)을 제정할 때 위로는 천리(天理)를 살피고 아래로는 인사(人事)를 살폈기에, 사람의 기질(氣質)이 치우친 바와 사람의 이목(耳目)이 욕심에 가려진 바를 알았고 외물의 부림을 받아 외부로 옮겨갈 것에 대해 근심하였다.

이에 궁실의 제도와 의상의 성대함과 보궤(簠簋)의 장식과 규장(圭璋)의 아름다움과 수레와 복식의 법도로 그 눈을 인도하였고, 생용(笙鏞)과 금슬(琴瑟)과 장옥(鏘玉)과 화란(和鑾)으로 그 귀를 인도하였다.[218] 읍양(揖讓)과 배부(拜俯 엎드려 절함), 영가(咏歌)와 무도(舞蹈)로써 혈맥을 움직이고 침울함을 발산하게 하였으니,[219] 마음이 가는

句)를 채워 넣어 지은 시로, 전사(塡詞)라고도 한다.

218 이에……인도하였다 : 보궤(簠簋)는 제기(祭器)의 일종으로 보에는 도량(稻粱)을 담고, 궤에는 서직(黍稷)을 담는다. 규장(圭璋)은 제후가 천자에게 조회할 때 잡는 옥의 일종이다. 생용(笙鏞)은 생황(笙簧)과 큰 종이다. 장옥(鏘玉)은 아름다운 소리를 내는 옥을 말하는 듯하다. 화란(和鑾)은 황제의 마차에 달려 있는 방울이다. 《연암집(燕巖集)》 권3 〈명론(名論)〉에, "선왕(先王)은 사람들이 장차 태만하고 해이하여 한결같이 물러나기만 하고 나아감이 없게 될 것을 알고, 그들을 위해 보불(黼黻)과 조회(藻繪)와 치수(絺繡)로써 그들의 눈을 유도하고, 종고(鍾鼓)와 금슬(琴瑟)과 생용(笙鏞)으로써 그들의 귀를 유도하였다."라는 대목이 있다.

219 읍양(揖讓)과……하였으니 : 왕수인(王守仁)의 〈훈몽대의시교독류백송등(訓蒙大意示敎讀劉伯頌等)〉이라는 글에, "시가(詩歌)로 인도하는 것은 지기(志氣)를 드러내게 하는 것일 뿐만 아니라, 또한 시를 읊조림을 통해 발을 구르며 소리치고 높이 노래하게 하려는 이유이고, 음절을 통해 억눌리고 꽉 막힌 것을 펼치게 하려는 이유이다. 예(禮)를 익히는 것으로 인도하는 것은 위의(威儀)를 엄숙하게 하려는 것일 뿐만 아니라, 또한 주선(周旋)하고 읍양(揖讓)하며 혈맥을 움직이게 하고 절하고 일어나고 몸을 굽혔다 폈다하며 그 힘줄과 뼈를 굳건히 결속시키려는 이유이다."라고 하였다. 《王文成全集 卷3》

바와 눈이 보는 바와 귀가 듣는 바로 하여금 어묵(語默)과 동정(動靜) 사이에 올바른 곳으로 인도하지 않음이 없었다. 바로잡고 펴주며 보좌하고 도와주며 나아가 진작시켜 은혜를 베풀었으니, 성인이 백성을 걱정함이 이처럼 간절하였다.[220] 이것이 사도(司徒)의 직책과 전악(典樂)의 관직[221]을 만든 이유이다.

그런데 지금 집에서는 공명(功名)과 이익(利益)의 설을 익히고 사람들은 말을 잘하고 총명함이 지극함을 자랑하며, 충후(忠厚)한 자를 비웃어 어리석다고 여기고 노성(老成)한 자를 헐뜯어 물정에 어둡다고 여긴다. 저 장보관(章甫冠)을 쓰고 상사(庠舍 학교)에 선 자들은 처음에는 막막하여 어디로 가야할지 모르다가 끝내는 갈팡질팡 마음에 주관이 없어지며, 뒤이어 스스로 포기(抛棄)하고 자중자애(自重自愛)하지 않는다. 이에 하루 종일 입에서 선언(善言)을 내지 않고 일 년 내내 몸으로 선행(善行)을 하지 않는다.

220 바로잡고……간절하였다 : 《맹자》 〈등문공 상(滕文公上)〉에 "방훈이 말씀하기를 '위로하고 오게 하며, 바로잡아 주고 펴 주며, 보좌하고 도와주어 스스로 본성을 얻게 하고, 또 나아가 진작시켜 은혜를 베풀어 주라.'라고 하셨다. 성인이 백성을 걱정함이 이와 같으니, 어느 겨를에 밭을 갈겠는가.〔放勳曰: '勞之來之, 匡之直之, 輔之翼之, 使自得之, 又從而振德之.' 聖人之憂民如此, 而暇耕乎?〕"라고 하였다.

221 사도(司徒)의……관직 : 사도는 주(周)나라 때 육경(六卿)의 하나로, 국가의 토지와 백성의 교육을 담당하였다. 전악(典樂)은 음악을 담당하는 관리로 왕실과 경대부(卿大夫)의 적자(嫡子)의 교육을 담당하였다. 《서경》 〈순전(舜典)〉에 순 임금이 말하기를 "설아! 백성이 친목하지 않고 오륜을 따르지 않으므로 너를 사도로 삼으니, 공경히 다섯 가지 가르침을 펴되 너그럽게 하라.〔契! 百姓不親, 五品不遜, 汝作司徒, 敬敷五教在寬.〕"라고 하였고, 또 "기야! 너를 전악으로 삼으니, 주자(胄子)를 가르치라.〔夔! 命汝典樂, 教胄子.〕"라고 하였다. 주자(胄子)는 왕실과 경대부의 적자를 일컫는다.

시서(詩書)를 안고 있어도 고무되고 진작되는 바가 없으니 또한 기쁘게 여길 만한 것이 못 되어, 시서를 버리고 장기와 바둑을 둔다. 남과 교제하더라도 마음을 비우고 자신의 허물을 아는 자가 드무니, 종신토록 붕우 간에 간절히 권면하는[222] 즐거움이 없다. 이에 비방하고 공격하는 습성이 자란다.

저 향리에서 자신의 지조를 아끼는 자들은 마침내 더 나아가 학교를 비웃고 천시하여 발을 들여놓으려 하지 않으니, 이것이 어찌 학교의 죄이겠는가. 한단(邯鄲)의 걸음걸이는 천하에서 훌륭한 것인데 사람들이 본받기를 부끄러워하는 것은 본받은 걸음걸이가 경망스럽고 저속하기 때문이다.[223] 하물며 경전의 뜻을 표절하고 글줄을 찾고 글자나 헤아리며[224] 겉모습의 아름다움으로 남을 기쁘게 하는 데 힘쓰는 자야 말할 것이 있겠는가.

222 간절히 권면하는 : 원문은 '切偲'인데, '절절시시(切切偲偲)'의 준말로 붕우 간에 간절히 권면하는 것을 말한다. 자로(子路)가 진정한 사(士)는 어떻게 해야 하는가를 묻자 공자가 이르기를, "간절하게 권면하고 화목하게 지내면 사라 이를 수 있으니, 벗 사이에는 간절히 권면하고, 형제간에는 화목하게 지내야 한다.〔切切偲偲, 怡怡如也, 可謂士矣. 朋友, 切切偲偲, 兄弟, 怡怡.〕"라고 한 데서 나온 말이다. 《論語 子路》

223 한단(邯鄲)의……때문이다 : 한단은 전국(戰國) 시대 조(趙)나라의 수도인데, 이곳 사람들의 걸음걸이가 세련되었다고 한다. 연(燕)나라 수릉(壽陵)의 청년이 한단에 가서 그 걸음걸이를 배우다가 중도에 그만두고 고향으로 돌아갈 때에는 자신의 본래 걸음걸이도 잊고 한단의 걸음걸이도 제대로 배우지 못하여 결국 기어갔다는 고사가 전한다. 《莊子 秋水》

224 글줄을……헤아리며 : 원문은 '尋行數墨'인데, 문자(文字)에만 매달려 문자 뒤에 숨은 깊은 뜻을 찾지 않는다는 의미이다. 《전등록(傳燈錄)》에 "불법의 원만 구족함을 알지 못한 채, 그저 불경 속의 문자에 매달려 헛수고만 하고 있다.〔不解佛法圓通, 徒勞尋行數墨.〕"라는 말이 있다.

그러나 자제가 부드러운 붓〔柔翰〕을 놀리고 아름다운 서간을 잡으면 부모는 기뻐하고 향인(鄕人)은 부러워하지만, 자제가 금슬을 안고 계단을 오르고 금슬의 현을 잡는 법을 배워 현을 조정하면[225] 부모는 걱정하고 향인은 싫어하니, 이것이 어찌 금슬의 죄이겠는가. 심한 자들은, 이상하다는 이유로 읍양(揖讓)을 비웃고 해괴하다는 이유로 무도(舞蹈)를 비웃으니, 이것이 어찌 읍양과 무도가 할 만한 것이 못 되어서이겠는가.

무릇 예악(禮樂)은 다스림의 근본이고, 학교는 예악이 나오는 근본이다. 성인의 시대에 태평에 이르고자 한다면 재화(財貨)를 일으킬 것인가, 형법을 중시할 것인가, 무기를 수리할 것인가, 성(城)과 해자(垓字)를 보수할 것인가. 성인이 다시 일어나더라도 반드시 선후로 삼는 바가 있을 것이다.

염재가 말하기를, "큰 의론과 큰 글이라서 읽을 수는 있어도 평할 수는 없다. 연암(燕巖) 선생의 상자 속 원고 중에 〈원사(原士)〉편이 있는데, 그 대지(大旨)는 사가 생민(生民)의 근본임을 위주로 하였다. 지금 이 글을 읽고 그 연원이 가문에 있음을 알았으니, 더욱 존경할 만하다."라고 하였다.[226]

225 금슬을……조정하면 : 《예기》 〈학기(學記)〉에 "금슬의 현을 조정하는 것을 배우지 않으면 현을 자유로이 조정할 수 없다.〔不學操縵, 不能安弦.〕"라고 하였다. '만(縵)'은 금슬의 현을 말한다.

226 염재가……하였다 : 여기에는 모두 이정관의 평어로 기록되어 있으나, 《상고도회문의례》에 실린 두주(頭註)에는 "큰 의론과 큰 문자이다.〔大議論, 大文字.〕"라는 부분은 이정관의 평어로 기록되어 있고, "읽을 수는 있어도 평할 수는 없다.〔可讀, 不可

당나라 초기에 부병제를 설치하다〔唐國初置府兵〕[227]

논한다.

評.〕"라는 부분은 수일(守一)의 평어로 기록되어 있다. 또 그 뒷부분의 평어는 《상고도회문의례》에 보이지 않는다. 수일은 홍길주(洪吉周, 1786~1841)의 당호인데, 본관은 풍산(豊山), 자는 헌중(憲仲), 호는 항해(沆瀣)·현산자(峴山子) 등이다. 형은 홍석주(洪奭周)이고, 아우는 홍현주(洪顯周)이다. 1807년(순조7)에 진사에 급제하였으나, 초야에서 저술 활동에 매진했다. 저서로 《현수갑고(峴首甲藁)》《항해병함(沆瀣丙函)》《표롱을첨(縹礱乙幟)》《숙수념(孰遂念)》 등이 있다. 연암 박지원의 〈원사(原士)〉는 《연암집》 권10에 수록되어 있다. 〈원사〉 첫머리에 붙은 박종채(朴宗采)의 진술에 따르면, 이 글은 연암협의 묵은 종이를 모아 둔 곳에서 발견한 것으로 원래 글의 이름이 없었는데, 조목 중에 나오는 '원사'라는 두 글자를 취하여 제목으로 삼았다고 한다. 〈원사〉는 모두 55칙(則)으로 이루어져 있으며, 학문을 통해 천하에 기여하는 독서인(讀書人)이자 덕행을 솔선하여 실천하는 주체로서 사의 각성을 촉구한 글이다.

227 당나라……설치하다 : 《상고도회문의례》 권5 〈제21부 절(節)〉에 〈단태위가 부병제를 회복할 것을 청하다〔段太尉請復府兵〕〉라는 제목으로 실린 안설이다. 단태위(段太尉)는 당나라 덕종(德宗) 때의 명장 단수실(段秀實, 719~783)로, 자는 성공(成公)이다. 이 안설은, 《신당서(新唐書)》 권50 〈병지(兵志)〉 중 당나라 군사 제도가 부병(府兵)에서 확기(彍騎)로, 확기에서 방진(方鎭)으로 바뀌었다는 내용을 발췌하여 수록한 뒤 붙인 것이다. 환재의 안설 역시 《신당서》 권50 〈병지〉의 내용을 상당 부분 전재(轉載)하고, 자신의 견해를 덧붙였다. 환재는 중국 고대의 군사 제도가 주나라의 정전제(井田制)에서 시작되었다고 하며 평시에는 농사를 짓고 유사시에 군대로 전환되는 이른바 '병농일치(兵農一致)'의 방법을 이상적인 군사 제도라고 하였다. 또 당나라 초기에 설치한 부병제(府兵制)가 병농일치의 정신을 잘 구현한 것으로 평가하였다. 부병제는 20세 이상의 농민을 선발하여 부병(府兵)으로 삼아 농한기에 집중적으로 훈련을 시킨 뒤 유사시에 징발하는 제도로, 병권(兵權)을 지닌 자의 세력 확장을 막는 좋은 방법이었던 것이다. 환재는 부병제가 무너지고 확기와 방진으로 변하며 변방 장군의 세력이 커진 것이 당나라 멸망의 결정적 요인이라는 진단하에, 단수실이 부병제의 회복을 요청한 것이 탁월한 견해였다고 주장하였다.

옛말에 이르기를, "군대는 불과 같아서 억제하지 않으면 장차 제 몸을 태울 것이다.〔兵猶火也 不戢將自焚〕"라고 하였는데,[228] 당나라 왕실의 흥망으로 보자면 군대를 억제하지 못한 우환이 아아! 너무도 심하였다.

어떤 이는 말하기를 "군대를 보존하며 억제하지 않아 제 몸 태우기를 걱정하기보다는, 차라리 군대를 버리고 쓰지 않는 것이 더 낫지 않겠는가. 억제하고 못하고를 다시 논할 것이 없다."라고 하는데, 이는 진실로 그렇지 않다.

지금 동쪽 이웃집에서 새벽밥을 짓다가 불을 낸 자가 있다고 하자. 불이 대들보까지 번져 집이 무너지고 집안사람들이 소리쳐 울며 분통을 터트리면, 다시는 불을 지펴 밥을 짓지 않겠다고 맹세할 듯하다. 그러나 저녁이 되면 다시 숲에서 땔나무를 해오고 이웃에서 불씨를 빌리는 것은 불을 버리고는 살 수 없기 때문이다.

옛날 지극한 덕을 지닌 이가 정치를 할 때에는 그 나라의 치란과 흥망이 모두 덕에서 연유하지 않음이 없었지만, 후대로 내려와서는 또한 군대에서 연유하지 않는 경우가 드물었다. 공자께서 "양식이 풍족하고, 병비(兵備)가 풍족하면 백성이 믿을 것이다.〔足食足兵 民信之矣〕"라고 하였으니,[229] 군대가 어찌 중요한 일이 아니겠는가. 이것은 하루도 버려두고 강론하지 않아서는 안 될 것이다.

그렇다면 군대를 억제하는 방법은 어찌해야 되는가. 이 또한 옛날의

228 옛말에……하였는데 : 《춘추좌씨전(春秋左氏傳)》 〈은공(隱公) 4년〉에 나오는 말로, 군대를 조심해서 다루지 않으면 결국 군대를 부린 사람이 망하게 된다는 의미이다.

229 공자께서……하였으니 : 《논어》 〈선진(先進)〉에 나온다.

법도를 따라 지키고 흔들지 않아야 할 뿐이다.

옛날에 군대는 정전제(井田制)에서 시작되었으니 백성과 군대가 하나여서 군대가 농민 속에 있었다. 그런데 주나라가 쇠퇴하자 선왕의 제도가 무너져 회복되지 않았고, 진한(秦漢) 이래로는 모두 시대에 따라 제도를 바꾸며 이로움과 편의를 추구하였는데, 그 법제를 살펴보면 한 시대에는 사용할 수 있으나 후세에 시행할 수 없는 것이 대부분이다.

오직 당나라의 부병제(府兵制)[230]만은 옛 법도에 제법 부합하였으니, 그 거처(居處)와 교양(敎養)과 축재(畜材)와 대사(待事)와 동작(動作)과 휴식(休息)[231]에 모두 절목(節目)이 있었다. 그러므로 고조(高祖)와 태종(太宗) 시대에는 천하가 편안하여 태평을 이루었다. 비록 국경에 작은 경보가 있기는 했지만 조발(調發)과 징병(徵兵)에 법도가 있었고 조치가 문란하지 않았으므로 백성들은 번거롭거나 어지럽지 않았다.

그러나 후세에 이르러 자손이 교만하고 나약하여 그 법도를 준수하지 못하고 번번이 다시 바꾸니, 부병제가 폐지되어 확기(彍騎)[232]가

230 부병제(府兵制) : 서위(西魏)에서 시작되어 북주(北周)와 수(隋)를 거쳐서 당(唐)나라 초기까지 실시된 병농일치(兵農一致)의 군사 제도이다. 20세 이상의 농민을 선발하여 부병(府兵)으로 삼아 농한기에 집중적으로 훈련을 시키고, 유사시에 징발할 때에는 각자 병기와 식량을 휴대하게 하였으며, 정기적으로 경사(京師)에 숙위하게 하고 변경을 방수하게 하였다. 당나라 초기에는 중국 10개 도(道)에 634개의 부를 설치했는데 그 명칭을 절충부(折衝府)라 했고, 절충도위(折衝都尉)・과의도위(果毅都尉) 등을 두어 거느리게 하였다.

231 거처(居處)와……휴식(休息) : 거처는 평소 군대가 주둔하는 곳, 교양은 군대의 훈련, 축재는 병기와 물자 등의 저장, 대사는 전쟁이 일어나기를 대비하여 기다리는 것, 동작과 휴식은 움직이고 쉬는 것을 말하는 듯하다.

되고, 확기가 폐지되어 방진(方鎭)[233]의 군대가 강성해져서 마침내 어지러움을 부르고도 끝내 깨닫지 못했으니, 슬프다.

처음 부병제가 만들어졌을 때, 아무 일이 없을 때에는 들에서 경작하고 번상(番上)[234]이 된 자가 경사(京師)에서 숙위(宿衛)할 뿐이었다. 만약 사방에 일이 발생하면 장군을 임명하여 출전시키고 일이 끝나면 즉시 해산하였으니, 병사들은 부(府)로 흩어지고 장군은 조정으로 돌아갔다. 그러므로 병사는 자신의 업(業)을 잃지 않고 장군은 군대를 통솔하는 중책이 없었으니, 기미와 조짐을 막아[235] 화란의 싹을 끊는 방법이었다.

확기가 폐지되고 방진이 날로 강성해지자 광포한 병졸과 사나운 장군들이 비록 일이 없을 때라도 항상 지방에 웅거하여 마음대로 호령하니, 전쟁을 하지 않았는데도 천자가 끝내 자리에 앉아 자신의 천하를 잃게 되었다. 그 근원을 따져보면 부병의 법도가 무너짐에서 연유하지

232 확기(彍騎) : 확기(彉騎)라고도 쓰는데, 당나라 때의 도성 숙위병(宿衛兵)의 명칭이다. 현종(玄宗) 때 장열(張說)의 건의에 따라 부병제를 변경한 것으로, 일종의 모병 제도이다. 경조(京兆)·포주(蒲州)·동주(同州)·기주(岐州)·화주(華州)의 부병(府兵)과 백정(白丁) 중에서 모집하고 노주(潞州)의 장종병(長從兵)을 보태어 12만 명의 군사를 확보하여 남아(南衙)에 두었다고 한다.

233 방진(方鎭) : 병권(兵權)을 잡고 한 지방을 진수(鎭守)하는 군사장관(軍事長官)을 말하는데, 당나라 때에는 관찰사(觀察使)·절도사(節度使)·경략(經略) 등을 일컫는다.

234 번상(番上) : 부병제에서 정기적으로 돌아가며 경사(京師)에 가서 숙위(宿衛)를 담당하는 것을 일컫는 말이다.

235 기미와 조짐을 막아 : 원문은 '防微漸'인데, '방미두점(防微杜漸)'과 같은 말로 싹이 트기 전에 막고 물이 스미기 전에 막는다는 말이다.

않음이 없으니, 이 때문에 내가 "군대를 억제하는 방법은 오직 옛날의 법도를 따라 지키고 흔들지 않는 것일 뿐이다."라고 한 것이다.

숙종(肅宗)과 대종(代宗) 시대에는 해내에 금혁(金革 전쟁)이 거의 없는 날이 없었으니,[236] 부병제를 다시 시행하려 해도 형세로 보아 진실로 성공할 수 없었다. 그러나 만약 굳건한 의지로 힘을 모아, 한 진(鎭)을 평정하면 그 진에 부병제를 시행하고 한 주(州)를 안정시키면 그 주에 부병제를 시행하여, 조치하고 계획하기를 이필(李泌)이 서경(西京)에 둔전(屯田)을 두려 한 것[237]과 같이 하였다면, 또한 조금씩 회복할 형세가 있었을 것이다.

덕종(德宗) 이후에 이르러서는 나라를 위해 계책을 잘 세우는 자라도 손쓸 방법이 없긴 했지만, 저 당시의 신하된 자들은 한갓 국세(國勢)가 약해진 것만 걱정할 줄 알고 왕실이 쇠미해 진 것만 탄식할 줄 알 뿐, 국세가 약해지고 왕실이 쇠미해진 이유가 부병제의 폐지에 근원하였음을 한 번도 말한 적이 없으니, 이는 무엇 때문인가? 혹시 당시의 사정이 어찌해 볼 도리가 없어 말을 해도 공언(空言)이 되어 시행할 수 없었기 때문인가?

236 숙종(肅宗)과……없었으니 : 숙종과 대종의 재위 기간인 756~779년까지 당나라는 내우외환에 시달렸다. 755년 일어난 안사(安史)의 난이 763년까지 이어졌고, 763년에는 토번(吐蕃)이 침입하여 장안(長安)을 점령하기도 하였다. 또 775년에는 위박 절도사(魏博節度使) 전승사(田承嗣)의 반란이 일어났다.

237 이필(李泌)이……것 : 이필(722~789)은 당나라 때의 충신으로 자는 장원(長源)이다. 현종(玄宗)·숙종(肅宗)·대종(代宗)·덕종(德宗) 등 네 조정에서 연이어 벼슬하며 국가의 정책을 입안하였고 재상까지 지냈으며, 업후(鄴侯)에 봉해졌다. 서경은 장안(長安)을 일컫는다. 덕종이 이필에게 부병제를 회복할 방법을 묻자, 둔전(屯田)의 실시를 건의한 바 있다.《資治通鑑 卷232 唐紀48》

그러나 옛날 큰 논의를 세우고 큰 계책을 진언한 자들은 사정이 어쩔 수 없다는 이유로 그 일을 폐기한 적이 없었고, 일을 시행할 수 없다는 이유로 그 말을 폐기한 적도 없었다. 비록 당시에는 성취할 수 없다고 해도 후세에서 모범을 취할 수는 있었기 때문이었다. 이것이 내가 당나라 왕실에서 국정을 계획한 자들을 애석하게 여기는 이유이다.

살피건대, 덕종 때 단수실(段秀實)은 금병(禁兵)이 적고 약하다고 하여 널리 선발함에 유의하기를 청하였다.[238] 경원(涇原)의 병란 때에 이르러 덕종이 출분(出奔)한 것[239]은 금병이 적고 약하여 비상사태를 대비하기에 부족했기 때문이니, 당시 사람들은 단수실의 말을 참으로 옳다고 여겼다. 단공(段公)과 같은 자로 말하면 시무(時務)의 선후를 안 자라고 할 수 있으니, 그는 부병 제도에 대해 당연히 강마(講磨)한 바가 있었을 것이다.

238 덕종……청하였다 : 이 내용은 《신당서(新唐書)》 권50 〈병지(兵志)〉에 수록된 단수실의 상소 가운데 보인다. 단수실(段秀實, 719~783)은 자는 성공(成公)으로, 당나라의 명장이다.

239 경원(涇原)의……것 : 경원의 병란은 783년(덕종4)에 경원 절도사(涇原節度使) 요영언(姚令言)이 일으킨 반란을 말하며, 이 난리로 인해 덕종은 봉천(奉天)으로 파천하였다. 태위(太尉) 주자(朱泚)가 반란군의 추대를 받아 장안에 들어와서 황제를 칭하고 대진(大秦)이라 국호를 정한 다음 스스로 군사를 거느리고 봉천을 포위하였으나, 이성(李晟)에게 패하여 주살되었다. 《舊唐書 卷200下 朱泚列傳》

논한다.

송나라 태조가 봉장고(封樁庫)를 설치한 것은 깊은 우려에서 나온 큰 계책으로서 백성에게 공개하고 자신을 위해 사사로이 쓰지 않았으니, 훌륭하다고 할 만하다. 그러나 나는 봉장고를 혁파했어야 마땅하다고 여기니, 그 이유는 무엇인가.

무릇 융적(戎狄)은 끝없이 탐욕을 부리므로 정벌하여 물리칠 수는 있어도 황금과 비단을 주어 제지할 수는 없다. 이것이 봉장고를 혁파했어야 마땅한 첫 번째 이유이다.

이미 황금과 비단을 주어 달랠 수 없다면 부득불 공격해서 취하지

240 송나라……설치하다 : 《상고도회문의례》 권5 〈제20부 직(直)〉에 〈송나라 건덕 연간에 간관이 봉장고를 혁파하여 호부에 귀속시킬 것을 청하다.〔宋乾德 諫官請罷封樁庫 以屬戶部〕〉라는 제목으로 실린 안설이다. 건덕(乾德)은 송나라 태조(太祖)의 연호로 963년~968년까지 사용되었다. 이 안설은 《송사기사본말(宋史記事本末)》 권1 〈태조대주(太祖代周)〉의 내용 중 송 태조가 북주(北周)를 평정한 뒤 봉장고(封樁庫)를 만들어 한 해 동안 필요한 비용 이외의 재물을 쌓아두고, 3백 만의 재물이 모이면 석진(石晉)이 거란에게 뇌물로 바친 유주(幽州)와 연주(燕州)를 되찾아 오는 비용으로 쓰거나 거란을 공격할 비용으로 쓰겠다고 한 부분을 발췌하여 수록한 뒤 붙인 것이다. 봉장고는 송나라 때 만든 궁궐 창고의 하나이다. 환재는 이 안설에서 봉장고를 혁파했어야 마땅한 네 가지 이유를 제시하였다. 첫째 탐욕스러운 융적은 재물로 회유할 수 없고, 둘째 도탄에 빠진 백성을 구하고 잃어버린 영토를 되찾는 전쟁이라면 전쟁에 임해 군량과 물자를 징발해도 문제될 것이 없으며, 셋째 회유든 전쟁이든 실행하지도 않으면서 궁궐의 창고를 채우는 것은 백성들로 하여금 의혹을 품게 하는 것이고, 넷째 회유하는 방법을 써서 융적과 사신을 왕래하는 것은 당당한 천자로서 수치스러운 일이라는 것이다.

않을 수 없다. 그렇다면 장군을 임명하고 병사를 경계시켜 정벌의 계책을 결정하되, 반드시 병적(兵籍)을 두 번 살피지 않고 군량을 세 번 싣지 않고도〔籍不再考 糧不三載〕[241] 선왕의 영토를 회복하고 도탄에 빠진 적자(赤子 백성)를 구한 연후에야 '왕자(王者)의 군대'라고 할 수 있다. 그렇다면 탁지(度支)[242]에 군량미와 병거(兵車)를 명하고 작부(作部)[243]에서 갑옷을 징수해도 불가할 것이 없다. 어찌 꼭 황금과 비단을 따로 저장한 연후에야 공(功)을 이루기를 도모할 수 있겠는가. 이것이 봉장고를 혁파했어야 마땅한 두 번째 이유이다.

황금과 비단으로 유인하지도 않고 또 병사를 일으키고 군대를 정돈하여 전인(前人)의 수치를 속시원히 씻지도 못하면서 한갓 황금과 비단이 날로 궁궐 창고에 모이는 것만 볼 뿐이라면, 임금이 따로 사사로이 쌓아두고 많은 이익을 도모하는 듯한 점이 있으니, 백성들의 의혹이 장차 더욱 심해질 것이다. 이것이 봉장고를 혁파했어야 마땅한 세 번째 이유이다.

만약 황금과 비단을 주어 달랜다면 저들은 그 이익을 탐해 허락할 터이지만 결코 남쪽을 향해 신하로 일컫지는 않을 것이니, 그렇다면 그들은 반드시 동맹국의 예로써 대하게 될 것이다. 당당한 천하의 주인으로서 서로 어지러이 황금과 비단과 주옥 등의 물품을 가지고 서로

241 병적(兵籍)을……않고도 : 《손자(孫子)》 권2 〈작전(作戰)〉에, "용병을 잘하는 자는 병역을 두 번 장부에 올리지 않고, 군량을 세 번 수송하지 않는다.〔役不再籍, 糧不三載.〕"라고 하였다.

242 탁지(度支) : 국가의 재정을 담당한 관청 이름이다. 위진(魏晉) 시대에 처음 설치되었다.

243 작부(作部) : 병기(兵器) 제작을 담당하는 부서이다.

빙문(聘問)하고 보빙(報聘)하며 왕래한다면 어찌 너무도 수치스러운 일이 아니겠는가.

뒷날 전연(澶淵)에서 맹약을 맺고[244] 남도(南渡)하여 화의(和議)로 나라를 그르쳐[245] 끝내 쇠퇴하여 떨쳐 일어나지 못했던 것이 이것에서 연유하지 않음이 없었다. 정벌하고자하면 정벌할 것이지, 어찌 꼭 황금과 비단으로 유인할 필요가 있겠는가. 이것이 봉장고를 혁파했어야 마땅한 네 번째 이유이다.

염재가 말하기를, "이 편에서 논한 봉장고의 이해(利害)는 명백하고 사리에 부합하여 송나라 사람의 주의(奏議) 속에 넣을 만하다. 이것은 바로 주자(朱子)가 논한 사인(私人)을 임용하고 사재(私財)를 쓰는 잘못이니,[246] 우리나라의 우암(尤菴) 선생이 내탕고(內帑庫)에

244 전연(澶淵)에서 맹약을 맺고 : 송나라 진종(眞宗)이 거란의 침공을 받아 전연(澶淵)으로 친정(親征)을 나갔다가 금품을 바치고 굴욕적인 맹약(盟約)을 맺었던 일을 말한다. 《宋史 卷6 眞宗本紀》

245 남도(南渡)하여……그르쳐 : 남도는 송나라 고종(高宗)이 금(金)나라의 침입을 당해 양자강(揚子江)을 건너 남쪽 임안(臨安)으로 도읍을 옮긴 것을 말한다. 화의는 남도한 송나라가 소흥(紹興) 12년(1142)에 회하(淮河)와 진령산맥(秦嶺山脈)을 잇는 선을 국경으로 하여 중국을 남북으로 나누어 점유하기로 금나라와 합의하고 그 조건으로 금나라에 대하여 신하의 예를 취하고 세폐(歲幣)를 바치게 된 것을 말한다.

246 주자(朱子)가……잘못이니 : 주희(朱熹)가 효종(孝宗) 15년인 무신년(1188)에 올린 〈무신봉사(戊申封事)〉에, "사심을 가지고 사인을 쓰면 사비가 없을 수 없으니, 안으로는 경비(經費)의 수입을 축내고 밖으로는 많은 헌물(獻物)을 받아들여 사재를 축적하는 데 이릅니다.〔以私心用私人, 則不能無私費. 於是, 內損經費之入, 外納羨餘之獻, 而至於有私財.〕"라고 한 것을 말한다. 《晦菴集 卷11》

별도로 저장하는 것을 혁파하려고 했던 것[247]도 이 때문이다."라고 하였다.

당나라 태화 연간의 유주의 이해〔唐太和中維州利害〕[248]

논한다.

당나라 문종(文宗)의 유주(維州)에 대한 처분[249]을 두고 논자들의

247 우암(尤菴)……것 : 우암 송시열(宋時烈, 1607~1689)이 1657년(효종8)에 〈정유봉사(丁酉封事)〉를 올려 시무 19조를 건의하였는데, 그 다섯 번째 내용 가운데 내수사(內需司)를 혁파하고 양병(養兵)과 양민(養民)을 건의한 부분이 보인다. 《宋子大全 卷5》

248 당나라……이해 : 《상고도회문의례》 권5 〈제22부 문(文)〉에 〈당나라 태화 5년에 정신이 유주의 이해를 논하다〔唐太和五年 廷臣論維州利害〕〉라는 제목으로 실린 안설이다. 환재의 논의의 핵심은 변하지 않았지만, 《상고도회문의례》의 안설 내용에 상당 부분 수정이 가해져있다. 태화(太和) 5년은 당나라 문종(文宗) 5년인 831년이다. 이 안설은, 《자치통감(資治通鑑)》 권247 〈당기(唐紀) 63〉의 내용 중 토번(吐蕃)의 유주 부장(維州副將) 실달모(悉怛謀)가 유주의 군대를 거느리고 당나라에 투항해 오자 서천 절도사(西川節度使) 이덕유(李德裕)가 실달모를 받아들이고 유주를 차지하는 이로움을 조정에 상주하였는데, 이덕유와 대립하던 대신 우승유(牛僧孺)가 오랑캐와 약속한 화친을 지키는 것이 더 중요하다고 주장하여 실달모의 투항을 받아들이지 않았다는 내용을 발췌해 수록한 뒤 붙인 것이다. 환재는 당나라 문종의 유주의 조치에 대한 사마광(司馬光)과 호인(胡寅)의 상반된 견해를 소개한 뒤, 실달모의 투항을 받아들였어야 한다는 호인의 견해에 찬성하면서 스스로 당나라 조정의 신하로 가정하여 실달모의 투항을 받아들여야 한다는 상소를 지어 붙여 놓았다.

249 당나라……처분 : 태화(太和) 5년(831) 토번의 유주 부장(維州副將) 실달모(悉怛謀)가 투항을 요청했을 때, 당나라 문종(文宗)이 토번(吐蕃)과의 관계를 우려하여 실달모의 투항을 받아들이지 않고 돌려보낸 일을 말한다. 서천(西川)의 유주(幽州)는 현재의 사천성(四川省) 이현(理縣) 지역으로 토번과 당나라가 쟁탈전을 벌이던 전략적

논의가 일치되지 않는데, 사마온공(司馬溫公)[250]과 치당(致堂) 호씨(胡氏)[251]의 설이 가장 상반된다.

"논자들은 유주의 취사(取捨) 문제에 대해 의심하며 우승유(牛僧孺)[252]와 이덕유(李德裕)[253]의 잘잘못을 판가름하지 못하는 자가 많습

요충지였으며, 당나라가 여러 차례의 공격을 통해서도 수복하지 못하였다. 당시 서천절도사(西川節度使)로 있던 이덕유(李德裕)는 실달모의 투항을 받아들인 뒤, 문종에게 상주하여 유주를 취하는 이로움을 아뢰고 아울러 토번에 대한 대대적인 공격을 요청하였다. 조정의 신하들도 대부분 동의하였다. 그러나 이덕유와 대립하던 우승유(牛僧孺)는 이덕유의 요청에 강력히 반대하면서, 토번은 영토가 광대하므로 유주를 잃는다고 해도 대수롭지 않게 여길 것이고 또 토번과 화의를 맺은 상태에서 토번을 자극해 전쟁의 실마리를 만들어서는 안 되며, 토번이 출병한다면 사흘 이내에 함양(咸陽)까지 이를 것이라고 하였다. 이에 문종은 우승유의 건의를 받아들여 실달모와 토번 장군들을 돌려보내게 했으며, 이 결과 토번으로 돌아간 실달모 등이 모두 참살을 당하였다.《資治通鑑 卷247 唐紀63》

250 사마온공(司馬溫公) : 송나라의 명재상 사마광(司馬光, 1019~1086)으로, 자는 군실(君實), 호는 우수(迂叟), 시호는 문정(文正)이며, 속수선생(涑水先生)으로 불린다. 사후 온국공(溫國公)에 봉해졌으므로 사마온공으로 부른다. 저서로《자치통감(資治通鑑)》등이 있다.

251 치당(致堂) 호씨(胡氏) : 송나라의 학자 호인(胡寅, 1098~1156)으로, 자는 명중(明仲), 치당은 그의 호이다. 저서로《논어상설(論語詳說)》《독사관견(讀史管見)》《비연집(斐然集)》등이 있다.

252 우승유(牛僧孺) : 779~847. 당나라 문종 때의 재상으로, 자는 사암(思黯)이다. 이종민(李宗閔)과 붕당을 결성하고 천하에 위세를 떨쳤으며, 이길보(李吉甫)·이덕유(李德裕) 부자와 대립하였는데, 이를 역사적으로 우이당쟁(牛李黨爭)이라고 칭한다. 저서로《현괴록(玄怪錄)》이 있다.

253 이덕유(李德裕) : 787~850. 당나라의 무종(武宗) 때의 명재상으로, 자는 문요(文饒)이다. 당나라 문종 때 우승유와 대립하였다. 태화(太和) 7년(833)에 재상에 올랐

니다. 그러나 신이 생각하기에, 당시 당나라가 새로 토번(吐蕃)과 수호를 맺은 상황에서 유주를 받아들이게 될 경우, 그 이익으로 말하면 유주의 이익은 적고 신의를 지키는 것이 큰 이익이며, 그 해로움으로 말하면 유주의 해로움은 급하지 않고 관중(關中)의 해로움[254]은 급한 것이었습니다. 그렇다면 당나라를 위해 계책을 세우는 자들은 당연히 무엇을 먼저 해야 하겠습니까.

실달모(悉怛謀)[255]는 당나라로 보면 귀의하여 복종하는 것이지만, 토번으로 보면 역신(逆臣)이 됨을 면치 못하니, 그가 죽임을 당한 것을 또 어찌 불쌍히 여기겠습니까.

또 이덕유가 말한 것은 이익이고, 우승유가 말한 것은 의리입니다. 필부(匹夫)가 이익을 좇고 의리를 잊는 것도 사람들이 오히려 수치로 여기는데, 하물며 천자(天子)이겠습니까. 이것을 보면 우승유와 이덕유의 잘잘못은 분명히 알 수 있습니다."

위는 사마공(司馬公)의 논의이다.[256]

"유주는 본래 당나라 땅인데 토번에게 침략 당하였다. 그런데 하찮은

다가 좌천되었고 무종이 즉위한 뒤 재차 재상에 올랐다. 상서좌복야 태자소보 위국공(尙書左僕射太子少保衛國公)에 추증되었다.

254 관중(關中)의 해로움 : 당나라가 유주를 받아들일 경우 토번이 즉각 관중(關中)을 공격해 왔을 때의 해로움을 말한다.

255 실달모(悉怛謀) : 토번의 유주 부장(維州副將)으로, 831년 당나라에 투항했다가 토번으로 압송되어 참형을 당했다.

256 사마공(司馬公)의 논의이다 : 사마광의 이 논의는 《자치통감(資治通鑑)》 권247 〈당기(唐紀) 63〉에 수록되어 있다.

신의를 지키려고 험준한 요충지를 들어다 저들에게 주어서야 되겠는가. 우리 땅을 빼앗았다가 우리에게 바치며 맹세하는 것은 진실로 포인(蒲人)이 공자(孔子)에게 약속을 강요한 방법[257]이다. 그것을 지키는 것을 신의라고 할 수 없으며, 우리의 옛 땅을 취하는 것은 바로 의리상 당연한 일이다. 사마공은 의리로 재단하지 않고 이해로 말하였으니, 잘못되었다.

그러므로 유주를 토번에게 돌려주어 조종(祖宗)의 영토를 내버리고 실달모를 묶어 압송하여 저들의 귀의하려는 마음을 막은 것은, 우승유가 작은 신의 때문에 큰 계책을 망친 것이다. 유주를 항복시키고 군대를 파견해 점거하여 수십 년의 치욕을 씻고 실달모를 추장(推奬)하여 높은 벼슬을 추증한 것[258]은, 이덕유가 대의(大義)로써 국사를 도모한 것이다."

위는 호치당(胡致堂)의 논의이다.[259]

257 포인(蒲人)이……방법 : 공자가 포(蒲) 땅에 들렀을 때 마침 공숙씨(孔叔氏)가 포 땅을 가지고 배반하였는데, 포 땅 사람이 공자를 떠나지 못하게 만류하면서 "선생께서 위(衛)나라에 가지 않겠다고 맹세하신다면 선생을 내보내 주겠소."라고 하여 공자는 그와 맹약을 맺고 동문(東門)을 나와 마침내 위나라로 가 버렸다. 이에 자공(子貢)이 약속을 저버려도 되느냐고 묻자, 공자가 "강압에 의한 맹약은 신도 듣지 않는다.〔要盟也, 神不聽.〕"라고 하였다. 《史記 卷47 孔子世家》

258 실달모를……것 : 이덕유가 다시 재상이 된 뒤 무종(武宗) 3년(843)에 실달모의 충혼(忠魂)을 추장(推奬)하기를 청하자, 무종이 실달모를 표창하고 우위장군(右衛將軍)에 추증하였다. 《資治通鑑 卷247 唐紀63》

259 호치당(胡致堂)의 논의이다 : 호인의 이 논의는 《촉감(蜀鑑)》 권10 〈서남이본말하(西南夷本末下)〉와 《대학연의보(大學衍義補)》 권147 〈치국평천하지요(治國平天下之要)〉에 실려 있다.

사마공은 우승유의 편을 들었고 호씨는 이덕유의 편을 들었는데, 지금 사람들은 누구의 견해를 숭상해야 마땅한가. 나는 당연히 호씨의 견해를 숭상해야 한다고 생각한다.

내 일찍이 태화(太和) 연간 당나라 조정 신하의 장주(狀奏)를 의작(擬作)해 단정해본 일이 있는데, 그 설은 다음과 같다.

삼가 생각건대, 당나라가 천명을 받아 천하를 소유한 이래 덕화(德化)가 널리 미치고 성교(聲教)가 사방에 이르니, 힐리(頡利)가 춤을 바쳤고 풍지(馮智)가 시를 바쳤습니다.[260]

정관(貞觀 당 태종의 연호) 때에 이르러서는 호월(胡越)[261]까지 한집안이 되었는데, 어리석은 이 토번은 감히 험준한 지형을 믿어 복종하지 않고[262] 멋대로 미쳐 날뛰며 우리의 서쪽 강토를 침략하였습니다. 마침내 광덕(廣德) 초년에 이르러 끝내 판탕(板蕩)의 혼란함을 불러 하황(河湟) 이서(以西) 지역이 더이상 의관(衣冠)을 갖춘 고장이 되지 못하였고,[263] 조종(祖宗)께서 사랑으로 길러온 백성들이 좌임(左衽)[264]하는

260 힐리(頡利)가……바쳤습니다 : 힐리는 돌궐(突厥)의 추장인 힐리가한(頡利可汗)을 말하고, 풍지(馮智)는 남만(南蠻)의 추장인 풍지대(馮智戴)를 말한다. 당나라 태종(太宗) 5년(631) 11월에 옛날 한(漢)나라 미앙궁(未央宮)이던 곳에서 주연을 베풀었는데, 이 주연에 참석했던 힐리가한과 풍지대가 태종의 명에 의해 일어나 춤을 추고 시를 읊었다고 한다. 《舊唐書 卷1 本紀1 高祖》

261 호월(胡越) : 북방과 남방의 이민족을 일컫는 말로, 서로 멀리 떨어진 것을 비유할 때 쓰인다. 여기서는 먼 이민족을 의미하는 말로 쓰였다.

262 험준한……않고 : 원문은 '負固不服'인데, 천자가 제후를 정벌하는 아홉 가지 경우인 '구벌(九伐)' 중 "험준한 지형을 믿고 복종하지 않으면 군사를 보내 침략한다.〔負固不服, 則侵之.〕"는 것이 있다. 《周禮 夏官司馬》

견융(犬戎)의 포로가 되었습니다. 이러한데도 그들을 구제하기를 생각지 않는다면 어찌 왕자(王者)의 정치라고 할 수 있겠습니까.

지금 실달모가 유주의 땅을 가지고 와서 항복하였습니다. 그의 마음을 헤아려보면 바로 귀순하여 왕화(王化)에 복종한 한 명의 선량한 백성이지, 원한을 맺고 화란을 즐기려는 계책이 있는 것은 아닙니다. 중국으로 보자면 조종(祖宗)의 한 주군(州郡)을 수복하는 것이지, 백성을 징발하여 맞이하고 위로할 비용이 드는 것이 아닙니다.

그런데 논자들은 '국가가 근래에 우호를 맺어 전쟁을 그만두기로 했으니, 그 땅을 받아서는 안 되고 배반한 장군을 받아들여서는 안 된다. 저들이 만약 말을 몰아 국경에 임했다면 신의를 저버렸다는 이유로 꾸짖어야 하니, 비록 백 개의 유주를 얻는다 한들 무슨 이로움이 있겠는가.'라고 합니다. 아아! 어쩌면 이렇게도 아무 생각이 없는 것입니까.

무릇 오랑캐를 막는 방법은 두 가지가 있습니다. 요 임금과 순 임금

263 광덕(廣德)……못하였고 : 광덕은 당나라 대종(代宗)의 연호로 763년에서 764년까지 사용되었다. 판탕(板蕩)의 혼란함이란 국가의 혼란함을 의미하는 말이다. 원래 판과 탕은 《시경》 대아(大雅)에 나오는 시의 명칭인데, 두 시 모두 무도한 정치로 나라를 패망하게 한 주나라 여왕(厲王)을 비판하는 내용이다. 하황(河湟)은 황하(黃河)와 황수(湟水) 일대로 서융(西戎)이 사는 지역을 가리킨다. 의관을 갖춘 고장은 문명을 지닌 고장을 의미하는 말이다. 755년부터 계속된 안사(安史)의 난이 끝나고 당나라 대종이 즉위한 뒤 토번에 조공을 바치기로 한 약속을 폐기하자, 토번이 20만 대군을 동원하여 장안(長安)을 점령한 일이 있었다. 이때 곽자의(郭子儀)의 분전으로 15일 만에 토번이 장안에서 철수하였으나, 당나라는 사천(泗川) 및 하서(河西) 지역을 잃었다.

264 좌임(左衽) : 오른쪽 옷섶을 왼쪽 옷섶 위로 여미는 오랑캐의 의복 제도를 말한다. 《논어》 〈헌문(憲問)〉에, 공자가 관중(管仲)의 공을 찬양하면서 "만약에 관중이 없었더라면 우리들은 머리를 풀고 좌임하는 오랑캐의 신세가 되고 말았을 것이다.〔微管仲, 吾其被髮左衽矣.〕"라고 말한 내용이 나온다.

이 재위할 때 원개(元凱)가 조정에 올라 도유우불(都兪吁咈)하였으니,[265] 요 임금과 순 임금은 옷자락을 늘어뜨리고 팔짱을 끼고 있었지만 나라가 밝게 다스려졌습니다.[266] 저들은 바로 남금(南金)과 대패(大貝)[267]를 광주리에 담고 구림(璆琳)과 호시(楛矢)[268]를 가지고 서로 연

265 요 임금과……도유우불(都兪吁咈)하였으니 : 요순이 사방 이민족 중 재능 있는 이들을 신하로 등용하여 함께 국정을 토론했다는 말이다. 원개는 팔개(八凱)와 팔원(八元)의 준말이다. 전설에 의하면 고양씨(高陽氏)의 여덟 아들이 다 어질고 재능이 있어 백성들이 그들을 '팔개'라고 하고, 고신씨(高辛氏)의 여덟 아들이 다 어질고 재능이 있어 백성들이 그들을 '팔원'이라고 했다고 한다. 《春秋左氏傳 文公18年》 여기서 원개는 이민족을 뜻하는 말로 쓰였다. '도유우불'은 임금과 신하가 화목하게 국정을 토론한다는 말로, 도와 유는 의견에 찬성할 때 하는 말이고 우와 불은 반대할 때 쓰는 말이다.

266 옷자락을……다스려졌습니다 : 원문은 '垂拱平章'이다. 《서경》 〈무성(武成)〉에, "옷자락을 늘어뜨린 채 팔짱을 끼고 있어도 천하가 다스려졌다.〔垂拱而天下治.〕"라고 하였고, 《서경》 〈요전(堯典)〉에, "백성을 밝게 다스렸다.〔平章百姓.〕"라고 하였다.

267 남금(南金)과 대패(大貝) : 남금은 중국 남방에서 생산되는 금으로, 《시경》 〈반수(泮水)〉에, "남방에서 나는 금을 크게 바치도다.〔大賂南金.〕"라고 하였고, 주희(朱熹)는 《집전(集傳)》에서 "남금은 형주(荊州)와 양주(揚州)에서 생산되는 금이다."라고 하였다. 대패는 보물로 치던 조개의 일종으로, 《서경》 〈고명(顧命)〉에 "윤(胤)나라에서 만든 춤추는 옷과 대패와 큰 북은 서방에 있다.〔胤之舞衣、大貝、鼖鼓, 在西房.〕"라고 하였다.

268 구림(璆琳)과 호시(楛矢) : 구림은 중국 서북 지역에서 생산되는 훌륭한 옥으로, 《이아(爾雅)》 〈석지(釋地)〉에, "서북 지역의 아름다운 것으로는 곤륜산의 구림과 낭간이 있다.〔西北之美者, 有昆崙虛之璆琳琅玕焉.〕"라고 하였다. 호시는 호나무로 만든 화살로 중국 숙신씨(肅愼氏)의 화살이라고 한다. 공자가 진(陳)나라에 있을 때 궁정(宮庭)에 떨어져 죽은 송골매의 몸에 돌화살 촉〔石砮〕의 호시(楛矢)가 박혀 있었는데, 진 혜공(陳惠公)이 공자에게 사람을 보내 그 연유를 묻자, 공자가 "이 송골매는 먼 곳에서 왔다. 이것은 숙신씨의 화살이다. 옛날 무왕이 상나라를 정복한 뒤에 사방 이민족과 교통하며 각기 토산물로 공물을 바치게 하면서 직분을 잊지 않게 하였다. 이에

이어 육지와 바닷길로 찾아와 황제의 조정에서 춤을 추었으니, 이것이 오랑캐를 막는 최상의 방법입니다.

그렇지 않으면 우리의 갑옷과 무기를 정비하고 육사(六師)를 크게 펼쳐, 조종의 빛나는 업적을 드날리고 조종이 부여한 임무를 무너뜨리지 않는 것입니다. 이것은 주공(周公)과 소공(召公)이 성왕(成王)과 강왕(康王)에게 고한 것입니다.[269]

지금 토번은 북으로 회흘(回紇)에게 패하고 남으로 남조(南詔 남만(南蠻)의 별칭)에게 곤욕을 치렀습니다. 이에 병력이 버티지 못하고 또 천자의 토벌이 두려워 항복하여 마침내 감히 우호를 구걸하며 눈앞의 안일을 추구한 것입니다. 우리 조정에서는 우선 허락하여 그들의 변화를 살피고 있습니다.

그러나 신 등은 임무를 맡은 재보(宰輔)로서 성상의 교화를 선포해 먼 곳 사람들을 복종시키지도 못하고 또 병사와 군대를 통솔하여 변방의 소란을 말끔히 없애지도 못한 채, 우호를 맺으려는 사신들이 날마다 하황(河湟)의 밖으로 왕래하는 것을 앉아서 보고만 있습니다. 이것은 진실로 신 등의 죄입니다.

그런데 지금 논자들은 도리어 강요에 의한 맹약에 마음을 쓰고 포로

숙신씨가 호시와 석노를 바치게 되었다."라고 하였다. 《國語 魯語下》

269 이것은……것입니다 : 《서경》 〈입정(立政)〉에서 주공(周公)이 성왕(成王)에게 경계하기를, "그대의 갑옷과 병기를 잘 정비하소서.〔其克詰爾戎兵.〕"라고 하였고, 《서경》 〈강왕지고(康王之誥)〉에서 소공(召公)이 강왕(康王)에게 경계하기를, "금왕께서는 공경하여 육사를 크게 펼쳐 우리 고조께서 얻은 대명(大命)을 무너뜨리지 마소서. 〔今王敬之哉, 張皇六師, 無壞我高祖寡命.〕"라고 하였다. 육사는 천자가 통솔하는 여섯 부대의 군사를 말한다.

를 되돌려주는 은혜에 급급하여, '이번 일에 신의를 지키면 이랬다저랬다 하는 오랑캐들을 복종시킬 수 있다.'고 하고, '이번 일에 신의를 지키면 시끄럽고 어지러운 변방의 경보를 끊을 수 있다.'고 합니다. 하찮은 신의를 고집하여 큰 근본을 살피지 못하니, 신은 애통하게 생각합니다.

만약 논자들의 말대로라면 장차 그 사람을 결박하고 그 땅을 거두어 되돌려 주며, 한 명의 사자를 보내 그들에게 고하기를 '성천자(聖天子)는 외국과의 신의를 잃지 않고 반역한 신하에게 사사로운 은혜를 베풀지 않는다. 이에 너희들을 배반하고 와서 항복한 장군을 결박하여 돌려보낸다.'라고 하는 것입니다.

저는 오늘날 국가가 왜 이렇게 약하고 위태로운 나라처럼 하늘을 두려워하는 자의 일을 해야 하는지 모르겠습니다. 가령 토번이 만에 하나 혹시라도 황제의 은혜에 감격하여 손을 거두고 물러나 엎드린다고 해도, 도리어 저 오랑캐의 오만한 마음을 그치게 하고 뒷날 비난하는 말을 막을 수 있겠습니까. 더군다나 맹금(猛禽)과 맹수(猛獸)에게 시달리던 짐승이 궁박하여 사람에게 뛰어들었는데, 저 사람이 도리어 그 짐승을 잡아 맹금과 맹수에게 먹이로 준다면 이보다 상서롭지 못한 일이 어디 있겠습니까.

지금 실달모가 온 것은 또 단지 상황이 급박해 투항한 것일 뿐만이 아닙니다. 그는 우리 조정의 계책이 기필코 옛 강토를 수복하고 도탄에 빠진 백성을 구제해주리라는 것을 헤아리고서 귀순한 것이니, 공으로 치자면 으뜸의 공을 세운 것입니다. 그런데 만약 다시 그를 결박하고 그 땅을 거두어 되돌려 준다면 이것은 천지의 살려주기를 좋아하는 덕〔好生之德〕에 어긋나고 조종께서 창업(創業)하신 공적을 실추시키며 만이(蠻夷)가 중하(中夏)를 어지럽힐 조짐을 열어주고 후대에 끝없는 재앙을 물려주는 것입니다. 인의(仁義)와 은신(恩信)으로 오래도록 안정을 누리며 다스릴 계책이 어디에 있겠습니까.

또 지금 논자들은 국가가 실달모의 투항을 받고 유주의 땅을 받아들인다면 토번은 반드시 아침에 듣고 저녁에 쳐들어 올 것이라고 합니다. 그런데 신은 바로 이것이 토번의 허실을 엿볼 수 있는 것이라고 생각합니다.

저들이 바야흐로 곤경을 당해 우호를 요청하고 조정에서 또 그것을 허락한다면 변방의 수비는 진실로 이미 해결된 것입니다. 지금 만약 중국이 유주를 받아들였다는 소식을 듣고 저들이 반드시 사자를 보내 따져 묻는다면, 저들이 우리를 꺼리는지 우리에게 오만하게 구는지를 살펴 저들의 강약을 헤아릴 수 있을 것입니다.

혹시 논자들의 말대로 저들이 이 일을 빌미로 전쟁을 일으킨다면, 저는 바로 이것이 하황(河湟)을 수복할 수 있는 하나의 큰 기회라고 생각합니다. 삼가 서천 절도사(西川節度使) 이덕유의 주의(奏議)를 보니, 강족(羌族) 태생 3천 명을 거느리고 오랑캐의 허점을 공격하기를 청하였습니다. 폐하께서 만약 지금 그의 출병을 허락하여 실달모를 향도(嚮導)로 삼아 무방비한 저들을 습격한다면 우리의 옛 영토를 회복할 수 있을 뿐만 아니라, 장차 만리 땅을 신하로 복종시킬 수 있을 것입니다. 어찌 성대하지 않겠으며 어찌 통쾌하지 않겠습니까.

저들이 만약 군대를 크게 일으켜 침범해 온다면 또한 마땅히 기병(奇兵)과 날랜 병졸을 써서 먼저 공격하여 그들의 예봉(銳鋒)을 꺾어야 할 것입니다. 이를 통해 조종의 치욕을 씻고 하황의 옛 땅을 수복하여 마침내 서쪽 황무지의 땅을 취하고 실달모의 귀순한 공을 포상한다면, 은혜와 신의가 다 부합하고 위엄이 널리 퍼져 서쪽 변방에 일이 없을 뿐만 아니라 만세토록 영원히 힘입을 업적이 바로 이 거조에 있을 것입니다.

염재가 말하기를 "유주의 이해는 크게 의심할 만한 것이 없다. 다만 사마공이 우승유의 편을 들었기 때문에 감히 대번에 입론(立論)하지 못함이 있었던 것이다. 만약 사마공의 설 때문에 반드시 곡종(曲從)[270]하고자 한다면, 맹자(孟子)를 의심하고 순자(荀子)를 높이며 촉(蜀)을 가짜 왕조로 여기고 위(魏)를 황제로 여긴 것[271]에 대해서도 또한 장차 '예, 예'하고 대답하며 두말 하지 않을 것인가."라고 하였다.

항해(沆瀣)[272]가 말하기를 "나의 견해는 항상 호씨(胡氏)의 논의를

270 곡종(曲從) : 자신의 뜻을 굽히고 남의 의견을 따르는 것을 말한다.

271 맹자(孟子)를……것 : 사마광은 〈의맹(疑孟)〉 11편에서 맹자의 사상에 대한 의문을 드러낸 바 있는데, 이 글은 《전가집(傳家集)》 권73에 수록되어 있다. 사마광은 〈의맹〉의 7번째 글인 〈성은 여울물과 같다[性猶湍水]〉에서 고자(告子)의 성론(性論)에 대한 맹자의 반론이 잘못되었음을 지적하였고, 8번째 글인 〈타고난 것을 성이라 한다[生之謂性]〉에서 맹자가 사물의 속성에 빗대어 인성(人性)의 선함을 주장한 것이 궤변이라고 지적하였다. 또 사마광은 《전가집》 권66 〈성변(性辯)〉에서 맹자의 성선설(性善說)과 순자의 성악설(性惡說)이 모두 한 쪽에 치우친 논리임을 주장하였다. 이정관의 평어에서 맹자와 순자를 동시에 거론하고 있는 점으로 보아 성선설과 성악설에 대한 사마광의 논의를 말하는 듯한데, 순자를 높였다는 것이 무엇을 말하는지는 정확하지 않다. 또 사마광은 《자치통감(資治通鑑)》에서 조조(曹操)의 위(魏)나라를 정통(正統) 왕조로 인정하였는데, 이는 유비(劉備)의 촉(蜀)을 정통으로 인정한 주희(朱熹)의 《자치통감강목(資治通鑑綱目)》의 견해와 배치된다. 한편, 《상고도회문의례》의 두주(頭註)에 붙은 이정관의 평어에는 "만약 사마공의 논의 때문에 반드시 곡종(曲從)하고자 한다면, 《자치통감》에서 위(魏)나라에 정통을 돌린 것에 대해서도 '예, 예' 하며 두말하지 않을 것인가.[以司馬公之論而必欲曲從, 則通鑑之歸於魏, 亦將唯唯而無二辭哉.]"라고 하였고, '맹자를 의심하고 순자를 높였다'라는 말은 보이지 않는다.

272 항해(沆瀣) : 홍길주(洪吉周)의 호이다. 홍길주에 대해서는 299쪽 주226 참조.

옳다고 여긴다. 유주를 받아들이지 않는 것은 그래도 괜찮지만 귀화한 사람을 결박해 돌려보내 참혹한 형벌을 받게 했으니, 어찌 인자(仁者)에게 이런 일이 있다고 여긴 것이겠는가. 이것은 전적으로 태뢰공(太牢公)[273]의 당심(黨心)에서 나온 것이다."라고 하였다.

악악왕이 금자패를 받들다〔岳鄂王奉金字牌〕[274]

논한다.

273 태뢰공(太牢公) : 우승유를 가리키는 말로, 이덕유가 우승유를 모욕적으로 부른 말이다. 《대대례기(大戴禮記)》〈증자천원(曾子天圓)〉에 "소를 태뢰라고 한다.〔牛曰太牢.〕"라는 말이 있는데, 우승유의 성을 빗대어 쓴 말이다.

274 악악왕이 금자패를 받들다 : 《상고도회문의례》 권7 〈제33부 무(武)〉에 〈악악왕이 금자패를 받들지 않다.〔岳鄂王不奉金字牌〕〉라는 제목으로 실린 안설이다.

악악왕(岳鄂王)은 송나라의 충신 악비(岳飛)로, 악왕(鄂王)은 그의 봉호이다. 금자패는 가장 신속히 공문을 전하라는 표식으로, 이 패를 받으면 하루에 500리를 달려야 한다고 한다. 송나라 때에는 공문의 전달 속도에 따라 보체(步遞)・마체(馬遞)・급각체(急脚遞)・금자패체(金字牌遞) 등의 구분이 있었다.

이 안설은, 《속자치통감강목(續資治通鑑綱目)》 권14의 소흥10년(紹興十年) 조 중, 악비가 언성(郾城)에서 금나라의 군대를 크게 격파하고 주선진(朱仙鎭)까지 추격한 뒤 곧바로 황하(黃河)를 건너 진격하려 했을 때 진회(秦檜)가 화의(和議)를 주장하며 황제를 설득하여 12번이나 금자패를 내려 악비를 소환한 사건을 발췌하여 수록한 뒤에 붙인 것이다. 안설을 통해 환재는, 왕세정(王世貞)과 이반룡(李攀龍)이 보통의 논자들과 달리 악비가 진격하지 않고 조정으로 발걸음을 돌린 것을 어쩔 수 없는 선택이었다고 보는 견해에 대해 반박하였다. 환재는 '국경을 나갔을 때 전권(專權)을 행사하는 법도'를 전제로 내세우고 당시의 여러 상황을 분석한 뒤, 악비가 금나라를 공격해 원수를 갚고 돌아와 황제에게 보고했더라면 진회에게 죽음을 당하는 일이 없었을 것이라고 주장하였다.

논자들은 대부분 악왕(岳王)이 주선진(朱仙鎭)에서 전투를 벌일 때 금패(金牌)를 받들어 군대를 돌린 것[275]을 한스럽게 여기며, "악왕이 '대부(大夫)가 국경을 나갔을 때의 법도'[276]에 따라 조서(詔書)를 받들지 않고 진군했더라면 원수를 갚고 중원(中原)을 안정시켰을 것이다." 라고 말한다.

그런데 명나라의 왕세정(王世貞)과 이반룡(李攀龍) 등은 모두 이 말을 옳지 않다고 하였으니, 그 견해는 다음과 같다.[277]

무릇 국경을 나갔을 때 전권(專權)을 행사하는 법도에 따라 조서를 받들지 않고 진군할 수 있는 자는 권세가 조정을 제어하기에 충분한 사람이다. 권세가 조정을 제어하지 못하는데 그렇게 하는 사람은 반드시 실패하며, 권세가 조정을 제어하기에 충분하여 그렇게 하는 사람은 충순(忠純)한 신하가 아니다.

275 악왕(岳王)이……것 : 주274 참조.

276 대부(大夫)가……법도 : 《춘추공양전(春秋公羊傳)》 〈장공(莊公) 19년〉에, "대부가 왕명만 받고 구체적인 지시사항을 받지 않은 채 국경 밖으로 나갔을 때, 사직을 이롭게 하고 국가를 이롭게 할 일이 있으면 전권을 행사해도 괜찮다.〔大夫受命不受辭出竟, 有可以安社稷利國家者, 則專之可也.〕"라고 한 것을 말한다.

277 명나라의……같다 : 왕세정과 이반룡의 논의는, 《엄주사부고(弇州四部稿)》 권110에 수록된 〈사론(史論)〉 중 악비(岳飛)에 대해 논한 부분과 《공동집(空同集)》 권66에 수록된 〈사세편(事勢篇) 제7〉에 보인다. 아래에 소개된 이들의 논의는 환재가 조합해 서술한 것이다. 왕세정에 대해서는 274쪽 주149 참조. 이반룡(1514~1570)의 자는 우린(于鱗), 호는 창명(滄溟)으로, 왕세정과 함께 '문필진한(文必秦漢) 시필성당(詩必盛唐)'의 복고적 문학이론을 주장하였으며, '후칠자(後七子)'의 영수로 불린다. 《공동집》은 이반룡의 문집이다.

만약 악왕(岳王)이 조서를 받들지 않고 진군했다가 진회(秦檜)가 일척(一尺)[278]으로 악왕의 관직을 깎고 한 명의 부곡(部曲 부하(部下))으로 하여금 임무를 대신하게 한 뒤 악왕을 돌아오게 했다면, 어떻게 처신했겠는가. 조서를 받들고도 돌아오지 않았다면 오자서(伍子胥)에게 내린 촉루(屬鏤)[279]와 양주(陽周)에 내렸던 칼[280]이 이르렀을 것이며, 검이 이르지 않는다면 군대를 돌리라는 조서가 반역자를 주벌하라는 조서로 바뀌어 내렸을 것이다.

아무리 악왕이 강하고 양하(兩河)[281]의 군대가 신속히 호응한다고 하더라도 형세상 홀로 거병할 수는 없었다. 반드시 한세충(韓世忠)・장준(張俊)・유기(劉錡)・왕덕(王德)・오린(吳璘)을 등용하여 기각지세(掎角之勢)로 후방에서 호응하게 한 연후에야 금(金)나라의 간담을 서늘하게 하고 중원(中原)을 온전히 회복할 수 있었다.

278 일척(一尺) : '척일(尺一)'과 같은 말로 보인다. 척일은 황제의 조서를 의미하는 말로, 한(漢)나라 때 한 자 한 치의 목판(木版)에 조서를 기록했던 데서 나온 말이다. 《엄주사부고(弇州四部稿)》 권110 〈사론(史論)〉 악비(岳飛) 조의 원문에도 '尺一'로 되어 있다.

279 오자서(伍子胥)에게 내린 촉루(屬鏤) : 오자서는 춘추 시대 초나라 사람으로, 오나라에 망명한 뒤 합려(闔閭)를 오나라의 왕으로 만들었다. 또 합려가 죽은 뒤에는 부차(夫差)를 도와 월(越)나라를 정벌하면서 월나라와의 화친을 반대하다가 부차의 노여움을 샀다. 촉루는 촉루검(屬鏤劍)으로, 부차가 오자서에게 이 칼을 내려 자결하게 하였다. 《史記 卷31 吳太伯世家》

280 양주(陽周)에 내렸던 칼 : 진시황이 죽자 조고(趙高)와 이사(李斯)가 호해(胡亥)를 옹립한 뒤, 부소(扶蘇)에게 자결을 명하는 위조된 유서를 보내 자결하게 한 것을 말한다. 양주는 감숙성(甘肅省)에 있는 지명으로, 진시황(秦始皇)의 장남 부소가 몽염(蒙恬)과 함께 다스리던 곳이다.

281 양하(兩河) : 송나라 때 하북(河北)과 하동(河東) 지역을 일컫는 말이다.

지금 여러 장수들이 일시에 조서를 받들어 돌아갔는데 악왕이 홀로 외로운 군대를 이끌고 깊어 들어갔다면 외로운 실상이 드러나고 기세가 꺾여 오랑캐가 군사를 다 이끌고 우리를 막았을 것이니, 그렇다면 승패의 결과를 분별할 수 없었을 것이다.

아아! 만약 이 말과 같다면 악왕의 군대는 돌아오지 않을 수도 없었고 또한 조서를 받들지 않을 수도 없었다.

그러나 당시에 한 번 악왕이 남쪽으로 가는 것은 군상(君上)의 부름에 달려가는 것이며, 북쪽으로 가는 것은 백성과 사직을 위한 것이었다. 맹자가 말하기를 "백성이 가장 귀하고 사직이 다음이며 임금은 가벼운 것이다.〔民爲貴 社稷次之 君爲輕〕"라고 하였다.[282] 북쪽으로 가는 것은 실로 아홉 길 산을 만드는 데 한 삼태기의 흙을 붓는 일이었으니,[283] 천추에 다시 얻기 어려운 기회였다. 그런데 악왕은 조서를 받들어 돌아가고 말았으니, 나아가 공격할 큰 계책을 그르쳤을 뿐만 아니라, 또 자신의 몸을 보존하여 재차 거병할 계획을 도모하지도 못하게 되었다.

조서를 받들지 않고 진격했더라면 비록 일척(一尺)으로 그의 관직을 깎고 십행(十行)[284]으로 반역이라 무함한다고 할지라도, 악왕의 순수

282 맹자가……하였다 : 《맹자》〈진심 하(盡心下)〉에 나온다.

283 아홉……일이었으니 : 《서경》〈여오(旅獒)〉에 "작은 행실을 신중히 하지 않으면 끝내 큰 덕에 누를 끼칠 것이니, 아홉 길 산을 만들다가 한 삼태기의 흙이 부족하여 그 공이 허물어지는 것과 같다.〔不矜細行, 終累大德, 爲山九仞, 功虧一簣.〕"라고 하였다. 여기서는 《서경》의 뜻을 전용하여, 북쪽으로 진격했다면 한 삼태기의 흙만 부으면 아홉 길의 산을 만들 수 있는 것처럼 공을 이루었을 것이라는 말로 쓰였다.

한 충성과 큰 절개는 평소 천하 사람들에게 믿음을 얻고 있었으니, 삼군(三軍)을 의혹시켜 성세(聲勢 호응)를 잃는 일은 없었을 것이다. 게다가 진회가 화의(和議)를 주장하는 것은 천하 사람들이 모두 들은 것이며, 고종(高宗)이 악왕에게 중원(中原)의 일을 맡긴 것도 천하 사람들이 모두 아는 것이었다. 그렇다면 악왕이 조서를 받들지 않는다 하더라도 또한 할말이 있었다.

만약 다시 언성(郾城)을 굳게 지킨 채 금패(金牌)를 봉함하여 되돌려 보내며 한 명의 기병(騎兵)을 보내 상주하기를,

"신(臣)은 적을 멸망시킬 일의 성공이 조석에 달려 있으므로 조서를 내려 신에게 이르신 말씀을 감히 받들 수 없습니다. 신이 금나라 오랑캐를 다 잡아 태묘(太廟)에 바쳐 천하 사람들의 원수를 갚고 조종의 치욕을 씻기를 윤허해 주신다면, 마침내 명령을 어긴 죄를 받아 끓는 솥에 들어가고 도끼에 목이 달아나더라도 달게 여겨 후회하지 않겠습니다."

라고 한 뒤에, 호걸(豪傑)들을 불러 모으고 의병(義兵)을 규합하여 늘 승리했던 기세를 타고 중원의 오랑캐들을 소탕하고서 마침내 다시 갑옷을 벗고 남쪽으로 와서 면박(面縛)[285]하여 황제를 뵙고,

284 십행(十行) : 황제의 조서를 말한다. 《후한서(後漢書)》 〈순리전 서(循吏傳序)〉에 "손수 글을 써서 사방의 제후국에 내릴 때에는 모두 1찰(札)에 10행으로 세서(細書)하여 문장을 작성한다."라고 하였다.

285 면박(面縛) : 두 손을 뒤로 묶고 얼굴만 내놓는 것을 말한다.

"지난번에 사직을 위해 임금을 명을 거역하였으니 신의 죄는 죽어 마땅합니다. 지금 다행히 사직을 욕되게 하지 않았으니, 신은 한 자루 칼에 엎어져 천하 사람들에게 사죄하겠습니다."

라고 했더라면, 비록 백 명의 진회가 있다고 하더라도 결코 어쩔 수 없었을 것이다.

논자들이 분통해 마지않는 이유는 지극히 한스러워 마음으로 괴로워한 것일 뿐이지만, 이 또한 어찌 관계된 상황을 전혀 헤아리지 못한 것이겠는가.[286] 하지만 '여러 장수들이 조서를 받들어 남쪽으로 돌아갔는데, 악왕이 깊이 들어갔다면 군대가 고립되었을 것이다.'라는 말은 또한 참으로 헤아리지 못한 말이다.

당시 장수들 가운데 화의에 호응하여 따랐던 자는 장준(張俊) 한 사람뿐이었고, 악왕을 시기하고 미워한 자 또한 장준 한 사람뿐이었다. 한세충 · 유기 · 왕덕 · 오린 같은 다른 장수들은 모두 화의를 좋지 않게 여겼으니, 악왕이 성공하는 것을 반드시 시기하고 질투하지는 않았을 것이다.

악왕이 만약 조서를 받들지 않았다면 또한 반드시 여러 군대들이 호응하지 않을 것에 대해 염려했을 것이다. 그렇다면 또한 대부가 국경을 나갔을 때의 의리와 장수가 외부에 있을 때는 왕명도 받들지 않는다는 법으로써 한 통의 격문(檄文)을 보내 장군들에게 자세히 알렸을 것이며, 그렇다면 한세충 · 유기 등 장군들 또한 반드시 번갈아 물러나

286 논자들이……것이겠는가 : 논자들은 악비가 진격하지 않은 것을 분통해하는 사람들이며, 이들이 분통해하는 것은 전후 상황에 대한 헤아림에서 나온 것이라는 말이다.

앞다투어 조정으로 돌아가지는 않았을 것이다.

왕세정과 이반룡 등의 논의는 또 대부가 국경의 나갔을 때의 법도를 따라서는 안 된다고 여겼다. 만약 이와 같다면 대부가 국경을 나갔을 때 한편으로는 성패(成敗)의 결과를 걱정해야하고 한편으로는 충순한 신하가 되지 못하는 혐의도 돌아봐야 할 것이니, 비록 전권을 행사하여 국가에 이로움을 줄 수 있는 일이 있더라도 또한 감히 그 일을 수행하지 못할 것이다. 그렇다면 전권을 행사하는 도리가 역적의 일을 범하는 것이 되고 《춘추(春秋)》의 의리도 옳지 않은 것이 되니, 어찌 이럴 리가 있겠는가. 악왕은 전권을 주어서는 안 될 자가 아니었다.

염재가 말하기를 "이런 글은 꼭 그 시의(時宜)의 옳고 그름을 가혹하게 논할 필요가 없다. 스스로 하나의 설을 세워 천고의 원통한 마음을 개진해도 무방하다."라고 하였다.

사안이 부견이 침입했다는 말을 듣다〔謝安聞苻堅入寇〕[287]

논한다.

진(晉)나라가 비수(淝水)에서 승전한 것에 대해 논자들은 모두 천행(天幸)으로 돌리고,[288] 사안(謝安)이 내기 바둑을 둔 일에 대해 또 진심을 숨긴 것〔矯情〕이라고 여겨[289] 폄하하는데, 어찌면 그렇게도 사리를

287 사안이……듣다 : 《상고도회문의례》 권12 〈제63부 무(武)〉에 〈사안석이 아우 사석과 조카 사현을 보내 북방을 정벌하다.〔謝安石送弟石從子玄北征〕〉라는 제목으로 실린 안설이다. 사안석(謝安石)은 진(晉)나라의 사안(謝安, 320~385)으로, 안석은 그의 자이다.

이 안설은, 《진서(晉書)》 권79 〈사안열전(謝安列傳)〉 중 전진(前秦)의 부견(苻堅이 백만 대군을 이끌고 침략해 왔을 때 장군 사현(謝玄)이 사안을 찾아가 계책을 물었는데, 사안이 조카 사현과 별장을 걸고 태연히 내기 바둑을 둔 일을 발췌하여 수록한 뒤 붙인 것이다.

환재는 사안이 적은 병력으로 전진(前秦)의 백만 대군을 물리친 일을 천행으로 돌리고 전진의 침략 소식을 듣고 태연히 바둑 둔 일을 두려운 마음을 감춘 것이라고 폄하하는 논자들의 태도에 대해 반박하였다. 그리고 맹자의 '천시는 지리만 못하고 지리는 인화만 못하다.〔天時不如地利, 地利不如人和.〕'라는 말에 의거해, 전진이 천시와 지리와 인화를 모두 어긴 사실을 조목조목 지적하면서 사안의 승리를 천행으로만 돌릴 수 없다고 평가하였다.

288 진(晉)나라가……돌리고 : 진나라의 승전은 사안(謝安)이 비수(淝水)에서 전진(前秦)의 부견이 이끈 백만 대군을 함몰시킨 것을 말한다. 비수는 안휘성(安徽省)에 있는 강 이름이다. 진나라의 이 승리를 요행으로 여기는 견해는 중국의 여러 기록에 보인다. 또 《성호사설(星湖僿說)》 권19 〈경사문(經史問) 사안(謝安)〉조에도 사안의 승리를 요행이라고 한 내용이 보인다.

289 사안이……여겨 : 사안은 부견이 백만 대군을 이끌고 쳐들어왔을 때 조카 사현과 별장을 걸고 태연히 내기 바둑을 둔 일이 있다. 이 일에 대해 《진서》 권79 〈사안열전〉에서, "진심을 숨겨 대중의 마음을 안정시키는 것이 이와 같았다.〔其矯情鎭物如此.〕"라고

헤아리지 못하고 한갓 주장만 내세우는 데 힘쓴단 말인가.

병법(兵法)에서 "무기는 흉기이다.〔夫兵者凶器也〕"라고 말하지 않았던가.[290] 비록 손무(孫武)·오기(吳起)[291]의 지략과 맹분(孟賁)·하육(夏育)[292]의 용맹이 있다하더라도 그들이 공을 이루는 것은 어느 것인들 모두 천행(天幸)이 아니겠는가. 또 일찍이 "전쟁은 덕을 거스르는 것이다."라고 하였으니,[293] 권모술수(權謀術數)를 부리고 기승궤취(奇勝詭取)[294]하는 방법은 바둑 두고 노니는 일보다도 심함이 있으니, 어느 것인들 진심을 숨기는 것이 아니겠는가.

예로부터 천행으로 공을 이루고 진심을 숨겨 승리한 사람이 사안한 사람뿐만이 아닌데, 유독 사안만 이런 지목을 받는 것은 무엇 때문인가. 이는 아마도 또한 책현(責賢)[295]하는 의리일 것이다.

하였다.

290 병법(兵法)에서……않았던가 : 《국어(國語)》 〈월어 하(越語下)〉에, 범려(范蠡)가 월왕(越王) 구천(句踐)에게 간언하기를 "무릇 만용은 거스르는 덕이고, 무기는 흉기이며, 싸움은 일의 말단이다.〔夫勇者, 逆德也, 兵者, 凶器也, 爭者, 事之末也.〕"라고 한 내용이 보인다. 또 《사기(史記)》 권41 〈월왕구천 세가(越王勾踐世家)〉에 "무기는 흉기이며, 전쟁은 덕을 거스르는 것이며, 싸움은 일의 말단이다.〔兵者, 凶器也, 戰者, 逆德也, 爭者, 事之末也.〕"라고 하였다.

291 손무(孫武)·오기(吳起) : 손무는 춘추 시대 제(齊)나라의 병법가이고, 오기는 전국 시대 위(衛)나라의 병법가이다.

292 맹분(孟賁)·하육(夏育) : 두 사람 모두 진(秦)나라 무왕(武王) 때의 용사(勇士)이다.

293 일찍이……하였으니 : 주292 참조.

294 기승궤취(奇勝詭取) : 기승은 기병(奇兵)이나 기모(奇謀) 등 정상적이지 않은 방법으로 승리하는 것이며, 궤취는 속임수를 써서 승리하는 것을 말한다.

295 책현(責賢) : '책현자비(責賢者備)'의 준말로, 현자에게는 작은 결점까지도 모두

아아! 부견(苻堅)이 남침했을 때 그 갑병(甲兵)의 성대함과 군수물자의 번성함을 한 모퉁이에 있던 진(晉)나라와 비교한다면 태산(泰山)이 계란 하나를 누르고 있는 형세와 같을 뿐만이 아니었으니, 사안인들 어찌 두려워하는 마음이 없을 수 있었겠는가. 그러나 그가 태연히 동요하지 않았던 것은 아마 또한 살펴서 믿는 것이 있었기 때문일 것이다.

전(傳)에 이르기를 "천시는 지리만 못하고 지리는 인화만 못하다.〔天時不如地利 地利不如人和〕"라고 하였으니,[296] 부견이 진(晉)나라를 치는 것은 전진(前秦) 사람이 원하지 않는 바였다. 부견은 앞에는 왕맹(王猛)이 죽을 때에 한 말[297]을 저버렸고, 뒤에는 부융(苻融)의 충심어린 간언[298]을 어겼으며, 안으로는 장씨(張氏)의 만류와 아들 선(詵)의 간언[299]을 거절하였고, 밖으로는 권익(權翼)의 논의와 석월(石越)의

통렬하게 지적하고 고치게 하여 완전한 인격을 갖추도록 요구한다는 말이다. 《당서(唐書)》 권2 〈태종 본기(太宗本紀)〉에 "《춘추》의 법도는 항상 현자에게 모든 것을 갖추도록 요구한다.〔春秋之法, 常責備於賢者.〕"라고 하였다.

296 전(傳)에……하였으니 : 《맹자》 〈공손추 하(公孫丑下)〉에 나온다.

297 왕맹(王猛)이……말 : 왕맹은 전진(前秦)의 장군으로, 부견을 도와 전진의 세력을 확장하는 데 큰 공을 세운 인물이다. 청하 무후(淸河武侯)로 있을 때 병이 위독해지자 부견이 친히 찾아왔는데, 왕맹은 진(晉)나라가 비록 강남(江南)으로 밀려나 있으나 상하가 편안하고 화목하므로 침략해서는 안 된다는 말을 남기고 죽었다. 《晉書 卷114 苻堅載記下》

298 부융(苻融)의 충심어린 간언 : 부융은 부견의 아우로 양평공(陽平公)에 봉해졌다. 부견이 진(晉)나라를 침략할 마음으로 신하들에게 묻자, 부융은 진나라 침략의 세 가지 어려움을 말하며 반대하였다. 《資治通鑑 卷104 晉紀26 烈宗孝武皇帝上之中》

299 장씨(張氏)의……간언 : 장씨는 부견의 아내를 가리키며, 아들 선(詵)은 부견의 둘째 아들 부선(苻詵)을 가리킨다. 부견이 진나라를 침략하려 하자 장씨가 길흉(吉凶)

충고[300]를 버렸다. 게다가 뜻은 교만하고 기운이 흘러넘치며 만족할 줄 모르는 탐욕까지 있었으니, 인화(人和)를 얻었다고 할 수 없다.

무릇 용병가(用兵家)는 반드시 먼저 근본을 튼튼히 하고 먼저 복심(腹心)을 충실히 하여 내부에 대한 걱정을 없앤 뒤에야 남을 도모할 수 있다. 그런데 지금 부견은 자신의 근거지를 떠나 온 나라 군대를 동원하여 멀리 침략의 길을 떠나며, 나라 안에는 노련한 장군과 강한 병사를 남겨두지 않았고, 뒤에는 선비(鮮卑)와 양강(凉羌)[301]의 근심이 있었다. 또 형양(荊襄)을 먼저 함락시켜 상류(上流)를 차지하고 다음으로 회남(淮南)을 거두어 부대를 나누어 건업(建業 남경(南京))으로 진격할 줄 모르고, 마침내 모든 병사를 거느리고 장강(長江)에 임하여 전방과 후방이 구원할 수 없고 앞과 뒤가 서로 호응할 수 없게 하였으니, 이것은 필패(必敗)의 전술이다. 이미 산모퉁이를 등에 업는 형세[302]를 잃고서 가벼이 채찍을 던져 넣어 강물을 막으려 하였으니,[303] 지리

의 이치를 들어 만류했고 부견이 패한 뒤에 자결하였다. 부선은 진나라에 사안(謝安) 같은 훌륭한 인물이 존재하므로 침략해서는 안 된다고 간언하였으며, 부견이 패한 뒤에 역시 자결하였다.《晉書 卷96 烈女列傳 苻堅妾張氏》《十六國春秋 卷41 苻詵》

300 권익(權翼)의……충고 : 부견이 진(晉)나라 침략을 논의하자, 상서좌복야(尙書左僕射) 권익은 진나라에 큰 죄악이 없고 군주와 신하가 화목하다는 이유를 들어 침략을 반대하였다. 또 태자좌위솔(太子左衛率) 석월은 복덕성(福德星)이 오(吳) 지방에 있으므로 침략하면 하늘의 재앙이 있을 것이라고 충고하였다.《資治通鑑 卷104 晉紀26 烈宗孝武皇帝上之中》

301 양강(凉羌) : 양은 5호 16국의 하나로 감숙성(甘肅省) 일대를 차지한 서량(西凉)을 말하며, 강은 감숙(甘肅)과 청해(靑海)와 사천(四川) 일대에 분포한 소수 민족을 말한다.

302 산모퉁이를……형세 : 험준한 지형에 의지하는 것을 말한다.

303 가벼이……하였으니 : 부견이 진(晉)나라를 침략하려 할 때, 석월(石越)이 진나

(地利)를 차지했다고 할 수 없다.

진(晉)나라의 덕은 큰 악행이 없으며 군신이 화목하고 장상(將相)이 잘 어울렸으니 하늘의 뜻이 갑자기 진나라를 망치려 하려 않았음을 알 수 있다. 또 석월(石越)이 "복덕성(福德星)이 오(吳) 땅에 있으니, 침략하면 반드시 하늘의 재앙이 있을 것입니다."라고 하였으니,[304] 또 천시(天時)에 순응했다고 할 수 없다.

진나라는 사람에 대해서는 화목함을 얻었고 지세에 대해서는 이로움을 차지했으며 하늘에 대해서는 그 때에 순응했으니, 이것이 승리를 얻은 방법이다. 이런 점에서 보자면 어찌 천행(天幸)일 뿐이라고 할 수 있겠는가. 사람의 힘이라고 해도 아마 괜찮을 것이다.

사안이 이미 성공의 조짐을 자세히 알았다면 어찌 두려워하고 걱정하는 마음이 있었겠는가. 오직 조용히 진정하여 안으로는 소요하는 민심(民心)을 안정시키고 밖으로는 두려워하는 군심(軍心)을 붙잡아 둔 것이니, 어찌 진심을 숨긴 것이라고 말할 필요가 있겠는가. 진심이었다고 해도 괜찮을 것이다.

그러나 장수의 능력은 옛날의 일을 본받는 것에 있고 옛날의 일을 본받는 묘리(妙理)는 운용(運用)에 달려 있다. 만약 일에 완급의 차이가 있고 용병에 이둔(利鈍)의 다름이 있는데 사안의 일을 본받으려 한다면 또한 위태롭지 않겠는가. 나는 사안 같은 헤아림이 있고 사안

라가 장강의 험고한 지형을 점거하고 있는 점을 들어 침략의 불가함을 역설하였다. 이에 부견이 말하기를, "지금 우리 군대로 볼 때 채찍만 강에 던져 넣어도 흐르는 강물을 충분히 막을 수가 있다."라고 하였다. 《晉書 卷114 苻堅載記下》

304 석월(石越)이……하였으니 : 329쪽 주300 참조.

같은 때에 처한 뒤에야 비로소 이러한 공을 세울 수 있다고 생각한다.

염재가 말하기를, "천행(天幸)과 교정(矯情)이라는 두 가지 문제를 가지고 한 편의 병법을 논한 글을 지었다. 진(晉)과 진(秦)의 허실 및 부견과 사안의 승부를 논한 것은 또 몸소 군대의 대오에 있으면서 그 이해(利害)를 손으로 지적한 듯하니, 이러한 의론은 참으로 쉽게 얻을 수 없다."라고 하였다.

항해가 말하기를 "학문에 종사하는 선비들은 매번 전쟁을 논하는 부분에서 종이에 공언(空言)만 늘어놓는 본색을 드러낸다. 그런데 지금 환경(桓卿)의 이 논의는 시세(時勢)를 지적해 진술하고 인간의 마음을 헤아림이 마치 자신이 직접 그 일을 당한 것처럼 분명하니, 이 어떠한 식견이며 이 어떠한 문장인가."라고 하였다.

논한다.

내가 일찍이 예장(豫章)에 대한 설(說)을 지은 적이 있는데, 그 설은 다음과 같다.

예장은 나무 중에 큰 것이고 재목 중에 아름다운 것이다. 대차산(大次山) 서쪽에 있는 저양산(厎陽山)의 언덕에서 자라는데,[306] 비에 젖고 볕을 쬐며 서리와 눈에 7년 동안 흔들린 뒤에야 비로소 그 잎과 줄기를 분별할 수 있다.

305 소노천이……독서하다 : 《상고도회문의례》 권1 〈제2부 사(詞)〉에 수록된 안설로, 구양수(歐陽修)의 《문충집(文忠集)》 권34에 수록된 〈고패주문안현주부 소군묘지명 병서(故霸州文安縣主簿蘇君墓誌銘幷序)〉를 읽고 쓴 글이다. 소노천은 소순(蘇洵, 1009~1066)으로, 자는 명윤(明允)이고, 노천은 그의 호이다.

소순이 어린 시절 독서를 좋아하지 않다가 어느 날 갑자기 발분하여 독서하며 문사(文辭)를 공부하였지만 과거에 실패하였고, 다시 독서하며 문사를 짓지 않다가 5, 6년 뒤에 붓을 들고 글을 짓자 순식간에 수천 마디가 쏟아졌다는 내용이다. 소순의 이 일화에 대해 환재는 자신이 지은 〈예장설(豫章說)〉의 내용을 소개하며 속성(速成)을 바라는 태도를 경계하였다. 〈예장설〉은 귀한 목재로 쓰이는 예장 나무를 두고 고대 중국의 이름난 장인(匠人)인 공수반(公輸般)이 제자와 나눈 가상적인 문답으로 이루어져 있다. 홍길주는 환재의 이 안설이 우언(寓言)의 형식을 빌려 훌륭한 문학적 성취를 이루었다고 칭찬하며, 우언 형식의 산문을 남긴 명나라의 유기(劉基)와 송렴(宋濂)도 환재에게 한 걸음 양보해야 할 것이라는 평어를 붙였다.

306 대차산(大次山)……자라는데 : 《산해경(山海經)》 권2 〈서산경(西山經)〉에 "또 그 서쪽 300리에 대차지산(大次之山)이 있다……또 그 서쪽 400리에 저양지산(厎陽之山)이 있는데, 그곳의 나무로는 직(樱)·담(枏)·예(豫)·장(章)이 많다.〔又西三百里, 曰大次之山……又西四百里, 曰厎陽之山, 其木多樱枏豫章.〕"라고 하였다.

초왕(楚王)이 장화궁(章華宮)을 짓고 중천대(中天臺)를 세울 때[307] 형산(荊山)의 숲을 찾아가고 운몽(雲夢)[308]의 늪을 뒤져 대들보와 서까래로 쓸 목재를 구하였다. 공수반(公輸般)[309]이 나아와 말하기를 "제가 사는 고을에 큰 목재가 있습니다."라고 하고서, 물러가 사흘 동안 도끼를 연마한 뒤에야 감히 무리를 이끌고 나무가 있는 곳으로 나아갔으며, 우러러 보며 생각하고 굽어보며 탄식하고서 그 뿌리에 걸터앉아 쉬었다.

그 무리가 공수반에게 묻기를,

"이 나무가 어째서 이렇게 생겼습니까? 아득한 들판에서 자라고 초목들 사이에서 우뚝 솟아, 멀리서 보니 무성하여 수레 덮개가 수레를 덮은 것 같고, 가까이 나아와 보니 빽빽하여 위로 하늘[雲日]을 가려 사마(駟馬)의 수레가 그 아래에 멈춘 것 같습니다. 그런데 서쪽 마을 농부는 밭갈이를 하면서도 돌아보지 않으니, 이는 돌아보지 않은 것이 아니라 뿌리가 나무를 가렸기 때문입니다.

나무가 지력(地力)을 얻는 것은 본래 똑같습니다. 그러나 또한 위로 감겨 올라가는 교목(喬木)이 있고, 무리 지어 자라는 관목(灌木)이 있으며, 또 가지가 없는 격목(檄木)이 있습니다.[310] 그러나

307 초왕(楚王)이……때 : 초왕은 초나라 영왕(靈王)을 말하며, 장화궁은 영왕 때 세운 궁궐이다. 중천대는 매우 높은 누대를 말한다. 이하의 내용은 환재가 가설한 것이다.

308 운몽(雲夢) : 초나라에 있는 큰 연못으로 사방이 9백 리나 된다고 한다.

309 공수반(公輸般) : 춘추 시대의 뛰어난 장인(匠人)이다.

310 위로……있습니다 : 《이아(爾雅)》 권9 〈석목(釋木)〉에, "작은 가지가 큰 가지를 감아 올라간 것을 교목이라 하고, 가지가 없는 것을 격목이라고 하며, 무리지어 자라는

이런 정도에 이른 나무는 제가 들어본 적이 없습니다. 혹시 꽃이 아리땁고 나무가 상서로운 것입니까?"

라고 하였다. 공수반이 껄껄 웃으며 다음과 같이 말하였다.

"자네가 이 나무에 의혹을 품는 것이 당연하니, 자네가 보는 것은 교목과 관목의 목재에 있을 뿐이다.

봄에 사나운 바람이 가지를 흔들고 비가 내린 뒤에 선왕께서 소달(疏達)[311]한 제기(祭器)에 특생(特牲)[312]의 비장(脾臟)으로 그 신(神)인 구망(句芒)[313]에게 제사를 지낸다. 이때에 지기(地氣)가 상승하여 잔뿌리를 덮으면 그 기운이 위로 올라온다.

나무가 생겨날 때는 모두 구부정하고 뾰족한 잎이 있는데,[314] 목재를 잘 알아보는 자는 나무가 무성해지기를 기다린 뒤에 그 심척(尋尺 크기)을 헤아린 적이 없다. 목재를 잘 알아보는 자는 나무의 싹이 트는 것만 보고도 안다.

것을 관목이라 한다.〔小枝上繚爲喬, 無枝爲檄, 木叢生爲灌.〕"라고 하였다.

311 소달(疏達) : 정확한 의미는 미상인데, 깨끗하고 넓다는 의미인 듯하다.

312 특생(特牲) : 한 가지의 희생(犧牲)을 말한다.

313 구망(句芒) : 나무를 담당하는 신을 말한다. 《예기(禮記)》〈월령(月令)〉에, "봄을 주관하는 천제는 태호이고, 그 귀신은 구망이다.〔其帝太皞, 其神句芒.〕"라고 하였다. 또 《춘추좌씨전》 소공(昭公) 29년에 "나무를 맡은 장관을 구망이라 한다.〔木正曰句芒.〕"라고 하였다.

314 나무가……있는데 : 주313에 제시한 《예기》〈월령〉 원문의 소(疏)에 "구망이란 생목(生木)을 담당한 관(官)으로 나무가 처음 싹이 틀 때 구부정하고 뾰족한 잎이 있기 때문에 구망이라 하였다."라고 하였다.

그러므로 1년을 사는 풀은 뿌리를 뻗어 내리는 것이 그 나무 높이의 10분의 1만큼이며, 10년을 사는 나무는 뿌리의 깊이가 나무 전체 높이의 10분의 5이며, 50년을 사는 나무는 뿌리의 깊이가 나무 전체 높이의 10분의 7, 8이며, 백 년을 사는 나무는 뿌리를 뻗어 내리는 것이 그 나무가 땅에서 솟아나 있는 높이와 같으며, 명령(榠櫺)[315] 나무는 뿌리의 깊이가 나무 높이의 배가 된다.

나무가 처음 나올 때에는 부드럽기가 어린아이의 주먹과 같고, 그것이 자라 사람의 복사뼈에 이르고 무릎에 이르며 배꼽에 이르고 겨드랑이에 이르며, 얼마 뒤에 사람의 어깨를 넘어서면 이에 무성하게 잎이 생기고 아름답게 꽃이 핀다. 그 형세를 따라 점차 자라면 그 성대함이 어디에 이를지 진실로 헤아릴 수 없다. 그러나 10년도 되지 않아 이 나무가 갑자기 점액(粘液)이 새어 나와 말라 버리는데, 점액이 새어 나와 말라 버리는 것은 뿌리가 깊지 않기 때문이다.

나무가 처음 나올 때에는 올망졸망 쑥대 사이에 끼어 있어서 치씨(薙氏)[316]가 풀을 베어도 미치지 않으며 소와 양이 씹어 먹기에도 충분하지 않으며, 만약 가뭄이라도 들면 시들어 버린다. 그러다가

315 명령(榠櫺) : '명령(冥靈)'이라고도 하는데, 오래 산다는 남국(南國)의 나무 이름이다. 《장자》 〈소요유(逍遙遊)〉에 "초나라 남쪽에 명령이라는 나무가 있는데, 500년을 봄으로 삼고, 500년을 가을로 삼는다.〔楚之南有冥靈者, 以五百歲爲春, 五百歲爲秋.〕"라고 하였다.

316 치씨(薙氏) : 풀을 베는 일을 관장하는 관직이다. 《주례(周禮)》 〈추관사구(秋官司寇) 치씨(薙氏)〉에, "치씨는 풀을 제거하는 것을 관장하니, 봄에 처음 풀이 돋아날 때 호미로 그 싹을 제거하고, 하지에 낫으로 풀을 베며, 가을에 열매를 맺었을 때 풀을 제거하며 동지에 쟁기로 풀뿌리를 제거한다.〔薙氏掌殺草, 春始生而萌之, 夏日至而夷之, 秋繩而芟之, 冬日至而耜之.〕"라고 하였다.

우뚝이 자라 매우 빼어나게 되면 운기(雲氣)가 그 위에서 노닐고 바람이 그 아래를 지나니, 우뚝이 자라 매우 빼어나게 되는 것은 그 뿌리가 깊이 박혔기 때문이다.

예장은 나무 중에 큰 것이고 재목 중에 아름다운 것이다. 비와 볕에 젖고 쬐며 서리와 눈에 흔들리며 7년 동안 뿌리를 펼치고 내린 뒤에야 비로소 그 줄기와 잎을 분별할 수 있다.

무릇 나무가 뿌리를 펼치고 내릴 때 열 아름 되는 나무는 다섯 아름 되는 뿌리를 뻗고, 다섯 아름 되는 나무는 두 아름 되는 뿌리를 뻗으며, 두 아름 되는 나무는 그 뿌리의 굵기가 서까래만 하고, 서까래만 한 나무는 그 뿌리의 굵기가 피리만 하며, 피리만 한 나무는 그 뿌리의 굵기가 화살대만 하다.

많은 뿌리가 황천(黃泉)까지 드리워진 것은 대개 무성하기가 마치 힘줄과 경락〔筋絡〕이 몸을 지나는 것과 같다. 많은 뿌리가 무성하게 아래로 드리워진 것은 휘감겨 굽은 것이 없기 때문에 그 나무를 베면 외형이 바르고 무늬가 곧아서 붉은 비파 중의 긍상(絚桑)[317]인 듯하며, 땅의 기운을 얻은 것이 온전하기 때문에 그 무늬는 물결치는 파도와 계곡에서 나오는 구름과 같으며, 그 껍질이 두껍고 튼튼하기 때문에 사시(四時)를 지나도록 시들지 않는다. 목재의 훌륭함이 이와 같은 뒤에야 비로소 무거운 집을 떠받치며 휘지 않고 조절(藻節)[318]을 받들고도 기울지 않을 수 있다.

317 긍상(絚桑) : 복희씨(伏羲氏)가 만들었다고 하는 36현의 비파이다. 《古今律歷考 卷9 歷代考》

318 조절(藻節) : 수초 문양을 새긴 대들보 위의 동자기둥을 말하는 듯하다. 《논어》

지금 자네가 나무의 뿌리가 깊고 튼튼한가를 살피지 않고 오직 나무가 무성하고 목재가 큰 것에만 현혹된다면, 자네의 현혹이 장차 불어나고 심해져 끝나지 않을 것이다."

이에 그 무리가 멍하니 물러나더니 화들짝 놀라 일어나 빙빙 돌다가 나아와 말하기를 "선생님께서 저를 깨우쳐 주셨습니다. 이것이 어찌 이 나무만을 두고 하신 말씀이겠습니까."라고 하였다.

구양자(歐陽子)가 말하기를 "노천의 문장은 품성이 중후하기 때문에 드러남이 더뎠으며, 뜻이 성실했기 때문에 얻은 것이 정밀하였다."라고 하였으니,[319] 훌륭한 말이다. 나는 드러남이 더뎠기 때문에 얻은 것이 정밀하다고 여긴다.

염재가 말하기를 "요즘 사람들의 문장은 두세 번 읽으면 싫증나지 않는 것이 없다. 오직 환경(瓛卿)의 이 문장만은 내가 수십백 번을 읽었는데도 읽을수록 더욱 그 끝을 알 수가 없다."라고 하였다.

항해(沆瀣)가 말하기를 "성대하기가 〈고공기(考工記)〉처럼 넓고,

〈공야장(公冶長)〉에, "장문중이 큰 거북을 보관하되 기둥머리 두공(斗栱)에는 산(山) 모양을 조각하고 들보 위 동자기둥에는 수초(水草)를 그렸으니, 어찌 지혜롭다 하겠는가.〔臧文仲居蔡, 山節藻梲, 何如其知也?〕"라고 하였고, 주희(朱熹)는 《집주(集註)》에서 "절(節)은 기둥머리의 두공이고, 조(藻)는 수초 이름이다."라고 하였다.

319 구양자(歐陽子)가……하였으니 : 구양자는 구양수(歐陽修)를 말하며, 이 말은 《문충집(文忠集)》 권34에 수록된 〈고패주문안현주부 소군묘지명 병서(故霸州文安縣主簿蘇君墓誌銘幷序)〉에 나온다. 구양수의 이 글을 읽고 환재가 이 안설을 붙였다.

찬란하기가 제자(諸子)처럼 고아(古雅)하니, 참으로 천하의 기문(奇文)이다. 욱리(郁離)와 용문(龍門)도 모두 한 걸음 뒤로 물러나야 할 것이다.[320]

320 욱리(郁離)와……것이다 : 환재의 이 안설이 공수반(公輸般)과 제자의 가상적 문답을 통해 속성(速成)을 추구하는 세태를 풍자하여 우언(寓言)으로서 훌륭한 성취를 거두었다고 칭찬하는 말이다. 욱리는 명나라 초의 학자 유기(劉基, 1311~1375)로, 자는 백온(伯溫)이고, 욱리는 그의 호이다. 성의백(誠意伯)에 봉해졌으며 시호는 문성(文成)이다. 그의 저서 중 《욱리자(郁離子)》는 욱리자라는 가상의 인물을 내세워 사회 현실을 풍자한 우언이다. 또 용문(龍門)은 명나라 초의 학자 송렴(宋濂, 1310~1381)으로, 자는 경렴(景濂)이고, 용문은 그의 호이며, 다른 호는 잠계(潛溪)・현진자(玄眞子)이다. 원나라 말에 혼란한 세상을 피해 용문산에 은거하며 저술에 종사하였는데, 당시 남긴 작품 중 〈우언(寓言)〉과 〈연서(燕書)〉 등은 우언 형식을 빌려 사회 현실을 풍자한 것으로, 그의 문집인 《문헌집(文憲集)》 권27에 수록되어 있다. 《郭預衡, 中國散文史下, 上海古籍出版社, 2000, 20~22, 37~40쪽》

논한다.

아아! 황천(皇天)의 상제(上帝)는 지극히 인(仁)하고 지극히 선(善)하여 사해(四海)를 비호하고 하민(下民)을 자식처럼 사랑한다. 하민들이 받은 충(衷)은 진실로 하늘로부터 나온 것이니,[322] 또한 지극히 인하고 지극히 선하지 않음이 없다.

321 사마온공이 재상에 배수되다 : 《상고도회문의례》 권15 〈제80부 문(文)〉에 실린 안설이다. 이 안설은, 《자치통감절요속편(資治通鑑節要續編)》 권7 신종(神宗) 8년의 내용 중 사마광(司馬光)이 낙양(洛陽)으로 물러나 산 지 15년 만에 신종이 세상을 떠나자 모든 백성이 사마광의 정계 복귀를 염원하므로 태후(太后)가 사마광을 재상에 임명하였다는 부분을 발췌하여 수록한 뒤 붙인 것이다.

환재는 사마광이 재상에 임명된 일을 통해 한 편의 재상론(宰相論)을 펼치고 있다. 하늘이 백성을 위해 군주(君主)를 만들어 준 뜻을 서술하며 첫머리를 시작하였고, 다음으로 군주가 천명을 받들어 현자를 구해 재상으로 임명한 뜻을 서술하였다. 이어 창업(創業)한 군주의 재상, 수성(守成)한 군주의 재상, 후세의 임금을 도운 재상의 역할을 나누어 서술한 뒤, 탐욕에 물들어 임무를 제대로 수행하지 못한 재상이 세상을 어떻게 망치는지에 대해 서술하였다. 이 안설은 《서경》의 내용처럼 천자가 신하에게 훈시하는 형식을 취했을 뿐만 아니라 《서경》의 독특한 문체를 모방해 지은 것이다. 마지막에 붙은 가산(稼山)의 평어에서 "독자들은 오직 대문장의 본령이 육경(六經)에 있다는 것을 말해야지 모의한 글이라고 단정해서는 안 된다."라고 한 말은 이 안설의 특징을 보여주는 말이라고 할 수 있다.

322 하민들이……것이니 : 《서경》 〈탕고(湯誥)〉에, "훌륭하신 상제가 하민들에게 충(衷)을 내려주셨다.〔惟皇上帝, 降衷于下民.〕"라고 하였다. '충'에 대한 해석은 다양한데, 채침(蔡沈)은 《서경집전(書經集傳)》에서 "충(衷)은 중(中)이다……하늘이 명을 내릴 적에 인(仁)·의(義)·예(禮)·지(智)·신(信)의 이치를 갖추어 편벽되거나 치우친 바가 없으니, 이것이 이른바 충(衷)이다."라고 하였다.

풍우(風雨)와 한서(寒暑)의 차례를 어기지 않아 수(水)·화(火)·금(金)·목(木)·토(土)·곡(穀)[323]으로 백성의 생활을 도와주었는데, 하늘이 은연중 하민을 도우면서도 날마다 부족하게 여겨 성예(聖睿 임금)를 낳아 백성의 군주(君主)가 되게 하였다. 하늘이 우리 하민을 유달리 후대(厚待)하고 유달리 가까이 여기며 유달리 사랑하는 것인지 나는 감히 알지 못한다. 하늘이 백성의 군주를 유달리 후대하고 유달리 가까이 여기며 유달리 사랑하는 것인지 나는 감히 알지 못한다.[324]

천자의 자리를 크게 내려주어 만방의 임금으로 삼아 모범이 되어 만민(萬民)을 바로잡게 하였으니, 마치 간절한 명령과 경계가 있어 그 임금의 귀에 다음과 같이 말하는 듯하였다.[325]

"짐(朕)에게 듣고 보는 것이 있으나[326] 소민(小民)들은 나를 믿지

323 수(水)……곡(穀) : 인간 생활에 필요한 재용(才用)을 뜻하는 것으로, 이를 육부(六府)라고 한다. 《서경》 〈대우모(大禹謨)〉에 "육부와 삼사가 진실로 다스려져 만세가 영원히 힘입는다.〔六府三事允治, 萬世永賴.〕"라고 하였고, 채침(蔡沈)은 주석에서 "육부는 곧 수·화·금·목·토·곡이니, 여섯 가지는 재용이 나오는 것이므로 이를 부(府)라고 하였다."라고 하였다.

324 하늘이 우리……못한다 : 하늘이 임금을 만든 것이 백성을 사랑해서인지 임금을 사랑해서인지 모르겠다는 말이다. 하지만 이 말은 하늘이 백성을 사랑하기 때문에 임금을 만들어 주었다는 의미이다.

325 임금의……듯하였다 : 원문은 '在厥后耳目'으로 되어 있는데, 《상고도회문의례》에는 '재궐후이왈(在厥后耳曰)'로 되어 있다. 문맥상 하늘이 임금의 귀에 명령을 내리는 말이 오는 것이 옳을 듯하므로, 《상고도회문의례》를 따라 보충하여 번역하였다.

326 짐(朕)에게……있으나 : 《서경(書經)》 〈태서 중(泰誓中)〉에 "하늘은 우리 백성의 눈을 통해 내려다보시고, 하늘은 우리 백성의 귀를 통해 들으신다.〔天視自我民視, 天聽自我民聽.〕"라는 말이 있다.

않으며, 짐에게 명령할 것이 있으나 소민에게 분명히 펼칠 방법이 없다. 내 너의 총명과 지혜를 가상히 여기노니, 너의 덕을 밝히라. 너 한 사람을 빌려 짐의 일을 대신하게 하노니, 너의 총명(聰明)으로 짐의 이목(耳目)이 되고, 너의 입으로 짐의 명령을 펼치라. 밤낮으로 조심하고 공경하여 너의 몸을 생각지 말라. 모든 부덕(否德)은 짐이 명령하는 바가 아니다.

지금 하민들이 곡백(穀帛 의식(衣食))을 풍족히 하고 편안히 거처하여 흉독(凶毒)으로 요절하지 않는 것, 이것이 바로 큰 공이다. 진실로 이와 같이 한다면 복록(福祿)이 끝이 없고 자손이 대대로 창성할 것이니, 내가 너를 사랑하고 너를 보호하지 않아도 백성들이 너를 사랑하고 너를 보호할 것이다. 이와 같이 하지 않으면 내가 너를 망하게 하지 않아도 백성들이 너를 망하게 할 것이다. 나는 오직 하민의 이목을 통해 보고 들을 것이다."

아아! 마치 아버지가 할 일이 있어 아들에게 명하는 듯하다. 향리(鄕里) 사람의 말도 저버리려 하지 않는데, 하물며 그 명을 어겨 차마 아버지의 마음을 상하게 하겠는가.

천명(天命)을 받들어 부합하게 하는 것은 어려운 일이다. 이에 옛날의 성군(聖君)과 명왕(明王)은 삼가 하늘의 아름다운 명을 받들어, 두려워하고 조심하기를 물이 가득한 그릇을 들고 흔들려 넘칠까 걱정하듯 하고 옥(玉)을 잡고서 떨어져 깨질까 걱정하듯 하면서, 오직 자신의 덕이 상하(上下)의 신기(神祇 천신(天神)과 지신(地神))와 백성에게 부합하지 못할까 두려워하였다. 이에 준걸하고 현명한 사람을 구하고 총명하고 어진 사람을 뽑아 먼 곳에 있는 자와 미천한 자들까지 버리지 않았고, 관직을 만들고 직분을 나누어 그들과 정무를 다스렸다.

아아! 사해는 크고 넓으며 백성의 고통은 한둘이 아니니, 한 사람의 명령이 미칠 수 있는 바가 아니고 한 사람의 총명이 살필 수 있는 바가 아니다. 오직 현명한 신하와 지혜로운 보필(輔弼)이 있어야 백성이 이에 편안해지고 임금이 이에 성군(聖君)이 된다. 궁실을 만드는데 동량(棟梁)이 없다면 어찌 이룰 수 있겠으며, 밭을 가는데 쟁기와 보습이 없다면 어찌 개간할 수 있겠으며, 나무를 다듬는데 도끼와 대패가 없고 옥을 다듬는데 숫돌과 정이 없다면 어찌 다듬을 수 있겠으며, 의복을 만드는데 가위와 자가 없다면 어찌 바느질할 수 있겠는가.

이에 옛날의 성왕(聖王)은 아침에는 해그림자를 살피고 저녁에는 별자리를 살폈으며, 연침(燕寢)에 있을 때는 묵묵히 말을 하지 않았으며, 밥을 먹을 때는 배불리 먹지 않았고 안석에 엎드려도 잠들지 않았다. 오직 깊이 생각하기만 하여 두리번거리면서 마치 잃어버린 것이 있는 듯, 배고픔에 배불리 먹기를 바라는 듯, 목마름에 물을 찾는 듯, 부모가 자식을 생각하듯, 형제를 생각하듯, 스승과 동료를 생각하듯, 남자가 아름다운 여인을 그리워하듯 하였다. 오직 '성인(聖人)과 현사(賢士)와 성덕군자(盛德君子)가 은거하여 초야에 있는데도 내가 듣지 못한 것인가? 나의 백관(百官) 중에 있는데도 내가 알지 못한 것인가? 나의 좌우(左右)에 있는데도 내가 살피지 못한 것인가?'라고 생각하였다.

이에 그 충성(衷誠)이 상제(上帝)의 마음을 감동시켜 상제께서 이를 염려하고 사랑하여 마침내 준예(俊乂)들을 크게 내려주시되, 꿈속에서 일러주기도 하고[327] 거북점[龜卜]으로 알려주기도 하니,[328] 그 명령

327 꿈속에서 일러주기도 하고 : 은(殷)나라 고종(高宗)이 부열(傅說)을 얻은 고사

이 그림자와 메아리처럼 신속하고 부절(符節)처럼 들어맞았다.

성왕이 이미 준예를 얻어 직책에 임명하니 또한 오직 하늘이 그 몸에 명을 내린 것이며, 이미 직책에 임명하여 임무를 맡기니 또한 오직 하늘이 그 몸에 임무를 맡긴 것이다. 이에 말하기를 "다스려지는 것도 너의 책임이고, 어지러워지는 것도 너의 책임이다."라고 하니, 그 신하 중에 누가 감히 감동하여 몸을 바치며 삼가 그 명령을 받들지 않겠는가.

아아! 옛 사람이 임금을 보필할 때 자신의 한몸으로 천하의 책무를 담당한 이가 있었다.[329]

한 사내와 한 아낙이라도 살 곳을 얻지 못하면 마치 제 몸의 고통처럼 아파하며 관복(官服)을 입고 조정에서 경사(卿士 경(卿)과 대부(大夫))를 만나는 것을 부끄럽게 여겼다. 만약 문을 나섰다가 홀아비와 과부와

를 말한다. 고종이 신하들에게 "꿈에 상제가 나에게 훌륭히 보필할 재상을 내려 주셨다. 만약 이 사람을 찾아내면 그가 나를 대신해서 말을 해 주리라.〔夢帝賚予良弼, 其代予言.〕"라고 교시하였고, 그 뒤에 부열을 얻어 재상에 임명하였다. 《書經 說命上》

328 거북점으로 알려주기도 하니 : 문왕(文王)이 태공(太公)을 얻은 고사를 말한다. 문왕이 사냥을 나가기 전에 점을 쳤는데, 그 점괘에 "잡을 것은 용도 아니요 이무기도 아니며, 호랑이도 아니요 말곰도 아니요, 범도 아니요, 비휴도 아니다. 얻을 것은 패왕의 보좌이다.〔所獲, 非龍非彲, 非虎非羆. 所獲, 霸王之輔.〕"라고 하였다. 사냥을 나간 뒤에 과연 위수(渭水) 가에서 태공을 만나 후거(後車)에 싣고 돌아와 스승으로 삼았다. 《史記 卷32 齊太公世家》

329 옛……있었다 : 이하의 내용으로 보아 은나라 탕왕(湯王)을 보필하였던 이윤(伊尹)의 경우가 이에 해당한다. 은나라 고종이 부열에게 말하기를, "옛날 선정(先正) 보형(保衡)이 우리 선왕을 진작시키며, '내 군주로 하여금 요순 같은 군주가 되게 하지 못하면 마음에 부끄러워 시장에서 종아리를 맞는 듯 여겼고, 한 지아비라도 살 곳을 얻지 못하면 이는 나의 잘못이라고 여겼습니다.'라고 하였다."라고 하였다. 보형은 이윤을 일컫는 말이다. 《書經 說命下》

고아와 홀로된 노인 등 곤궁한 사람을 만나면 마음으로 아파하며 불쌍히 여기기를 마치 도끼로 제 살점을 도려낸 듯이 하였다. 눈과 귀가 미치는 곳과 미치지 않는 곳에 대해 모두 두려워하고 걱정하여 이에 해내(海內)에까지 이르렀다.

먹고 마실 때에는 백성의 굶주림을 생각하고 비단옷을 입을 때에는 백성의 추위를 염려하였으니, 하물며 정치를 확립하고 법을 확립하여 영원토록 후세에 드리우는 것임에랴.

계책을 내고 일을 할 때에는 오직 '혹시 하민을 해침이 없겠는가? 혹시 후세에 해악을 열어줌이 없겠는가? 혹시 후세 사람들이 이로 인해 막힘이 없겠는가?'라고 생각하며, 민정(民情)을 살피고 시의(時宜)를 집행함에 전성(前聖)의 훌륭한 제도를 살펴 덜고 보태어 떳떳한 법을 만들었다. 이에 그 임금이 기뻐하니 진실로 상제의 마음에 부합하였다. 진실로 이와 같다면 천하가 다스려지지 않겠는가.

아아! 옛 사람이 임금을 보필할 때 자신의 한몸으로 선왕(先王)의 법도를 지킨 이가 있었다.[330]

그 마음은 '옛날의 성인은 백성을 편안히 하기를 마치 미치지 못할 듯이 하였다. 이에 우리 선왕께서 성예(聖睿)를 다하여 옛 성인을 본받았으니, 지금 내가 어찌 감히 우리 선왕을 본받지 않겠는가.'라는 것이었다.

그 요우(僚友)와 신복(臣僕)이 고할 바가 있어 운운(云云)하면, 말

330 옛……있었다 : 은나라 고종을 보필하였던 부열(傅說)이 여기에 해당하는 경우이다. 부열이 고종에게 "선왕이 이루어 놓은 법(法)을 본받으시어 길이 잘못이 없게 하소서.〔監于先王成憲, 其永無愆.〕"라고 하였다. 《書經 說命下》

하기를, "이것이 바로 성인의 가르침이자 선왕의 법도이다. 백성을 해치는 것인지 내가 감히 알 수 없고, 백성을 이롭게 하는 것인지 내가 감히 알 수 없으나, 나는 오직 선왕의 법도만을 알 뿐이다."라고 하며, 마치 큰 나무가 서서 옮겨가지 않는 듯, 벼락과 우레가 곁에 떨어져도 들리지 않는 듯이 하였다.

몸을 굽혀 옥기(玉器)를 잡은 듯 경건히 그 임금에게 고할 때에는, "아아! 지금 임금께서 만민을 다스리시니, 위대한 공적은 진실로 조고(祖考)이신 선왕의 밝고 빛나는 덕과 같아야만 만민의 마음이 기뻐할 것입니다."라고 하였으니, 옳은 말이 아니겠는가.

아아! 선왕의 유덕(遺德)이 하민에게 두루 미쳐 조금씩 그들의 폐부에 스며들었으니, 지금 백성들에게 들판에서 크게 소리치며 "지금 임금은 성스럽고 현명하다."라고 해도 백성은 믿지 않으며, "지금 임금은 요순(堯舜)과 같다."라고 해도 백성은 믿지 않는다. "너희의 선왕께서 다시 일어나셨다."라고 해야 사방의 백성들이 크게 일어나 움직이며 서로 고무되고 서로 눈물을 흘리며 서로 하소연할 것이다.

아아! 백성의 마음이 이와 같으면, 지금 임금에게 걱정되는 일이 있을 때 "우리 선왕께서는 어떻게 이 일을 처리하셨을까?"라고 하고, 의심스런 일이 있을 때 "우리 선왕께서는 어떻게 이 일을 해결하셨을까?"라고 하며, 음악과 여색으로 이목을 즐겁게 할 때 "우리 선왕께서도 이것을 누리셨다."라고 할 것이니, 오직 선왕의 떳떳한 법도를 따라야 전인이 이룬 공적을 독실하게 이어받는 것이다.

아아! 신하가 임금을 받들며 감히 떳떳한 법도를 바꾸지 않는다면 누가 감히 이것을 바꾸어 법도에 맞지 않는 짓을 저지를 것인가. 진실로 이와 같다면 천하가 다스려지지 않겠는가.

아아! 옛 사람이 임금을 보필할 때 자신의 한 몸으로 시대의 어려움을 만나 마음과 힘을 다 기울여 백성을 구제하여 나라를 편안히 한 사람이 있었다.

그의 마음은 '옛날 조고(祖考)이신 선인께서 왕가(王家)에 독실히 충성하여 지금 내가 덕이 부족한데도 외람되이 총애를 입어 큰 직책을 맡았다. 마치 강을 건너는데 배를 잃은 것과 같고 길에 오르는데 수레가 뒤집힌 것과 같으니, 어찌 임무를 감당하여 왕명을 욕되게 하지 않아 이로써 전인(前人)의 빛나는 업적을 더욱 빛나게 할 수 있겠는가.' 라는 것이었다. 또 그의 마음은 '나는 비루하고 어리석어 고인(古人)이 자신의 잘못을 잘 알았던 것에 크게 미치지 못하며, 모든 군자들 역시 고인의 진실하고 질박함에 미치지 못하니, 서로 가르치고 이끌어 주어야 한다.'라는 것이었다.

이에 붕우와 신복(臣僕)을 불러 말하기를, "그대들이 나라에 대해 충심으로 걱정한다면 나의 잘못을 꾸짖어 용서하지 말라. 내 감히 그대들에 대해 원망하고 노여워하지 않을 것이다."라고 하고, "나는 혹시라도 충성스런 간언을 막고 내 생각만 고집하여 하사(下士)에게 죄를 얻음이 없을 것이다."라고 하며, "나는 혹시라도 현인을 미워하고 유능한 사람을 질투하여 인현(仁賢)들이 밖에서 버려지거나 달아나게 함이 없을 것이다."라고 하며, 자신의 몸가짐을 마치 큰 적군을 대하듯이 하였다.

이에 백성들이 사랑하여 오직 그를 잃을까 걱정하였고, 임금이 신임하여 의심하지 않았다. 사람에게 관직을 주고 상을 내려도 참언(讒言)이 일어나지 않았고, 사람을 벌주고 처형하여도 백성이 원망하지 않았다. 진실로 이와 같다면 천하가 다스려지지 않겠는가.

아아! 옛날 현명한 임금이 국가의 터전을 닦고 나라를 건설하여 후손에게 이어가도록 하니, 뒤를 이은 왕이 부지런하고 검소한 덕으로 이루어진 법도를 본받아 지키기도 하고 정치하느라 고생하며 선대의 업적을 이어가기도 하였는데, 그 신하의 현명함에 의지하지 않음이 없었다.

그 신하가 길이 충정(忠貞)을 담당하여 왕가(王家 조정)를 마음에 두어, 임금에게 성덕(聖德)이 있으면 선양(宣揚)하며 백성에게 알려지지 않을까 걱정하였고, 임금이 덕을 잃으면 바로잡고 도우며 세상에 드러날까 걱정하니, 이에 그 임금의 마음을 감동시켰다.

지금 소민(小民) 부부가 집에 있으면서 정직함과 성실함으로 화합하여 그 부모에게 근심과 걱정을 끼치지 않는다면 집안이 크게 형통하여 복이 거듭 이를 것이다. 하물며 임금과 신하가 화합하여 수많은 백성이 편안하고 상제(上帝)의 마음에 맞는 것이야 더 말할 것이 있겠는가.

공경히 천지의 신을 받들어 음양(陰陽)을 조화롭게 하니 비를 바라면 비가 내리고 해가 나기를 바라면 해가 나며 풍년을 바라면 풍년이 들었다. 전생(牷牲)과 자성(粢盛)으로 옥백(玉帛)을 받듦에[331] 정결하고 풍성하며 향기롭지 않음이 없었으니, 천신(天神)과 지기(地祇)가

331 전생(牷牲)과……받듦에 : 조상의 신에게 제사를 올린다는 말이다. 전생은 천지의 신에게 제사할 때 올리는 몸이 완전한 희생(犧牲)이다. 《서경》〈미자(微子)〉에, "지금 은나라 백성들이 천신과 지신에게 올린 희전의 짐승을 빼앗고 훔쳐갔다.〔今殷民乃攘竊神祇之犧牷牲〕."하였고, 채침(蔡沈)의 주석에 "몸이 완전한 것을 전이라 하고 소와 양과 돼지를 생이라 한다."라고 하였다. 자성은 제수로 올리는 곡식을 말하며, 옥백은 아름다운 옥과 비단으로 제사를 지낼 때 사용한다.

이에 기도를 들어주고 조고(祖考)가 이에 이르러 흠향하며 취하고 배불리 드시며 끝없이 복을 내려주셨다. 군신이 덕을 함께해야 즐거운 것이다.

아아! 옛 사람은 임금을 섬길 때 진퇴(進退)에 얽매이지 않았다. 올바른 도로써 나아가고 올바른 도로써 물러났으니, 사방의 백성들은 그의 진퇴를 통해 치란(治亂)을 점쳤다. 또한 그 임금은 그의 진퇴에 따라 기뻐하고 걱정하며, 선왕의 종묘사직을 편안하게 하고자 하여 감히 예를 다하고 정성을 다하지 않음이 없었다. 신하의 말을 들어주고 신하의 간언을 받아들이며, 신하로 하여금 그 도가 자신과 합치되지 않게 하는 것을 부끄러이 여기게 했다. 진실로 이와 같이 하는데도 많은 공적이 일어나지 않았다는 것은 백성이 들은 바가 아니다.

그런데 혹시 신하가 이렇게 하지 못하고서 녹봉만을 돌아보며 덕을 잊고 진퇴에 자신의 도를 행하지 않는다면, 남이 너를 업신여기는 것이 아니라 네가 스스로를 업신여기는 것이며, 남이 너를 무시하는 것이 아니라 네가 스스로를 무시하는 것이다. 네가 스스로를 업신여기고 무시하는 것일 뿐만 아니라 남의 뜻까지 교만하게 만드니, 신하가 되어 임금의 마음을 교만하게 만든다면 그 잘못은 누구의 책임이겠는가.

임금의 마음을 교만하게 만들면,[332] 자신의 도를 지키며 지위에 있다가 마지막을 훌륭히 하기를 구하는 이가 있을 때,[333] 그 임금은 "너의

332 임금의……만들면 : 원문에는 없는데 문맥을 고려하여 보충해 넣었다.

333 마지막을……때 : 임금의 마음이 교만해져 자신의 도를 행할 수 없게 된 신하가 물러나기를 청하는 것을 말한다.

변면(弁冕)[334]은 내가 준 것이고, 보불(黼黻)[335]도 내가 준 것이며, 종이(宗彝)[336]도 내가 준 것인데, 네가 어찌 감히 나를 배반하는가."라고 할 것이다. 간언하는 이가 있을 때, 그 임금은 "너는 내가 아니면 누가 너를 등용했겠는가. 너는 지금 나를 이용해 백성에게 명예를 구한다."라고 할 것이다.

아아! 이는 다음과 같은 경우와 같다. 임금이 될 어린아이가 막 기어 다니고 안겨서 젖을 먹을 때 할아버지의 무릎에 앉으면 할아버지가 항상 훈계하기를, "옛날 선왕이 그 신하에게 명하기를, '너는 부지런히 너의 자손과 후손을 가르쳐 대대로 충정(忠貞)을 독실히 하여 후대의 임금을 도우라.'라고 하셨다. 지금 네가 왕이 되어 그 신하의 말을 따른다면 신하 중에 누가 선왕의 명을 버리고 차마 법도에 맞지 않는 일을 마음에 두어 아첨과 아부로 제 선인(先人)의 명을 욕되게 하겠는가."라고 한다. 그런데 그 어린아이가 입신(立身)[337]한 뒤 마침내 법도에 맞지 않는 짓을 하는데도, 웃음 지으며 "요순(堯舜)도 이렇게 하지 못했습니다."라고 하고, "지금 백성이 크게 편안합니다."라고 하며, "제가 잠자고 먹는 것은 임금께서 내린 것이 아님이 없으니, 임금의 큰 은혜로 오직 제가 일을 맡을 수 있음을 압니다."라고 말하는 것이다.

334 변면(弁冕) : 모자의 하나로, 여기서는 관모(官帽)를 의미한다.

335 보불(黼黻) : 고대 예복(禮服)에 수놓은 문양으로, 보는 도끼 문양이고 불은 '기(己)' 자를 엇갈리게 그린 문양을 말한다. 또 작록(爵祿)을 의미하는 말로 쓰이기도 한다. 여기서는 관복(官服)을 의미하는 듯하다.

336 종이(宗彝) : 종묘의 제사 때 사용하는 술그릇을 말한다. 또 천자의 제복(祭服)에 수놓은 호랑이와 원숭이 문양을 말한다. 여기서는 제복의 의미로 쓰인 듯하다.

337 입신(立身) : 여기서는 임금의 자리에 오른다는 의미로 쓰였다.

아아! 훌륭한 신하는 임금의 은혜를 말하지 않는다. 오직 임금이 성군(聖君)이 되는 것이 은혜이고, 백성이 편안한 것이 은혜이다. 하물며 임금이 제 몸에 은혜를 베풀었는데도 차마 올바른 도리로 보답하지 못하는 자임에랴. 작록만을 탐하며 재화와 이익을 서로 취하는데도 많은 공적이 크게 일어났다는 것은 백성이 들은 바가 아니다.

아아! 옛날 현명한 임금은 널리 현인을 구하는 데 정성을 다하였다. 그래서 혹시 인재가 없으면 하늘이 내려 주고 백성이 일으켜 주었으니, 구하면 얻지 못함이 없었고 또한 구하지 않으면 얻지 못하였다.

아아! 근원이 있는 물은 도도히 흘러가지만 그 물을 긷지 않으면 채우지 못하고, 서직(黍稷)은 무성하지만 밭을 갈지 않으면 얻지 못한다. 만약 인재를 구하는 데 정성을 다하지 않았다면, 혹시라도 "인재가 없다."고 말하지 말라.

염재가 말하기를[338] "이 한 편의 '보상론(輔相論)'은 〈재인전(梓人傳)〉과 〈대루원기(待漏院記)〉를 파체(破體)한 것인데,[339] 파란(波

338 염재가 말하기를 : 《상고도회문의례》의 두주(頭註)에는 이 평어와 다른 내용이 실려 있으며, 마지막 부분의 "흉중에 한 부의 큰 화로와 풀무를 따로 갖춘 자가 아니라면 지을 수 없다."는 부분만 동일하다.

339 재인전(梓人傳)과……것인데 : 〈재인전〉과 〈대루원기〉에 드러나는 재상의 임무와 역할을 잘 조합하여 새롭게 한 편을 만들어 내었다는 말이다. 〈재인전〉은 당나라의 유종원(柳宗元)이 대목수인 재인(梓人)의 역할을 재상의 역할에 견주어 쓴 글이다. 또 〈대루원기〉는 북송(北宋)의 왕우칭(王禹偁)이 지은 글로, 이른 아침 조정에 나오는 재상이 대궐 문이 열릴 때까지 기다리는 관사인 대루원에서 자신의 임무와 역할을 생각하는 내용으로 이루어져 있다. 파체는 진(晉)나라 때 왕헌지(王獻之)가 왕희지(王羲之)의 행서(行書)를 변개시켜 행서와 초서(草書)의 중간에 해당하는 서체(書體)를 만

瀾)이 마음껏 넓게 펼쳐지고 곡절(曲折)이 빙빙 휘감겨 굳세고 그윽하고 자세하고 간절하니, 유종원(柳宗元)과 왕우칭(王禹偁)은 적수가 아니다.

첫머리에는 하늘이 하민을 도와 백성의 군주를 만들어 주었다는 뜻을 서술하였고, 다음으로 임금이 천명을 받들어 따르며 현자를 찾아 위임한 뜻을 서술하였다.

그 다음에는 재상의 일을 논하였는데 각각 조목과 단락이 있다. 한 부류의 현상(賢相)이 임금을 도와 국가의 터전을 마련하고 계통을 전한 것이 있고, 한 부류의 현상이 뒤를 이은 왕을 보필하여 수성(守成)하고 계술(繼述)한 것[340]이 있으며, 한 부류의 현상이 후세의 임금을 도와 어려움을 널리 구제한 것이 있다.

그 아래에는 현회(顯晦)와 소장(消長)의 조짐, 출처(出處)와 영욕(榮辱)의 구분을 총론하였는데, 완전(宛轉 완곡(婉曲))하고 측달(惻怛 간절(懇切))하여 사람을 감동시키기에 충분하다. 스스로 흉중에 한 부의 큰 화로와 풀무를 따로 갖춘 자가 아니라면 지을 수 없다."라고 하였다.

항해가 말하기를[341] "성대하고 밝고 넓고 크며 절실한 이치까지 겸하였고, 간결하고 굳세고 준엄하고 높으며 시가(詩歌)의 정취까지 간

들어 낸 것을 말한다.

340 수성(守成)하고 계술(繼述)한 것 : 수성은 전인이 이룩한 업적을 잘 지켜내는 것을 말하고, 계술은 계승하는 것을 말한다.

341 항해가 말하기를 : 《상고도회문의례》의 두주에 실린 홍길주의 평어 중 일부분을 수록한 것이다.

간히 드러내었으니, 무릎을 치며 한 번 읽는 동안 나도 모르게 입이 벌어지고 마음으로 복종하였다. 쇠퇴한 말세에 하늘이 이처럼 큰 재주를 세상에 낼 줄은 진실로 생각지 못했다."라고 하였다.

가산(稼山)이 말하기를[342] "이 글은 가상(假想)으로 성현의 일을 서술하였고, 단락을 나눈 곳에는 몇 개의 단론(斷論)을 덧붙여 놓았다. 그러므로 순전히 의론(議論)을 펼친 문장인데도 도리어 전편(全篇)에 서사(敍事)의 필치가 있는 듯하다.

서사 가운데 의론을 끼워 넣는 것은 예로부터 대가(大家)들도 어렵게 여긴 바인데, 이 글은 단락마다 모두 비유를 사용해 파란(波瀾)을 만들고 비유 속에 또 비유를 끼워 넣었다. 이를테면 '마치 아버지가 할 일이 있어 아들에게 명하는 듯하다. 향리(鄕里) 사람의 말도 저버리려 하지 않는데, 하물며 아버지의 명을 어기겠는가.'라는 구절은, 그 문장을 운용하는 힘이 솥을 들어 올리고 소를 거꾸러뜨릴 정도[343]일 뿐만이 아니다.

그리고 글 말미에 막힌 세상의 나쁜 재상의 일을 서술하면서

342 가산(稼山)이 말하기를 : 가산이 누구인지 미상이며, 《상고도회문의례》에는 이 평어가 실려 있지 않다.

343 솥을……정도 : 원문은 '扛鼎倒牛'인데, 문장의 기상이 대단함을 비유하는 말로 쓰인다. 《사기》 권7 〈항우본기(項羽本紀)〉에 "항우는 힘이 세서 세 발 달린 솥을 두 손으로 불끈 들 만하였다.〔力能扛鼎.〕"라고 하였다. 또 한유(韓愈)의 시에 이 말을 인용하여, "용무늬 새겨 백 곡을 담은 세 발 달린 큰 솥을, 홀로 불끈 들 만한 필력을 그대는 가졌다오.〔龍文百斛鼎, 筆力可獨扛.〕"라고 하였다. 《韓昌黎集 卷5 病中贈張十八》 또 황정견(黃庭堅)의 시에, "단지 만 마리의 소를 되돌릴 필력만 지녔네.〔但有筆力回萬牛.〕"라는 표현이 보인다. 《山谷集 卷11 送少章從翰林蘇公餘杭》

갑자기 한 부류의 올바른 사람이 벼슬에서 물러나 절개를 온전히 한 일을 끼워 넣었으니, 서사하기도 하고 의론을 펼치기도 함이 종횡으로 이어지며 호응하여 가슴속에 품은 생각을 그려내었다. 독자들은 오직 대문장의 본령이 육경(六經)에 있다는 것을 말해야지 모의한 글이라고 단정해서는 안 된다.[344]"라고 하였다.

344 독자들은……안 된다 : 환재의 이 안설이 《서경》의 내용처럼 천자가 신하에게 훈시하는 형식을 취했을 뿐만 아니라 《서경》의 독특한 문체를 모방하여 지은 것이므로, 단지 《서경》을 모방한 글로 치부해서는 안 된다는 말이다.

지은이 **박규수(朴珪壽)**

1807(순조7)~1877(고종14). 19세기 역사적 격변기의 한가운데서 활동한 실학자이자 개화사상의 선구자이다. 본관은 반남(潘南), 자는 환경(桓卿)·예동(禮東), 호는 환재(瓛齋)·환경(瓛卿), 시호는 문익(文翼)이다. 연암 박지원의 손자로, 어린 시절 외종조 유화(柳訸), 척숙 이정리(李正履)·이정관(李正觀) 형제에게 수학하였다. 24세 때 효명세자가 요절하자 충격을 받아 18년 동안 은둔생활을 하며 학문에 몰두하였다. 1848년 5월 문과에 급제해 벼슬길에 나선 이후 평안도 관찰사·대제학·우의정 등 고위 관직을 역임하였다. 안동 김씨 세도 정권을 뒤흔든 진주농민항쟁(1862), 최초의 대미 교섭과 무력 충돌을 야기한 제너럴셔먼호 사건(1866), 전면적 대외개방을 초래한 일본과의 강화도 조약 체결(1876) 등 민족사의 향방을 결정지은 중대한 사건들에 깊숙이 관여했다. 1861년과 1872년 두 차례에 걸친 연행을 통해 중국 인사들과 널리 교분을 맺었고, 이를 통해 동아시아를 중심으로 급변하는 세계정세에 대해 식견을 넓혔다. 영·정조시대 실학의 성과를 충실히 계승하여 당대의 문학과 사상에도 상당한 영향을 끼쳤으며, 김윤식·김홍집·유길준 등 개화운동을 주도한 인물들이 그의 문하에서 배출되었다. 저서로 《상고도회문의례(尙古圖會文義例)》《거가잡복고(居家雜服攷)》 등이 있으며, 문집으로 《환재집》이 있다.

옮긴이 **이성민(李聖敏)**

1970년 부산에서 태어났다. 동아대학교 한문학과를 졸업하고, 성균관대학교 한문학과에서 문학석사 및 문학박사 학위를 받았다. 한국고전번역원의 전신인 민족문화추진회 부설 국역연수원에서 연수부 과정을 이수하였다. 한국고전번역원 전문역자를 거쳐 현재 성균관대학교 대동문화연구원에 재직하고 있다. 공역서로 《동유첩》《향산집 4》《논어주소 1》《연경재 성해응의 초사담헌》 등이 있고, 번역서로 《채근담》《월사집 9》가 있다.

권역별거점연구소협동번역사업 연구진

연구책임자 안대희(성균관대학교 한문학과 교수)
공동연구원 이희목(성균관대학교 한문학과 교수)
진재교(성균관대학교 한문교육과 교수)
이영호(성균관대학교 HK 교수)
책임연구원 강민정
김채식
이규필
이상아
이성민
선임연구원 이승현

교열 정태현(한국고전번역원 명예교수)
윤문 김준섭

환재집 4

박규수 지음 | 이성민 옮김
2016년 12월 30일 초판 1쇄 발행
편집・발행 성균관대학교 출판부 | 등록 1975. 5. 21. 제1975-9호
주소 (03063) 서울시 종로구 성균관로 25-2
전화 760-1252~4 | 팩스 762-7452 | 홈페이지 press.skku.edu
조판 김은하 | 인쇄 및 제본 영신사
ⓒ한국고전번역원・성균관대학교 대동문화연구원, 2016
Institute for the Translation of Korean Classics・Daedong Institute for Korean Studies

값 25,000원
ISBN 979-11-5550-208-2 94810
979-11-5550-206-8 (세트)